KNAUR

Jean Bagnol

Commissaire Mazan und der blinde Engel

Kriminalroman

KNAUR

Besuchen Sie uns im Internet:
www.knaur.de

Wenn Ihnen dieser Roman gefallen hat und Sie auf der Suche nach ähnlichen Büchern sind, schreiben Sie unter Angabe des Titels »Commissaire Mazan und der blinde Engel« an: frauen@droemer-knaur.de

FSC
www.fsc.org
MIX
Papier aus verantwortungsvollen Quellen
FSC® C083411

Originalausgabe Juli 2015

Ein Imprint der Verlagsgruppe
Droemer Knaur GmbH & Co. KG, München

Redaktion: Gisela Klemt, lüra:Klemt & Mues GbR
Umschlaggestaltung: ZERO Werbeagentur, München
Umschlagabbildung: FinePic®, München
Satz: Adobe InDesign im Verlag
Druck und Bindung: CPI books GmbH, Leck
ISBN 978-3-426-51653-9

2 4 5 3 1

Denn die Kunst ist die Tochter der Freiheit

Friedrich von Schiller
Briefe über die ästhetische Erziehung des Menschen, 1795, 2. Brief

Prolog

Die Kunst liebt die Grausamkeit mehr als alles andere. Diese Wahrheit hatte sich für Céline Durand am heutigen Abend mal wieder bestätigt. Während die elegante Mittfünfzigerin durch die hell erleuchteten und nun menschenleeren Ausstellungsräume ihrer Galerie an der Pariser Rue de Beaubourg ging, um die Eingangstür abzuschließen, und dabei ihren Blick über die ausgestellten Bilder wandern ließ, dachte sie daran, dass offenbar auch die Kunstliebhaber das Brutale und das Sadistische, Schmerzen, Hass und Qual bevorzugten. Jedenfalls waren schon bei der Pre-Vernissage von Etienne Idkas neuem Zyklus, die Céline Durand vor einigen Tagen für potente Kunden durchgeführt hatte, die Kaufanmeldungen für jene Werke am schnellsten gefallen, die das bösartigste Verstörungspotenzial besaßen. Auch heute, während der offiziellen Vernissage, hatte Céline weitere Interessenten registriert, die ihr Visitenkarten überreicht hatten und dafür den Katalog mit allen zwölf Bildern des neuen Idka-Zyklus »Tod und Erlösung« erhielten.

Céline würde jedes der Bilder in eine diskrete Auktion unter den Bietern geben. Und von den Provisionen würde sie das Appartement in Montmartre auf einen Schlag bezahlen können. Sie liebte das Marmorbad darin und noch mehr die Vorstellung, auf dem Waschtisch mit einem ihrer jungen Liebhaber zu vögeln, glitschig von Chanel-No.-5-Seife.

»*Merci,* Etienne, du böses Biest«, murmelte sie. Sanft korrigierte sie den Beleuchtungseinfall auf Bild Nummer neun. Dabei flackerte das Licht im ganzen Raum. Durand ignorierte es. In dem alten Gebäude versagte der Strom immer mal wieder. Kein Grund, sich Sorgen zu machen.

Nummer neun, inoffiziell »Der weinende Poet« genannt, offenbarte wie alle anderen Idka-Bilder sein wahres Motiv erst, je länger man hinsah. Dann formte sich aus den sich überlappenden, geometrischen Formen ein versteckter Alptraum. Ein gequältes Gesicht, die Augen durchstoßen mit …

Céline Durand trat einen Schritt zurück. Waren das Bleistifte? Oder Schraubenzieher? Darunter zwei Hände auf einer Tastatur, verkrallt, blutend.

Ihr Atem ging heftiger, je tiefer sie in der Betrachtung der gequälten Gestalt des Poeten versank. Immer dunklere Schichten ihrer Erinnerung drängten hervor. Und genau das war es. Das machte Idka zu einem Jahrhundertmaler. Weil seine Bilder uns etwas antun, dachte Céline, weil sie uns weh tun, weil sie uns mit uns selbst verletzen.

Wieder flackerte das Licht.

»Ah, *putain*«, murmelte Céline. Wenigstens war das nicht vorhin während der Vernissage passiert. Natürlich waren sie alle gekommen, ganz Paris beziehungsweise der Teil von Paris, der von Bedeutung war. Nicht mehr ganz so junge Künstler und ihre ältlichen Mäzeninnen, René Joseph, der exzentrische Erzrivale von Idka – ach, eigentlich von jedem, dachte sie –, wie immer flankiert von zwei namenlosen jungen Knaben, die René »Knappen« nannte. Eine Handvoll bekannter Schauspieler, das war gut für die Presseberichte. Kunststudentinnen, die sich mehr für die Technik der kaum sechzig mal sechzig Zentimeter großen

Gemälde als für die würfelgroßen *amuse-bouche* an der Champagnerbar interessierten. Antoine Valéry, der Kunstkritiker, mit seinem grässlichen deutschen Dackel, Pascha. Antoine schätzte Etienne Idka, zum Glück für Céline und alle Investoren, aber er liebte ihn nicht.

Charles war natürlich auch da gewesen, Etiennes Bruder und Manager. Er und Antoine Valéry waren sich sorgfältig aus dem Weg gegangen. Wenn der eine einen Saal betrat, verließ der andere ihn durch eine der vier offenen Türen.

Und natürlich war die von sich selbst angewiderte Bürgerschicht da gewesen, die Innenarchitekten, Hautärzte, Élysée-Mitarbeiter, die Salondamen und Cocktaildiplomaten, für die das Abklappern der Galerien, das »Sich sehen Lassen« beim *rentrée*, der Rückkehr in die Hauptstadt nach den großen Ferien, obligatorisch war.

Mit einem Mal erlosch das Licht. Lautlos und sanft, als ob sich ein Schleier über die Helligkeit legte.

Die Galerie versank in tiefer, satter Schwärze.

Céline runzelte genervt die Stirn. Einmal war ihr das bei einer Vernissage passiert. Das Publikum hielt es für eine Performance und war begeistert.

Entschlossen machte sie sich durch die dunklen Räume auf den Weg zum Sicherungskasten. Sie kannte jeden Meter, jede Diele, seit bald fünfundzwanzig Jahren, sie würde sich blind zurechtfinden! Sie konnte sogar hören, wo sie langging. Ob das wohl die Art und Weise war, wie der blinde Maler Etienne Idka die Welt wahrnahm?

Mit einem kleinen, vertrauten Schauder dachte sie an seine toten Augen. Das war es, was ihn und seine Bilder so genial machte.

Mit einem Mal vernahm Céline ein kratzendes Geräusch aus der Richtung des Eingangs. Die Tür! Sie kratzte ganz leicht über den Boden, wenn sie geöffnet wurde. Céline kannte auch jedes Geräusch in ihrer Galerie.

»Wir haben geschlossen!«, rief sie.

Niemand antwortete.

Wieder das Kratzen, dann das leise Klicken, mit dem die Tür wieder ins Schloss fiel. Jemand, der etwas vergessen hatte. Oder einer ihrer beiden Assistenten?

»Hallo?«, rief Céline.

Nichts.

Sie lauschte aufmerksam. Waren das etwa Schritte, sehr leicht und rasch? Sie wusste, wie schnell sich in der Dunkelheit selbst harmlose Geräusche in etwas Bedrohliches verwandeln konnten. Wie leicht die Sinne sich täuschen ließen. Zudem hatte sie mehr als nur ein Glas Champagner getrunken. Sie versuchte, ihr Unbehagen zurückzudrängen. Bestimmt war die Tür nur durch einen Luftzug bewegt worden. Alles ganz harmlos, alles …

Ein Rascheln!

Das sich ihr zu nähern schien. Wie eine Schlange, die durch trockenes Laub gleitet. Céline spürte, wie ihr Angst durch das Rückgrat raste, sich alle Härchen aufstellten, wie sie laufen wollte, schnell, weg von dem widerlichen, gleitenden, raschelnden Geräusch, das so rasch näher kam.

Ihre hektischen Schritte in den Chanel-Highheels hallten auf den polierten Mahagoniplanken. Sie spürte die leichte Erhebung der Rampe, die in den zweiten Raum der Galerie führte. Da war der Handlauf. Durch den Raum, durch den nächsten, hinter der Wand befand sich der Sicherungskasten. Und der Baseballschläger.

Bevor sie um die Ecke bog, hielt sie inne. Nichts. Kein Rascheln, gar nichts.

Sie lachte erleichtert. Alles war gut. Sie war etwas überspannt, ein wenig angetrunken.

Da ging das Licht von allein wieder an. Warme, freundliche Helle flutete die Räume und vertrieb alle Schatten und Gespenster.

Céline blinzelte. Das war ihre Galerie. Alles war an seinem Platz. Ihr Herzschlag beruhigte sich.

In diesem oberen Raum hingen fünf Idka-Bilder. An einem davon blieb ihr Blick hängen, und jetzt, mit den noch empfindlichen Augen, fiel ihr zum ersten Mal etwas an dem Bild auf, das sie die ganze Zeit nicht bemerkt hatte, obgleich sie das Gemälde sicher schon hundert Mal gesehen hatte. Merkwürdig …

Sie trat näher heran. Auch in diesem Bild war ein Grauen verborgen, aber längst nicht so deutlich wie bei dem Poeten. Es offenbarte nach langer Betrachtung eine liegende Frau, mit dem Rücken am Boden und den beiden Beinen seitlich angewinkelt. Schon die unbequeme Haltung suggerierte, dass es sich um eine Verletzte oder Tote handelte. Das eigentlich Bedrohliche aber waren die abstrakten Formen, die mit scharfen Kanten und Spitzen auf den wehrlosen Körper regelrecht niederzufahren schienen. Eine Rubinkette lag in grellem Rot um den Hals der Frau.

In Célines Augen war die Vier eines der schwächsten Bilder des diesjährigen Zyklus. Jetzt aber, mit ihren lichtempfindlichen Augen oder vielleicht, weil sie das Bild zum ersten Mal aus einem schrägen Winkel wahrgenommen hatte, beschlich sie das Gefühl, dass der Körper der Frau, ihr Gesicht …

Céline schrak zurück.

Das Gesicht!

Es war ihr eigenes.

Da! Wieder ein Geräusch. Diesmal war es sehr, sehr nahe. Sie erkannte es, während sie gleichzeitig die Kälte des Messers spürte, das in das weiche Fleisch unter ihrem Kinn eindrang.

Es war das Rascheln eines Plastikoveralls. Während das Messer ihre Kehle teilte und ihr Atem zischend aus der zerstörten Luftröhre wich, griff Céline nach dem Arm, der sie von hinten festhielt. Das Plastik zerreißen!, dachte sie. Damit sie Spuren hinterließ …

Im Fallen, als sie das Blut aus ihrem Hals so merkwürdig warm und nass und leicht aus sich hinausfließen spürte und sich die Bilder mit Rot mischten – all die Bäder, die Liebhaber, die Bilder, der Schmerz, das Meer, oh, das Meer, so blau, kobaltblau –, da beugte sich das so vertraute Gesicht über sie.

Es war logisch, und doch …

Der Tod war anders, als sie erwartet hatte.

Die Welt verlosch und existierte nicht mehr.

1

In Mazan schauten sich die Menschen öfter in die Augen als in Marseille. Das fiel Zadira Matéo mal wieder auf, als sie unter den Platanen über den Place du 8 Mai, am Lou Carri Café vorbei und dann in Richtung der in voller, saftiger Rebe stehenden Weinberge lief. An diesem Septembermorgen zwang sie sich zur längeren West-Ost-Tour, mit Blick auf den Mont Ventoux. Der majestätische Berg, an dem sich der Mistral oft so hungrig rieb und Radfahrer ihre Leidensfähigkeit bewiesen, erhob sich mit seiner kalkweißen, blank gepusteten Spitze zu einer spätsommerlichen Postkartenidylle über Mazans weiten Weinbergen. In der mildwarmen Luft lagen ein Hauch von Lavendel und Thymian und das Aroma süßer Melonen.

Mazan. Hier war einiges anders. Nicht nur die Blicke. Oder die Luft. Sondern auch die Nachbarn.

Vor allem einer. Ihrer.

Dr. Jules Parceval. Der neue Tierarzt. Attraktiv. Leider aus Paris, aber niemand war perfekt. Er war ein Mann, in dessen Gegenwart Zadira sich nackt fühlte.

Sie beschleunigte ihre Schritte und bog in den Feldweg ein, der quer über die Bioweinberge von Canteperdrix führte.

Seit sie im Juli so verrückt gewesen war, in diesem nordprovenzalischen Kaff zu bleiben, obgleich ihre Strafversetzung nach Mazan aufgehoben war, hatte Jules Parceval Zadira diverse Türchen zu seinem Herzen geöffnet. Einladungen ins Kino nach Avignon. Zum Picknick in den Bergen hinter Mormoiron. Zum Essen im Edelrestaurant des Château de Mazan. Mal abgesehen davon, dass Zadira für den feinen Laden gar nichts anzuziehen gehabt hätte, hatte sie so oder so immer abgelehnt. Wegen der Arbeit.

Man mochte gar nicht glauben, was für verbrannte Zeit und Formularkolonnen solch ein Delikt am Menschen nach sich zog. Und natürlich musste dies alles im Kommissariat von Carpentras erledigt werden und nicht etwa in der neuen Wache von Mazan, die sie sich mit Sergeant Lucien Brell teilte. Zadira zog es vor, ihre Akten an einem kleinen Eckschreibtisch in einem Raum ohne Fenster mit Blick auf eine uringelbe Wand zu sortieren, nur um zu verhindern, dass sie einem gewissen Tierarzt in Mazan über den Weg lief.

Nach der Arbeit hatte sie in irgendeiner Bar Tabac in den von französischen Touristen überlaufenen Altstadtgassen von Carpentras gesessen, statt nach Hause in Mazans goldene Beschaulichkeit zu fahren.

Irgendwann im August waren Jules Einladungen seltener geworden, und Zadira wusste, dass er bald keine Lust mehr aufbrächte, ihr irgendein Türchen offen zu halten. Wenn sie sich nicht auf ihn zubewegte, und zwar sehr bald, würde er sogar die Katzenklappe schließen, die er für Commissaire Mazan in seine Wohnungstür eingebaut hatte.

Zadira lief an einem opulenten Meer reifer Trauben vorbei. Würde sie irgendwann einen Rosé mit Jules trinken können, ohne sich gleich wie im Knast zu fühlen?

Sie war feige, ja! Aber das hatte Gründe. Viele. Manche trugen einen Namen. Andere eine Erinnerung.

Und sie war wütend, dass sie als Berufsbulle offenbar nur wusste, wie man schwere, bittere, brutale Dinge so anfasste, dass man nicht dabei draufging. Aber Zadira Matéo,

Drogenfahnderin, Überlebende mehrerer Marseiller Bandenkriege, hatte keine Ahnung, wie sie die zarten, hellen Dinge festhalten sollte.

Sie wandte sich um, als sie auf einmal ein heiseres, tiefes, bollerndes Dröhnen vernahm. Ein offener roter Wagen raste über den Feldweg auf sie zu, eine Wolke aus Ocker, Kalk und Sand um sich herum aufwirbelnd. Die Scheinwerfer blendeten mehrfach auf. Zadira trat in die Mitte des Feldwegs und verschränkte die Arme. Das rote Cabrio hielt Kurs, beschleunigte sogar noch.

Zadira setzte ihr finsterstes Polizeigesicht auf und bewegte sich keinen Millimeter zur Seite. Da griffen die Bremsen, das Auto kam Steinchen spritzend eine Handbreit vor ihrer Kniescheibe zum Stehen.

»*Bonjour* Saddie! So ein Zufall! Was rennst du hier denn rum? Soll ich dich mitnehmen?«, rief ihr eine Frau in kurzem weißem Kleid und mit einer Zigarette in der Hand von der Steuerseite aus zu.

»Blandine, ich trainiere. Laufen, du weißt? Man schwitzt dabei.«

»*Ma chère*«, schnurrte die blondierte Polizeireporterin der neu gegründeten Regionalzeitung *Vaucluse matin,* »es gibt Bewegungsarten, bei denen Frauen weit attraktiver aussehen, wenn sie schwitzen.«

Blandine Hoffmann ließ den Alfa Romeo Giulietta Spider anrollen, als Zadira wieder losjoggte.

»Rate, wer morgen nach Paris fliegt.«

»Ist das nicht einer von Jeffreys Oldtimern?«

»Lenk nicht ab!« Blandine seufzte. »Ich vergesse jedes Mal, dass Briten so wenig mit dem Wesen einer klassischen Affäre vertraut sind. Jedenfalls: *Ich* fliege nach Paris. Mit diesem milchfrischen Fotografen Bizet.«

Zadira verbarg ihr Grinsen und schwieg.

Nach fünfzig Metern fuhr die Journalistin fort: »Du willst sicher sagen: ›Oh, Blandine, wie aufregend!‹«

»Sag doch einfach, was du willst.«

»Lieutenant Matéo, Sie sind so schrecklich misstrauisch.« Blandine wurde ernst. »Steig endlich ein! Ich erzähl's dir beim Frühstück.«

Wenig später parkte Blandine die rote Giulietta unter den Platanen des Lou Carri Café. Zadira bestellte ein kleines Frühstück mit duftend warmem Baguette, selbstgemachter Aprikosenkonfitüre mit Lavendel, gesalzener Butter, frischem Orangensaft und würzigem Kaffee. Blandine blieb bei einem Kaffee mit einem Kännchen heißer Milch dazu und einem Aschenbecher.

»Hast du schon mal von der ›Demoiselle Jesus‹ gehört?«, begann Blandine.

»Natürlich.« Zadira interessierte sich zwar nicht besonders für die allzu lebensfernen Künste wie Theater, bildende Kunst oder Oper – aber die »Jungfrau Jesus« war sogar ihr ein Begriff. »Von Idka.«

»Aus dem Zyklus ›Glaube und Erkenntnis‹, 2002«, bestätigte Blandine Hoffmann. »Da war Etienne Idka achtundvierzig Jahre alt und seit etwas mehr als einem Jahr blind. Es war das erste Bild nach dem Salpetersäure-Unfall. Sein Fräulein Jesus ist vor drei Jahren für zwo Komma vier Million Dollar bei Sotheby's an einen unbekannten Bieter gegangen.«

Blandine stippte ihre Zigarette im Aschenbecher aus und zündete sich gleich eine neue an. Zadira unterdrückte ihren Hunger nach der scharfen Süße des Rauchs. Und auch den Impuls, Blandine zu unterbrechen. Sie kannte die Reporterin seit den mörderischen Ereignissen des Sommers gut genug, um abzuwarten, worauf sie hinauswollte.

»Heute ist Etienne Idka unendlich reich, unverheiratet, hat keine Kinder und stellt jedes Jahr zwölf Bilder aus«, fuhr Blandine schließlich fort. »Er malt sie immer in einer anderen Stadt – jedes Jahr ein neuer Ort und ein neuer Zyklus mit exakt einem Dutzend Gemälden. Niemand weiß, wo er ist, außer seinem Manager, Charles Idka. Er ist sein Bruder – und ein ausgesprochener Widerling, diplomatisch gesagt.« Blandine schwieg.

»Und?«, fragte die Polizistin geduldig.

Die Reporterin ließ ihre Lider mädchenhaft flattern.

»Und der blinde Jahrhundertmaler Etienne Idka lebt seit kurzem in Mazan. Er wohnt im Mozon-Haus, du weißt schon, das mit der hohen Mauer und der schweren Doppeltür.«

Blandine lächelte breit.

»Möchte ich wissen, woher du das weißt, Blandine?«

»Ach, du kennst ihn nicht näher, er arbeitet im Rathaus, ist unglücklich verheiratet, und unsere gemeinsame Zeit war noch im letzten Jahrtausend.« Sie errötete leicht. »Jedenfalls: Ich bin mal bei den neuen Mazanaisen vorbeigeschneit.«

Zadira lachte auf. »Und, hast du dein Interview?«

»Das ist ja das Problem: nein. Idka hat nicht nur einen Kotzbrocken als Bruder, sondern auch eine Haushälterin beziehungsweise einen Tordrachen. Sie hat mich durch die geschlossene Tür hindurch abtropfen lassen. Das ist schon eine Kunst, finde ich. Zum Glück nicht sehr verbreitet, sonst müsste ich meinen Beruf wechseln.«

»Polizeilich angeordnete Interviews sind leider auch nicht verbreitet.« Zadira stippte ihr Baguette in den Kaffee. »Und was willst du in Paris mit Chopin?«

»Bizet. Wir gehen zu einer Beerdigung. Etienne Idkas Galeristin Céline Durand ist am fünften September überraschend verstorben, am Abend nach der Ausstellungseröffnung seines neuen Zyklus ›Tod und Erlösung‹. Übermorgen Vormittag ist die Beisetzung. Und ich kann mir kaum vorstellen, dass Idka der Frau, die ihn entdeckt hat, nicht die letzte Ehre erweist.« Sie spielte mit dem Kaffeelöffel. »Aber das ist noch nicht alles.«

Jegliche Koketterie war nun von Blandine abgefallen.

»Céline Durands Tod muss wahrlich überraschend eingetreten sein. Nämlich in der Galerie, nach der Vernissage. Sie wurde ermordet. Genaues wusste ihr zweiter Assistent nicht, zumindest behauptet er das, als ich ihn in der Galerie anrief. Ich habe das Gefühl, deine Pariser Kollegen haben ihm geraten, sich ein schlechtes Gedächtnis zuzulegen.«

»Das ist normal bei ungeklärten Delikten am Menschen, bei denen die Details so einzigartig sind, dass nur der Täter sie wissen kann. Wusste Durands Assistent, dass er einer Journalistin den Mord verraten hat?«

Blandine spielte jetzt ungeduldig mit ihrem Feuerzeug.

»Natürlich nicht. Ich habe mich als Investorin ausgegeben, die für eine große deutsche Bank unbedingt ein paar Millionen für Kunst ausgeben muss.«

»Wieso interessiert dich das so?«

»Wie könnte es mich nicht interessieren, wenn es sich um die Galeristin von Frankreichs blindem Jahrhundertmaler handelt, der seit neuestem in Mazan wohnt? Und die Pariser Polizei ist zugeknöpfter als ein Nonnenhemd.«

»Ich ahne etwas Ungutes.«

»Findest du für mich raus, wer da ermittelt? Bitte! Der Name reicht schon. Und die Mobilnummer.«

»Nein.«

»Ich fliege morgen früh. Ich will den zuständigen Commissaire –«

»Nein.«

»Wie stehe ich denn ohne O-Ton da? Und es müsste dich doch von Amts wegen auch interessieren, wenn ein Bürger Mazans mit Mord zu tun hat!«

»Nein.«

»Ach, verflucht, Zadira.«

Schweigend warf Blandine Geld in die grüne Plastikschale, die ihnen Jean-Luc zusammen mit der Rechnung und den Kaffees auf den Tisch gestellt hatte. Zadira gab Blandine sanft den Zehn-Euro-Schein zurück, den die Reporterin für ihren *grande crème* und Zadiras *petit-déjeuner* hingelegt hatte.

Als Blandine aufstand und ihr kurzes Kleid nach unten zog, sagte sie: »Ich mag dich, weil du unbestechlich bist. Du lässt dich von niemandem erpressen, weder mit Geld noch mit Gefühlen. Abgesehen davon hasse ich dich. Ich ruf dich aus Paris an. Wünsch mir Glück!«

Sie beugte sich vor, um Zadira die drei *bisous,* die freundschaftlichen Wangenküsse, zu geben. Beim letzten flüsterte sie ihr ins Ohr: »Jules hängt mir ein bisschen zu oft bei Jeffrey rum. Ich würd gern mal einen Abend mit meinem Liebhaber verbringen, ohne auch noch einen sexuell unausgeglichenen Tierarzt und seinen sabbernden Riesenhund Atos dabeizuhaben.«

Autsch, dachte Zadira.

Als Zadira ihre Wohnungstür aufschloss, fiel ihr Blick auf den Spiegel, der gegen die Wand im Flur gelehnt war. Daran hing das rote Kleid. Sie hatte es in Avignon gekauft, ungefähr zwischen Jules' Einladung Nummer fünf und ihrer

Ablehnung Nummer elf. Es war das erste Kleid in der gesamten Biographie ihrer Kleidung. Es passte zu ihren grünen Augen, ihrem dunklen, halbalgerischen Teint und zu ihrem langen schwarzen Haar, das sie im Dienst nie offen trug, sondern unter einem Baseballcap verbarg.

Das Kleid war auch ein Symbol, das wusste sie, aber für das Gefühl, das es symbolisierte, dafür hatte sie keinen Namen.

Ihr Kater, Commissaire Mazan, lag auf der Fensterbank und schaute nach draußen. Als Zadira ihm die Hand hinhielt, schnupperte er kurz daran, wandte sich dann aber wieder ab. Das wunderte sie nicht, Mazan war nun mal kein Schmusekater.

Ohne ihn weiter zu stören, stellte sie sich vor das Fenster. Ihr Blick wanderte in die Ferne, über die verwinkelten Dächer der Altstadt.

»Ich könnte es anziehen, wenn wir im Château de Mazan essen gingen«, überlegte sie laut. »Nicht wahr, Commissaire? Oder in dieses neue Siebenundzwanzig-Sterne-Ding in Bédoin, das L'Obsidion?«

Sie musste Jules endlich gestehen, dass sie sich fürchtete vor den zerbrechlichen Dingen, es aber versuchen wollte, sie halten zu lernen. Genau. Oder … nein! Sie konnte auch ohne viel Tiefenpsychologie rübergehen und fragen: »Gehen wir essen? Wie wär's mit Freitag? Gegen sieben, im Château?« Ja. Es war nichts dabei, gar nichts. Los jetzt, Zadira Matéo! Beweg dich!

»Ich mach das jetzt«, sagte sie zu dem schwarzen Kater, der darauf mit einem seiner unergründlichen Blicke reagierte.

Dann ging sie entschlossen zur Wohnungstür nebenan, hob die Hand, atmete ein und klopfte schnell an.

Um diese Uhrzeit machte Jules sich fertig, bevor er in seine Praxis ging. Sie hätte noch duschen können, ihn dann aber nicht mehr erwischt – und was sollte es, er kannte sie nackt, er kannte sie halbtot, da dürfte ihn ein bisschen Sportlerschweiß nicht weiter irritieren.

Sie hörte Schritte, dann ging die Tür auf, zeitglich mit den Worten: »Ich dachte, du hast einen Schlüssel, *chéri?*«

Vor Zadira stand ein erotischer Alptraum.

Naturblond, Perlenohrringe, nackt von den Füßen aufwärts bis … bis zum Saum von Jules' gestreiftem Lieblingshemd. Darunter frisch geduscht.

Wahnsinnig schön.

Wahnsinnig pariserisch.

Und wahnsinnig zufrieden, als sie sagte: »Oh, hallo. Ich bin Fabienne. Und wer sind Sie?«

2

Commissaire Mazan hatte schlechte Laune. Dabei gab es dafür keinen Grund. Er lag auf seinem Lieblingsplatz, von dem aus er nach draußen schauen konnte. Hinten in der Wohnung hatte Lieutenant Matéo ihm eine weiche Decke als Schlafplatz hergerichtet, und sein Fressnapf war gefüllt. Zwar nicht immer mit Thunfischpastete, aber ein bisschen Abwechslung war ja nicht schlecht.

Auch Lieutenant Matéo war nicht der Grund seiner schlechten Laune. Obwohl sie selbst gerade eben schlechte Laune bekommen hatte. Jedenfalls war sie ziemlich wütend aus der Wohnung gestürmt, nachdem sie beim Nachbarn gewesen war. Aber sie ließ ihren Ärger nie an ihm aus. Sie respektierte es, wenn er in Ruhe gelassen werden wollte. Und sie fasste ihn nur an, wenn er es mochte. Manchmal legte er sich nachts neben sie, nicht zu nahe, nur so dicht, dass er ihre Wärme spüren konnte. Das tat ihm gut.

Nein, Zadira machte ihm nie schlechte Laune. War es etwa der Hund?

Commissaire Mazan legte den Kopf auf die Pfoten, um über diese wichtige Frage zu meditieren. Dabei ließ er seinen Blick durch die Wohnung schweifen. Viele Möbel besaß seine Menschenfreundin immer noch nicht, ein Bett, ein paar Stühle, einen Tisch. Und ihre Wäsche hängte sie immer noch über eine Leine, die quer durch den Raum verlief. Aber eine Katzenklappe hatte sie für ihn in die Tür eingesetzt.

»Damit du kommen und gehen kannst, wann du willst«, hatte sie ihm erklärt und dabei mehrfach den Mechanismus demonstriert. Als ob er nicht wüsste, wie eine Katzenklappe funktionierte. Er hatte sie dann von ihren Bemühungen erlöst, indem er sich einfach durch das blöde Ding zwängte.

Warum bauten die Menschen auch überall Türen ein? In die sie dann hinterher Katzenklappen einsetzen mussten? Menschen waren manchmal ziemlich kompliziert. Was ihn auf verschlungenen Wegen wieder zu der Frage nach dem Hund führte.

Der wohnte nämlich nebenan, bei dem Tierarzt, und hatte natürlich keine Hundeklappe. Kein Wunder, die müsste ja auch so groß sein, dass sie die Tür gleich weglassen konnten. Dafür hatte die Tür des Tierarztes eine Katzenklappe. Was irgendwie merkwürdig war. Die war nämlich für ihn. Damit er Atos jederzeit besuchen konnte. Aber Commissaire Mazan hatte das Gefühl, dass das nicht der einzige Grund war. Da lief nämlich ein ganz komisches Ding zwischen Zadira und dem Tierarzt. Die wollten sich paaren, trauten sich aber nicht. Darum hatte der Tierarzt die Klappe eingebaut. Die war eigentlich irgendwie für Zadira.

Wenn Mazan über dieses unsinnige Verhalten der beiden Menschen nachdachte, wurde ihm immer ganz wirr im Kopf. Was seine schlechte Laune zwar nicht besserte. Aber auch nicht wirklich ihre Ursache war.

Und der Hund? Na ja, Atos nervte zwar meist, aber er war harmlos. Und Mazan hatte ihn auch ganz gut im Griff.

Nein, verdammt, auch der Hund war nicht der Grund für seine schlechte Laune. Es war irgendetwas anderes. Etwas, das ihn zwackte und biss und ihm keine Ruhe ließ.

Er hielt es nicht mehr aus und sprang von der Fensterbank. Prüfend schnupperte er an seinem Futter, es roch frisch und herb, wie er es mochte. Doch er nahm nur ein Maul voll. Dann zwängte er sich durch die Katzenklappe ins Freie. Es hing noch eine Spur von Zadiras rotpulsierendem Charakter in der Luft, allerdings überlagert vom Geruch von Putzmitteln. Madame Blanche, die Hausbesitzerin, hatte die Außentreppe damit geschrubbt.

Kurz überlegte Mazan, ob er beim Tierarzt reinschauen sollte. Doch von dort nahm er einen fremden Geruch wahr, durchdringend und scharf. Nein, dieser Geruch würde sicher nichts an seiner Laune ändern. Er brauchte etwas anderes, nur was?

Während er die Treppe hinablief, dachte er an Manon, die Himmelstänzerin und unberechenbare Freundin, mit der er bereits aufregende Abenteuer erlebt hatte. Vielleicht würde es ihm helfen, mit ihr zusammen zu sein. Bei diesem Gedanken stieg ein freudiger Impuls in ihm auf. Ja, das wäre es.

Doch als er gerade überlegte, wo er sie suchen könnte, fiel ihm auf, dass er sie schon seit geraumer Zeit nicht mehr gesehen hatte. War sie etwa krank oder verletzt und er hatte es nicht mitbekommen?

»Hey, Mazan!«

Tin-Tin kam über den Platz auf ihn zugerannt. Der kleine Kerl, einst nicht größer als ein graublaues Eichhörnchen, war tüchtig gewachsen.

»Guck mal!«, rief Tin-Tin, warf sich auf die Seite und lag sofort völlig schlaff da. Die Beine ausgestreckt, die Augen geschlossen, das Maul leicht geöffnet. Sogar die Zungenspitze ließ er raushängen.

»Ganz prima«, sagte Mazan.

»Nicht wahr?« Tin-Tin setzte sich wieder auf. »Louise ist vorhin beinahe darauf reingefallen.«

Mazan hatte sich nichts dabei gedacht, als er dem jungen Kater das Totstellen beigebracht hatte. Schließlich hatte das ihm selbst schon einmal das Leben gerettet. Was er nicht bedacht hatte, war Tin-Tins Begeisterung, mit der er das Spiel betrieb. Ständig lag er »tot« irgendwo rum. Die anderen Katzen fielen nicht mehr drauf rein, und Mazan war sich sicher, dass Louise den Schrecken nur vorgetäuscht hatte, um Tin-Tin eine Freude zu machen. Wer sich aber wirklich einmal erschrocken hatte, war Tin-Tins Menschenfrau, das Dreibein. Die alte Dame mit dem Stock hatte sich furchtbar aufgeregt. Tin-Tin hatte Mazan versprechen müssen, bei ihr – Zadira nannte sie Eloise Roche – diesen Unfug zu unterlassen.

»Die anderen sind alle hinter dem Museum, kommst du mit?«, fragte Tin-Tin.

»Ist Manon auch da?«

»Nein.«

»Hast du sie gesehen?«

Tin-Tin dachte angestrengt nach.

»Bestimmt«, sagte er dann, aber es klang eher unsicher.

Mazan sah ein, dass der Kleine ihm nicht weiterhelfen konnte. Tin-Tin war noch vergesslicher, als die meisten Katzen es ohnehin waren.

»Ich habe noch etwas anderes zu tun«, beantwortete er Tin-Tins Frage und wandte sich ab. Tin-Tin blieb neben ihm.

»Hast du nicht gehört?«

»Doch.« Der Kater machte keine Anstalten, ihn in Ruhe zu lassen. Mazan widerstand dem Impuls, die kleine Nervensäge anzufauchen.

»Weißt du was?«, sagte er stattdessen. »Warum gehst du nicht nach Hause zu Dreibein?«

»Die ist vorhin mit einem Koffer weggegangen.«

»Aha.« Das hieß, dass der Kleine ihm in den nächsten Tagen verstärkt auf die Nerven gehen würde.

»Hör zu. Du solltest jetzt mal zum Museum laufen und nach dem Rechten schauen.«

»Echt?«

»Ja.«

Tin-Tin guckte ihn mit seinen großen runden Augen an. »Wie geht das?«

Mazan spürte, wie sich das Zwacken und Beißen in seinem Inneren schmerzlich verstärkte.

»Du passt einfach auf«, zwang er sich zu sagen. Und bevor die nächste dumme Frage kam, fügte er hinzu: »Und hinterher erzählst du mir alles. Los, lauf!«

Das verstand Tin-Tin und rannte über den Platz zurück. Erleichtert, ihn endlich los zu sein, schlug Mazan die andere Richtung ein.

»Ah, da ist ja unser Commissaire.«

Mazan schrak zusammen. Er war so in Gedanken versunken gewesen, dass er Oscar nicht bemerkt hatte. Dabei war der dicke, näselnde Kater wirklich nicht zu übersehen. Er lag breit im Eingang eines Gartens.

»Hör mal, Commissaire, ich muss etwas mit dir besprechen ...«

»Jetzt nicht Oscar. Hast du Manon gesehen?«

»Hm, ja, aber das ist schon ein Weilchen her. Sie sah irgendwie schlapp aus.«

Das musst gerade du sagen, wäre es Mazan beinahe herausgerutscht. Aber er verkniff es sich.

»Also, es geht um diesen großen Sabberer«, fuhr Oscar ungerührt fort. »Kannst du dem nicht mal beibringen, dass man friedliche Katzen nicht einfach so ableckt?«

»Versuch es mal mit weglaufen, Oscar.«

»Weglaufen? Warum? Ich bin hier zu Hause und –«

»Ich muss weiter.«

Mazan beeilte sich wegzukommen, bevor Oscar ihm noch länger wegen Atos in den Ohren lag. Wenigstens war bei dem dicken Kater nicht zu befürchten, dass er ihm hinterherkam.

An der nächsten Straßenecke blieb Mazan erst einmal stehen, um zu überlegen. Manon wohnte bei diesem Mann, der immer Musik hörte oder selbst sang. Beides gefiel der ingwerfarbenen Katze nicht besonders. Darum ging sie meist nur zum Fressen nach Hause. Aber wenn sie krank war, konnte es natürlich sein, dass sie sich dorthin zurückgezogen hatte.

Mazan war noch keine zwei Straßen weiter, als ihm Louise mit raschen Schritten entgegenkam. Sie war mit Manon befreundet, bestimmt wusste sie, wo die ingwerfarbene Katze abgeblieben war.

Doch bevor er fragen konnte, sprach die schattenweiße Siam ihn an: »Also Mazan, *mon cher*, du musst unbedingt etwas gegen diesen Verrückten unternehmen.«

»Was? Welcher Verrückte?«

»Dieser fremde Kater, der aussieht wie ein Flickenteppich. Du musst ihm …«

»Louise«, unterbrach Mazan sie, »ich habe nicht die leiseste Ahnung, von wem du redest.«

Louise reckte ihren schönen, schlanken Hals in eine arrogante Pose, die typisch für sie war.

»*Mon cher Commissaire,* deine Fähigkeiten scheinen nachgelassen zu haben. Dir ist wohl entgangen, dass wir einen neuen Kater in der Stadt haben. Offenbar wurde er von seinen Besitzern ausgesetzt. Was gedenkst du, in dieser Sache zu unternehmen?«

Wieso er? Was wollten sie nur alle von ihm?

»Nichts. Soll Rocky sich darum kümmern. Er kann ihn ja verprügeln.«

»Ich verstehe.« Louise rümpfte ihr feines Näschen. »Ich kann also nicht mit deiner Hilfe rechnen.«

»Wieso brauchst du denn Hilfe?«

»Weil diese Kreatur mich verfolgt.«

»Warum?«

»Was weiß ich? Und ich möchte es mir auch gar nicht vorstellen. Aber irgendjemand muss dem Einhalt gebieten.«

»Louise, hast du –«

»Aber du scheinst dazu ja nicht in der Lage zu sein.« Sie wandte beleidigt den edlen Siamkopf ab.

»Hast du Manon gesehen?«

»Ich weiß nicht. Vielleicht, vielleicht auch nicht.«

Mazans Ärger verdichtete sich. Wenn Louise beleidigt war, konnte sie wirklich unerträglich sein.

»Louise, ich mache mir Sorgen um sie.«

»Ach ja«, giftete sie ihn an und richtete den Blick ihrer blauen Eisaugen wieder auf ihn. »Das hätte dir früher einfallen sollen.«

Mazan hatte keine Ahnung, wovon zum Teufel sie redete.

»Sag mir doch einfach, wo sie ist.«

Louise wandte sich ab und stolzierte davon.

»Das wirst du sicher selbst herausfinden können«, ließ sie ihn noch wissen und fügte sarkastisch hinzu: *»Mon Commissaire!«*

Mazan starrte ihr hinterher, selbst als sie schon um die nächste Ecke verschwunden war. Mit einem Mal war er es so unendlich leid. Die Katzen, die Menschen mit ihren Türen und Katzenklappen, die ganze verdammte Stadt.

Er lief weiter, aber nicht mehr zum Haus des Sängers, sondern hinunter zu dem großen gelben Haus, das direkt an der Stadtmauer lag. Zum Château!

Er umging die Vorderseite und nahm die Straße, die ihn zum hinteren Teil des Grundstücks führte. Mit ein paar geübten Sätzen war er auf der Mauer, die den parkähnlichen Garten des Hotels umgab. Er balancierte auf den brüchigen Steinen entlang, bis er zu der Stelle kam, von der aus er weit ins Land schauen konnte.

Es hatte sich verändert, seit er hierhergekommen war. Es hatte mehr Farben, war reif und nahrhaft geworden. Ein Windstoß wehte ihn an, warm und würzig. Er brachte den Duft von wilden Wiesen und klaren Quellen. Mazan glaubte Mäuse, Eidechsen und Frösche zu wittern, und mit einem Mal packte ihn eine grenzenlose Sehnsucht nach der Welt dort draußen.

Und da begriff er, was ihn die ganze Zeit gequält hatte: Es war die Welt der weichen Decken und der immer vorhandenen Nahrung. Es war das Behütetsein durch freundliche Menschen, das seine Wachsamkeit einschläferte. Und es war die Vertrautheit mit den anderen Katzen, deren kleinliche Probleme ihn von der reinen Bewusstheit seiner Instinktnatur ablenkten.

Natürlich wusste Mazan, dass er dort draußen gelitten hatte. Er hatte den Hunger, die Kälte, die Einsamkeit, den harten Boden unter harschem Gestrüpp nicht vergessen.

Aber erst jetzt, da er die tödliche Schläfrigkeit eines gesättigten Lebens kennengelernt hatte, verstand er, dass das Leben dort draußen seiner wahren Natur entsprach. Dass er dorthin gehörte, auch um den Preis, den Gefahren dieser Freiheit zu erliegen.

Er blinzelte und begriff, dass er eine Entscheidung treffen musste. Er schaute zurück Richtung Stadt, spürte den Sog ihres Schutzes. Die Ruhe. Dann wieder witterte er in das Land, das voller unbekannter Verheißungen vor ihm lag.

Würde es nicht mit jedem Tag, den er zögerte, schwieriger werden, den Weg hinaus zu finden? Herrje, war er am Ende vielleicht schon zu verweichlicht?

Wieder wehte ihn ein Windstoß an, als wollte er den schwarzen Kater locken.

Mazan war schon drauf und dran, mit einem Satz von der weißen Mauer herunterzuspringen, als er ein Geräusch hinter sich vernahm. Er brauchte sich nicht umzudrehen, um zu wissen, wer ihn gefunden hatte.

Rocky, der rotbraune Revierchef der Stadt, setzte sich neben ihn. Ohne ein Wort zu sagen, schauten sie beide zu, wie die Sonne über dem satten Land höher stieg. Die Gegenwart des kräftigen Freundes ließ Mazan ruhiger werden.

Schließlich wandte sich Rocky an ihn: »Wir haben ein Problem.«

»Hm, ich weiß. Ein neuer Kater in der Stadt. Hast du ihm schon klargemacht, wer hier der Chef ist?«

»Nee, ging nicht.«

»Wieso nicht?«

Rocky gehörte zu den wenigen Katzen, die grinsen konnten.

»Er hat mich plattgequatscht«, feixte er.

Mazan starrte den Wildkatzenmischling verdutzt an.

»Eine furchtbare Nervensäge«, erzählte Rocky. »Italiener. Quasselt an einem Stück. Wahrscheinlich haben seine Leute ihn deswegen ausgesetzt. Aber das meinte ich nicht, als ich von einem Problem sprach.«

»Was dann?«, fragte Mazan ungeduldig.

»Wir müssen etwas unternehmen«, erklärte Rocky ernst. »Es geht um Manon, sie ist verschwunden.«

Eine eisige Klammer schloss sich um Mazans Brust.

3

Das Klicken der Boulekugeln draußen unter den Platanen zeigte Sergeant Lucien Brell das Ende der zweistündigen Mittagszeit an. Der Gendarm klappte den deutschen Krimi zu, in dem er zur Übung heimlich las, und steckte den Zettel mit Begriffen, die er nicht hatte übersetzen können, als Lesezeichen in die Seiten.

»Wurstkoma«, wiederholte er das neueste Rätsel von heute. Ob er diesen Pariser Arzt, Parceval, fragen konnte, ob das eine richtige oder nur literarische Krankheit war? Oder seine Chefin, Lieutenant Matéo? Die von Amts wegen zwar nicht seine Chefin war, die Mazans voluminöser Gemeindepolizist aber als solche betrachtete, nachdem sie ihn als Partner bei den vergangenen Mordermittlungen herangezogen hatte. Mord war Brell in seinen zweiundzwanzig Berufsjahren in Mazan noch nie untergekommen. Marseille, wo die Chefin herkam, wäre viel zu groß für ihn.

Mazan kannte er. Nahezu alle fünftausend Einwohner – bei den Zugezogenen dauerte es zwei, drei Monate, bis er über ihren Alltag Bescheid wusste – und über ihre kleinen wie großen Sünden. Eins war Brell immer wichtig gewesen: Er wollte, dass seine Leute, so nannte er Mazans Einwohner bei sich, ihm vertrauten. Deshalb erzählten sie ihm bei einem Tomatensalat und einem Rosé von ihren Sorgen, von den Eskapaden ihrer Kinder, und er musste sie nicht ermahnen oder anzeigen, sondern konnte vielleicht einen Rat geben, der ihnen wirklich half.

Brell betrachtete seinen Schreibtisch. Seitdem das Police-Rurale-Büro aus dem Rathaus in den »Zuckerwürfel«, wie Mazans Gemeindepolizist den weißen Container neben dem *mairie*-Gebäude nannte, gezogen war, hatte Brell mehr Platz für seine geliebten Ordner und sogar eine Klimaanlage. Aber ein bisschen fühlte er sich in dem Container wie der Polizist im Kasperletheater. Das Wort hatte er aus einem anderen deutschen Krimi.

Sehnsüchtig sah er nach draußen. Im rotgoldenen Nachmittagslicht fanden sich immer mehr Pétanque-Spieler ein, und auf den Bänken ringsherum trafen sich alte Frauen zu einem Schwätzchen.

Brell zog die Hose über seinen Fassbauch. Er würde rasch den Eingang von fälligen Bußgeldern kontrollieren, Anträge auf Beerdigungsumzüge stempeln und vorn beim Kreisverkehr am Spar-Markt den Blitzer aufbauen. Dann könnte er die Kugeln aus seinem alten Renault holen, und …

»Sergeant Brell?«

Die Stimme, die seinen Namen auf unvergleichlich süße Weise ausgesprochen hatte, gehörte zu einer Frau, die Sergeant Brell noch nie in Mazan gesehen hatte. Zierlich, schlank, dunkles Haar, mit schneeweißen Reithosen, tailliert geschnittenem, teurem Reiterjackett, cognacfarbenen Reitstiefeln. Nur der große Grasfleck auf ihrem Oberschenkel und der erschreckte Ausdruck in ihren graublauen Augen störte die absolute Harmonie ihrer Erscheinung.

Brell spürte in seiner Brust den traurigen Vogel aufflattern. Das ging ihm immer so, wenn er einer besonderen

Frau gegenüberstand, von der er wusste, dass sie ihn nicht mal in Betracht zöge, wenn die Sintflut kurz bevorstünde. Höchstens als Floß.

»Ich weiß nicht«, begann sie, »ob es falsch ist, vor dem Gesetz, aber falsch vor dem Leben ist es …« Sie brach in Tränen aus.

Sergeant Brell reichte der Fremden sein gebügeltes Taschentuch und einen Cognac und schob ihr seinen Bürostuhl mit der extrabreiten Sitzfläche zu. Nach und nach berichtete sie, was sie so erschütterte: Sie hieß Natalie Le Goc, lebte in La Guérande und kam jeden Herbst, nachdem sie den Sommer als Hotelangestellte durchgearbeitet hatte, ins Vaucluse. Sie liebte die Wein-, Kräuter- und Honigfeste, lange Ausritte, Besuche bei den Glasbläsern, Künstlern oder kulinarischen Festivals der Winzer und Höfe. Weit hinter Malemort, einem Tausend-Seelen-Dorf im Süden von Mazan, hatte das Pferd Natalie mitten in der Wildnis abgeworfen.

»Und da waren ganz viele Käfige, und in allen waren die armen kleinen Dinger! Und sie schrien so schlimm.« Wieder brach Natalie Le Goc in Tränen aus.

Zwei Stunden später stand Brell zusammen mit Pierre Ravoire, einem passionierten Jäger, der auch das Amt des *garde champêtre*, des Feldhüters, innehatte, im tiefsten Hinterland von Malemort-du-Comtat. Sie hatten den Forstwagen an einem Maisfeld stehen lassen und waren querfeldein an steilen Berghängen und malerischen waldigen Tälern entlangmarschiert. Sie hatten sich die Hosen aufgerissen am *garrigue*, Gestrüpp aus Ginster, Lorbeer, Rosmarin und Anis. Über dem Land lag das Lied der Zikaden und der Duft von wildem Thymian.

Lucien Brell und der Jäger kannten sich schon von der Schule. Pierre Ravoire, schlank und selbstbewusst, hatte zu der Clique von großmäuligen Bauernsöhnen alteingesessener Familien gehört, die sich über den dicken Lucien mit dem Bibliotheksausweis lustig gemacht hatten. »Dicke Lucie«, so hatten sie Brell genannt. Auf dem Schulhof hatten sie die dicke Lucie gern rumgeschubst. Zu zweit, zu dritt. Bis Lucien zu schwer und zu groß wurde und nicht mal mehr vier Bauernjungs seinen felsartigen Körper bewegen konnten.

Pierre mitzunehmen hatte sich angeboten; der *garde champêtre* kannte sich aus im Feldgebiet rund um Mazan. Und er hatte sich gerade auf dem Pétanque-Platz herumgetrieben. Brell selbst war nie auf die Jagd gegangen, er hasste Gewalt an Tieren. Er war heimlicher Vegetarier. Wenn Pierre das wüsste ... Die dicke Lucie ist ein »Müslifresser«. Noch ein deutsches Wort.

In der Mitte der Lichtung war die Grasnarbe entfernt worden, die ausgetrocknete ockerfarbige Erde mit Reisig gefegt. In den selbstgebauten, sichtbar oft benutzten Käfigfallen am Boden hüpften kleine Vögel gegen die Drahtgitter. Ein Lockvogel mit abgeschnittenen Flügeln in einem größeren Käfig, mit einem dünnen Brett als Schattenspender, zirpte sein fatales Lied und rief weitere Artgenossen herbei, die sich dann vom Maisköder in den *matoles*, den Käfigfallen, verführen ließen.

Brell verstand, warum Natalie Le Goc so schockiert gewesen war.

»Das ist eine sauber organisierte Ortolan-Fanganlage«, sagte Ravoire munter. »Es muss ein sehr erfahrener Jäger sein, einer von denen, die die Tradition schätzen. Schau dir mal an, wie er die *matoles* arrangiert hat. Perfekt. Die Drosseln hast du als Extra dabei, kannste Auflauf von machen, die Spatzen sind Gekröse, das muss weg. Aber Ortolane …« Pierre Ravoire schnalzte mit der Zunge und lachte.

»Stehen Ortolane nicht schon seit Jahren unter EU-Artenschutz, Pierre?«

»Ach, hör auf! EU, EU, das ist doch Propaganda. Genauso wie sie uns den Rohmilchkäse verbieten wollten. Alles völlig übertrieben, wenn du mich fragst, Lucien. Die in Brüssel haben keine Ahnung!«

Brell verkniff es sich, den Feldhüter darauf hinzuweisen, dass es genau die Aufgabe eines *garde champêtre* war, die Einhaltung dieser Brüsseler Regeln zu überwachen.

»Wem gehört das Land hier? Ist das eine Jagdpacht?«, fragte er stattdessen.

Pierre Ravoire zuckte mit den Schultern. »Nein, nicht dass ich wüsste. Müsste einer dieser Erbengemeinschaften gehören, die sich nicht einigen können, was sie mit dem Grund machen, und ihn einfach verkommen lassen.«

Brell nickte. Das war oft so. Das französische Erbschaftssystem sprach quasi jedem noch lebenden Familienmitglied Mitbestimmung an Grund und Boden zu. Und in vielen Familien gab es nie eine Einigung, weil sich die einen übervorteilt und die anderen übergangen fühlten.

»Kennst du den, der das hier nutzt?«

»Ich? Bestimmt nicht. Wir sind hier ja nicht einmal in der direkten Flugschneise, auf der die Zugvögel Richtung Afrika fliegen. Die beliebteste Route liegt im Westen, bei Bordeaux. Ist gar nicht ungeschickt, dass er hier die Ausreißer abgreift, da kommt ihm so schnell keiner auf die Schliche.«

Brell spürte, wie sich ungewohnte Wut in seinem Kopf ballte.

Ravoire erging sich in genießerischen Erinnerungen. »Meine Großmutter hat die Ortolane, die mein Großvater

Belfort fing, in drei Wochen mit Feigen und Hafer auf den vierfachen Umfang bekommen. Dann hat sie Belforts selbstgebrannten Mirabellenschnaps genommen, ihnen ein Tröpfchen gegeben, damit sie glücklich starben, und ab in den Bräter. Andere ertränken sie in Armagnac, aber wenn du mich fragst, dominiert das den Geschmack viel zu sehr. Bisschen Pfeffer dran und – aaaaah!« Pierre Ravoire lachte erneut.

Brell lachte nicht.

Auch er hatte eine Großmutter gehabt, die sich selbst nach dem europaweiten Ortolan-Fangverbot Anfang der Neunziger ungerührt die spatzengroßen Vögelchen hatte liefern lassen. Singvögelfang gehörte seit der Römerzeit in der Provence dazu, das war wie Weinbau und Lavendeltrocknen, basta! Die Ortolane, eigentlich Gartenammern, waren vorgemästet gewesen, mit ausgestochenen Augen, denn so fraßen sich die armen Tierchen ungebremst auf drei- bis vierfachen Umfang, weil sie sich kurz vor der Winterzeit wähnten. Auf die Weise wuchs die Speckschicht an, wegen der die schlanken Zugvögel zu Fettbällen mutierten und Fettammern genannt wurden.

Brell erinnerte sich, dass er als neunjähriger Junge dabei zugesehen hatte, wie sich seine Familie und ihre Gäste zu Silvester Ortolane »gönnten«. Seine Mutter und seine Großmutter hatten die Vögel in eine Schale Cognac getaucht, mit dem Schnabel voran. Sie hatten die Krallen mit der Zange gekürzt, aber sonst alles dran gelassen – Kopf, Schnabel, Füße. Die Vögelchen wurden einzeln in gusseiserne *cocottes* gelegt, in denen sonst Luciens geliebte Bratäpfel mit gesalzener Butter und Karamellzucker garten. Die gespannte Haut der gemästeten Tierchen war aufgeplatzt, und die Vögel brieten im eigenen Fett. Lucien war befohlen worden, die Deckel aufzusetzen.

Rasch wurden die Eisentöpfchen serviert. Nacheinander hoben die Gäste die Deckelchen hoch. Luciens Vater und der Bürgermeister von Bédoin hatten die größten Vögel bekommen. Auf ein Nicken des Gastgebers hin und nach den Worten: »Verbergen wir unsere Gesichter nun vor dem Herrn«, legten die Gäste sich übergroße Servietten auf den Kopf, sodass ihnen ein Dreieck tief über Gesicht und Mund hing.

Mit weit geöffneten Augen und angehaltenem Atem beobachtete Lucien, wie die Vögel, mit den Füßen zuerst, zwischen den weit geöffneten Lippen der Gäste verschwanden. Bei allen hing der gebratene Kopf noch aus dem Mund.

In jener Nacht war Lucien das erste Mal fortgelaufen, aber nicht weit gekommen mit seinem dicken Hintern und seinen tränenblinden Augen.

Als Sergeant Brell jetzt sah, wie sich Pierre Ravoire bückte, um einen Ortolan aus einer der Käfigfallen zu nehmen und in seinen Jagdbeutel zu stecken, herrschte er ihn an: »Nichts anfassen! Das ist ein Tatort.«

»Tatort? Komm mal runter. Hier wird sich bestimmt keiner beschweren, wenn ich seinen Fang beschlagnahme. Was will er schon groß machen? Zu dir gehen und sich beklagen?« Pierre grinste höhnisch.

»Ich warne dich, Ravoire, lass den Vogel los!« Brell wunderte sich über sich selbst. Woher kam diese Wut?

»Spinnst du? Du warnst mich? Du? Die dicke Lucie?«

Sie sahen einander in die Augen. Brell richtete sich zu seiner vollen Größe von fast einem Meter neunzig auf und ließ seinen breiten Schatten auf Pierre Ravoire fallen.

»O ja, ich warne dich. Ich warne dich, noch einmal deine Frau zu schlagen, wenn du besoffen bist und dein Geld bei den Pferdewetten in der PMU-Bar in Carpentras verschleudert hast.«

Pierre Ravoires Augen wurden schmaler. »Wer hat dir …«

»Ich warne dich, dich allzu sicher zu fühlen bei deinen Kartenspielabenden, deren Gewinne du nicht versteuerst.«

»Verdammt. Welcher Schwätzer …«

»Pierre, es gibt so vieles, was ich über dich weiß.«

Pierre Ravoire kickte einen Stein weg. Das Geräusch ließ das Lied der Zikaden verstummen.

»Und ja: Ich warne dich, dich hier zu bedienen. Weil die dicke Lucie jetzt der dicke Bulle von Mazan ist.«

Pierre ballte die Fäuste. Dann senkte er den Blick.

Nach einer Weile sagte er: »Meinetwegen«, und ließ den Vogel frei, der so schnell wie möglich in den Himmel stieg, weg von den Käfigen und dem kläglichen Tschilpen seiner Artgenossen.

Brell sah ihm nach. Ein Gefühl von Triumph und wilder Freiheit durchzuckte ihn. Doch es war vorbei, sobald Brell sich wieder den Fallen zuwandte. Wer hatte diese Anlage gebaut? Und was sollte er jetzt nur tun?

4

Sie hatten die gesamte Stadt abgesucht. Mazan selbst war unermüdlich gewesen und hatte keinen Winkel ausgelassen.

Nichts! Manon blieb verschwunden.

Bei dem Sänger, in dessen schmalem Haus Manon lebte, waren sie natürlich zuerst gewesen. Doch auch da war sie nicht.

Rocky sprach als Erster aus, was sie nicht mal zu denken wagten.

»Was, wenn sie zur Hauptstraße runter ist und …«

Nein, das wollten sie nicht glauben. Es gab Zeiten, in denen der Verkehr dort unten mörderisch war, zumindest für Katzen. Und für Hunde, hätte Mazan hinzufügen können, der den großen Sabberer, Atos, schon einmal vor einer Karambolage mit rasenden Wagen gerettet hatte. Aber er wollte die anderen nicht beunruhigen. Es reichte, dass er selbst fast wahnsinnig vor Sorge um Manon war.

Dennoch kontrollierte er zusammen mit Rocky die ganze Länge der Hauptstraße. Ein Unfall hätte sicherlich Spuren hinterlassen. Fell, Blut, Angstgeruch. Als sie nichts fanden, waren sie das erste Mal seit Beginn der Suche etwas erleichtert.

»Und wenn sie da drüben irgendwo ist?«, fragte Rocky. Sie hockten in einem Winkel unter einem der gewaltigen, uralten Stadttore und spähten über die Straße. Drüben, das war die andere, die neue Seite der Stadt, in der keiner von ihnen jemals gewesen war.

»Dann weiß ich nicht, wie wir sie finden sollen«, erwiderte Mazan hoffnungslos.

In seiner Verzweiflung versuchte er, Lieutenant Zadira auf Manons Verschwinden aufmerksam zu machen. Aber natürlich scheiterte er daran, dass sie nicht verstand, was er ihr mitteilen wollte.

»Ach Kleiner«, sagte sie nur matt, als er sie mit seinen Hilferufen bedrängte. Sie schien ihm verändert, bedrückt von einer tiefen Sorge, die wiederum er nicht verstand. Er lief zu dem Tierarzt hinüber. Dort fand er eine Frau vor, die fürchterlich nach Chemikalien roch.

»Eine Katze!«, rief sie. »Und was für eine schöne.« Sie wollte ihn ohne weiteres Kennenlernen auf den Arm nehmen. Da hatte sie sich aber den falschen Kater ausgesucht. Jammernd kreischte sie auf, als er ihr die Unterarme zerkratzte.

Atos hüpfte bellend zwischen ihnen hin und her, weil er nicht verstand, was vorging. Mazan sah ein, dass er hier keine Hilfe finden würde, und verschwand wieder durch die Katzenklappe.

Erneut suchte er die innere Stadt ab, schnüffelte in jeden Winkel. Manchmal glaubte er, einen Hauch von Manon zu riechen. Doch der Duft war zu flüchtig, als dass er ihm folgen konnte. Auf seinen Wegen begegnete er immer wieder Rocky, Tin-Tin und sogar Oscar. »Nichts«, sagten sie, und so suchte er fiebrig weiter.

Auch alle anderen Katzen beteiligten sich an der Suche. Das ganze Agentennetz der Samtpfoten. Von manchen hatte Mazan sich nicht einmal die Namen gemerkt. Aber sie teilten alle seine Sorge, und genau wie er fürchteten sie das Schlimmste. Selbst Louise vergaß, dass sie eigentlich beleidigt war. Vielleicht aber auch nur deswegen, weil sie sich mit diesem neuen Kater abgeben musste, der ihr nicht mehr von der Seite wich.

Orangino sah wirklich aus wie ein Flickenteppich. Es gab kaum eine Farbe, die in seinem Fell nicht zu finden war. Mazan legte die Ohren an, als der fremde Kater auf ihn zugelaufen kam.

»Ah, Don Mazano, endlich lerne ich dich kennen. Es ist mir eine große Freude, zu treffen den berühmteste Kater von die Stadt. Ich verneige mich vor dir, Don Mazano. Erlaube mir, alles zu tun, was steht in meine Macht, um Manon zu finden wieder. So wie sie ist deine Freundin, wird sie sein meine Freundin, *mia prezioso*. Ich werde ...«

»Weißt du jetzt, was ich gemeint habe?«, raunte Rocky ihm zu.

Mazan bemerkte Louises flehentlichen Blick, mit dem sie ihm offenbar zu verstehen geben wollte, dass er sie von dem komischen Dauerquassler befreien sollte. Und obwohl ihm wirklich nicht der Sinn danach stand, klinkte sein Verstand zwei Probleme zusammen und schuf dadurch eine Lösung. Er schickte Orangino auf die Feld- und Wiesenseite außerhalb der Stadtmauern, dorthin, wo der Fluss lag. Dort wäre der Neuling erst einmal reichlich beschäftigt und würde niemandem auf die Nerven gehen. Rocky bedachte Mazan mit einem anerkennenden Grinsen.

Doch der fand keine Ruhe. Immer wieder trieb es ihn durch die Stadt und auf die Dächer. Auch dort keine Spur von Manon. Aber auf seinem Weg entdeckte Mazan etwas anderes ...

Nicht weit vom Kirchplatz gab es einen großen ummauerten Garten, den die Katzen nur mit äußerster Vorsicht betraten, da dort meist ein sehr schlechtgelaunter Gärtner am Werk war, der Katzen nicht leiden konnte. Sobald sich eine von ihnen in seinem Reich blicken ließ, vertrieb er sie mit Harke, Besen oder was immer er gerade zur Hand hatte.

Es war kaum anzunehmen, dass eine möglicherweise verletzte oder kranke Manon ausgerechnet hier Zuflucht gesucht hatte. Darum war Mazan gar nicht auf die Idee gekommen, in dem unbewohnten Garten nach ihr zu suchen. Aber als er an dem eisernen Gittertor mit der schweren Kette vorbeikam, war ihm klar, dass er trotz des Harke schwingenden Gärtners den Garten durchforsten musste.

Mit wachen Sinnen zwängte er sich zwischen den Eisenstäben hindurch und suchte Schutz unter einem Busch. Dann spähte er aufmerksam in die Runde. Nichts tat sich. Keine Harke. Kein wütender Gärtner. Mazan schlich weiter. Von Busch zu Busch, bis zu dem riesigen Baum, der den Garten überragte und der so hoch war wie das alte Haus, zu dem der Garten gehörte. Es stand seit langem leer, seine geschlossenen Fensterläden waren verwittert.

Langsam tastete Mazan sich weiter und stellte zu seinem Erstaunen fest, dass er keinen Gärtner zu fürchten hatte. Mehr noch, die fehlenden Geruchsspuren verrieten ihm, dass der schlechtgelaunte Wüterich offenbar schon seit geraumer Zeit nicht mehr hier gewesen war.

Zwar gab es keinen Hinweis auf Manon, sosehr Mazan auch suchte. Dennoch hielt ihn etwas an diesem Ort zurück. Er kletterte mit ein paar raschen Sätzen den Baum bis zur ersten Astgabelung empor. Von dort hatte er einen guten Überblick über das bisher verbotene Terrain. Und es gefiel ihm sehr.

Er dachte daran, dass er die Stadt hatte verlassen wollen, um ein Leben in Freiheit zu führen. Aber jetzt, da er diesen herrenlosen – und auch katzenlosen – Garten entdeckt hatte, ging ihm auf, dass ihm vielleicht nur so etwas gefehlt hatte: ein eigenes Revier.

Sicher, er hatte Lieutenant Zadiras Wohnung. Aber das war nicht das Gleiche. Und der Garten des Hauses, in den er sich im Sommer geflüchtet hatte, war leider nicht mehr zugänglich. Das Haus war abgerissen worden, und nun gruben Maschinen dort die Erde auf.

Könnte dieser Garten seine Unzufriedenheit besänftigen?

Für einen kurzen Moment gönnte er sich Ruhe von der Sorge um Manon. Atmete den warmen Duft von Erde und Blüten ein und ließ den zarten Wind sein Fell zerzausen. Eine ungewohnte und dennoch vertraute Stille kehrte in ihm ein.

Und mit einem Mal wusste er, wie er Manon finden konnte. Zumindest, wenn sie noch lebte. Er brauchte nur zu *springen*.

Wie hatte er nur seine besondere Fähigkeit vergessen können?

Schon einmal war es ihm gelungen, Manon aus einer lebensbedrohlichen Situation zu retten, indem er sich in diesen eigentümlichen Zustand versetzte, der es ihm erlaubte, andere Orte zu besuchen, ohne dass sein Körper sich vom Fleck rührte. Darin allerdings bestand auch die Gefahr. Denn solange er sich in diesem Zustand befand, war sein Körper völlig ungeschützt. Es war ein Risiko, das er nur einging, wenn ihm keine andere Wahl mehr blieb.

Mazan kletterte vom Baum hinunter, verbarg sich wieder unter dem Busch und machte sich bereit. Begann stoßweise zu atmen und zu flehmen, um seinen sechsten Katzensinn zu aktivieren. Er leckte die Luft und ließ die Realität zurückweichen. Von da aus wäre es nur noch ein kleiner Schritt bis zum eigentlichen *Springen*.

Er wusste, es war wie ein Satz durch eine unsichtbare Tür. Danach würde er die Stadt mit anderen Augen sehen. Jede Spur, die Mensch oder Tier hinterließ, wäre wie ein gleißender Lichtfaden, dem er nur zu folgen brauchte.

Aber nichts geschah.

Zweifel packten ihn. Wieso gelang es nicht? Was war los?

Immer noch saß er unter dem Busch, war in seinem Körper gefangen.

»Mazan?«

Rockys Stimme riss ihn aus seiner Konzentration.

»Hey, Mazan, wo steckst du?«

Rocky erwartete ihn auf der anderen Seite des Gitters.

»Was hängst du hier rum? Es gibt Neuigkeiten.«

Manon war gefunden worden. Ausgerechnet von dem Flickenteppich.

Louise und Orangino erwarteten sie in der hohen Wiese am Flussufer. Insekten summten, verärgert über die Störung. Die schattenweiße Siam sah Mazan mit halb kummervollem, halb genervtem Ausdruck in den schönen Augen entgegen, der bunte Mischling mit sichtlich stolzgeschwellter Katerbrust.

»Don Mazano«, begrüßte Orangino ihn. »Ich habe die schöne Manon für dich gefunden, ah, was für eine Katze …«

Während der neue Kater immer weiterplapperte, spähte Mazan in den Schatten unter der Brücke. Was um alles in der Welt hatte Manon dort verloren?

Er wandte sich an Louise. »Was ist mit ihr? Geht es ihr gut?«

»Schau doch selbst nach«, gab sie schlecht gelaunt zurück.

Natürlich kam Rocky mit, als Mazan nach unten lief. Er entdeckte die ingwerfarbene Katze schon von weitem und war so erleichtert darüber, dass er erst gar nicht registrierte, was da neben ihr lag. Und als er es sah, konnte er es nicht begreifen.

Manon lag auf der Seite, ihren undurchdringlichen Blick wachsam auf die beiden Kater gerichtet, die ein paar Längen von ihr entfernt staunend verharrten. Denn an ihren Zitzen saugten vier winzige Katzenbabys, drei ingwerfarbene und ein rabenschwarzes.

»Wo kommen die denn her?«, fragte Rocky verdutzt.

Das konnte Mazan auch nicht sagen. Natürlich wussten sie, dass Katzen manchmal Junge bekamen, doch über das Warum hatte sich keiner von ihnen jemals Gedanken gemacht. Dass es nun auf einmal Manon erwischt hatte, konnten sie beide nicht recht verstehen.

Mazan näherte sich langsam der Kätzin.

»Verdammt, Manon, wir haben dich überall gesucht. Und ich habe mir Sorgen um –«

Er war noch nicht einmal bis auf zwei Körperlängen an sie herangekommen, als die bis dahin stille Manon sich in eine fauchende Bestie verwandelte. Ihre plötzliche Angriffslust war so erschreckend, dass beide Kater zurückwichen. Manon war zwar nicht groß, aber von enormer Schnelligkeit und Wildheit. Bei ihrer ersten Begegnung hatte sie Mazan ein Ohr zerfetzt.

Erneut fauchte sie mit flach angelegten Ohren. Die vier Katzenbabys schien das nicht zu stören. Genüsslich kneteten und nuckelten sie an Manons Unterbauch.

Mazan war hin- und hergerissen. Einerseits verspürte er den Impuls, diese winzigen, halbblinden Kleinen zu schützen. Hier draußen waren sie doch nicht sicher! Füchse, Marder, Raubvögel – die Wiesen und Wälder waren voller Jäger. Er wusste das. Wusste Manon es auch? Auf der anderen Seite konnte er sich Manons Wut nicht erklären.

»Hör zu, Manon, wir sollten dich und die Kleinen da in die Stadt schaffen …«

»Verschwindet!«, zischte sie giftig. »Verschwindet alle beide!«

Ihre Feindseligkeit verletzte Mazan zutiefst. Ungläubig zog er sich weiter zurück, sah sich immer wieder nach ihr um. Doch Manons Blick war der einer Fremden.

»Na, die hat aber schlechte Laune«, stellte Rocky fest, als sie die Böschung wieder hochstiegen.

Mazan sagte nichts, zu sehr hatte ihn Manons Verhalten getroffen.

Auf der Uferböschung kam Orangino sofort wieder auf ihn zu. »Sind es nicht wundervolle Bambini?«

»Sei still«, wies Mazan den bunten Kater barsch zurecht. Der schwieg sofort. Louise bedachte ihn mit erstauntem Blick.

»Hast du das gewusst?«, fragte er sie.

»Sicher«, antwortete sie nur. »Aber ich wusste nicht, wo sie war.«

In Mazan stieg gallige Wut hoch. Was war nur mit den Kätzinnen los? Er wandte sich an Orangino.

»Du willst einen Platz bei uns haben?«

»Si, Don Mazano.«

»Dann wirst du hier wachen und aufpassen, dass Manon nichts zustößt.«

Rocky unterstützte Mazan, indem er Orangino besonders finster anschaute. Der versicherte sofort, dass er sein Leben geben würde, für alle, für jedes Einzelne der Bambini …

Mazan machte sich davon.

»Alles klar, Mazan?«, rief Rocky ihm hinterher.

»Sicher, ich drehe nur mal eine Runde.«

Tatsächlich wollte Mazan dringend allein sein. Vielleicht konnte er noch einmal zu dem Garten gehen, den er entdeckt hatte. Ein paar Markierungen setzen, damit die anderen Katzen wussten, dass dies nun sein Revier war. Vielleicht würde er auch auf einen Happen Thunfischpastete bei Zadira reinschauen. Und dann Atos ein wenig ärgern. Vielleicht würde er aber auch abhauen. Wieder raus aus der Stadt, dorthin, wo es keine undankbaren Kätzinnen, eingebildete Siams oder geschwätzige Neuzugänge gab.

Er war so sehr in seinem Ärger gefangen, dass es ihm erst auffiel, als er unmittelbar davorstand: Ein Tor war geöffnet, das sonst nie offen stand. Ein breites, schweres Holztor, an dem er schon unzählige Male vorbeigekommen war. Verwundert starrte er auf den Spalt, der in ein unbekanntes Inneres führte.

Ihn zu ignorieren kam natürlich nicht in Frage. Vorsichtig schnuppernd näherte er sich. Ein gepflasterter Innenhof, schattig und kühl. Und darin saß reglos ein Wesen, von dem er nicht wusste, ob es zu dieser Welt gehörte.

Ihr Fell war von leuchtendem Weiß, ihre großen Ohren aufgerichtet. Und sie schien nicht die geringste Furcht vor ihm zu haben.

Mazan tastete sich weiter vor, Schritt für Schritt. Er erwartete, dass sie ihn angriff oder zumindest Anstalten machte, ihr Revier zu verteidigen. Doch die weiße Katze rührte sich nicht. Nur ihre klaren blauen Augen waren unverwandt auf ihn gerichtet.

Es dauerte ein Weilchen, ehe er begriff, was los war. Die weiße Katze sah nicht ihn an. Sie sah niemanden an. Sie war blind.

Schon wollte er ihr sagen, dass sie nichts von ihm zu befürchten habe, als sie von sich aus das Wort an ihn richtete. Was sie sagte, erstaunte ihn mehr als alles, was er bisher erlebt hatte.

»Da bist du ja endlich.«

5

Zadira Matéo hatte das rote Kleid vom Bügel gezerrt, um es in den Müll zu werfen. Aber das hatte sie dann doch nicht über sich gebracht und es in dem provisorischen Kleiderschrank in ihrer Zweieinhalbzimmerwohnung ganz nach hinten gehängt. Hinter die Jeans, Cargohosen, Laufklamotten, Tanktops, ihre Ledermotorradkluft und ihre Herrenhemden.

Eigentlich sollte sie es an die Wohnungstür nageln. Als tägliche Warnung. Sie und die Sache mit den Männern, das war ein einziger, ununterbrochener Verkehrsunfall. Erst ihr Ex-Chef, jetzt ein Pariser. »Merde.«

Und dann dieses Stöckeln von nebenan. Lief diese Fabienne den ganzen Tag auf Highheels rum? Sicher waren sie das Einzige, was sie trug, während sie ihren »Ju-hules« von vorn bis hinten bediente, die Croissants butterte, die Milch zwischen ihren Schenkeln erhitzte, und …

»Alter, mach dich mal locker!«, befahl sich Zadira laut. Ja. Lockermachen, Bob Marley hören und Wohnungsanzeigen in Marseille studieren. Nicht der Wut die Kontrolle überlassen.

Sie drehte einen Stuhl mit der Lehne zum Tisch, setzte sich barfuß, in Jeans und weißem Trägershirt, darauf und versuchte, sich mit den Marseiller Polizeiberichten aus der *La Provence* zu entspannen.

Raubüberfall auf ein Postflugzeug.

Die Bandenkriege. Schon wieder eine Hinrichtung unter Rauschgiftgangs.

Menschen. Die schlimmsten Tiere.

Nebenan wieder das blonde Lachen und Stöckeln.

Einatmen. Ausatmen.

Sollte Monsieur Véterinaire doch tun, was er wollte! Dies hier war ein freies Land, und Dr. Jules Parceval konnte mit jeder Frau schlafen, wie es ihm gefiel, den ganzen Tag. Er musste sich nicht erklären.

Zadira drehte »I shot the Sheriff« noch ein bisschen lauter und hörte Jules' bretonischen Vorstehhund Atos nebenan munter mitjaulen. Lauter, mein Freund, lauter! Sollte Jules doch rüberkommen und sich beschweren!

Als es fünf Minuten später dreimal kräftig an ihrer Tür hämmerte, lächelte sie.

Erleichterung.

Sie nahm sich Zeit, aufzustehen. Am besten wäre, sie würde Jules küssen, ihm dann eine reinhauen und danach fragen, was der Mist mit dem Stöckelmonster sollte. Zadira löste ihr hochgestecktes schwarzes Haar. Es fiel ihr weit über die Schulterblätter.

Als sie die Tür öffnete und sich dekorativ in den Rahmen lehnen wollte, stand nicht Jules Parceval im Treppenhaus.

Und auch nicht das blonde Gift.

Sondern ein attraktiver Mann Anfang vierzig, volles, dunkles Haar, braune Augen, schwarzes Lederjackett. Seine Pupillen weiteten sich sprunghaft. Er las noch einmal das Türschild und rief laut, um Bob Marley zu übertönen: »Sie sind Lieutenant Matéo?«

»Wer will das wissen?«, brüllte sie zurück.

»*Bonsoir*, Kollegin. Ich bin Commissaire Arnaud Paoli,

Polizeipsychologe der Brigade Criminel des Quai de Orfèvres, Paris.«

Merde. Was machte der denn hier?

»Ich benötige Amtshilfe. Hat ihr Vorgesetzter, Commissaire divisionnaire Minotte, mich nicht bei Ihnen angekündigt?«

Zadira atmete durch. Minotte würde sich eher entleiben, als sie freiwillig anzurufen.

»Nein. Aber das muss nichts heißen, er vergisst solche Kleinigkeiten öfter mal«, sagte sie leichthin. Um genau zu sein, hassten der Brigadenleiter aus Carpentras und Zadira sich und vermieden jedwede direkte Kommunikation.

»Mensch, Zadira, was ist denn hier los, wieso ist die Musik so …«

Jules Parceval erschien in der Tür der Nachbarwohnung. Sein blaues Hemd über der Jeans war nur halb zugeknöpft. Er sah aus, als ob er sich gerade in einer delikaten Situation befunden hätte.

Als sein Blick auf Paoli fiel, verhärteten sich seine Gesichtszüge. Und noch mehr, als Zadira den Commissaire kurzerhand an dessen Lederjacke zu sich in die Wohnung zog und dabei laut sagte: »Komm rein, Arnaud! Schön, dass du da bist.«

Als sich Paoli wenig später hinter den winzigen Küchentisch klemmte, Zadira Bob Marley ausgestellt hatte und dem Commissaire ein La-Cagole-Bier hinschob, fragte er: »Sagen Sie, haben Sie mich etwa gerade benutzt, um den blonden Herrn von nebenan eifersüchtig zu machen?«

»Ja«, sagte sie. »Sorry. Weswegen sind Sie noch mal hier?«

Als ob sie das nicht ahnte. Sie hatte Blandine den Namen des Kommissars, der in Bezug auf den Mord an Idkas Galeristin ermittelte, doch noch besorgt und ihr gesimst.

»Kennen Sie Blandine Hoffmann?«, gab Paoli zurück.

»Vertrauen Sie ihr«, sagte Zadira. »Egal was Sie angestellt hat. Selbst wenn sie gelogen hat, dass die Engel weinen: Sie ist eine Gute und versteht unsere Arbeit. Wieso fragen Sie?«

Paoli schmunzelte auf eine Art, die Zadira bestätigte, was Blandine ihr über den Kommissar und Psychologen zurückgesimst hatte: »Sieht gut aus, ein Hauch römisch. Zu allem Unglück ist er intelligent, schwer zu beeindrucken und noch schwerer zu täuschen. Das Schlimmste: sympathisch! Erinnerte mich in manchen Gesten an dich. PS: Ich hasse die Pariser.«

Das war jedoch schon vorgestern gewesen. Seither hatte Zadira nichts mehr von der Reporterin gehört.

»Madame Hoffmann ist eine der ehrlichsten Lügnerinnen, die ich je kennenlernen durfte«, gab Paoli zu. »Und sehr beharrlich, da steht sie den Pariser Kampfschreibern in nichts nach. Ich habe sie auf dem Père Lachaise getroffen, nach Durands Beisetzung.«

»Und was ist Hoffmann noch, Commissaire?«

»Loyal. Sie hat mir nicht verraten, von wem sie meinen Namen im Fall Céline Durand erfahren hat, noch von wem sie weiß, dass es einen Fall gibt. Quellenschutz, wie Madame Hoffmann ausdrücklich betonte.«

Er sah Zadira in die Augen.

Sie schaute ihn unbewegt an und erwiderte gelassen: »Tja«, und öffnete sich auch ein La Cagole. Sie ließen die Flaschenhälse gegeneinanderklicken und tranken das Marseiller Bier in großen Zügen.

Arnaud Paoli sah Zadira dabei unverwandt an. Sein lachender Blick verriet, dass er ahnte, wer Blandine die Nummern seiner Dienst- und Privathandys zugespielt hatte. Und auch den Rest. Er setzte das Bier ab, wischte mit dem Daumen über den Flaschenhals.

Er ist auf der Straße aufgewachsen, wie ich, dachte Zadira auf einmal. Die Art, wie er trank, verriet ihn. Wie er saß. Und wie er sie anschaute. Er erkannte sie ebenso.

Spontan wallte in ihr warme Zuneigung zu diesem unbekannten Kollegen auf, der so unerwartet an ihrem Küchentisch saß. Attraktiv, fremd, vertraut. Aber zu ihrem Glück ganz und gar nicht verkehrsunfalltauglich.

Sie zog sich ein Hemd über und begann, sorgfältig ihr Haar wieder zusammenzustecken. Mit jeder Strähne verließ sie das private Terrain, auf dem Arnaud Paoli sie versehentlich angetroffen hatte.

»Ich höre«, sagte sie schließlich.

Er atmete tief ein.

»Ich habe das wahrscheinlich tödlichste Bilderrätsel der Welt aufzuklären. Ich weiß nicht, wie viel Zeit mir bleibt, um die nächsten von möglicherweise zwölf Morden zu verhindern. Es könnte aber auch alles eine Illusion sein. Ein Bluff. Das wissen wir erst, wenn es einen dritten Mord gegeben hat, den ich aber unter allen Umständen verhindern will.«

»Einen dritten? Es gab nach Céline Durand also noch ein zweites Opfer?«

»Allerdings. Am Tag der Beerdigung, ein Student. Ihre Madame Hoffmann war dabei, als ich den Anruf bekam.«

»Und ihr Spürnäschen hat wahrscheinlich eine Story gewittert.«

»Die ich ihr nicht geben konnte. Aber wenigstens hat sie etwas gewittert. Andere hingegen …« Kurze Verschlossenheit in seinem attraktiven Gesicht, ein wütender Blick, schließlich ein innerer Ruck. »Ich ärgere mich über meine Vorgesetzten, die beim ersten Mord Raub oder Eifersucht als dringlichstes Tatmotiv ansehen. Während ich bereits glaubte, dass Idkas Bilder etwas damit zu tun haben. Céline Durand wurde sicher nicht grundlos vor einem seiner Werke ermordet, mitten in der Galerie. Aber jetzt haben wir Ermittlungszeit verloren und nicht mit Idka gesprochen, solange er noch in Paris und bei der Beerdigung war. Höre ich mich eigentlich schon wie ein beleidigter Streber an? Meine Chefs bezeichnen mich meist als solchen.«

»Definitiv.« Zadira lächelte kurz. »Erzählen Sie mir alles, Fakten, Ideen, Ahnungen, das volle Streberprogramm.«

Arnaud Paoli reichte Zadira eine Aktenkopie, während er, jetzt um einiges gelöster, von Anfang an zu erzählen begann.

Céline Durand hatte Idka seit 1993 ausgestellt und profitierte besonders von seinen Erfolgen, nachdem er erblindet war.

»Das muss für einen Maler das Entsetzlichste sein, was ihm geschehen kann. War es ein Unfall?«

»Ja, offenbar in seinem Atelier.«

»Wie kann er dennoch malen?«

»In der Kunst ist alles möglich«, erwiderte Paoli lakonisch. »Wussten Sie übrigens, dass Charles Idka seinen Bruder als Manager vertritt?«

»Ich fürchte, ja. Und bevor Sie fragen: die vielfältigen Talente der Madame Hoffmann …« Sie lächelten sich kurz an. Dann schob Arnaud Zadira den Galeriekatalog zu.

»Idkas Zyklus 2014 heißt ›Tod und Erlösung‹.«

»Wie unpassend passend«, murmelte Zadira und blätterte die Aufnahmen der zwölf Gemälde durch. Ihr fiel auf, dass sie alle dasselbe quadratische Format besaßen, nicht sehr groß, sechzig auf sechzig Zentimeter.

»Céline Durand wurde vor Bild Nummer vier gefunden. Hier, sehen Sie sich an, wie ihr Leichnam positioniert war.«

Commissaire Paoli legte drei Abzüge nebeneinander: das Gemälde, die Aufnahme des Kriminaltechnikers von Céline Durand – und ein Foto, das Durands Körper auf dem Boden vor Bild Nummer vier in der Galerie zeigte.

Zadira betrachtete das Gemälde länger. Auf einmal zuckte sie zurück, als habe eine gierige Hand aus dem Katalog heraus nach ihr gegriffen.

Paoli nickte bestätigend.

»*Putain*! Erst sieht man nichts und dann …« Zadira schüttelte sich. »Sie ist genauso arrangiert wie die Frau auf dem Bild über ihr. Wie sie liegt, und hier, der heftige, breite Schnitt durch ihre Kehle, das entspricht dieser roten Kette der Frau auf dem Gemälde … Aber man sieht es nicht sofort. Erst, wenn man die optische Täuschung überwunden hat.«

Commissaire Paoli erwiderte knapp: »Ja. Idka arbeitet mit visuellen Illusionstechniken.«

Zadira betrachtete die Gemälde im Katalog noch einmal, jetzt aber langsamer und mit einem geschärften Blick. Nach und nach erschlossen sich ihr die versteckten Motive, und immer wieder spürte sie den Impuls, vor der Heftigkeit der Details zurückzuweichen.

Das war Kunst, die den Betrachter ohrfeigte. »Tod und Erlösung«. Sie musste auf einmal an ihren Vater denken, der durch eine Polizeikugel starb, weil er Zadira beschützt hatte. Sie musste an Javier Gaspard denken, ihren ehemaligen Vorgesetzten, der so lange ihr Herz in seinen Händen gehalten hatte. Hände, die schon getötet hatten. Sie musste daran denken, wie sie als junge Polizeistudentin in der Gewalt eines Drogenbosses gewesen war und damit rechnete, vergewaltigt und verstümmelt zu werden. Diese Angst! Und gleichzeitig dieser Wunsch, dass der Tod bald käme, schnell, jetzt, damit die Angst aufhörte.

Zadira versuchte zu enträtseln, wie Idka das machte. Es fühlte sich an, als würde er aus seinen Bildern in ihre Seele greifen. Es war ihr unangenehm. Der Maler kam der Dunkelheit in ihr viel zu nahe.

Ein Jahrhundertmaler – Idka verdiente das Etikett.

Aber wenn diese Bilder tatsächlich künftige Morde darstellten, würden sie es mit einem wahren Gemetzel zu tun haben.

»Am Anfang sah die Durand für meine Kollegen aus wie ein Solitärmord. Aber dann wurde am Tag der Beerdigung von Céline Durand der Student gefunden.«

Paoli legte zwei Fotos auf den Küchentisch. Eines verdeckt, das andere war das Tatortfoto.

»Lucas Zorn, dreiundzwanzig, Student an der Sorbonne. Keinerlei Verbindungen zu Durand oder der Kunstszene.«

Auf dem Foto war ein junger Mann zu sehen, nackt, seitlich liegend, in gekrümmter Haltung, die Hand vor dem Mund, so als würde er schlafen. Seltsam war, dass an seinem Rücken zwei Hautlappen so abgetrennt waren, dass sie wie müde Flügel von seinem Leib hingen. Das Gesicht wirkte entspannt.

Dann drehte Paoli das andere Foto um. »›Tod und Erlösung‹, Nummer acht,« sagte er leise.

Das Arrangement, das sich Zadira nach einiger Zeit offenbarte, war ähnlich: ein schlafender, attraktiver Jüngling, ebenfalls mit ermatteten Flügeln am Rücken.

»Wie haben Sie so schnell die Ähnlichkeit zum Idka-Bild gefunden?«, fragte sie. »Es gibt reichlich Morde und Kommissariate in Paris, und wenn es so ist wie in Marseille, dann spricht man viel zu wenig miteinander. Querverbindungen finden sich alle hundert Jahre mal.«

»Nun, von da an wird es interessant, Lieutenant.«

Eine Kunstpause, dann fuhr Paoli fort: »Weil ich Post bekam. Direkt auf meinen Bürorechner. Erstaunlicherweise über meine alte RAID-Adresse.« RAID, die Psychologentruppe, die vor allem bei Geiselnahmen, Banküberfällen und terroristischen Anschlägen gerufen wurde. Wenn Paoli dort gewesen war, ist er schussfest, dachte Zadira.

Er zog den Ausdruck einer E-Mail hervor.

Zadira sah sofort, dass es eine der anonymen Wegwerf-E-Mailadressen war, die sich nach fünf Minuten selbst aus dem Web löschten. Es ließ sich nicht mal nachvollziehen, aus welchem Land die verschlüsselte Nachricht kam, da sie über verschiedene Zwischenstationen, Server in den USA, der Ukraine oder Holland, unverfolgbar umgeleitet worden war.

Die Mail enthielt keine Text-, sondern eine Fotonachricht.

»Ein Memory-Spiel«, sagte Paoli bitter.

Zwei »Karten« waren aufgedeckt, sie zeigten Idkas Bilder Nummer vier und Nummer acht. Darunter standen die Namen Céline Durand und Lucas Zorn.

Unter den verbleibenden zehn verdeckten Karten standen nur Fragezeichen.

»Das ist wirklich ein tödliches Bilderrätsel«, sagte Zadira. Bevor sie weiterreden konnte, erklang von nebenan weibliches, helles Lachen.

Paoli und Zadira sahen sich an, er hob eine Augenbraue, sie zuckte mit den Schultern.

»Und was sagt Idka dazu?«, fragte Zadira gelassen. »Stellen die Bilder real existierende Personen dar? War die Durand Vorbild für Nummer vier und Zorn für die acht? Gib es irgendwelche Zusammenhänge?«

»Das werden wir hoffentlich von ihm hören. Morgen.«

»Erst morgen? Warum nicht gestern schon, Herr Kollege?«

»Natürlich habe ich sofort versucht, mit Idka zu sprechen, um herauszufinden, ob es irgendeine Verbindung zwischen den Bildern und den Opfern gibt. Es muss ja nicht das Aussehen sein, sondern irgendetwas, das Idka inspiriert hat. Zu was auch immer.«

»Aber?«

»Jeglicher Kontakt geht nur über den Manager, seinen Bruder Charles. Und der hat uns einen Anwalt vorbeigeschickt, der mir eine einstweilige Verfügung auf den Tisch legte, die beinhaltete, dass niemand sagen darf, Idkas Kunst und diese Morde hätten etwas miteinander zu tun, ganz gleich welcher Streber das behauptet. Und wer Idka mit diesem Unsinn belästige, könne der Wohlfahrt Bescheid sagen, dass er demnächst auf der Straße säße.«

»Und, haben Sie schon Bescheid gesagt?«

»Nein. Ich habe ein Ticket nach Mazan gebucht.«

»Was Ihre Vorgesetzten vermutlich nervös macht.«

»Ein bisschen. Da wird Marseille kaum anders ticken als Paris, weil Prominente nun mal nicht ganz so behandelt werden wie Nichtprominente.«

Zadira merkte deutlich, wie sehr Paoli gekränkt war, dass seine Dienstchefs ihn nicht unterstützten.

»Und welche Theorie verfolgen Ihre Vorgesetzten noch?«

»Die, die seit den neunziger Jahren unglaublich angesagt ist, wenn es keine Spur gibt: der Psychopath für alle

Fälle. Der Gestörte mit Minderwertigkeitskomplex, der sich durch Idkas Strahlkraft erhöhen will. Das John-Lennon-Prinzip: Morde einen Star, und du wirst ein Star. Morde einen Niemand, und kein Schwein schert es, wer du bist.«

Zadira fiel auf, dass der Commissaire in Jargon fiel.

»Ich denke aber«, fuhr er jetzt fort, »unser Täter agiert *ultrasophistiqué*, sehr überlegt. Ich vermute eine Projektion auf eine Persona Idka, die sich der Mörder geschaffen hat, um sich zu rechtfertigen. Wir haben also noch einiges zu erwarten.«

Jetzt zog Zadira eine Augenbraue hoch. Sie hatte nie viel von Psychoanalysen unbekannter Täter gehalten. Meist war die Biographie eines Mordes auf gewisse, wenn auch verstörende Weise stringent und nachvollziehbar – sobald man den Anfang gefunden hatte, den ersten Auslöser an Wut, Enttäuschung oder Not, auf dem sich alles Folgende aufbaute, bis es zum Schluss in einem mörderischen Akt kulminierte. Wenn sie herausfanden, wer sich von Idka verletzt, gedemütigt oder gar verstanden fühlte, wüssten sie mehr. Aber dafür müsste er ihnen sein ganzes Leben beichten. Und das würde er wohl kaum tun.

»Und Ihre Leute haben auch dafür gesorgt, dass die Morde an Durand und Zorn nicht als Morde in diesem Kontext nach außen kommuniziert werden?«

Er nickte. »Stellen Sie sich das mal vor. Eine Schlagzeile à la: Wer ist das nächste Opfer des irren Bildermörders? Nein danke. Die Ermittlung wäre blockiert, und Paris müsste die Hälfte der Polizisten dafür abstellen, Leute zu beschützen, die sich auf den Idka-Bildern glauben wiederzuerkennen.«

Es folgte ein Augenblick der Stille, in der sich in Zadira die Frage formte, wo Arnaud Paoli eigentlich schlafen wollte.

»Ich rufe mal drüben im Hôtel du Siècle an«, sagte sie entschieden.

»Danke, nicht nötig. Ich habe bereits im Secret de Cézanne ein Zimmer.« Arnaud sah auf die Uhr. »Sagen Sie mir jetzt, warum Sie Ihren Nachbarn mit mir eifersüchtig machen wollten?«

6

»Du hast einen Sehfehler, Lucien.«

Der Satz des Kollegen aus Isle-sur-la-Sorgue ließ Sergeant Brell verärgert am Küchentisch zurück. Zur Beruhigung schnitt er sich erst einmal eine Scheibe seiner selbstgemachten vegetarischen Landpastete ab und legte sie auf sein gebuttertes Stück von dem warmen Baguette, das er auf dem Heimweg bei der Boulangerie Agresti gekauft hatte. Er verteilte einen Löffel Zwiebel-Confit auf der Pastete und biss ab. Konzentrierte sich ganz auf die Aromen der in Weißwein gedünsteten Schalotten und die herbstlichen Pilzdüfte seiner *pâté,* versuchte, sich zu entspannen und den Ärger gegen Genuss zu tauschen. Nur so machte das Leben doch Sinn. Es war zu kurz, als dass er sich darüber ärgern sollte, dass Menschen gleichgültige, bequeme … *Merde!* Da kam der Ärger doch schon wieder um die Ecke.

Eigentlich gehörte Lucien Brell nicht zu den jähzornigen Charakteren, für einen Beamten war ein gewisses Phlegma von Vorteil. Aber immer, wenn er die Augen zumachte, sah er die gefangenen Ortolane verzweifelt gegen die Gitter der Käfigfallen springen.

Die Gemeindepolizisten der umliegenden Dörfer hatten verhalten auf seine Empörung wegen der Fanganlage reagiert. Doch er hatte inzwischen recherchiert, dass die EU bereits 1979 strenge Richtlinien zum Schutz von Singvögeln erlassen hatte. Und auch, dass sich alle Länder daran hielten.

Alle, bis auf Frankreich und Italien.

Er schaute noch mal auf seine sorgfältigen Notizen.

Aus Caromb, der Stadt der schwarzen Feigen, hatte es geheißen: »Ach, komm, lass die doch. Die fangen sich halt ihr Mittagessen. Das sind harmlose Leute, keine Verbrecher. Und Ende September ist das eh wieder vorbei.« Als Brell darauf hinwies, dass das Verbot nicht neu, sondern über dreißig Jahre alt war und Ortolane vom Aussterben bedroht waren, konterte der andere: »Immerhin leben genug, um in Paris auf der Speisekarte zu stehen. Beschwer dich bei den Küchenchefs! Oder bei den Gästen. Dann darfst du aber auch keine *foie gras* mehr essen.«

Brell verschwieg ihm, dass er Stopfleberpastete von Enten oder Gänsen schon seit drei Jahrzehnten nicht mehr aß.

Der Kollege aus Isle-sur-la-Sorgue, dem »Klein-Venedig der Provence«, hatte ihn spitz daran erinnert, dass die Realität ihre eigenen Gesetze vorzieht.

»Lucien, Tierschutz ist eine moderne Hysterie, die darf einen nicht den Lebensunterhalt kosten. In solchen Angelegenheiten musst du Augenmaß bewahren.«

»Du meinst, ich soll wegsehen? Wenn EU-Gesetze ignoriert werden? Wenn ganze Arten von angeblichen Gourmets wegflambiert werden?«

»Jetzt werd nicht polemisch. Die EU macht Gesetze ohne Sinn und Verstand! Du hast einen Sehfehler, Lucien.«

»Arschgeige«, sagte Lucien Brell nun mit vollem Mund. Ein großartiges deutsches Wort, wie er fand.

Natürlich verstand er es, wenn die Alten ihre Bestandsrechte sichern wollten. Hatte einer mit vierzehn an den Hängen des Mont Ventoux das legitime Jagen auf Vögel gelernt, dann sah er mit vierundsiebzig nicht ein, was daran auf einmal illegal sein sollte. Oft waren das aufrechte, ehrliche Provenzalen, die mit ihrem Stolz, ihren Gewohnheiten und ihrem Unverständnis für Tierschutz im frühen zwanzigsten Jahrhundert steckengeblieben waren. Aber keine schlechte Menschen.

Der Gendarm entkorkte einen Nature von Fondrèche. Roch am Rotwein, dessen jahrhundertealte Rebstöcke er von seinen Küchentisch aus sehen konnte. Sébastian Vincenti machte die vermutlich besten Côtes-du-Ventoux-Weine, und diese auf höchstem ökologischem Niveau.

Brell schob die Baguettekrümel mit dem Finger zusammen. Er kannte nur eine einzige Person, der man auch übelgenommen hatte, dass sie nicht wegschauen wollte, und die dafür Karriere und Heimat aufgeben musste.

Und die ihm bestimmt sagen konnte, was er tun sollte.

Oder lieber lassen.

Seine neue Chefin.

Matéo hatte gegen korrupte Kollegen ermittelt, die armtief im Arschloch der korsischen Drogenmafia steckten und zu Dealern, Erpressern und Schlägern geworden waren. Und sie hatte gegen die halbe Marseiller Justiz ankämpfen müssen, die diesen Polizeiskandal auch noch vertuschen wollte.

Er hatte nur einen kleinen Vogelfänger.

Zadira Matéo rief erst nach Mitternacht zurück. Sie berichtete von einem Pariser Polizeipsychologen, der Amtshilfe bei ihr beantragt hatte.

Brell erzählte ihr alles, vor Erleichterung schneller und planloser, als er es vorgehabt hatte.

Ravoire.

Die Ortolane.

Seine Großmutter.

Der Vogelschutz, durch dessen Richtlinien und französische Umgehungen er sich im Internet kämpfte.

Und dass die Kollegen ihm rieten, »Augenmaß« zu bewahren. Also wegzusehen. Wie alle, seit drei Jahrzehnten.

Es gab nur wenige Menschen, dachte Brell, die so intensiv und ruhig zuhören konnten wie die Matéo.

»Ich fasse zusammen, Brell«, sagte sie, als er geendet hatte, »Frankreich ignoriert die EU-Gesetze, und das sogar mit einem gewissen abstoßenden Stolz. Die Kollegen finden das normal und machen da mit. Aber Sie persönlich halten den Ortolan-Fang samt Mästerei für eine große *cochonnerie*?«

»Exakt. Eine Schweinerei, das ist es. Das ist ... als ob sie den Himmel leer fressen.«

»Dann packen Sie Ihren Rotwein, Ihr Nachtfernglas und Ihr Sitzkissen ein, fahren Sie nach Malemort und schnappen sich diesen Vogelmann.«

»Aber ... Und dann? Es interessiert doch keinen, nicht mal die Regierung! Die isst sogar Ortolane im Élysée, wetten?«

»Bestimmt«, erwiderte die Matéo.

»Und was soll ich dem sagen: Du-du-du, lass das? Der lacht sich halbtot und jagt dann weiter!«

»Sicher«, sagte sie, »halbtot, lachend und juchzend. Aber was soll ich für Sie tun? Eine Brigade nach Malemort schicken? Oder Hubschrauber? Ja? Wollen Sie Hubschrauber und Hundestaffeln? Taucher? Einen Satz neuer Eier, um Ihre Identität wiederzufinden?«

Brell wurde rot. Zadiras dunkle, erdige Wut tat ihm jedoch auch gut. Es waren Ohrfeigen, die er verdient hatte. Weckfeigen.

»Ich nehme die Eier«, antwortete er niedergeschlagen.

Sie lachte unfroh auf. Dann, weicher, sagte sie: »Brell, vergessen Sie das mit den Eiern. Sorry. Sie machen etwas durch, was völlig normal ist. Sie stellen fest, dass Sie treulos genug sind, um gegen den Konsens Ihrer Familie zu handeln, weil das Bullen nun mal sind: Ihre Familie. Aber Sie wissen, wenn Sie es nicht tun, schämen Sie sich vor sich selbst.«

Brell hörte, wie sie etwas in ein Glas mit Eis schüttete. Es knisterte. Tonic auf Gin. Oder Orangina. Sie trank, drei tiefe Schlucke. Dann: »Sehen Sie hin, Brell. Seien Sie derjenige, der ruft: Frankreich ist ein Vogelmassenmörder, der den Himmel leer frisst! Das System des Wegschauens funktioniert nur so lange, wie es alle machen. Ein einziger Hingucker reicht, um das Licht anzuknipsen. Machen Sie das Licht an! Und dann werden sich andere melden, die auch so denken, und sich Ihnen anschließen. Trauen Sie sich!«

Eine halbe Stunde später fuhr der Sergeant in seinem alten Renault durch die menschenleere Nacht nach Malemort. Zwar hatte er als Gemeindepolizist auch einen Dienstwagen zur Verfügung, aber den benutzte Brell nur, wenn es nicht anders ging. Der Wagen machte ständig irgendwelche nervigen Warngeräusche. Außerdem redete er mit ihm und sagte ihm, wo er langfahren sollte. Brell hatte es nie geschafft, das blöde Navi abzuschalten. Darum nutzte er meist seinen eigenen alten, treuen und vor allem schweigsamen Renault.

Unweit der Fallen legte er sich in dem breiten Schatten eines knorrigen Olivenbaums auf die Lauer, dessen Stamm mit seinen Furchen und Wülsten aussah wie ein altes, faltiges Gesicht. Es erinnerte Lucien an die Märchengestalten, die die Erzählungen seiner Großmutter bevölkert hatten – Salztrolle, Gralshüter und Quellengeister, die in den schrundigen Schluchten der provenzalischen Gebirge hausten.

Geschützt von alten Wacholderbäumen und dem Olivenbaumgesicht, nahm Brell sein viertes Abendessen zu sich. Auberginenflan mit Minze.

Nach zwei Stunden war die Rotweinflasche leer. Dafür war Brells Wissen über Sternbilder, nachtaktive Tiere und zu Krämpfen neigende Muskelpartien aufgefrischt. Seine Unsicherheit bezüglich seines Tuns war gekommen und gegangen wie die Silberwolken vor dem Mond.

Seine Augen hatten sich an die weltabgewandte Dunkelheit zwischen Zypressen, Pinien und Steineichen gewöhnt. Langsam versank er in ein warmes Gefühl von Grenzenlosigkeit und friedvoller Nichtigkeit im Universum. In diesen tiefen Frieden gehüllt, schlief Lucien ein.

Sie kamen im Morgengrauen. Erst einer, dann zwei, dann Dutzende. Als sich die weiße Kalkkappe des Mont Ventoux blaurosa verfärbte und die Sonne über den fernen Alpen aufblitzte, verwandelten Vögel diese vergessene Welt in eine singende Wildnis.

Bald verfingen sich immer mehr Ortolane in den *matoles*, den Fallenkäfigen.

Wenig später hörte Brell es – ein Pfeifen, fröhlich. *»Oh, Champs-Élysées.«* Er duckte sich hinter den Wacholder.

Na, warte!, dachte er. Seine Wut war wieder so heiß und kochend wie überschäumende Milch.

Dann erkannte er den morgendlichen Pfeifer.

Nein!, schrie Brell stumm. Nicht du! Geh hier einfach nur so spazieren! Bitte!

Aber der Mann tat ihm den Gefallen nicht. Er begann, routiniert an den Fallen herumzuhantieren, holte die Vögel aus den Käfigen und packte sie pfeifend in eine Kiste mit Drahtfächern. Sorgfältig tränkte der Wilderer den Lockvogel.

Gérard Sylvestre.

Lucien Brells ehemaliger Fahrlehrer.

Merde!

Brell hatte Sylvestre immer gemocht, weil der bei den Prüfungen keinen aus Mazan durchfallen ließ, nie. Er hatte irgendwann seinen Beruf aufgegeben, als das Gehör nachließ. Doch davon abgesehen war der Siebzigjährige agil und leichtfüßig. Verdammt. Hätte es nicht jemand Unsympathisches sein können? Ravoire etwa?

Als der ehemalige Fahrlehrer den Fächerkasten mit den gefangenen Ortolanen aufnahm, machte sich Brell bereit, ihm als Amtsträger entgegenzutreten. Doch dann bemerkte er, dass Sylvestre einen ausgedörrten Pfad Richtung Nesque-Schlucht betrat. Das war nicht die Richtung, aus der er gekommen war. Brell zögerte. Gab es etwa noch eine weitere Fanganlage? Statt den Wilderer gleich zu stellen, folgte der Polizist dem vergnügten Alten in sicherem Abstand.

Nach einer Weile überquerte Sylvestre ein verblühtes wildes Lavendelfeld und ging auf eine zugewucherte *borie* zu, eine der spitz zulaufenden Rundhütten aus hellen Feldsteinen, die den Bauern als Unterschlupf bei Gewittern diente. Sylvestre verschwand im Dunkel der an einen riesigen Bienenkorb erinnernden Hütte.

Brell näherte sich leise dem Eingang. Gérard Sylvestre pfiff gerade gekonnt *La Mer*, als er Brells massige Gestalt bemerkte. Er fuhr erschrocken herum. Er hatte die Ammern in einen größeren, stabilen Käfig gepackt, der mit Leinentüchern abgedunkelt war. Jetzt war er dabei, ihnen Futter fertig zu machen, saftige Hirse, reife Feigenstückchen und goldgelben Mais.

»Dieses Gepfeife hat mich früher beim Rückwärtseinparken wahnsinnig gemacht!«, rief Brell, extra lauter, weil Sylvestre sicher sein Hörgerät in der speckigen Joppe hinter der Küchentür gelassen hatte, anstatt es hinterm Ohr zu tragen.

»Das war Training, Lucien«, erwiderte der Alte, breit lächelnd, sein rostbraunes Gesicht voller Freundlichkeit, »alles Training, damit du dich auf die Straße konzentrierst. Mein Gott, hast du mich erschreckt. Was machst du denn hier, mein Sohn?«

»Dich verhaften, befürchte ich.«

»Was hast du gesagt?«

»Dich verhaften!«

»Brüll doch nicht so! Ich hab ja verstanden, aber was ich nicht verstehe, ist: Wieso?«

Brells Mund wurde trocken, als er antwortete: »Wegen der Vögel, Gérard. Das ist illegal. In ganz Europa hält man sich dran, nur in Frankreich nicht, aber ich werde dich trotzdem verhaften, und du wirst eine Anzeige bekommen und –«

»Nur ruhig, mein Sohn, du bist ja ganz aufgeregt. Komm doch erst mal rein.«

Brell trat zögernd in das fensterlose Innere der *borie*. Sylvestre reichte ihm ein Glas aus einer tragbaren Box. Dankbar drückte Brell es sich gegen den Hals, dort, wo die Schlagader saß. Die Frische tat gut.

Er schaute sich um. Die *borie* war voll mit Käfigen, darin Gartenammern in unterschiedlichem Mästzustand. Sie zwitscherten und fraßen, fraßen und zwitscherten. Das hier war nicht einfach nur das exzentrische Hobby eines Rentners, das war eine professionelle Mastanlage.

Brell fühlte sich ausgelaugt, es war schlimmer, als er gedacht hatte.

Sylvestre zog eine Flasche Ricard aus der Kühlbox.

»Ein oder zwei Finger?«

Stumm hob Brell einen Zeigefinger.

Sylvestre goss den Pastis ein, reichte Brell eine Flasche mit Quellwasser. Der Pastis verwandelte sich in nach Anis duftende Milch. Als sie angestoßen hatten, sagte Sylvestre: »Mal ernsthaft, Lucien, weswegen bist du hier?«

»Es ist mein Ernst. Es ist illegal, Ortolane zu fangen. Die Käfige, die Steinfallen, das ist alles verboten. Und Wildvögel zu mästen sowieso. Das muss aufhören. *Du* musst aufhören, Gérard, sofort!«

Konnte Gérard nicht sagen: »Na, gut, mein Junge, wir lassen sie fliegen und gehen Boule spielen.«?

Stattdessen begann er: »Ach, Lucien, Ortolan-Jagd ist …«

»Wenn du gleich Tradition sagst, erschieße ich dich.«

»Ich wollte sagen, dass es Mastferkeln nicht besser geht.«

»Das ist eine peinliche Ausrede. Warum machst du das denn überhaupt, sag mal? Kannst du deine Zeit nicht in Gemüseanbau stecken?«

Langsam kam die Kraft wieder, die Zadiras Worte Brell gegeben hatten.

Sylvestre schaute missmutig vor sich hin. »Weil Gemüsezwiebeln nicht so viel einbringen, Lucien. Weißt du, wenn der Markt dünn ist, mache ich schon meine fünfzig bis hundert Euro mit den Ammern.«

»Pro Dutzend?«

»Pro Vogel, Lucien. Pro servierfertigem Ortolan.«

Brell trank rasch den Pastis. Hundert Euro pro Vogel! Er sah sich um und überschlug die Zahl der Vögel. Es durften so achtzig, neunzig sein. Das machte achttausend, neuntausend Euro, fünf Monatsgehälter und –

»Aber nur für Privatleute«, unterbrach Sylvestre seine Gedankenspiele. »In den Restaurants schlagen die anderen noch mal das Dreifache drauf und kriegen das auch, problemlos. Da mache ich zweihundert. Ich hab davon die Antikörper-Therapie in der Schweiz für Babettes Schwester bezahlt. Das war lebensrettend, Lucien, und da siehst du die Sache mit der Tierquälerei auf einmal ganz anders.«

»Gérard, wer bezahlt denn sechshundert Euro für einen Vogel, von dem er nicht mal satt wird?«

Sylvestre zuckte mit den Schultern. »Reiche Leute, du weißt schon. Politiker, Manager, Banker, Leute, für die es keine Rolle spielt, wie viel etwas kostet. Es gibt einige Restaurants hier im Süden, die traditionelle Küche anbieten, wenn du verstehst, was ich meine. Aber ich verkaufe ja nicht mehr direkt. Das macht jetzt ein Großhändler für mich. Er nennt sich ›Genuss-Agent‹.«

»Ach?«, fragte Brell, um Fassung bemüht.

»Ja, was denkst du denn? Babette würde mir aufs Dach steigen, kennst sie doch, die hat schon ein schlechtes Gewissen, wenn sie nur einen Polizeiwagen vorbeifahren sieht. Wenn die wüsste, was ich hier mache … Nein, nein. Nein, ich bin froh, dass ich meinen Agenten hab.«

»Ein Großhändler?«, donnerte Brell. »Das heißt, es gibt hier noch mehrere wie dich? Und wohin liefert dein sogenannter Genuss-Agent? Vielleicht auch ins Ausland? Das ist illegaler Tierhandel, weißt du das? Das ist nicht nur eine kleine, halblegale Wilderei für den Privatgebrauch, Gérard!«

Sylvestre wurde unter dem rostroten Braun blass.

»Weißt du, wenn ich das nächste Mal deine Babette auf dem Markt sehe, kann es auch sein, dass ich vergesse, dass sie nicht weiß, was du hier machst. Oder dass ich mich versehentlich verhaspele bei dem Kollegen Lupin, mit dem ich ab und an Boule spiele, dem von der BNRDF, dieser neuen Steuerpolizei in Avignon. Lupin ist ein ganz guter Leger, viel Gefühl. Den wird deine unversteuerte Nebentätigkeit garantiert interessieren.«

Der Alte guckte ihn ob dieser Drohung erstaunt an.

»Na, das ist ja, also, wirklich ... Lucien!«, murmelte er.

»Wie heißt dieser Genuss-Agent?«, fragte Brell knapp.

»Ach, was weiß ich denn. Das ist so ein Ausländer«, sagte Sylvestre. »Der saß eines Tages hier vor der *borie* in einem Klappstuhl, feilte sich die Nägel, hatte einen gebügelten hellen Anzug an, kein Stäubchen dran, und meinte, er könnte ein paar Dutzend Vögel gebrauchen, ob ich ihm dabei behilflich sein mag.«

»Und das mochtest du, offenbar.«

»Was soll's, er hat im Voraus bezahlt, und Babettes Schwester war da gerade krank geworden. Da habe ich wirklich nicht nach seiner Visitenkarte gefragt. Aber was machen wir beide denn nun? Ich meine, ich stehe für meine Sünden gerade, aber Babette wird mich umbringen, das schwör ich dir. Die redet nie wieder mit mir. Nie wieder.«

Sylvestre sah in dem Moment zutiefst verloren aus.

In Lucien Brell formte sich eine Idee. Zadira Matéo hätte es sicher auch so gemacht. Warum den kleinen Sünder bestrafen und den Teufel mit der Nagelfeile laufen lassen?

»Sag mal, ist das die nächste Lieferung für diesen Genuss-Agenten?«

»*Oui*. Er wollte anrufen, wenn er die Kleinen hier abholt. Soll ich sie freilassen?«

Brell überlegte kurz, dann schüttelte er den Kopf.

»Nein, noch nicht. Wenn er sich meldet, rufst du mich an. Ich will mir diesen Kerl greifen. So lange hältst du das alles noch am Laufen. Aber du stellst keine neuen Fallen mehr auf, und wenn ich diesen feinen Genuss-Agenten hochgenommen habe, ist endgültig Schluss damit. Dann wird Babette sich weiter darauf verlassen können, einen ehrlichen Ehemann und einen vorbildlichen Opa für ihre vier Enkel zu haben.«

»Na gut«, erwiderte Sylvestre nach einer Weile. Seine freundlichen Augen zwinkerten ein paar Mal, als verscheuche er ein unangenehmes Bild vor seinen Augen. Er rieb sich mit beiden Händen über das faltige Gesicht. Dann nickte er.

»Ja, Lucien. Versprochen. Willst du noch einen Ricard?«

7

Manon hatte keinen Schlaf gefunden. Nie zuvor hatte sie erlebt, dass die Geräusche der Nacht sie so ängstigten. Und nie zuvor hatte sie den Sonnenaufgang so sehr herbeigesehnt.

Es war ein Fehler gewesen, die Jungen hier zur Welt zu bringen. Dieser Platz war nicht sicher. Viel zu ungeschützt, und der Geruch der Geburt lockte die erbarmungslosen Räuber an. Sie konnten im Schutz der Nacht über die Brücke geschlichen kommen. Oder aus dem Wasser, bösartig und heimtückisch. Und obwohl Manon niemals auch nur einen Tag außerhalb der Stadt verbracht hatte, wusste etwas in ihr, dass die größte Gefahr aus der Luft drohte. Darum hatte sie sich unter der Brücke versteckt, als das Leben, das in ihr herangewachsen war, hervorkommen wollte. Ungestüm und furchtlos, voller leuchtender Kraft und trotzdem so unendlich schwach.

Sie hatte sie hinausgepresst, vier kleine Wesen. In einer Spirale aus Schmerz und Glück. Natürlich hatte der Schwarze es am eiligsten. Er fand auch als Erster den Weg an ihre Zitze. Und schmatzte und schlief, Seite an Seite mit seinen Schwestern.

In panischer Eile hatte Manon den Kleinen das Blut aus dem Fell geleckt. Doch ein uraltes Wissen sagte ihr, dass das nicht helfen würde. Zu stark war der Geruch.

Wenn sie doch nur nicht hierhergekommen wäre! Aber sie hatte keinen anderen Ausweg gewusst. Denn eines war sicher: Sie durfte ihre Jungen nicht bei dem Menschen, bei dem sie lebte, zur Welt bringen. Viel zu spät war ihr das klargeworden. In der ganzen Zeit, da sie schwerer und träger wurde, sie aber gleichzeitig eine tiefe Zufriedenheit erfüllte, war kein Platz in ihrem Fühlen gewesen, um über irgendwelche Konsequenzen nachzudenken. Erst als sie spürte, wie das Leben in ihr nach draußen drängte, erst da fiel ihr wieder ein, was geschehen war, als sie ihren ersten Wurf bekommen hatte. Wie der Mann, der immer so schrecklich sang, ihr die Jungen wegnahm, sie in einen Karton packte und damit verschwand. Sie hatte geschrien, gekratzt und noch Tage später der Dunkelheit ihr Leid geklagt. Doch ihre Jungen sah sie nie wieder. Das sollte ihr nicht noch einmal passieren.

In wachsender Verzweiflung hatte sie einen Ort gesucht, der ihr Ruhe und Sicherheit bot. Doch überall wurde sie von Menschen aufgeschreckt. Als dann etwas in ihr barst, verlor sie den Kopf. Mit letzter Kraft erreichte sie den Schutz der Brücke.

Erst jetzt wusste sie, welcher Gefahr sie sich und die Kleinen ausgesetzt hatte. Schon gar, seitdem dieser dumme Kater oben an der Böschung mit seinem Gemaunze die Räuber auch noch anlockte.

Jetzt bedauerte sie, Mazan angefaucht zu haben. Aber sie war so voller verzweifelter Wut, weil er ihre Not nicht erkannte. Warum hatte er ihr nicht geholfen, als sie ihn brauchte?

Ich hasse ihn.

Ihr Zorn flaute ab, als sie das ziehende Saugen ihrer Kleinen spürte. Sie musste zurück in die Stadt. Aber wie? Sie konnte jeweils nur ein Junges tragen. Sollte sie etwa die anderen hier völlig ohne Schutz zurücklassen? Und wo sollte sie überhaupt hin mit den Kleinen? Verzweifelt spähte sie ins Dunkel, als könnte sie dort eine Lösung finden.

Da vernahm sie von der Böschung her eine andere Katzenstimme.

»Mein Gott, was ist das denn für ein Geschrei? Wie soll ich denn da meine Mahlzeit verdauen?«

Oscar!

»Ich bewache die Bambini von die schöne Manon, dicker Kater.«

»Indem du schreist? Außerdem heiße ich nicht dicker Kater, sondern Oscar, du Keksdose.«

»Ich schreie nicht, dicker Oscar, ich singe. Bambini lieben meine Gesang.«

»Bambini? Was ist das überhaupt? Und wo ist Manon?«

»Halt, dicker ...«

Manon hörte Oscar die Böschung herunterkommen.

»Boah, ist das unordentlich hier. Da müsste man mal ... nanu, was ist das denn?« Oscar schaute mit riesengroßen, runden Augen auf die Kleinen herab. »Wow, die sind ja niedlich. Kann ich auch so was haben?«

In diesem Moment blitzte eine Idee in Manon auf.

»Ja, Oscar, kannst du. Und ich erkläre dir auch, wie.«

Diesmal war das große Holztor geschlossen. Aber damit hatte Mazan gerechnet.

Er hatte Louise nach dem Haus gefragt. Sie musste ein Weilchen nachdenken.

»Das muss das Haus sein, in dem Buffo gelebt hat«, sagte sie schließlich. »Der ist mit seinen Leuten weg, kurz bevor du gekommen bist. Es gibt einen Garten dort, aber der ist schwer zugänglich. Vielleicht weiß Rocky mehr.«

»Na klar gibt es einen Weg da rein«, meinte der. »Soll ich ihn dir zeigen?«

Aber das wollte Mazan nicht. Aus einem ihm unerklärlichen Impuls heraus hatte er weder Louise noch Rocky von Camille erzählen wollen.

Camille! Das war ihr Name.

»Bitte komm wieder, es ist wichtig!«, hatte sie noch gesagt, als eine streng aussehende Frau aus dem Haus geeilt kam, um das Tor zu schließen. Er schaffte es gerade noch hinauszuschlüpfen, bevor das schwere Tor ins Schloss fiel.

Nun lief er an der hohen Mauer entlang und suchte den Weg ins Innere. Es schien aussichtslos, und irgendwann war er fast bereit, doch noch Rocky um Hilfe zu bitten, als er durch Zufall entdeckte, wie es ging.

Die Mauer hatte einen Bruchspalt, den er über das niedrige Dach einer Garage erreichen konnte. Sobald er durch den Spalt war, musste er ein Stück auf einer sehr schmalen Steinkante balancieren.

Er entdeckte Camille schon von oben. Der kleine Garten war wohl kürzlich erst bearbeitet worden, die Pflanzen waren gestutzt, die Wege geharkt. Eigentümlich waren die steinernen Statuen, die überall herumstanden und ziemlich finster dreinschauten. Von dieser düsteren Umgebung bekam die kleine, weiße Katze, die sich vorsichtig über die Steinplatten vorantastete, aber nichts mit.

Mazan verharrte einen Moment, um sie zu beobachten. Wie sie vorsichtig eine Pfote vor die andere setzte, dabei immer mit den Schnurrhaaren witternd, die ihr anhand der Luftströmungen jedes Hindernis verrieten. Auch ihre Ohren zuckten unablässig vor und zurück. Mit einem Mal blieb sie stehen und legte den Kopf schief.

»Du bist da, nicht wahr?«, fragte sie.

Ihr Gehör musste wirklich außergewöhnlich sein. Mazan sprang über einen Mauerabsatz und die Umrandung eines Brunnens zu ihr hinab.

»Ja, ich bin da, Camille.«

Sie setzte sich, legte in einer anmutigen Geste den Schwanz um ihre Pfoten und richtete ihren blinden Blick auf ihn.

Er näherte sich langsam, schnupperte sie an, so dass ihre Schnurrhaare sich beinahe berührten. Sie gab ein merkwürdiges Geräusch von sich, ein leises Gurren, das sich wie ein Lachen anhörte.

»Was ist?«, fragte er.

»Ich freue mich.«

»Worüber?«

»Darüber, mit einer anderen Katze zusammen zu sein.«

»Hast du denn noch nie eine andere Katze getroffen?«, fragte er verwundert.

»Nein«, sagte sie langsam. »Nicht wirklich.«

Eine komische Antwort fand Mazan. Aber bevor er Camille darauf ansprechen konnte, fragte sie: »Gibt es denn noch mehr Katzen hier?«

»Ob es … Jede Menge. Dies ist eine Stadt der Katzen.«

Er begann zu erzählen. Von Rocky, mit dem er sich hatte prügeln müssen, als er neu hierhergekommen war. Von Louise, die immer sehr fein tat, aber das Herz auf dem rechten Fleck hatte. Von Tin-Tin, der nur Dummheiten im Kopf hatte. Von Oscar und all den anderen. Von Manon erzählte er nicht, weil er nicht wusste, wie er seine Enttäuschung über sie verbergen sollte.

Camille hatte sich auf den Bauch niedergelassen und lauschte jedem Wort mit absoluter Konzentration. Schließlich konnte er die Frage, die ihn bedrängte, nicht mehr zurückhalten. »Camille, wie kann es sein, dass du mich erwartest hast?«

Sie richtete ihren Blick auf ihn, obwohl er wusste, dass es keinen Blick gab.

»Ich habe von dir geträumt.«

»Wie das?«

»In meinen Träumen kann ich sehen. Ich habe dich gesehen, Mazan. Und ich habe dich so sehr erwartet, weil nur du mir meinen sehnlichsten Wunsch erfüllen kannst.«

»Welchen?« Mazan wusste schon jetzt, dass er alles tun würde, um ihr jeden Wunsch zu erfüllen. Doch ihre Antwort erschreckte ihn trotzdem.

»Zeige mir die Stadt der Katzen«, flüsterte sie. »Die Menschen, bei denen ich lebe, werden mich nie hinauslassen. Sie fürchten um mein Leben. Doch was ist das für ein Leben?«

Camille neigte traurig den Kopf. Es zerriss Mazan beinahe das Herz.

»Zeige mir die Welt dort draußen«, wiederholte sie eindringlich.

Mazan warf einen Blick auf den Weg, den er genommen hatte, um in diesen Garten zu kommen. Er war selbst für eine sehende Katze nicht einfach zu bewältigen.

»Wie soll ich dich hier rausschaffen?«, fragte er zweifelnd.

Sie sprang auf, bis sie ganz dicht vor ihm war.

»Indem ich dir vertraue«, sagte sie mit einer Entschlossenheit, die ihn überwältigte. »Denn das weiß ich. Dass ich dir vertrauen kann.«

Mazan glaubte nicht wirklich daran, dass es gelingen würde. Aber der erste Schritt war ein Sprung auf den Brunnenrand. Die Öffnung war mit einem Gitter abgedeckt, also konnte nicht viel passieren. Er wollte Camille erklären, worauf sie achten sollte, doch sie sagte nur: »Mach es mir vor.«

Also sprang er. Sie schien der Bewegung hinterherzuwittern. Und dann, ohne Ansatz, sprang sie …

… und saß neben ihm.

»Weiter«, gluckste sie vergnügt.

Mazan stand Todesängste aus. Schon der nächste Sprung hätte ihr, wenn er misslungen wäre, erhebliche Schmerzen bereiten können. Doch auch dieser Satz gelang ihr. Dann der schmale Steingrat.

»Camille, ich glaube …«

»Geh voran«, sagte sie nur.

Je mehr seine Sorge zunahm, desto sicherer wurde sie. Als sie über den Grat balancierte, der kaum breiter als ihre Pfote war, schien es, als schlendere sie über eine breite Brücke. Dann kam der Moment, wo sie hinabspringen musste.

»Spürst du die Distanz?«, fragte er.

»Ich glaube ja.«

Diesmal verschätzte sie sich etwas.

»Oh«, machte sie, als sie sich ihr Näschen auf den Schindeln stieß. Aber jetzt gab es ohnehin kein Zurück mehr.

»Sind wir jetzt unten?«, fragte sie, als sie in der Gasse angekommen waren.

»Ja, jetzt bist du in der Stadt der Katzen.«

Sie brauchten lange für den Weg bis zum Kirchplatz, weil Camille alles beschnuppern, alles bestaunen musste. Anderen Katzen begegneten sie nicht. Dafür gab es nur eine Erklärung. Mazan lotste Camille zum Hof des Museums. Und richtig, anscheinend hatte Rocky den großen Rat einberufen.

»Hey Mann, da steckst du ja«, begann er, als Mazan durch das offene Tor trat. Doch dann verstummte er und machte große Augen.

Auch alle anderen Katzen richteten sich auf, als die kleine, weiße Katze vorsichtig über die drei Stufen hochkam. Mit hochgereckten Ohren und vibrierenden Schnurrhaaren trat sie in die Mitte der Versammlung. Sie sah aus wie eine Prinzessin, die ihre Untertanen besuchte.

»Was ist denn das für eine magere Mieze?«, näselte Oscar. Camille legte den Kopf schief.

»Du, Mazan«, sagte Rocky verwundert. »Ich glaube, du solltest uns erklären, was …«

In diesem Moment kam Tin-Tin um die Ecke gerannt.

»Der große Sabberer!«, rief er. »Das Monster ist hinter mir her!«

Sofort stoben die Katzen auseinander, sprangen auf Bäume, Brüstungen, Mauern.

»Beruhigt euch doch mal!«, rief Mazan. »Der ist doch völlig harmlos.«

In dem Moment kam auch schon Atos in den Hof gehechtet. Die Zunge hing ihm weit aus dem riesigen Maul, als er japsend auf die Katzen zusprang, um mit ihnen zu spielen. Doch die waren längst weg. Alle – bis auf Mazan und …

Entsetzt bemerkte Mazan, dass Camille einfach mitten im Hof stehen geblieben war. Er war noch im Begriff, dazwischenzugehen, um den großen Tölpel zu stoppen, damit der nicht die arme, blinde Camille über den Haufen rannte. Oder abschleckte. Oder sonst wie erschreckte.

Doch noch ehe Mazan irgendetwas machen konnte, bremste Atos abrupt vor der weißen Katze ab und starrte verblüfft auf sie nieder.

Camille reckte ihm den Kopf entgegen. Atos schnüffelte. Beinahe berührten sich ihre Nasen, die kleine, rosa Nase von Camille und die große, schwarze, feucht glänzende von Atos.

»Du bist aber ein großer Kater«, gluckste Camille.

Atos plumpste auf den Bauch, legte den Kopf auf die Pfoten und blickte Camille verliebt an.

8

Paoli sagte nicht viel auf dem Weg zum Haus des blinden Malers in der Rue des Ortolans. Er wirkte heute Vormittag reservierter.

Die Sonne tauchte einige Gassen in gleißende Helligkeit, andere lagen in tiefem Schatten. Während Matéo und Paoli an der romanischen Kirche vorbei und am Museum mit dem alten Brotofen im Vorgarten entlanggingen, kreuzte manchmal eine Katze ihren Weg. Unwillkürlich hielt Zadira Ausschau nach ihrem Commissaire Mazan, doch der war nirgendwo zu sehen. Auch in der letzten Nacht hatte er sich nicht blicken lassen. Das war nicht ungewöhnlich, der schwarze Kater lebte sein eigenes Leben. Doch diesmal hatte sie ihn vermisst. Sie hätte ein wenig Gesellschaft gut gebrauchen können.

Nach dem Telefonat mit Brell war sie lange wach geblieben, hatte sich Idka-Bilder angeschaut, seine leider detailarme Biographie im Web recherchiert, Kritiken gelesen – viele davon von einem gewissen Antoine Valéry –, sich langsam betrunken und immer wieder in die Nachbarwohnung gelauscht.

Merde.

Das vierhundert Jahre alte Holztor zur ehemaligen Stadtvilla der Familie Mozon wirkte wie eine gewaltige Pforte, die den Zugang in eine andere Zeit bewachte.

Paoli ließ den Klopfer dreimal gegen das Holz fallen.

Kurz darauf war dumpf eine Frauenstimme durch die geschlossene Tür zu hören, sachlich, abweisend: »Unterlassen Sie das umgehend, oder ich rufe die Polizei.«

»Madame, hier *ist* die Polizei. Bitte öffnen Sie.«

»Ausweise«, verlangte die Stimme. Ein winziges Fenster im Tor öffnete sich. Paoli und Zadira wechselten einen Blick, hoben ihre Ausweise. Schlanke Finger mit kurz gefeilten Nägeln griffen danach. Graublaue Augen blitzten durch den Sichtschlitz.

»*Bonjour* Madame, wir möchten gerne mit Monsieur Idka sprechen.«

»In welcher Angelegenheit?«

»Das würden wir ihm gern selbst sagen.«

»Ich denke nicht, dass …«

»Rouelle!« Eine Männerstimme erklang aus dem Hintergrund. »Lassen Sie die Herrschaften bitte herein.«

»Aber Monsieur… «

»Schon gut, ich kümmere mich darum, Rouelle. Gehen Sie ins Haus, die Milch kocht sonst über.«

Ein Schlüssel wurde im Schloss gedreht, ein Riegel zurückgeschoben, und das schwere Portal schwang in einen Innenhof auf. Vor ihnen stand Etienne Idka.

Der Maler hatte etwas Asketisches an sich, hager und mit hohen Wangen, der Mund von zwei tiefen Falten umrahmt. Seine dunklen Haare waren an den Schläfen ergraut. Er hätte ein attraktiver Mann sein können, doch seine Gesichtszüge besaßen etwas Hartes, Grausames.

Eine gebügelte Leinenhose, ein ebenfalls gebügeltes Hemd, am Ausschnitt von Bändern zusammengehalten, die Ärmel hochgekrempelt. Idkas Gesicht wirkte seltsam nackt. Um die Augen ein Netz aus weißen Linien, Narben.

Sein toter Blick schien zu suchen, obwohl es mehr ein Wittern war. Erst in Richtung Arnaud, dann zu Zadira.

»Ich nehme an, Sie betrachten mich«, sagte der Maler. »Ich möchte mir das gleiche Recht herausnehmen.«

»Monsieur Idka«, begann Arnaud, doch der Blinde hob die Hand. Zadira sah die Farbflecken, so tief in Poren und unter die Nägel eingebrannt wie Tätowierungen.

»Ich möchte Sie ansehen. Madame?«

Seine Hand, die keine Erlaubnis abwartete, näherte sich Zadiras Gesicht.

»Das würde ich an Ihrer Stelle nicht tun«, sagte sie ruhig. Die Hand verharrte in der Luft.

»*Sie* wollen etwas von mir, oder?«

Zadira verspürte den Impuls, die Hand wegzuschlagen, aber Paoli bat sie leise: »Matéo, nicht.«

Sie ballte die Faust und ließ zu, dass Idkas Hand ihr Gesicht berührte. Sie roch Farbe, Terpentin und noch etwas anderes, vielleicht Seife oder Einsamkeit oder Arroganz. Zadira widerstand dem Impuls, sich von der aufdringlichen Hand wegzudrehen

»Mein Gott, sind Sie schön«, flüsterte der blinde Maler. Er atmete tief ein, witternd, suchend. Gierig.

Sie war schon vielen Egozentrikern begegnet, aber ein Blinder, der sie riechen wollte, war noch nicht dabei gewesen.

Dann fiel es ihr auf. Seine Nase. Das kaum wahrnehmbare Schniefen. Der Mann hatte in seinem Leben einiges an Koks durch diese gierige Nase gesaugt, da war sie sich als ehemalige Drogenfahnderin sehr sicher.

Jetzt nahm er noch die andere Hand, zehn Finger, die ihre Haare, ihre Augenwinkel, ihre Wangen ertasteten. Dabei murmelte er vor sich hin: »Diese Linien, diese Formen. Stolz, Trotz, Leidenschaft, wie gerne würde ich …«

Es reichte ihr.

»Nehmen Sie endlich Ihre …«

»Monsieur Idka«, ging Arnaud sanft dazwischen, vielleicht weil er verhindern wollte, dass Zadiras Reaktion den Maler verärgern könnte. »Ich bin Commissaire Paoli aus Paris, und das ist meine Kollegin Lieutenant Matéo, Brigade Criminelle Carpentras. Wir möchten mit Ihnen sprechen. Über die Morde an Céline Durand und einem Studenten.«

Die Hände fielen wie erschossene Vögel von ihrem Gesicht.

Zadira verspürte Erleichterung. Und den Drang, sich eiskalt zu waschen.

»Céline, die arme Céline.« Idka seufzte. »Mein Bruder hat mir schon erzählt, dass Sie uns eine verrückte Geschichte bringen wollen. Bilder, Morde, Rätsel …«

Der blinde Maler wandte sich ab und ging, ohne zu zögern, quer über den Innenhof auf die geöffnete Haustür zu. Nur ganz leicht streckte er die Finger beiseite, als orientierte er sich an für sie unsichtbaren Fäden.

Sie schlossen das Portal und folgten Idka ins Haus. Von der Frau, Rouelle, war nichts zu sehen.

Idka durchquerte ein rot-weiß gekacheltes Entrée, von dem durch eine offene Tür zur Linken ein Raum einzusehen war, der offenbar als Atelier diente. Zadira erblickte eine leere Staffelei. Idka wandte sich zielsicher nach rechts und ging, erneut ohne eine einzige Unsicherheit zu offenbaren, durch den Salon auf einen Tisch und einen Stuhl zu. Es gab nur ein winziges Zögern, als seine Hand die Lehne suchte. Dann ließ er sich auf dem Stuhl nieder. Vor ihm auf dem Tisch befand sich eine Bastunterlage. Er legte seine Hände so auf den Tisch, dass sie genau danebenlagen.

»Möchten Sie vielleicht mit mir frühstücken? Ich frühstücke immer sehr spät.«

»Nein danke, Monsieur.«

»Aber Sie nehmen doch einen Kaffee? Rouelle!«

In diesem Moment kam die Frau mit einem schweren Silbertablett in den Salon. Sie war schlank, zierlich, hielt sich kerzengerade und hatte ihre Haare in einem strengen Knoten im Nacken zusammengebunden. Sie war sicher fünfzehn Jahre jünger als Idka. Ihr braunes Haar durchzog eine weiße Strähne. Da sie den Blick gesenkt hielt, konnte Zadira nicht viel von Rouelles Gesicht erkennen, aber es wirkte zutiefst verschlossen, misstrauisch und angespannt.

»Bringen Sie den Herrschaften Kaffee.«

Während Zadira und Paoli sich setzten, servierte die Frau dem Maler wortlos das Frühstück: ein Korb mit goldbraunen Brotstücken, alle gleich groß. Eine Porzellanschale mit Kaffee, eine Silberkanne mit aufgeschäumter, dampfend heißer Milch und mehrere Schalen Konfitüre sowie zwei Eier im Glas.

Was Zadira auffiel, war die Präzision, mit der diese Rouelle die Gegenstände vor Idka arrangierte: der Kaffee rechts oben auf der Unterlage, die Milchkanne links mit dem Henkel ebenfalls exakt nach links. Als Idka mit der linken Hand danach griff, verstand Zadira auch, wieso. Vermutlich wurde von Rouelle alles deshalb stets an der gleichen Stelle positioniert, damit sich der Maler sicher bewegen konnte.

Diskret sah Zadira sich um. Irgendwie standen die Möbel seltsam, ein Regal vor dem Fenster, das Méridienne-Sofa nicht an der Wand, sondern einen Meter entfernt. Ein sehr spezielles Arrangement, das vermutlich auf die Bedürfnisse des Malers abgestimmt war. Idka schien zu ahnen, was sie beschäftigte.

»Die Möbel stehen so, wie sie schon vor vierzehn Jahren in meinem ersten Atelier in Paris gestanden haben. Oder so gut wie, je nachdem wie die Räume es zulassen. Wir ziehen jedes Jahr um, aber ich sehe nicht ein, warum ich mich ständig an Möbeln stoßen soll.«

Er deutete auf eine Wand. »Dort ist der Spiegel mit dem grünen Rahmen, in dem die Nymphen tanzen.« Er zeigte auf einen Tisch in der Ecke. »In der Mitte steht ein marokkanisches Tablett mit umgedrehten Teegläsern und eine Karaffe Wasser.« Alles stimmte. Etienne sog schnuppernd die Luft durch die Nase ein, lächelte und sagte: »Ah. Und da ist meine Camille. Wo warst du denn die ganze Zeit?«

Zadira beobachtete die kleine, zuckerweiße Katze, die vorsichtig in den Salon kam. Sie hielt sich an der mit Stoff bezogenen Wand. Ihre Ohren bewegten sich unablässig. Ihre blauen Augen richteten sich in unbestimmte Ferne.

»Camille. Komm her, mein Engel. Wo hast du dich denn die ganze Zeit herumgetrieben?«

Als die weiße Katze sich von der Wand löste und Schritt für Schritt über das Parkett auf Etienne Idka zukam, begriff Zadira: Sie war blind! Ebenso blind wie der Maler, der sie nun mit einer sanften Geste auf seinen Schoß hob.

»Wir fanden Camille bei Pierre Cardin, auf seinem Landgut im Luberon. Der Verwalter wollte sie ertränken. Als Einzige aus dem Wurf. Weil sie blind war. Für ihn hatte sie keinen Wert. Dabei war er der Blinde, nicht wahr, meine Kleine?«

Die Katze hob mit leisem Schnurren den Kopf, als er sie streichelte.

»Monsieur Idka«, sagte Paoli, »wir müssen mit Ihnen über Ihre Bilder sprechen, die aus Ihrem letzten Zyklus ›Tod und Erlösung‹.«

»Wirklich? Es ist so ermüdend über die Bilder zu reden. Dafür gibt es Kunsthistoriker und Kritiker, die meinen, sie könnten mit Worten erklären, was sie nicht sehen.«

»Diese Bilder stehen im Zusammenhang mit zwei Morden.«

»Ach ja?«, sagte Idka unbestimmt und, wie Zadira fand, ziemlich gleichgültig.

»Ist Ihnen der Tod von Céline Durand egal?«, fragte sie schroffer als beabsichtigt. Doch der Maler schien nicht im mindesten gekränkt. Im Gegenteil, wieder witterte er in ihre Richtung, als könne er ihre Emotionen riechen. Und als würde er Zadiras Aufgewühltheit genießen wie einen guten Wein.

»Da täuschen Sie sich, Madame. Ich bin außer mir vor Schmerz und Entsetzen. Aber nicht jeder zeigt seine Trauer so, wie man es von ihm erwartet. Ich werde mein Entsetzen malen, eines Tages.«

»Und Lucas Zorn, kannten Sie ihn auch?«, fragte Paoli.

»Nein, wer ist das?«

»Der Student, der vor zwei Tagen ermordet wurde.«

Arnaud erzählte dem Maler, dass auch der Leichnam des Studenten nach einem Idka-Bild, der Nummer acht, arrangiert worden war, und er erzählte von der anonymen Mail, die den Zusammenhang herstellte.

»Wie überaus seltsam«, sagte der Maler, tunkte sein mit Orangenmarmelade bestrichenes Baguette in den Milchkaffee und schob es sich in den Mund. Zadira konnte seine Ungerührtheit kaum noch ertragen.

»Können Sie sich das erklären?«, fragte Paoli.

»Nein«, antwortete der Maler, leise schmatzend.

In diesem Moment kam die Frau mit zwei Tassen Kaffee herein, die sie vor Zadira und Arnaud abstellte. Auch um den Maler beim Schmatzen nicht zuschauen zu müssen, betrachtete Zadira die Frau, die ihr bisher nicht einmal in die Augen geschaut hatte. Sie machte einen früh gealterten Eindruck. Zadira konnte sich gut vorstellen, wie schwierig es war, mit einem Mann wie Idka zurechtzukommen. Aber sie war wohl auch diejenige, die am meisten über ihn wusste. Zadira machte sich innerlich einen Vermerk.

»Monsieur Idka«, versuchte Paoli es weiter, »ich weiß, dass das alles sehr unangenehm für Sie ist, aber können Sie uns irgendeinen Hinweis geben? Woher haben Sie die Motive für die Bilder? Hat das Bild, vor dem Céline Durand aufgefunden wurde, zum Beispiel irgendetwas mit ihr zu tun?«

Der Mann dachte kurz nach. Lächelte zufrieden. Und sagte dann: »Nein. Nicht das Geringste. Und natürlich arbeite ich bei meinen Bildern nicht mit realen Vorlagen oder Modellen. Ich bitte Sie.«

Zadira fand, dass Paoli ein wenig zu vorsichtig mit dem Maler umging. Aber der Polizist hatte ja auch nicht dessen Hände im Gesicht gehabt.

»Sie könnten sie anfassen«, sagte sie lakonisch und stellte fest, dass Idka dieser Ton nicht passte.

»Wie malen Sie überhaupt?«, fragte sie weiter und merkte, dass Paoli neben ihr unruhig wurde.

Idka wandte sich ihr zu. Wieder bemerkte Zadira dieses genüssliche, abscheuliche Wittern.

»Wie heißen Sie mit Vornamen, Matéo?«, entgegnete der Maler, ohne auf ihre Frage einzugehen.

Sie schaute auf die Katze hinab, die sich vertrauensvoll in Idkas Hand schmiegte. Zadiras zweiter Vorname war auch Camille. Ihre Eltern waren laut französischem Gesetz verpflichtet gewesen, ihr zusätzlich einen traditionellen Namen zu geben. Das würde sie diesem Mann aber nicht sagen. Seine gierige Hilflosigkeit machte sie zornig.

Als sie wiederum auf seine Frage nicht einging, verzog der Maler den Mund zu einem feinen, spöttischen Lächeln. Abermals schien er ihren Ärger zu trinken.

»Es ist wie mit der Einrichtung«, gab er schließlich Antwort. »Dasselbe Format, jede Leinwand genauso groß wie die andere, so male ich seit über zwanzig Jahren, und Mademoiselle Rouelle reicht mir die Farben an, die ich benötige.« Er nahm einen Schluck seiner Milch.

»Zunächst male ich einen Grund aus Formen und Flächen, die sich in meinem Inneren bilden. In diesem inneren Bild, diesem Gefüge, entsteht irgendwann die Vision, die ich dann auf die Leinwand übertrage. So wie ich sie in mir sehe. Das Bild in mir und das auf der Leinwand werden eins. Meine Hände werden zu meinen Augen.«

Sein toter Blick ging über ihre Köpfe hinweg, während er mit der Rechten die Katze liebkoste und weiterredete.

»Ich denke nicht mehr. Die Leinwand, der Pinsel und ich, wir sind eins und niemand …«

»… bis auf Madame Rouelle«, schob Zadira ein. Und stellte mit Befriedigung fest, dass sie es geschafft hatte, Idka zu verärgern.

Paoli räusperte sich verlegen, Idka presste die Lippen aufeinander. Rouelle stand stocksteif hinter dem Maler.

»*Mademoiselle* Rouelles einzige Aufgabe«, sagte der Blinde betont, »besteht darin, meine Anweisungen zur Farbanmischung präzise und rasch zu befolgen. Visionen sind vergänglich, und jede Verzögerung oder Ungenauigkeit kann verheerende Folgen haben.«

»Ich hatte versäumt, Lieutenant Matéo darauf hinzuweisen, dass Sie den Arbeitsprozess bereits einmal vor Zeugen demonstriert hatten«, versuchte Arnaud, die Stimmung zu retten, und schenkte Zadira einen warnenden Blick. Doch Idka hatte sich bereits wieder im Griff.

»Lieutenant Matéo ist zweifellos eine ungewöhnliche Polizistin«, sagte er mit einem kleinen Schmatzen in der Stimme, das erneut in Zadira Abscheu weckte.

»Sehen Sie Camille an«, fuhr der Maler fort und kraulte die Katze. »Sie ist blind, doch ihre übrigen Sinne sind auf eine Art und Weise gewachsen, dass sie mühelos in der Welt zurechtkommt. Und wer weiß«, sagte er lächelnd, »vielleicht kennt auch sie Dinge, die den Sehenden verborgen bleiben.«

Na klar, dachte Zadira, und der *Père Noël* hat einen Rentierschlitten mit Minibar.

»Gibt es vielleicht jemanden, der Ihren Ruf schädigen will, indem er die Morde nach Ihren Bildern ausrichtet?«, fragte Arnaud auf einmal.

Idka lachte auf. »Sie meinen, ob ich Feinde habe? Natürlich habe ich die. Der Kunstmarkt lässt nicht viele Gewinner zu. Es gibt sicher Kollegen, die mich liebend gern umbringen würden. Kritiker, die mich hassen. Aber warum sollten diese Leute Leichen vor meinen Bildern ablegen? Es gibt einfach keinen Grund, um …«

»Die Deutsche«, sagte Rouelle ruhig.

Idka reagierte heftig und rief so laut, dass die Katze unter seiner Hand zuckte: »Unsinn, die Frau ist verrückt, sonst nichts!«

»Welche Frau?«, fragte Paoli.

»Ach«, sagte Idka mit einer wegwerfenden Handbewegung. »Niemand. Eine von diesen durchgedrehten Kunstgroupies. Ich habe ihr gesagt, dass sie verschwinden soll.«

»Nachdem Sie mit ihr geschlafen haben«, fügte Rouelle ohne Regung hinzu. Die Wangenmuskeln des Malers arbeiteten.

Schau an, dachte Zadira, Mademoiselle hat einen eigenen Willen und kann auch mal anders.

»Wie ist der Name der Deutschen?«, fragte sie dann.

Der Maler leckte sich über die trockenen Lippen. »Agnes.«

»Und der Nachname?«

»Herrgott, was weiß ich? Wahrscheinlich Müller. Ist das wichtig? Diese Frau war niemand!«

Zadira und Arnaud tauschten einen Blick. Er gab ihr mit einer winzigen Kopfbewegung zu verstehen, dass es für diesmal reichte.

Sie bedankten sich für den Kaffee und erhoben sich. Der Maler reagierte nicht. Nur die kleine Katze hatte ihre Ohren gespitzt.

Sie waren schon an der Tür, als Zadira sich umwandte.

»Ach, Monsieur Idka?«

»Was?« Knapp, geknurrt.

»Ihr Bruder Charles …«

»Ja?« Wachsam.

Zadira zielte genüsslich.

»Was sagt er eigentlich dazu? Werden Ihre Bilder an Wert gewinnen, wenn bekannt wird, dass ein Mörder sie als Vorbild nimmt?«

»Sie sind ja verrückt«, zischte er wütend.

Zadiras letzter Blick, bevor Arnaud sie aus dem Salon dirigierte, galt Rouelle.

Die Haushälterin sah diesmal nicht zu Boden. Sondern sie hielt ihren graublauen Blick auf Zadira gerichtet, so direkt wie ein doppelläufiges Gewehr.

9

Zadiras Gedanken kehrten wie Eisennägel zum Magneten zu jenem Augenblick zurück, als Etienne Idka ihr Gesicht berührt hatte. Seine zehn nackten Finger auf ihrer Haut. Scham, heißer Zorn. Auf Idka. Aber auch auf Paoli, der sie dazu gebracht hatte, das zu ertragen.

Sie schob die Sonnenbrille ins Haar, um die Karte der La Pizzeria am Boulevard des Innocents zu studieren. Eine einfache Karte, es gab als Mittagstisch ein Menü mit Fisch und eines mit Fleisch.

Paoli kam aus dem Inneren des gewölbeartigen Lokals mit den Mosaiksteinmustern an den Wänden, dessen Außentische bis dicht an die Straße reichten. Als er sich ihrem Tisch näherte, schob Zadira die Brille wieder vor ihr Gesicht.

Arnaud Paoli setzte sich, sah ebenfalls in die Karte und fragte: »Nehmen Sie das Entrecôte oder die Limande?«

»Ich nehme den Fisch«, erwiderte sie kühl.

Paoli zog seine Sonnenbrille ab und versuchte zu entschlüsseln, was sie hinter ihrer verbarg. Mit ruhiger Psychologenstimme sagte er:

»Lieutenant Matéo, Sie sind verärgert. Aber wir mussten vorsichtig sein bei Idka. Lassen Sie sich bitte erklären …«

Eine Bewegung ihrer Hand und Paoli war sofort ruhig. Sah sie an, wachsam. Ganz helle Augen.

»Noch nicht«, sagte sie nur.

Die Kellnerin kam, sie gaben ihre Bestellung auf.

Schließlich stieß Zadira die Luft aus und nahm ihre Sonnenbrille ebenfalls ab.

»Hören Sie gut zu, Paoli, niemand befiehlt mir stillzuhalten, wenn irgendein Typ mich anfassen will. Es ist eines der unerträglichsten Dinge, die Sie von mir verlangen können.«

Sie machte eine kurze Pause, um den Zorn in ihrem Inneren zu beherrschen.

»Machen Sie das nie wieder!«

Ohne sie aus den Augen zu lassen, lehnte Paoli sich etwas zurück. Sein Blick war nicht so schlimm wie Idkas Betasten, dennoch fühlte sie sich ausgeforscht. Ihr war klar, dass ihre Zusammenarbeit im nächsten Moment beendet sein könnte. Inklusive einer entsprechenden Beschwerde bei ihrem Vorgesetzten Commissaire Stéphane Minotte, die Zadira allerdings gleichgültiger wäre als irgendetwas sonst.

Aber Arnaud Paoli überraschte sie.

Er beugte sich vor, stützte das Kinn auf die Hände und begann zu erzählen.

»Ich bin im zwanzigsten Arrondissement von Paris aufgewachsen, Ménilmontant, ein Arbeiterviertel.«

Er sprach von seinem Vater, Stahlarbeiter, Sohn italienischer Einwanderer. Von seiner Mutter, Köchin und Zugehfrau bei reichen Parisern. An manchen Nachmittagen hatte er sie begleitet. Und gestaunt, wie viel Platz die Reichen hatten. Manche Salons waren so groß wie die ganze Wohnung seiner Eltern. So lebten also die Menschen, die »jemand« waren. Nicht so wie er. Oder wie die anderen Kinder der spanischen, polnischen und schwarzafrikanischen Familien.

Arnaud sprach mit normaler Stimme, so als wäre es die Geschichte eines anderen. Doch Zadira, die selbst in einem solchen Viertel in Marseille aufgewachsen war, wusste genau, wie der junge Paoli sich gefühlt haben musste.

»Ich war dreizehn. Und ich habe sie beobachtet. Ich war unwichtig für sie, sie haben es gar nicht gemerkt, dass ich ihre kleinen und großen Betrügereien herausfand.«

Wie sie schleppte auch er seine Herkunft mit sich herum. Doch seine Art, damit umzugehen, unterschied sich von ihrer.

»Das ist meine Methode, Matéo, ich lasse die da oben immer noch in dem Glauben, dass ich nur ein unwichtiger, kleiner Italiener bin.«

»Funktioniert es?«, fragte sie.

Arnaud zuckte mit den Achseln.

»Nein, es funktioniert nicht immer. Aber wenn ich eine Niederlage erlitten habe oder einfach nur an mir zweifle, verbringe ich eine Stunde auf dem Friedhof Père Lachaise. Dort liegen sie alle, die Reichen und Berühmten, die Armen und die Betrogenen. Alle nur noch Staub. Das bringt mich wieder ins Lot.«

Zadira nickte. Sein Bekenntnis hatte ihren Zorn verfliegen lassen. Ihr war klar, dass ihm das nicht leichtgefallen war.

Er setzte noch einen drauf.

»Sie damit reinzuziehen war falsch. Sie können nichts für mein Leben. Sorry, Lieutenant Matéo.«

»Akzeptiert«, sagte sie. »Und ich heiße Zadira.«

Arnaud lächelte. »Okay, Zadira.«

In diesem Moment kam ihr Essen, das Entrecôte mit Herbstpilzen, die Limande mit Zitrone und Salat.

Während sie aßen, fragte sich Zadira, ob sie nun ihrerseits Paoli etwas aus ihrem Leben erzählen sollte. Aber sie konnte nicht. Vielleicht, weil sie schmerzhaft an ihren Vater denken musste. Warum gerade jetzt? Sie fühlte sich verletzt, berührt. Und dann begriff sie, dass es die Bilder waren.

Seit sie die Idka-Bilder gesehen und in sich hineingelassen hatte. Sie waren wie Zeitzünder, die nach und nach blutende Erinnerungen freilegten.

Sie kannte sich nicht aus mit Kunst. Und der Einzige, den sie noch vor kurzem liebend gern gebeten hätte, ihr mit seinem Kunst- und Sachverstand zu helfen, Idka zu verstehen – der bumste zurzeit eine bildschöne Pariserin.

»Was hältst du von Idka?«, fragte Arnaud.

»Seine Bilder bewundere ich durchaus, ihn aber nicht«, gab Zadira zurück. »Diese Bilder … Sie sind der Schlüssel. Sie geben den Taten ihren Sinn. Der Mörder bedient sich dieser Bilder, um seine Taten zu erklären. Durch die Bilder sind die Morde mehr als einfach nur Morde, sie sind eine Botschaft.«

»An uns?«

»Nein. An Idka. Ein: Schau her, ich verstehe dich! Mehr als jeder andere. Ich bin ein Künstler, so wie du. Ein Künstler des Todes.«

»Eine gewagte Theorie.«

»Das ist keine Theorie. Ich bin keine Theoretikerin. Es ist meine Art, die Dinge zu sehen. Du gibst den dummen Italiener, ich verlasse mich auf mein Gespür.«

Er neigte zustimmend den Kopf, forderte sie damit auf fortzufahren.

»Also, die Morde sind eine Botschaft an Idka. Der Täter will ihm etwas sagen oder zeigen. Nur Idka könnte uns den Sinn dieser Morde erklären. Aber entweder versteht er die Botschaft nicht, oder er will sie nicht verstehen.«

»Was schlägst du vor?«

»Ich werde mir Rouelle vornehmen. Und zwar allein. Es muss etwas in Idkas Biographie geben, das eine Verbindung zwischen ihm und dem Mörder herstellt. Etwas, was vielleicht nicht einmal er sieht oder weiß, sie aber schon, weil sie sein Leben … nun ja. Sie baut es, so kam es mir vor, sie baut alles so hin, dass er niemals stolpert.«

»Du hilfst mir also weiter bei dem Fall?«

»Na klar, der Kerl lebt in meiner Stadt. Was ist mit dieser Frau, der Deutschen?«

»Agnes Nachname-vielleicht-Müller? Der Name wird uns nicht weiterhelfen. Aber ich werde versuchen, etwas über Idkas Affären herauszufinden. Außerdem werde ich die Brigade auf alle Leute ansetzen, die bei der Vernissage waren oder die Bilder bei dieser Pre-Vernissage gesehen haben. Ich werde mit dem Kunstkritiker sprechen, Antoine Valéry. Idka ist sein Spezialgebiet, nicht nur die Werke, sondern auch sein Werdegang.«

Er nahm den Canteperdrix-Rosé aus der durchsichtigen Eiswürfeltasche und schenkte ihnen nach.

»Das heißt, du fliegst nach Paris zurück?«

Er nickte. »Heute Nachmittag.«

»Aha.« Zadira hatte mit einem Mal das Gefühl, dass etwas ungesagt geblieben war.

»Ich wünschte wirklich«, sagte Arnaud langsam, »dass ich dich als Partnerin hätte, in Paris.«

Sie atmete aus. »Paris ist nichts für mich. Zu pariserisch.«

»Schade«, sagte Arnaud. »Sehr schade.«

Zadira spürte den Sog und gleichzeitig eine leichte Unsicherheit. Er flirtete mit ihr, nahm den Flirt sogar ernst. Das aber war nicht der Grund ihrer Unsicherheit. Sondern weil sie es zuließ. Warum?

»Was ist mit dem Bruder?«, fragte sie, um ihre Verwirrung zu überspielen. »Er könnte wissen, welche Leute sich von Idkas Bildern herausgefordert fühlen.«

»Charles ist ein harter Brocken«, sagte Paoli, »der sehr schnell seine Anwälte losschickt. Ich werde auf jeden Fall an ihm dranbleiben, hätte aber natürlich gern mehr in der Hand als ein paar Vermutungen.« Er lächelte entschuldigend. »Pardon, aber so ist es.«

Wieder entstand ein Schweigen zwischen ihnen, von dem Zadira nicht genau sagen konnte, ob sie es angenehm oder unangenehm finden sollte.

Paoli sah auf die Uhr, machte der Kellnerin ein Zeichen zum Zahlen. Dann beugte er sich vor.

»Also«, fragte er, »sehen wir uns wieder?«

»Sicher. Warum fragst du?«

»Weil ich es möchte.«

Sie nickte, während ihr die Wärme bis in die Wangen kroch.

Arnaud Paoli griff nach Zadiras Hand. Es fühlte sich falsch an und dennoch richtig.

»Zadira Matéo. Ich möchte dich wiedersehen. Ich will dich kennenlernen.«

Warum fiel ihr keine vernünftige Antwort darauf ein?

Schließlich sagte sie: »Okay, fangen wir erst mal mit dem Wiedersehen an.«

Seine Augen – wie seine Augen sie tranken! Arnaud lächelte, und sie begann, ihn als Mann zu sehen. Sein Mund, sein Körper, sein Blick …

Eine fröhliche weibliche Stimme unterbrach ihre taumelnden Gedanken.

»Ach, wie nett! Sie sind doch Jules' Nachbarin? Hallo.«

Zadira starrte benommen die blonde Pariserin an, die aussah, als sei sie gerade einem Modelkatalog entsprungen.

Erst dann bemerkte sie Jules, der neben ihr stand und mit einem zutiefst traurigen Gesicht auf sie und Arnaud herabschaute. Während Fabienne munter weiterplapperte, fiel sein Blick auf Arnauds Hand, die vertraulich auf der von Zadira lag. Sein Mund zuckte, Arnaud zog seine Hand langsam zurück.

Nein, wollte sie rufen, es ist nicht so, wie es aussieht! Aber das sagten sie alle, immer. Und es war dann doch genau so, wie es aussah.

Jules ging wortlos an den Tresen, um zu bestellen, während sich Fabienne, charmant und vergnügt, von ihnen verabschiedete.

Zadira spürte Arnauds aufmerksamen Blick.

»Komm wieder!«, sagte sie.

10

Als Mazan wieder durch den Spalt oben in der Mauer kam, entdeckte er die weiße Katze bereits unten im Steingarten. Sie saß aufrecht mit gespitzten Ohren auf der Brunnenmauer, den Schwanz anmutig um die Hinterbeine gelegt. Durch die offene Tür, die ins Haus führte, war eine zornige Männerstimme zu hören.

»Ja, verdammt, sie hat ihnen von der Deutschen erzählt!«

Mazan versuchte abzuschätzen, ob von dieser Stimme eine Gefahr ausging, doch Camille machte einen völlig ungerührten Eindruck. Dennoch blieb er wachsam, als er zu ihr in den Hof hinabsprang.

»Ja, das Miststück«, knurrte die Stimme. Mazan spähte über den Hof zur Tür und erblickte eine Gestalt, die offensichtlich telefonierte. Jetzt lachte der Mann, aber es hörte sich nicht fröhlich an.

»Tu nicht so, als ob du sie nicht gehabt hättest. Meinst du, ich wüsste nicht, wie das läuft?«

»Ist das dein Mensch?«, fragte er Camille.

»Ja.«

»Warum ist er so wütend?«

Camille wandte ihren Kopf mit den wachen Ohren der offenen Tür zu.

»Die Wut ist immer in ihm«, sagte sie. »Das ist sein Fluch. Sie ist wie ein schwarzer, heißer Brei.«

»Fürchtest du sie?«

»Nein, nie.«

Wieder erklang die Stimme aus dem Haus: »Woher soll ich das wissen? Ich habe nichts von ihr gehört.«

»Wenn ich bei ihm bin, wird die Wut schwächer. Aber jetzt kann ich nichts tun. Es waren Leute da, die ihn furchtbar aufgeregt haben. Dann schreit er. Manchmal schreit er die Frau an oder, wie jetzt, den anderen Mann am Telefon. Später wird er weinen und sich dann in den Raum mit den scharfen Gerüchen einschließen. Dort bin ich nicht gern, die brennen in der Nase.«

»Meinst du wirklich, das würde jemanden interessieren? Sie ist verrückt, und das weißt du ja wohl besser als ich!«

Die weiße Katze wandte sich wieder an Mazan.

»Was wirst du mir heute zeigen?«

Das hatte er sich auch gefragt. Camille war ihm ein Rätsel. Wie war es möglich, dass sie von ihm träumte? Wie konnte sie überhaupt von Dingen träumen, die sie nie gesehen hatte? Denn sie hatte ihm erzählt, dass sie schon immer blind gewesen sei. Er konnte sie bis zu einem gewissen Grad mit in seine Welt nehmen und sie ihr erklären, doch es war ihm unmöglich, in ihre zu gelangen. Doch schließlich war ihm etwas eingefallen, das allerdings so waghalsig war, dass er es Camille nicht zumuten konnte.

So schlug er ihr nun vor, sie zum Château zu führen. Dort habe er sein größtes Abenteuer erlebt. Camille hörte ihm mit leicht geneigtem Kopf zu, ohne zu reagieren.

Oder er könnte ihr seine Menschenfrau vorstellen, Lieutenant Zadira. Sie habe eine warm leuchtende Seele und eine sehr sanfte Stimme. Camilles Ohren zuckten nicht einmal.

Mazan wollte ihr gerade von seinem neuen Garten hinter dem großen Haus erzählen, mit den hohen wilden Büschen und dem Geruch nach dunkler Erde, als sie etwas sagte, das ihn erschauern ließ.

»Führe mich auf die Dächer«, flüsterte sie, »und erzähle mir, was du von dort aus siehst.«

»Camille, das ist zu gefährlich.«

»Weißt du, was für mich die größte Gefahr ist?«

»Nein, sag es mir.«

»Ein Leben in den Mauern meiner Blindheit. Bitte, lass nicht zu, dass es vergeht, ohne dass ich die Freiheit gespürt habe, nur noch den Himmel über mir zu wissen.«

Und so fügte Mazan sich.

Er nahm nicht den schwierigsten Weg, natürlich nicht. Dennoch hatte er nie zuvor so viel Ängste ausgestanden wie bei diesem Aufstieg auf die Dächer. Immer wieder prüfte er jeden Abschnitt und machte Camille auf unsichere Stellen aufmerksam. »Hier ist ein Ziegel locker«, oder: »Vorsicht, unter der Ranke ist ein Spalt.«

Im Gegensatz zu ihm war Camille ungeheuer vergnügt. Dabei vergaß sie allerdings nicht, vorsichtig zu sein. Mazan bemerkte sehr wohl, wie sie Pfote um Pfote seinen Spuren folgte, und er bewunderte ihre Witterung, die anscheinend nicht nur jede seiner Bewegungen wahrnahm, sondern daraus auch ein Bild formte, das mit der für sie nicht sichtbaren Wirklichkeit übereinstimmte. Am meisten aber rührte ihn das Vertrauen, das sie in ihn setzte.

Sie folgten einem Weg, den er schon oft mit Manon genommen hatte, und die Erinnerung an seine Freundin rührte ihn schmerzhaft an. Warum nur wollte sie nichts mehr mit ihm zu tun haben?

Für einen winzigen Augenblick waren seine Gedanken woanders, seine Konzentration ließ nach.

Das reichte schon.

Ein Schritt, der zu schnell war, als dass Camille ihn erfassen konnte, in der Folge eine winzige Ungenauigkeit ihrer Bewegungen. Ihre rechte Hinterpfote setzte falsch auf dem Dachfirst auf. Mit einem erschreckten Maunzen rutschte sie ab. Entsetzt sah Mazan, wie sie sich mit den Vorderpfoten festzuhalten versuchte, es nicht schaffte und im nächsten Moment rückwärts das Dach hinabzurutschen drohte.

»Camille!« Mit einem Satz war er bei ihr und packte sie mit kräftigem Biss im Genick. Er stemmte sich mit den Hinterläufen hinter den First und zog sie entschlossen wieder zu sich nach oben. Sie fand Halt und ließ sich auf den Bauch nieder. Dann witterte sie in die Schräge, in die sie beinahe gerutscht wäre.

»Ist es tief?«, fragte sie.

Es war tief, es hätte sie zerschmettert.

»Nein«, log er, »aber es wäre ein Umweg geworden.«

Kurz darauf saßen sie an der Stelle, an der er oft mit Manon gewesen war. Natürlich konnte Camille es nicht sehen, das Land, das sich vor ihnen ausbreitete, mit den geraden Feldern, den Flussläufen, den struppigen Hügeln und dem Berg mit seiner weißen Spitze. Doch er versuchte, es ihr zu beschreiben, und reicherte die Bilder mit dem an, was er dort draußen erfahren hatte.

Er erzählte von den süßlich-modrigen Ufern der Flüsse, den Vögeln, die in dornigen Zweigen nisteten, von Fröschen und Mäusen. Und von größeren Tieren, mit denen man sich besser nicht anlegen sollte.

Camille witterte unablässig, leckte die Luft und ließ die Ohren zittern.

»Und du warst dort?«, fragte sie ehrfürchtig.

»Ja.«

»Wie sehr ich dich darum beneide!«

»Es ist nicht so schön, wie es sich anhört«, gab er zurück. »Du bist selten richtig satt und musst ständig aufpassen.«

»Trotzdem sehnst du dich manchmal nach dieser Welt.«

»Ja, das stimmt.«

»Warum bleibst du dann hier?«, fragte sie.

Diese Frage hatte er sich oft gestellt.

»Weißt du es nicht?«, fragte sie in sein Schweigen.

»Nein. Oder vielleicht. Manchmal.«

»Armer, zerrissener Commissaire Mazan«, sagte sie mitfühlend.

Sie hatte mit *ihm* Mitleid?

»Komm, wir haben es nicht mehr weit«, lenkte er ab.

»Wohin gehen wir denn?«

»Ich möchte dich mit jemandem bekannt machen.«

Wie immer stand das Fenster zu der kleinen Dachgeschosswohnung offen. Und wie immer lag die alte Morgaine auf ihrer Decke direkt dahinter auf der Fensterbank. Sie verließ die Wohnung nicht mehr, denn auch sie war mittlerweile blind, wenn auch nur vom Alter.

»Wen bringst du mir denn da, *mon Commissaire*?«, fragte sie, weil sie ihn natürlich längst am Geruch erkannt hatte.

»Eine ganz besondere Freundin.«

Mazan beobachtete, wie sich die beiden blinden Katzen beschnupperten. Er erzählte Morgaine, wie er Camille gefunden hatte und dass sie blind war.

»Camille sieht Dinge, die sie eigentlich nicht sehen kann. Wie ist das möglich, Morgaine?«

»Weißt du das denn nicht, meine Kleine?«, wandte sich die alte Katze an die junge.

»Nein, ich weiß nur, was ich sehe.«

Morgaine stellte Camille Fragen, auf die Mazan nicht gekommen wäre. Zum Beispiel, wie er für die weiße Katze aussah.

»Ein Schatten voller Kraft.«

Und die Menschen?

»Es ist ihr Geruch, der mir alles verrät.«

Am meisten interessierte sich Morgaine dafür, wie Camille ihm auf dem schwierigen Weg über die Dächer folgen konnte.

»Ich sehe meine Pfoten dort, wo sie noch nicht sind.«

Morgaine schwieg lange. Dann sagte sie ehrfürchtig: »Du kannst in die Zukunft schauen.«

»Ja«, erwiderte Camille traurig. »Ich weiß.«

»Warum bekümmert dich das?«

»Wie sollte es mich nicht bekümmern? Ich sehe so viel Leid, aber um es zu ändern, müsste ich wirklich sehen können. Doch die Gegenwart war für mich immer ein dunkler Ort.«

»War?«

»Ja, denn ich habe geträumt, dass Commissaire Mazan Licht in diesen dunklen Ort bringt. Und das geschieht gerade, ich war nie glücklicher als jetzt.«

»Und warum bist du trotzdem noch traurig?«

»Weil ein Teil immer noch dunkel ist. Und weil ich fürchte, dass daraus das Leid entspringt.«

»Was ist das für ein Teil?«

Gespannt beobachtete Mazan die weiße Katze. Sie wandte ihm ihr zartes Gesicht mit den toten Augen zu.

»Ich«, sagte sie dann. »Ich bin der dunkelste Ort in meiner Welt.«

Es gab nichts mehr zu sagen. Eine Weile saßen die drei Katzen noch zusammen, jede in ihre eigenen Gedanken versunken. Dann verabschiedete sich Mazan von Morgaine und wartete darauf, dass Camille ihm folgte. Doch bevor sie auf das Dach zurückkletterten, fragte die alte Katze noch: »Wie geht es meiner Manon?«

Mazan zögerte mit der Antwort, dann sagte er: »Sie hat Junge bekommen, aber sie will mich nicht in ihrer Nähe haben.

Morgaine legte den Kopf auf die Pfoten und schloss die Augen.

»Du bist ein Narr, Commissaire Mazan.«

11

Lucien Brell stellte sich in den Abwurfkreis, die Füße geschlossen; er nahm das »Schweinchen«, die Zielkugel, ins Visier, dann die Kugel des Rivalen. Er schwang den Arm wie ein Pendel nach hinten, nach vorn, ließ los, in hohem Bogen flog die Kugel – und es knallte! Eisen auf Eisen. Die Zuschauer auf den Bänken unter den Platanen schnippten mit den Fingern, um ihre Anerkennung auszudrücken. Es war ein *tirer plein fer*, direkt aufs Eisen, bei dem die gegnerische Kugel aus dem Wurf heraus getroffen und weggestoßen wurde, während Luciens Pétanque-Kugel dafür am selben Ort liegen blieb, als dichteste am *cochonnet*. Solche Treffer gelangen ihm beim Pétanque nicht oft.

»Excellent«, ließ sich Lupin, der Leger, seufzend vernehmen. Der Steuerfahnder hielt, wie die meisten Boulespieler, seine Kugel locker in der nach hinten gekrümmten Hand wie in einem Nest.

Als sich Lupin für einen Konter bereitmachte, hörte Brell sein Telefon leise in der Uniformjacke klingeln, die er über eine Bank gelegt hatte.

Lupin ließ sich in seiner Konzentration nicht stören. Es kam öfter vor, dass sein Mitspieler sich während einer Partie um Polizeibelange kümmern musste.

Brell schaute auf das Display, die Nummer kannte er nicht. Die Stimme schon. Es war Gérard Sylvestre.

»Lucien? Er kommt.« Gérard Sylvestre sprach leise.

»Ich bin schon unterwegs«, sagte Lucien. Er warf einen Blick hinüber zu Lupin. Wenn der wüsste!

»Was passiert denn jetzt?«, fragte Sylvestre.

»Du wickelst ganz normal dein Geschäft mit ihm ab. Ich bleibe erst mal unsichtbar. Sobald er dich bezahlt hat, werde ich ihn verhaften.«

Dass Sylvestre dem Agenten die Vögel verkaufte, war natürlich notwendig. Andernfalls könnte der alles abstreiten. Dann stünde Aussage gegen Aussage. Nein, er musste auf frischer Tat ertappt werden. Dann konnte Brell ihm die Handschellen anlegen.

Brell machte Lupin ein bedauerndes Zeichen, packte den Rest Fougasse ein – selbstgemachtes Olivenbrot – und griff nach der Tasche mit Fernglas, Wasser und Landkarte. Sein blauer Renault Kastenwagen sprang erst nach gutem Zureden an. Verflucht, die Zeit lief ihm davon!

Zehn Minuten später raste der Sergeant, Fladenbrot kauend, auf der verschlungenen Landstraße zwischen Feldern und Weinreben entlang. Bald würde die Weinlese beginnen, die Zeit der Feste und Gourmet-Wochen …

Wenn er daran dachte, dass es in seinem Revier illegale Ortolan-Essen gab, und das vielleicht schon seit Jahren, wurde er von heißem Zorn gepackt. Ein merkwürdiges Kribbeln breitete sich in seiner Magengegend aus. War es Angst? War es Lust? War das der Jagdtrieb der Ermittler, von dem Zadira mal gesprochen hatte, diese seltsame, fast schon erotische Erregung, menschliche Beute zu machen?

Nachdem Brell die Olivenmühle de la Colombe passiert hatte, versteckte er den blauen Renault hinter einer verfallenen Feldgrenzmauer und machte sich auf den Weg durch den abschüssigen Wald. Zwar führte ein holpriger Feldweg zu Sylvestres *borie,* doch den würde der Vogelhändler nehmen. Da musste ja nicht unbedingt ein anderes Auto parken, auch wenn es nur ein altes war.

Als Brell sich schwer atmend von der Eichenwald-Seite des Lavendelfelds aus der Feldsteinhütte näherte, hörte er schon das Tschilpen der Ortolane. Und Gérard Sylvestre. Und einen Motor, der just ausgeschaltet wurde. Der Kerl war vor ihm angekommen.

Zut!

So geräuschlos wie möglich schlich er sich von hinten zur Hütte. Die war auch seine einzige Deckung. Lucien Brell wusste, dass er so unauffällig wie eine Blaskapelle war. Wenn der Agent nur einmal in die falsche Richtung schaute, flog die ganze Sache auf.

Doch dann hatte er es geschafft und war an der Rückseite der *borie* angelangt. Die Stimme des Besuchers war deutlich zu vernehmen.

»Hinsichtlich Ihrer Ankündigung, werter Gérard, Ihre Hilfe einzustellen, möchte ich zunächst mein tief empfundenes Bedauern ausdrücken …«

Brell spähte vorsichtig um die runde Mauer. Der Fremde, in einer messerscharf gebügelten sandfarbenen Hose und einem weißen gebügelten Hemd, trug einen Karton, aus dem zwitschernde Rufe zu hören waren, zu dem hochbeinigen weißen Geländewagen, der ein Stück neben dem Feld stand. Er hatte einen hellen Panamahut mit einem schmalen, braunen Ripsband auf dem Kopf, der auch sein Gesicht zum Teil verdeckte. Als er sich nun zu Gérard umwandte, schaffte es Brell gerade noch, den Kopf zurückzuziehen. Er presste sich mit dem Rücken an die Hüttenmauer. Die Steine drückten gegen seine Nieren.

»… kann das hier alles nicht mehr machen«, sagte Gérard. »Ich habe Schwierigkeiten mit der Luft. Jedenfalls höre ich auf mit der Jagd, es geht nicht anders.«

Das war nicht ganz das, was Brell mit Sylvestre abgesprochen hatte. Hoffentlich machte er den Händler nicht misstrauisch.

»So, mit der Luft? Haben Sie es schon mal mit einem Kuraufenthalt versucht? Die Nordsee soll sehr heilsam für Lungenbeschwerden sein.«

Dieser Genuss-Agent sprach ein perfektes, aber altmodisches Französisch. Dabei hörte sich seine Stimme seidenglatt an, leise, vornehm-geziert. Sein Akzent war kaum wahrnehmbar.

Brell überlegte, wie er vorgehen sollte. Offenbar hatte der Mann einen Teil der Ortolane bereits in sein Auto geladen. Sollte er ihn jetzt verhaften? Da vernahm er die Stimmen wieder aus dem Inneren der *borie*.

»Sagen Sie, lieber Freund, wie sind Ihre Pläne über die Zukunft und den Verbleib der restlichen … wie viele sind das? Einige sehen doch schon recht gesättigt aus, quasi erntereif.«

»Vierzig. Aber ich weiß nicht … ich würde sie am liebsten wieder freilassen.«

Verdammt, was redete Gérard denn da? Offenbar hatte Brell dem Alten zu sehr zugesetzt. Er musste unbedingt noch warten, bis der Ausländer Sylvestre bezahlte, erst dann konnte er zuschlagen.

»Natürlich. Loslassen zu können ist eine Lebenskunst, die gar nicht oft genug geübt werden kann.« Der Mann mit der Seidenstimme seufzte. »Kann ich Sie womöglich ein wenig motivieren, mir als Abschiedsgeschenk zum Ende unserer freundlichen Beziehung diese hier noch fertig zu mästen? Natürlich würde ich das ebenfalls mit einer Abschiedsgeste honorieren. Sagen wir: das Doppelte?«

Sanft, fast devot war diese Frage gestellt. Brell hätte zu gern das Gesicht des Mannes gesehen. Dann fiel ihm auf, dass der Kerl bisher nicht ein einziges Mal das Wort Ortolane ausgesprochen hatte.

»Hm, ich weiß nicht ... brauchen Sie die Ammern denn so dringend?«

»Mein lieber Gérard, wenn Sie mich so direkt fragen: Ja. Mir ist überraschend eine kurzfristige Bestellung aus der Gegend dazwischengekommen, und, was soll ich sagen, es wäre ein angemessener Ausgleich für den doch etwas abrupten Abbruch unserer Kooperation.«

Aus der Gegend? Brell dachte an die beiden neuen Restaurants, das Albion und das L'Obsidion in Bédoin. Belieferte die Seidenstimme etwa diese Sterne-Lokale? Möglich wäre es. Der Gendarm konnte sich jedenfalls kaum vorstellen, dass sein guter alter Freund Richard Bagnol vom Restaurant L'Oulu in Mazan da mitmachte! Oh, er würde zu gern wissen, wer sich im Vaucluse die Vögel an die Küchentür liefern ließ.

»Lieber Gérard, ich verstehe Ihre Beweggründe, die Aufregung, das Alter, da machen die Knochen nicht mehr richtig mit. Und die Luft, nicht wahr. Doch ich hoffe, Sie verstehen auch, dass ich von dem unvorhergesehenen Lieferengpass unangenehm überrascht bin. Das muss ich gegenüber meinen Kunden erst einmal nachvollziehbar kommunizieren.«

»Ja, schon. Aber können Sie nicht einfach jemand anderen fragen?«

»Wen denn, mein lieber Gérard?«

»Na ja, ich dachte Sie hätten auch noch ... ich dachte ...«

»Ja? Was dachten Sie, was ich hätte?«

Die Stimme hatte sich um ein paar Grade abgekühlt.

»Ach. Eigentlich denke ich gar nicht so viel.«

»Ich glaube, jetzt untertreiben Sie, mein Lieber.« Kurzes Lachen. »Oder gibt es Anlass zur Sorge? Ist etwas … geschehen, was Sie betrübt und Ihnen, nun ja, so plötzlich den Atem raubt?«

»Nein«, druckste Gérard herum. »Ist schon gut, ich mache Ihnen die letzten Vögel noch fertig.«

»Fein, dann kommen wir jetzt zum angenehmeren Teil.«

Die gespannte Stille, in der nur ein leises Rascheln zu vernehmen war, verriet Brell, dass in der *borie* gerade Geldscheine gezählt wurden. Perfekt, jetzt konnte er diesen Monsieur Fein-Schwätzer verhaften und ihn als Schwarzmarkthändler von artengeschützten Wildvögeln vor Gericht bringen. Vielleicht würde er ja auch die Lokale nennen, die er belieferte. Das wäre ein feines Fressen für die Presse. O ja, er würde aber so was von Licht in diesen Mist bringen, Zadira Matéo würde stolz auf ihn sein.

Lucien Brell machte sich bereit, aus seinem Versteck hervorzutreten …

»Und wegen der anderen Tierchen, mein lieber Gérard, komme ich baldigst auf Sie zu. Ich bin sehr froh, dass wir uns da einigen konnten. Es ist wirklich eine exquisite Gesellschaft, der wir damit eine Freude bereiten. Ein intimer Club, wenn Sie verstehen, was ich meine?«

Brell hielt inne. Ein intimer Club?

»Vielleicht überdenken Sie Ihre Entscheidung ja noch einmal. Diese Herrschaften sind … nun, wie soll ich sagen? Sie kommen von weit her und schätzen die Diskretion. Dafür sind sie bereit, ein Vermögen zu zahlen. Verstehen Sie, mein lieber Gérard, ein Vermögen!«

Brell packte die Aufregung. Was war das für eine Geschichte?

»Die Leutchen – ich kann selbstverständlich keine Namen nennen – zahlen allein schon dafür, dass sie einen Platz in dieser illustren Runde bekommen. Glauben Sie mir, es gibt keine bessere Kundschaft. Ach, Gérard, ich bin überzeugt, es würde Sie zu Herzen rühren mitzuerleben, wie Ihre Lieblinge wertgeschätzt werden. All die glücklichen Gesichter!«

Brells Gedanken rasten. Leute von weit her ... legen Wert auf Diskretion ... zahlen ein Vermögen für einen Platz in der illustren Runde? Was ging hier vor, in seinem Revier?

»Also, geben Sie ihnen ordentlich Futter, es ist für sehr edle und auch sehr solvente Gaumen. Und vielleicht können wir unsere Zusammenarbeit ja unter den neuen Konditionen fortsetzen. Das wäre sicherlich auch für Ihre Bronchien bekömmlich.«

Brell musste sich entscheiden. Wenn er den Händler jetzt hochnahm, würde der den Club nicht beliefern können. Ohne Ortolane kein Clubabend. Dann würde sich der Club ganz schnell auflösen, und Brell hätte nur mal kurz ein Streichholz in die Kloake gehalten.

Was aber, wenn er der Presse statt eines ausländischen Händlers eine Gruppe betuchter französischer Bürger, womöglich noch sehr bekannter französischer Bürger, präsentieren könnte? Dann wäre das ein Skandal, der internationale Wellen schlagen würde. Und damit wäre auch das Versagen der französischen Politik an den Pranger gestellt. Brell spürte, wie seine Wangen zu glühen begannen. Er musste trotzdem auch jetzt an dem Kerl dranbleiben. Vielleicht erfuhr er ja dann etwas über mögliche Hintermänner.

Seidenstimme verabschiedete sich von Sylvestre.

»Ich hole den Restposten im Laufe der nächsten Tage ab, *d'accord*?«

Die letzte Chance, dachte Brell. Aber er hatte sich bereits entschieden. Und wenn alle Stricke rissen, konnte er den Kerl immer noch hochnehmen, wenn er die restlichen Vögel abholte.

Brell wartete, bis er hörte, wie der Motor ansprang. Dann setzte er sich Bewegung. Sylvestre würde er später anrufen, jetzt hatte er es eilig. Immer auf die Deckung durch die *borie* achtend, lief er zum Eichenwald. Er wusste, dass der Weg, den Seidenstimme nahm, ziemlich weit durch die Felder führte, ehe er auf die Straße nach Malemort-du-Comtat kam. Und schnell konnte man dort auch nicht fahren. Wenn er hingegen es zügig durch den Wald schaffte, könnte er bereits an der Straße und bei seinem Auto sein, wenn der Händler vorbeikam. Dort war nicht viel los, es wäre ein Leichtes, den weißen Geländewagen zu verfolgen. Jetzt war Lucien Brell froh, dass er nicht den auffälligen Dienstwagen genommen hatte.

Unglücklicherweise war der Weg zurück zum Auto weitaus beschwerlicher als der Herweg, denn das Gelände war ansteigend. Und so leicht, wie seine hundertzwanzig Kilo den Hang hinabgekommen waren, so schwer machten sie es Brell, wieder hinaufzukommen. Als er seinen blauen Kastenwagen endlich erreicht hatte, lief ihm der Schweiß nur so runter.

Er zwängte sich hinter das Steuer. Jeden Moment konnte der Kerl hier vorbeikommen. Er drehte den Schlüssel im Zündschloss.

Nichts.

Noch einmal.

Nichts. Nicht einmal ein Klicken.

Nein.

Nein!

Einkuppeln, Wagen mit einem Bein aus der Tür vorwärtsdrücken, schieben, noch mal anlassen.

»Komm schon! Bitte! Miststück!« Brell tropfte der Schweiß vom Gesicht.

Da vernahm er das Geräusch eines nahenden Wagens. Ein schwerer Wagen. Ein Geländewagen!

Verzweifelt drehte Brell den Schlüssel im toten Schloss. Doch der Motor machte keinen Mucks.

Die Hände auf dem Lenkrad, die nasse Stirn darauf gelegt, hörte Brell den Wagen des Händlers nur wenige Meter von sich entfernt vorbeiröhren.

Merde, merde, merde!

Er raffte sich schließlich auf und zog sein Handy hervor, um Gérard anzurufen. Sein alter Fahrlehrer musste ihn aus dieser peinlichen Klemme befreien. Doch noch bevor er wählen konnte, sah er auf dem Display die lapidare Mitteilung: »Nur Notrufe.« Kein Empfang!

Notrufe? Brell stellte sich vor, wie er den Kollegen erklären musste, dass er mit seinem Privatwagen statt dem Dienstwagen unterwegs gewesen war, weil er es nicht leiden konnte, dass das Auto ihm ständig Befehle erteilte. Dass ihm auf diese Weise die Verfolgung eines Straftäters misslungen war und er natürlich gern bereit war, das allgemeine Gelächter über sich ergehen zu lassen.

Sergeant Lucien Brell fühlte sich sehr, sehr einsam.

Er stieg aus und schaute sich um. Zikadenstille. Bleiernes Spätsommerschweigen. Man konnte kaum irgendwo anders so weit von allen Ortschaften entfernt sein wie hier.

Er trabte los, Richtung Malemort. Währenddessen fragte er sich, was er wohl seiner Chefin erzählen sollte.

Er war noch keinen Kilometer weit gekommen, als er ein heiseres Röhren hinter sich wahrnahm. Er wandte sich um. Ein rotes Cabrio näherte sich, ein Oldtimer, der sich auf eine höchst ungewöhnliche Weise bewegte. Er rollte ein paar Meter, schien dann zu husten und zu stottern, ehe er aufheulend weiterrollte.

Was zum Teufel ...?, dachte Brell. Aber dann erkannte er die Person hinter dem Steuer. Und wusste, dass sein Leidensweg noch nicht zu Ende war.

Als Blandine Hoffmann in ihrem Cabrio langsam ruckelnd an ihm vorbeifuhr – wobei sie ihm ein halb verzweifeltes, halb verlegenes Lächeln zuwarf –, glaubte Brell schon, dass sie ihn hier zurücklassen wollte. Schließlich aber blieb der Wagen drei Meter weiter am Wegesrand stehen und soff ab.

Sergeant Brell näherte sich dem Auto auf der Beifahrerseite. Dabei bemerkte er, dass die Fahrerin ihn sorgenvoll im Rückspiegel beobachtete. Dachte sie, er wollte sie kontrollieren?!

»Bonjour, Madame Hoffmann«, begrüßte er sie. »Ich bin ...« Sein Blick fiel auf ihr nachlässig geschlossenes, rosenfarbenes Leinenkleid, und er stockte. Blandine streckte ein wenig das Kreuz durch. Brell räusperte sich.

»Äh ... nicht dienstlich unterwegs. Also, eigentlich doch, aber nicht so, und äh ... könnten Sie mich wohl mitnehmen?«

»Oh«, machte sie verdutzt. Und erleichtert.

»Aber ja doch. Steigen Sie ein.«

Sie beugte sich rüber und öffnete ihm die Beifahrertür. Der Anblick ihres Dekolletés aus dieser Perspektive war fast zu viel für Brell.

Er ließ sich in den Beifahrersitz sacken, und sie fuhr an. Zumindest versuchte sie es.

Brell hielt sich am Armaturenbrett fest, warf einen Blick in ihren Fußraum, sah den bandagierten Knöchel und fragte ausgesprochen höflich: »Würde es Ihnen etwas ausmachen, wenn wir die Plätze tauschen?«

»Oh, Gott sei Dank, ich dachte schon, Sie fragen nie«, gab Blandine erleichtert zurück und stoppte den Wagen mit einem Zug der Handbremse. »Sehr gern. Ich bin, glaube ich, auch noch ein klein wenig betrunken von dem Wein und den Schmerzmitteln gestern Abend.«

»Könnten wir so tun, als hätte ich das nicht gehört?«

»Ach, bitte, ja«, sagte Blandine aufseufzend. Die beiden stiegen aus, sie humpelnd, er schnaufend. Vor dem Kühler blieben sie stehen und schauten sich an. Blandine musste lachen.

»Na, wir sind zwei Helden, was?«

Brell wies auf ihren Fuß. »Bei welcher Heldentat ist das denn passiert?«

Die Reporterin verdrehte die Augen. »Sind Sie schon mal mit Highheels über einen Kiesweg gelaufen?«

»Eher nicht.«

»Wie wär's? Ich sage Ihnen, wie ich zu meinem Humpelfuß gekommen bin, und Sie erzählen mir, wie Sie hier mitten im Nichts gestrandet sind.«

Brell zögerte. Er war sich nicht sicher, ob er Blandine Hoffmann wirklich von seinem wenig ruhmreichen Abenteuer erzählen wollte.

»Mal sehen«, erwiderte er darum nur.

Blandine lachte. »Na, Sie machen's ja spannend.«

Sie setzten ihren Weg fort, Brell hinter das Steuer, Blandine zum Beifahrersitz. Als Brell anfuhr, legte Blandine ungeniert beide Füße auf die Tür, sagte: »Ahh …«, und schloss genießerisch die Augen. Brell hatte auf einmal Lust, immer weiter zu fahren, ans Meer oder nach Marokko. Oder nach China.

»Eigentlich soll ich zu Hause bleiben und den Fuß hochlegen, aber ich muss arbeiten. Ich dachte, wenn ich die Schleichwege über die Berge nehme, würde es schon klappen mit dem Fahren.«

»Da bin ich aber froh, dass Sie mich getroffen haben.«

»Na, und ich erst!« Blandine strahlte ihn an.

»Also«, begann sie dann zu erzählen, »ich war in Paris auf einem Friedhof, um ein Interview zu machen. Daraus wurde nichts, aber dafür habe ich mich ziemlich unelegant auf die Nase gelegt.«

»Moment mal«, unterbrach Brell sie, »Sie machen auf einem Friedhof ein Interview?«

Blandine seufzte. »Ich weiß, das hört sich komisch an, aber es war die einzige Möglichkeit.«

Sie erzählte von dem blinden Maler, der sich neuerdings in Mazan aufhielt und an den sie einfach nicht herankam.

»Ich dachte, bei der Beerdigung seiner Galeristin würde sich eine Gelegenheit ergeben.«

Wie sich herausstellte, war das aber ein Trugschluss gewesen. Der Trauerzug war von Polizei und Bodygards abgeschirmt worden, weil die Anzahl der Prominenten nur noch von der Anzahl der Reporter und Paparazzi übertroffen wurde.

»Mein Fotograf, George Bizet, hatte Mühe, einen freien Baum zu finden, von dem aus er Fotos machen konnte.«

»George Bizet? Wie der Komponist?«

»Er heißt eigentlich Alain, aber ich komme da immer durcheinander. Jedenfalls gab es ein furchtbares Gedränge.

Ich hätte wahrscheinlich Turnschuhe tragen sollen. Andererseits wäre ich dann auch nicht im Krankenhaus gelandet. Und das war wirklich ein Glücksfall.«

»Ach ja?« Brell verstand zwar nicht, inwiefern ein Krankenhausaufenthalt als Glücksfall gelten konnte, aber es tat ihm gut, der fröhlich plaudernden Reporterin zuzuhören. Während er das Cabrio bedächtig über die Landstraße lenkte, warf er ab und zu einen verstohlenen Blick auf Blandines hochgelegte Beine. Es waren nämlich sehr hübsche Beine.

»Ja«, fuhr sie fort, »denn auf diese Weise habe ich einen sehr interessanten Arzt kennengelernt. Er hat mir die Story geliefert, die ich auf dem Friedhof vergebens gesucht habe.«

»Aha?«, sagte Brell. Wieder fiel sein Blick auf Blandines Beine, diesmal aber bemerkte sie es. Sie betrachtete ihn nachdenklich von der Seite. Brell merkte, wie ihm das Blut in die Wangen stieg.

»Wie kann man denn nicht dienstlich und eigentlich doch dienstlich unterwegs sein?«, fragte Blandine träge.

Ihm fiel der Mann mit der Seidenstimme wieder ein. Zornig trat er aufs Gas. Er war so dumm gewesen! Wie sollte er jetzt nur schaffen, diesen Gourmetclub ausfindig zu machen?

»Weil man zu blöde ist«, murmelte er.

Blandine bedachte ihn jetzt mit einem direkten Blick. »Sergeant Brell«, sagte sie sanft. »Wollen Sie mir nicht erzählen, was Sie so wütend macht?«

Nein, das wollte er nicht. Nicht dieser Frau. Doch irgendetwas in ihrer Stimme, ihrem Blick ließ seinen Widerstand schmelzen. So nahm sich Lucien Brell ein Herz und erzählte. Stur den Blick nach vorn gerichtet.

Die Fanganlage. Die Gesetze. Ein Mann, den er sehr gern mochte, und ein Zwischenhändler, den er wegen seiner Blödheit aus den Augen verloren hatte. Ein geheimnisvoller Clubabend. Und davon, dass er etwas bewegen wollte. Aber jetzt gescheitert war. Voll und ganz und gar.

Als er vor Mazans Rathaus einparkte, hatte Blandine längst ihre schönen Beine von der Beifahrertür genommen. Sie sah ihn an, wie ihn noch nie eine Frau angesehen hatte.

»Verdammt, das ist gut«, sagte sie leise. »Das ist sogar richtig gut. Hör zu, Brell …« Anscheinend merkte sie gar nicht, dass sie ihn duzte. Er schon. »Ich kann dir helfen. Du musst weitermachen, hörst du?«

Sie lachte ihn nicht aus?

»Dieser Club … ich denke, ich kenne jemanden, der dir weiterhelfen kann.«

Blandine sah aus, als freute sie sich darauf, jemanden gleich eins auswischen zu können.

»Der Herr dürfte sich kaum über deinen Besuch freuen, aber das geschieht ihm recht.«

Sie lächelte, und Brell ahnte, was als Nächstes kam.

»Allerdings hätte ich«, fügte sie hinzu, »als Ausgleich eine klitzekleine Bitte …«

12

Jules?«

Fabiennes Stimme aus dem Schlafzimmer war kaum zu vernehmen, und Jules, auf dem Sofa liegend, tat so, als hätte er sie nicht gehört. Die Lage spitzte sich langsam zu, und er wusste, dass er eine Entscheidung treffen musste. So konnte es nicht weitergehen.

Wieder vernahm er leise: »Jules?«

Seine Gedanken wanderten zurück zu dem Moment, da er aus Paris – und damit auch vor seiner Verlobung mit Fabienne – geflohen war. Es hatte sich so richtig, so verdammt gut angefühlt. Der Posten eines Landtierarztes in einem Weindorf weit weg von allem. Er sah Zadira wieder vor sich, bei ihrer ersten Begegnung, wie sie nackt unter dem Wasserfall schwamm, als sie auf ihn zukam – und ihre Knarre auf ihn richtete. Es war nicht gerade der ideale Anfang für eine Freundschaft gewesen. Doch dann war alles anders gekommen.

Der Mord an der jungen Julie, die wahnwitzige Jagd, Zadira auf einem Folterstuhl, dem Tode nahe. Und was war das Erste gewesen, was sie nach ihrer Befreiung gemacht hatte?

Sie hatte ihn geküsst!

Wild, hungrig, verzweifelt.

Nie zuvor war er einer Frau wie ihr begegnet. Und nie zuvor war er so ratlos gewesen, wie er mit ihr umgehen sollte.

Nichts hatte funktioniert.

Dieser Bulle aus Paris, der wie eine Mischung aus Eros Ramazzotti und George Clooney aussah, hatte nicht lange gebraucht, um von seiner ach so beschäftigten Nachbarin, Lieutenant Zadira Matéo, am Hemdkragen in ihre Wohnung gezerrt zu werden.

Jules war unglaublich wütend.

Und gleichzeitig unglaublich unglücklich.

Schlaflose Nächte, fiebrige Gedanken. Wie er sich nach ihr sehnte! Und doch ins Ungewisse verbannt wurde.

Und mittendrin Fabienne. Langbeinig, fröhlich, ohne einen Vorwurf.

Natürlich hatte er einen halben Herzinfarkt bekommen, als seine Ex-Verlobte vor seiner Tür stand. In einem kleinen Schwarzen und mit einer Tasche, die kaum mehr als ein Schminkset enthalten konnte.

»Guten Morgen«, flötete sie, hauchte ihm einen Kuss auf die Wange und kam in die Wohnung gestöckelt. So als wäre er nie fort gewesen. Als hätte er sie nie verlassen.

»Was willst du, Fabienne?«, hatte er sie gefragt.

»Ich würde sterben für ein Frühstück. Und ein Ei«, war ihre Antwort gewesen.

Also war er losgelaufen, um Baguette, Croissants und Eier zu kaufen. Und in dieser Zeit musste Zadira an seiner Tür geklingelt haben.

Atos schmatzte genüsslich. Wahrscheinlich träumte er gerade von einem unglaublich leckeren Fressen. Jules war neidisch darauf, wie leicht der Hund glücklich zu machen war. Er selbst versuchte verzweifelt in einem Gefühlschaos den Weg zu finden.

Was wäre er hier in Mazan ohne Zadira? Wie sollte er es ertragen, sie jetzt mit dem Polizisten aus Paris und womöglich später mit anderen Liebhabern zu sehen? Er müsste aus seiner Wohnung raus. Sofort!

Und dann?

Er konnte sich wieder mit Fabienne in Paris zusammentun. Sie war viel charmanter und zuvorkommender als je in ihrer ehemaligen Beziehung. Seine Familie wäre sicherlich auch erleichtert. Außerdem war er in dem Biotop der Pariser Bourgeoisie groß geworden. Darin kannte er sich aus. Damit konnte er umgehen. Anders als mit den Regeln einer Drogenfahnderin aus den Banlieues von Marseille.

War es auf lange Sicht nicht vernünftiger, wenn ein jeder in seinem Milieu blieb?

»Jules?«

Nein, er hatte nicht mit Fabienne geschlafen.

Noch nicht.

Atos sprang freudig auf, als Jules sich aus seiner Decke schälte. *Geht es los?*, hechelte er. *Unternehmen wir etwas?*

Jules musste ihn enttäuschen. »Mach Platz«, sagte er leise.

Enttäuscht schnaufend legte sich der Hund wieder hin.

Nur mit seinen Boxershorts bekleidet, tappte Jules auf die Schlafzimmertür zu. Er holte einmal tief Luft, dann öffnete er die Tür.

»Fabienne …«, sagte er leise.

»Jules?« Ihre Stimme klang seltsam unsicher. »Ich glaube … mir geht es nicht so gut.«

»Was meinst du damit?«

»Irgendetwas geschieht mit mir. Es juckt so und tut so weh.«

»Wovon redest du?«

Jules schaltete das Licht an.

Er erkannte sie kaum wieder, ihr Gesicht war eine rot angeschwollene Fläche. Jules schlug die Decke zurück. Die

Partien ihres Körpers, die das sexy schwarze Nachthemd freiließ, sahen genauso aus. Hals, Arme, Beine, alles war mit roten Pusteln bedeckt.

»Du hast einen allergischen Schock.«

Jules schaute auf die Uhr, als er mit Atos an seiner Seite bei Jeffrey Spencer vor der Tür stand. Es war zehn Uhr morgens. Er klopfte an die Tür und hoffte, dass nicht eine augenverdrehende Blandine im Morgenrock ihm öffnen würde.

Jules war hundemüde. Fabienne hatte es strikt abgelehnt, sich in ein Krankenhaus bringen zu lassen.

»Ich will auf keinen Fall, dass mich jemand so sieht.«

»Das sind Ärzte, die …«

»Da gibt es aber auch völlig skrupellose Pfleger, die es gar nicht abwarten können, irgendwelche schrecklichen Fotos ins Internet zu stellen.«

Also hatte er versucht, ihr Leiden zu lindern, war in eine Notapotheke nach Carpentras gefahren und hatte ein Antihistaminikum besorgt, das er ihr spritzen konnte. Nachdem das Medikament zu wirken begann und sie endlich schlafen konnte, schaffte er alles aus dem Weg, was ihre allergische Reaktion möglicherweise verstärken konnte.

Dazu gehörte Atos.

Und Mazan. Also hatte er auch die Katzenklappe verschlossen.

Die Tür öffnete sich, und Jeffrey schaute ihn gelassen an.

»*Well*, Parceval, ist es nicht etwas zu früh für einen Drink?«

»Ein Kaffee würde es auch tun. Außerdem wollte ich dich fragen, ob Atos ein paar Tage hierbleiben kann.«

Jeffrey sah auf Atos hinab, der sich bereits freudig an ihn drängte und Sabberfäden an Jeffreys Chinohose rieb.

»Ich weiß nicht, was meine neue Untermieterin von diesem Mitbewohner hält.«

»Untermieterin? Ist Blandine bei dir eingezogen?«

Atos hob witternd den breiten Kopf und drängte sich mit einem freudigen Japsen an dem Engländer vorbei.

»Shit!«, stieß dieser hervor und eilte ihm nach. Jules folgte ihm verwirrt.

Er fand Jeffrey in seinem Wohnzimmer. Atos war erstarrt. Er stand vor der Decke, auf der Manon mit ihren vier Jungen lag.

»Ruhig bleiben«, sagte Jules.

»Tut er ihnen denn nichts?«, flüsterte Jeffrey.

Jules fürchtete eher, dass Manon, die die Ohren flach angelegt hatte, Atos etwas tun könnte.

Da löste sich ein kleines schwarzes Knäuel aus ihrem Wurf und kroch blind in Richtung des Hundes. Manon erhob sich wachsam. Atos starrte verdutzt auf die kleine Kugel herab, die sich seiner linken Vorderpfote näherte. Dann stieß es mit dem Köpfchen dagegen. Augenblicklich zuckten die winzigen Vorderpfoten vor, als wollten sie sich festkrallen, und das kleine Maul biss beherzt zu.

»Ich habe da so eine Ahnung, wer der Herr Papa sein könnte«, meinte Jules.

»Ja«, stimmte Jeffrey zu. »Der Fladen fällt nicht weit vom Ochs.«

Atos starrte verzückt auf den winzigen, schwarzen Kater. Nachdem der seinen Angriff siegreich beendet hatte und daraufhin wieder zu seiner Mutter zurückkehrte, um sich zu stärken, zog sich Atos ganz vorsichtig in die andere Ecke des Raumes zurück und legte sich nieder, den Blick hingerissen auf die Katzenmutter und ihre Kinder gerichtet.

Als Jules das Haus eine große Portion Kaffee später wieder verließ, fühlte er sich besser. Jeffrey hatte nur genickt und gesagt: »Lass den Hund ruhig hier. Ich werde ein Schild ›Tierasyl‹ anbringen. Im Bad ist noch Platz für ein paar Kakadus oder einen Alligator.«

Jules brauchte jetzt erst einmal Ruhe zum Nachdenken. Seine Füße fanden von ganz allein ihren Weg zum Friedhof.

Den Friedhof von Mazan hatte Jules schätzen gelernt. Nicht wegen der berühmten Steinsarkophage aus der Merowingerzeit, sondern wegen der stillen Harmonie, in der das parkähnliche Gelände auf der Kuppe des Hügels angelegt war. Manchmal betrachtete er von der Nordseite aus die ausgedehnten Weinfelder vor dem Hintergrund des majestätischen Mont Ventoux. Meist aber ging er einfach nur zwischen den Gräbern umher und dachte an die Menschen, die diesem Land entsprungen waren, in ihm gelebt hatten und schließlich gestorben waren. Gerade heute fragte er bei jedem der kleinen Fotos auf den Gräbern lautlos: »Warst du glücklich mit dem Leben, das du dir gewählt hast?«

Bis er zu einem Grab kam, vor dem bereits jemand anderes in stiller Andacht stand.

Sie hatte die Hände vor dem Leib verschränkt. Erst als er neben sie trat, sah er, dass sie eine Blume hielt.

Zadira schaute ihn nur an, ohne ein Wort, ohne eine Begrüßung. Dann blickte sie wieder auf das Grab hinab. Es war das Grab von Julie. Sie war erst neunzehn gewesen, als ihr Leben auf grausame Weise endete.

»Kommst du oft hierher?«, fragte Jules nach einer Weile.

»Nein«, sagte Zadira. »Das ist das erste Mal.«

Er war schon drauf und dran, wieder zu gehen und sie allein zu lassen, als sie sich zu ihm umwandte.

Ein kühler Blick aus unbeschreiblich grünen Augen. Ein Gesicht, das sich vor ihm verschlossen hatte.

»Ich brauche deinen Rat. Kannst du mir helfen?«

»Natürlich«, sagte er, ohne zu zögern.

Sie beugte sich nach vorn und legte die Blume auf das Grab. Dabei flüsterte sie etwas, das er nicht verstand, es war Arabisch und klang wie ein Gebet.

»Ich habe mein Versprechen gehalten«, sagte sie schließlich.

Dann wandte sie sich erneut an Jules. »Malst du eigentlich noch?«, fragte sie.

Er nickte, obwohl es nicht stimmte – er hatte aufgehört zu malen, und es fehlte ihm.

»Lass uns da hochgehen«, sagte sie und wies zu der Reihe der über tausend Jahre alten Steinsärge, die den Friedhof umkränzten. »Ich will dir etwas zeigen.«

Wenig später wischte er sich durch die Aufnahmen der Idka-Bilder auf Zadiras Smartphone, es war ein Samsung.

»Das ist aus seinem neuen Zyklus, oder?«

Zadira nickte.

»Ich kenne seine früheren Bilder. Diese formlosen Farbschleier, unter denen er seine Motive verbirgt, so dass sie erst nach längerem Betrachten erkennbar werden. Wie heißt dieser Zyklus?«

»›Tod und Erlösung‹.«

Jules lachte auf. »Natürlich, kleiner geht's nicht. Was hat es damit auf sich?«

Zadira erzählte ihm von den Morden und deren Zusammenhang mit den Bildern.

»Was ist an diesen Bildern so ungewöhnlich, dass ein Mörder sie als Vorlage nutzt? Oder ganz dumm gefragt: Sind sie wirklich so gut?«

Jules lagen tausend Fragen auf der Zunge: *Hat dich deswegen der Bulle aus Paris besucht? Oder ganz dumm gefragt: Seid ihr erst jetzt ein Paar geworden, oder geht das schon länger?*

Doch er wusste, dass er sich wie ein beleidigter, abgewiesener Möchtegern-Liebhaber anhören würde. Also zwang er sich, auf ihre Fragen einzugehen.

»Ob er gut ist? Diese Frage ist leicht zu beantworten: Er gehört zu den Besten. Dass er so gehypt wird, liegt natürlich an seiner Blindheit. Ein Blinder, der mehr sieht als die Sehenden. Aber vergiss mal diesen ganzen PR-Kram und lass nur die Bilder auf dich wirken. Was empfindest du dann?«

Zadira runzelte die Stirn. »Ich habe an meinen Vater gedacht, wie er damals niedergeschossen wurde. Ich war wütend, traurig und verzweifelt.«

Jules nickte langsam.

»Genau das ist es, was seine Bilder zu etwas Besonderem macht. Kein Betrachter kann sich ihrer Wirkung entziehen. Liebe, Hass, Qual, Ekstase, es sind diese Dinge, die uns antreiben. Die uns in den Himmel oder in die Hölle peitschen. Und das ist es, was Idka uns klarmacht. Der Verstand versagt, und alle Schutzmechanismen, die unsere beschissene Zivilisation uns auferlegt hat, brechen zusammen vor der Wucht dieser unverfälschten Gefühle.«

Jules verstummte. Erst jetzt wurde ihm bewusst, wie sehr er sich in Rage geredet hatte. Er schloss die Augen und atmete einmal tief durch.

Verdammt, Zadira, dachte er. Dann fing er sich.

»Siehst du, auch mich berühren sie.«

Der Blick aus ihren grünen Augen war so klar und so wach wie der einer Katze. Und auch so fremd.

»Wenn es Bilder gibt«, fuhr er langsam fort, »die einen Menschen zum Mord treiben können, dann sind es die Bilder von Idka. Und weißt du, was ich glaube?«

»Was?«

»Dass ihm das absolut klar ist. Und ich bin sogar versucht zu sagen, dass er es herausfordert. Jedes einzelne Bild ist ein Schrei, der den Teufel in uns wecken will. Wenn jemand nach diesen Bildern mordet, dann ...«

»Dann?«

»Dann kann es sein, dass die Leiche unter dem letzten Bild Idka selbst ist.«

Wieder lachte er auf. Diesmal fand er selbst, dass es bitter klang.

»Es hört sich vielleicht seltsam an, aber aus künstlerischer Sicht wäre das die Vollendung von Idkas Lebenswerk.«

13

»… und im alten Ägypten wurden wir verehrt wie Götter und saßen an der Seite der Pharaonen.«

»Der was?«, fragte Oscar.

»Pscht«, machte Louise verärgert.

»Ich möchte aber schon wissen, an wessen Seite wir gesessen haben. Wenn diese Pharaonen nämlich eine Hunderasse sind, dann …«

»Pharaonen nannte man die Könige in diesem Land«, unterbrach ihn Camille sanft. »Könige sind so etwas wie Rudelchefs.«

»Aha!«, machte Rocky.

Mazan lag im Schatten der großen Steineiche in seinem Garten. Er hatte Camille hierhergeführt, um ihr sein neues Reich zu zeigen. Das hatte sich offenbar herumgesprochen, denn nach und nach waren auch die anderen Katzen anspaziert. Jetzt lagen und hockten sie im Gras, das wieder ungestört wuchern konnte, seit der schlechtgelaunte Gärtner nicht mehr kam, um alles zu stutzen.

»Hey, Mazan, guck mal, guck doch mal.« Tin-Tin ließ sich auf die Seite plumpsen und stellte sich tot.

Mazan peitschte nur einmal kurz mit dem Schwanz über das Gras und beachtete den Kleinen nicht weiter. Er betrachtete Camille, die aufrecht in ihrer Mitte saß und von einer Zeit erzählte, in der die Menschen und die Katzen einen Pakt geschlossen hatten. Einen Pakt, den, wie sie sagte, die Menschen seither schon viele Male gebrochen hatten.

Mazan hatte nichts von diesem Pakt gewusst, dennoch verstand er, was sie meinte. Die Freundschaft der Katzen mit den Menschen war oft genug tückisch, und es waren nicht die Menschen, die darunter litten.

»Also, was war denn jetzt mit diesen Pharaos?«, fragte Oscar.

»Die Pharaonen«, korrigierte Camille, »wurden ebenfalls wie Götter verehrt.«

»Du meine Güte, wer denn noch alles?«

»Guck mal, Louise.« Tin-Tin ließ sich vor Louise auf den Boden sacken. Er wurde wirklich immer besser.

»Was iste eigentlich mit diese kleine Kater los?«, wunderte sich Orangino, der wie üblich in Louises Nähe hockte. »Warum fällt der immer um und siehte aus wie Topflappen?«

Mazan räkelte sich im warmen Gras. Das Summen der Insekten, die in den üppigen Blüten der Büsche nach Nektar suchten, erfüllte die warme, träge Spätsommerluft. Mazan hatte die Nacht im Freien verbracht, war nur morgens kurz zum Fressen bei Zadira in der Wohnung gewesen. Doch weil dort niemand war und auch aus der Nachbarwohnung statt Atos' vertrautem Duft nur der kränkliche Geruch der neuen Frau drang, war er gleich wieder in seinen Garten zurückgekehrt.

Natürlich hatte er überall seine Duftmarken gesetzt. Dann hatte er ausgiebig die rückwärtige Fassade des großen Hauses inspiziert. Seit seinen letzten Erfahrungen misstraute er dem Frieden leerstehender Häuser. Doch hinter den geschlossenen Fensterläden rührte sich nichts.

Neugierig war er natürlich schon, wie es wohl im Inneren aussah. Er hatte die gesamte Hausfront sorgfältig untersucht. Und wenn er einen Weg gefunden hätte – ein kaputtes Fenster, eine nachlässig geschlossene Luke oder eine unverschlossene Tür –, hätte ihn sicherlich nichts daran gehindert, einen kleinen Erkundungsgang zu wagen. Natürlich nur um sicherzugehen, dass später keine Überraschungen aus dem Haus auftauchen würden. Doch es gab keinen Zugang. Was ihn einerseits beruhigte, andererseits aber auch wurmte. Keine Katze lässt sich gern davon abhalten, unbekanntes Terrain zu erkunden.

Als er jetzt unter dem Baum lag und nach oben schaute, bemerkte er, dass einer der obersten Äste bis über das Dach ragte. Ob es wohl dort ein offenes Fenster gab? Sofort begann er, sich einen Kletterweg zu diesem Ast zu überlegen. Es wäre nicht einfach, aber zu schaffen.

Manon würde mit Leichtigkeit dort hinaufgelangen.

Manon!

Sie war bei Oscar und seinem Menschen untergekommen. Der Britisch-Kurzhaar hatte ihm erzählt, wie er und Orangino ihr beim Transport der Kleinen geholfen hatten. Jeffrey hätte sich gewundert, aber nicht viel Aufhebens davon gemacht. »Er lässt sie in Ruhe«, hatte Oscar erklärt. Das war genau das, was Manon brauchte. Es hatte Mazan erleichtert, bei Jeffrey waren sie und ihr Wurf sicher. Oder? Ein Rest Unruhe war in ihm verblieben, den er sich nicht erklären konnte. Warum war sie zum Fluss gegangen, um ihre Jungen zu bekommen? Wovor hatte sie sich verstecken wollen? Was genau fürchtete sie, das sie davon abhielt, in der Stadt zu bleiben? Wenn sie ihm doch nur ihre Sorgen mitteilen würde!

»In den alten Geschichten heißt es, dass die Katzen die Seelen der Toten in die Unterwelt geleitet haben. Dass sie Boten waren und zwischen den Welten hin und her gehen konnten. Sie haben die heiligsten Tempel bewacht und ...«

»... haben immer das leckerste Futter bekommen?«

»Oscar, bitte!«

»Lass nur, Louise«, gluckste Camille, »er hat ja recht. Den Katzen wurden die erlesensten Speisen gereicht.«

»Woher weißt du das eigentlich alles, Camille?«, fragte Louise. »Hast du diese Geschichten auch geträumt?«

Mazan hatte den anderen Katzen von Camilles Träumen erzählt. Von ihrem Kummer hatte er nichts gesagt.

»Nein«, antwortete die weiße Katze. »Die Frau des blinden Malers hat sie mir erzählt.«

Mazan horchte auf. Er hatte die Frau nur einmal kurz gesehen, aber sie hatte ihn eher an den schlechtgelaunten Gärtner als an eine geduldige Geschichtenerzählerin erinnert.

»Sie erzählt dir Geschichten?«, fragte Louise verwundert.

»Ja, wenn sie traurig ist. Und sie ist oft traurig. Vor allem nachts, wenn sie allein in ihrem Bett liegt. Dann gehe ich zu ihr und lege mich neben sie. Meist fängt sie dann an, mir Geschichten zu erzählen. Sie weiß unglaublich viele Geschichten, und sie erzählt sie auf eine Weise, dass ich es sehen kann. Wie in meinen Träumen. Manchmal hat sie auch schlimme Schmerzen, dann hat sie keine Kraft zu erzählen, und wir liegen beide ganz still da.«

»Wie heißt sie?«

»Der Mann nennt sie Rouelle, aber sie hat noch einen anderen Namen, den sie mir einmal verraten hat: Solange. Vielleicht ist sie so traurig, weil niemand sie bei ihrem richtigen Namen nennt?«

Das konnte Mazan verstehen. Bevor er in die Stadt gekommen war, hatte er auch keinen Namen besessen. Er hatte manches Mal davon geträumt, dass ihm jemand einen Namen gäbe. Bis Zadira ihn eines Tages Commissaire Mazan nannte.

»Und warum nennt der Mann sie nicht bei ihrem richtigen Namen? Kennt er den nicht?«

»Doch, bestimmt, aber ich glaube, er will, dass sie traurig ist. Ich weiß nicht, warum das so ist. Wann immer er ihr weh tut, leidet er selbst auch. Und trotzdem kann er es nicht lassen. Menschen sind manchmal sehr kompliziert.«

»Das kann man wohl sagen«, bestätigte Rocky, der seine Aufmerksamkeit bei Camilles letzten Schilderungen bereits auf ein paar Schmetterlinge gerichtet hatte. Tin-Tin war mittlerweile übergangslos aus der Totstellung in einen tiefen Schlaf gefallen. Außer Mazan hörte nur noch Louise aufmerksam zu, während Orangino hauptsächlich damit beschäftigt war, Louise verliebt anzustarren.

Rocky gähnte mit weit aufgerissenem Maul, für ihn war das Gespräch entschieden zu philosophisch geworden.

»Hey, Camille!«, rief er. »Wenn du in die Zukunft sehen kannst, schau doch mal nach, wann hier mal wieder etwas los ist. Ich meine, irgendetwas ohne traurige Frauen oder tote Pharaonen.«

Bei diesen Worten schreckte Tin-Tin aus dem Schlaf. »Tot? Soll ich mich totstellen?«

»Gute Idee, Kleiner.«

Tin-Tin sackte zur Seite und ließ die Zunge raushängen.

»Supershow«, feixte Rocky und handelte sich einen strafenden Blick von Louise ein.

»Oh, es wird durchaus bald etwas passieren«, sagte Camille. »Eine, wie sagst du, Rocky? Eine Supershow? Aber ich weiß nicht, ob sie euch gefallen wird.«

»Wieso?«, fragte Mazan. »Was meinst du?«

»Ach Mazan, ich kann es nicht sehen. Es ist zu dicht an mir dran.«

Später, als er Camille zu ihrem Haus führte, kam sie noch einmal darauf zurück.

»Kümmere dich um Manon«, sagte sie unvermittelt.

Verdutzt blieb er stehen. Er hatte ihr nie von Manon und ihm erzählt!

»Was meinst du damit? Warum soll ich mich um Manon kümmern?«

»Weil du es dir sonst nie verzeihen wirst.«

Ein hartes Klopfen an der Tür schreckte Manon aus dem Schlaf. Im ersten Moment kehrte die Angst zurück, doch dann sah sie Jeffrey, der sich aus seinem Sessel erhob und das Buch beiseitelegte, in dem er gerade gelesen hatte.

»Nanu«, murmelte er mit einem Lächeln. »Sollte das eine gewisse Reporterin aus Avignon sein?«

Atos, der auf seinen Füßen gelegen hatte, war aufgesprungen. Schwanzwedelnd lief er zur Tür.

Als Jeffrey öffnete, verdeckte er mit seinem Körper den Besucher vor Manons Blick.

»*My friend*, hier hast du dich also versteckt«, sagte eine seidige Stimme.

»Verdammt, Tuffy! *What the hell are you doing here?*«

»*Come on*, Jeff, willst du einem alten Kameraden nicht ein Gläschen anbieten?«

Manon reagierte instinktiv. Es war ein Fremder, und seine Stimme klang doppelbödig. Sie rollte sich um ihre Kleinen und vermied jede weitere Bewegung.

Atos tanzte aufgeregt um die beiden Männer herum, als die sich zum Esstisch begaben. Er merkte nicht, dass Jeffrey seine Gelassenheit verloren hatte und dem Besucher äußerst wachsam begegnete. Manon hingegen bemerkte dies sehr wohl.

Jeffrey holte eine grüne Flasche hervor, entkorkte sie und schenkte zwei Gläser mit einer goldgelben Flüssigkeit voll. Dann setzte er sich seinem Besucher gegenüber an den Tisch. Sie stießen an.

»Auf ein Morgen«, sagte der Mann namens Tuffy.

»Auf ein Morgen«, gab Jeffrey zurück. »Wie hast du mich gefunden?«, fragte er dann, als er genippt hatte.

Der Mann zuckte mit den Achseln.

»Zufall. Ich bin geschäftlich in der Gegend, und da hörte ich von einem Engländer mit einem Faible für alte Sportwagen. Tja, dachte ich, das könnte doch mein alter Waffenkamerad Jeffrey Spencer sein.«

»Wir sind keine Waffenkameraden.«

Tuffy bedachte sein Gegenüber mit einem langen Blick aus seinen eisgrauen Augen, während er einen Schluck aus dem Glas nahm.

»Immer noch sauer wegen dieser alten Geschichte?«, fragte er.

»Sauer? Hm, lass mich überlegen. Ist man auf eine Viper sauer, weil sie eine Viper ist?«

»Ich bin in allen Punkten freigesprochen worden.«

»Und hast hinterher die Army verlassen. Freiwillig, wie es hieß.«

»Genauso war es.«

Jeffrey verschränkte die Arme.

»Hör zu, Tuffy, ich weiß nicht, was damals geschehen ist. Ich weiß nur, dass von unserem Platoon keiner zurückkam. Außer dir.«

»Und dir.«

»Weil ich den Befehl verweigert habe.«

»Wofür ich dich hätte erschießen können.«

»Willst du das jetzt nachholen?«

Manon konnte deutlich spüren, wie die Spannung zwischen den beiden Männern zunahm. Da lachte der Besucher.

»*Come on*, Jeff, ich bin nicht hier, um zu streiten. Ich wollte nur mit dir reden. Was treibst du so? Du bist doch nicht etwa schon im Vorruhestand?«

Jeffrey betrachtete sein Gegenüber. Manon kamen die beiden Männer vor wie zwei kampfbereite Kater, die sich gegenseitig belauern und mit kleinen Finten den Gegner aus der Deckung locken wollen.

»Doch«, sagte Jeffrey schließlich, »genau das bin ich. Erzähl doch mal, was für Geschäfte das sind, die dich in diese Gegend treiben.«

»Also gut, mein lieber Freund.« Tuffy stützte sich auf den Tisch. »Reden wir vom Geschäft. Ich bin im internationalen Import-Export tätig, komme viel rum, wenn du verstehst, was ich meine. Ich handle mit Spezialitäten, teuren Spezialitäten. Kaviar, Weine, für die man sich ein Haus kaufen kann, Trüffel. Genau deswegen bin ich jetzt hier, um mir die schwarzen Wintertrüffel vorab zu sichern. Weißt du, es gibt Leute mit zu viel Geld und zu wenig Sex, die wollen nicht den gleichen Mist fressen wie die gewöhnlichen Sterblichen. Die legen ein Vermögen hin, wenn man ihnen Erdbeeren aus Soweto oder Eiswein aus den Pyrenäen beschafft.«

»Erdbeeren. *Seriously*.«

»Ja, zum Beispiel. Und das Geschäft brummt. So sehr, dass ich jemanden gebrauchen kann, der meine Dependance in Frankreich leitet. Jemand, dem ich vertrauen kann. Es ist kein schlechter Job. Wenig Risiko, viel Gewinn. Nun, was denkst du?«

Erneut spürte Manon, wie die Spannung am Tisch stieg. Als Jeffrey antwortete, war seine Stimme voller kalter Wut.

»Ich denke, dass du dein Glas austrinken solltest.«

»Überleg dir das doch noch mal in Ruhe und –«

»Jetzt gleich, Tuffy.«

Nun war nichts Joviales mehr an dem Mann. Er leerte das Glas, knallte es auf den Tisch und erhob sich.

»Du machst einen Fehler, Jeff, mein Freund.«

Auch Jeffrey erhob sich.

»Ich habe einen Fehler gemacht, als ich dich hereingelassen habe. Und ich bin nicht dein Freund.«

Es geschah in dem Moment, als die beiden Männer auf dem Weg zur Tür waren. Manon war so sehr von dem Gespräch fasziniert gewesen, dass sie für einen Augenblick nicht aufgepasst hatte. Als sie bemerkte, dass der kleine Schwarze bereits auf staksigen Beinen von ihr fort wackelte, sprang sie sofort vor, um ihn zurückzuholen. Dabei sah der Besucher sie.

»Hey, Jeff«, sagte der Mann mit auf einmal lauernder, schleppender Stimme, »du hast ja Katzen.«

Tuffy machte einen Schritt auf Manon zu und beugte sich zu ihr herab. Sie reagierte sofort. Die Ohren angelegt, fauchte sie den Mann an. Der ließ sich davon allerdings nicht beeindrucken.

»Hey«, lachte er, »was für eine mutige, hübsche Katzenmama. Ja, ja, ja! Pass nur schön auf deine Kleinen auf.«

»Wie du siehst, kann sie dich auch nicht leiden.«

»Wie schade«, sagte Tuffy mild. »Ich mag Katzen sehr gern.«

14

Chardonnay oder Viognier?«, fragte Blandine, während sie in dem roten Kühlschrank hantierte.

»Chardonnay«, sagte Zadira. Sie setzte sich in die einladende Sitzecke an den alten Holztisch.

Von dort aus blickte sie auf einen sechsflammigen Gasherd und eine oft benutzte, hölzerne Arbeitsplatte. Neben ihr war ein breiter Kamin in die Mauer eingelassen. Das *mas*, das Steinhaus mit den Holzbalken am Rand von Villes-sur-Auzon, war eine Baustelle – bis auf die Küche. »Ich hätte nicht erwartet, Blandine, dass deine Küche so häuslich aussieht.«

»Oh, ich *bin* sehr häuslich, ich liebe all dieses angeblich unemanzipierte Zeugs, Marmelade einkochen, Karamellbonbons herstellen, eine ordentliche Casserole kochen. Und tief im Herzen träume ich von einem Kräuterbeet.« Sie zuckte mit den Schultern. »Ich liebe mein Avignon und meine Schuhschachtel in der Altstadt, aber noch mehr liebe ich das Land. Auch wenn mir der Kredit den letzten Tanga auszieht.«

Sie goss ihnen zwei Gläser des Chardonnay vom Château Pesquié ein.

»Selbstgelesen«, erklärte Blandine. »Ich mache jedes Jahr die Weinlese bei Pesquié mit. Du könntest mal mitkommen. Mit dem Tierarzt vielleicht?«

»Tierärzte sind gerade kein gutes Thema«, sagte Zadira.

Sie stießen an.

Blandine machte sich daran, den *apéritif* zuzubereiten. Bald erfüllte der Duft von Blätterteig mit Tomaten, Ziegenkäse und Thymian die Küche.

»In zehn Minuten sind wir so weit«, sagte Blandine.

»Gut. Dann erzähl.«

Blandine setzte sich an den Tisch, legte ihren verbundenen Fuß hoch und zündete sich eine Elektro-Zigarette an.

»Also«, begann sie, »der Knöchelunfall war vermutlich das Beste, was mir passieren konnte.«

Sie war in das Krankenhaus des Arrondissements Montrouge eingeliefert worden und dort wiederum an einen bretonischen Stationsleiter namens Loic geraten, der seit über zwanzig Jahren in der Notaufnahme Dienst tat.

Unter anderem auch in einer Nacht vor vierzehn Jahren, als ein Patient aus der Gegend eingeliefert wurde, der später ein berühmter Maler wurde.

»Moment«, unterbrach Zadira sie, »und das erzählt der dir einfach so, weil du mit deinem Fuß vor seiner Nase herumwackelst?«

Blandine stemmte sich hoch, träufelte Zitronensaft und Olivenöl auf den fertigen Tomatenkuchen und servierte.

»Man sollte sich natürlich nie aufs Glück verlassen. Aber im Laufe meines Berufslebens habe ich genauso viel Glück erlebt wie Ungerechtigkeit. Ich glaube an die Balance der Dinge. Man muss durch Scheiße tauchen, um Gold zu finden.«

»Aha. *Bon appétit*. Und weiter?«

»Ich habe Loic gefragt, ob ich als seltsamer Fall in seiner medizinischen Biographie einen Platz bekomme, weil ich mit Highheels auf einem Friedhof gestolpert bin. Er bandagierte meinen Knöchel und begann, von seinen seltsamen Fällen zu erzählen. Von dem Patienten mit dem versteinerten Zeh eines ungeborenen Zwillings im Kopf. Von der Dame, die sich in der Oper wähnte, eine Demenzkranke, von ihren Kindern oft am Wochenende ins Krankenhaus ›eingeliefert‹, damit diese ausgehen konnten, ohne sie. Tja«, fuhr Blandine fort, »und dann erzählte er von einem Mann, der vor vierzehn Jahren eingeliefert wurde. Ein Unfall mit Salpetersäure. Ein heruntergefallenes Regalbrett, darauf Säure für Radierungen, die dem Mann ins Gesicht gespritzt war. So etwas hatte Loic noch nie gesehen.«

Sie schob das leergegessene Brettchen fort.

»Weißt du, was passiert, wenn dir Salpetersäure in die Augen gerät?«

Zadira schüttelte den Kopf.

»Die Hornhaut wird schwer geschädigt. Das ist, als ob dir jemand das Fenster einschlägt und dann mit weißem Dekoschaum zusprüht. Du siehst nur noch weiß. Die Welt wird zum ewigen Schnee.«

Zadira ließ dieses Bild in sich wirken. »In Island ist man davon überzeugt, dass die Hölle eine Eiswüste ist«, sagte sie nachdenklich.

»Dann lebt Etienne Idka in der weißen Hölle.«

Sie schwiegen. Tranken.

»Bleibt das, was wir hier besprechen, vorerst unter uns?«, fragte Zadira nach einer Weile.

»Fragst du das ernsthaft?«

Zadira erzählte der Reporterin von der anonymen E-Mail und dem tödlichen Bilderrätsel. Und auch, was Jules darüber dachte.

»Könnte es sein, dass Idka sich seinen Tod als Erlösung ersehnt? Und er sein Leben bewusst demontiert?«

»Er könnte, so wahnwitzig es klingt, dann auch der Auftraggeber der anderen Morde sein«, erwiderte Blandine.

»Bis zu dem Moment, wenn er sich selbst von einem bezahlten Killer hinrichten lässt?«

Blandine zuckte auf diese Frage mit den Achseln. Während sie begann, Fischfond zu erwärmen, dachte Zadira über die Theorie nach, zu der Jules sie inspiriert hatte. Und sie entdeckte den Haken darin. Er hieß Lucas Zorn. Wie passte der Student in diese Theorie des sich selbst zerstörenden Malers?

»Ich könnte es jedenfalls verstehen«, erklärte Blandine, »wenn Idka keine Lust mehr aufs Leben hat.«

Blandine schnitt die Zucchini in Längsstreifen und legte sie in eine Auflaufform. Mit konzentrierten Bewegungen bereitete sie dann die Bechamel zu, füllte Schicht um Schicht Zucchini, Kabeljau, Sauce und Parmesan in die Form und schob den Auflauf in den Ofen.

Sie setzte sich wieder und goss Wein nach.

»Mein bretonischer Arzt hat noch etwas Interessantes gesagt. Erstens: Als er Idka behandelt hat, stand nicht gleich fest, dass der sein Augenlicht vollständig verloren hat. Es ist durchaus möglich, dass er einen – sehr begrenzten – Blick auf die Welt hat. Einen Blick wie durch einen Schleier.« Sie trank. »Und zweitens: Mein lieber Doktor Loic sagte, die Verätzungen bei Idka seien zu kleinflächig konzentriert gewesen und die, Moment …« – sie holte ihren Reporterblock aus der Handtasche – »… die *Spritzverteilung* habe auch für einen zielgerichteten Auftrag gesprochen. Wenn das Zeug aus großer Höhe heruntergespritzt sei, müssten Ätzspuren auch auf Hals, Schultern oder Brust entstanden sein. Aber nichts davon war bei dem Patienten der Fall. Nur die Augen waren betroffen.«

»Scheiße«, murmelte Zadira. »Es war ein Anschlag?«

»Idka hat keine Anzeige erstattet und blieb nach seinen Operationen in der Quinze-Vingts-Klinik bei seiner Darstellung vom heruntergefallenen Regalbrett.«

Zadira saß für einen Moment atemlos vor Erregung da.

»Tja«, sagte Blandine. »Warum lügt Idka?«

»Genau«, sagte Zadira. »Warum? Das ist die Frage, hinter der sich womöglich die Wahrheit verbirgt.«

Blandine band sich die Kochschürze ab. Dann sagte sie: »Und genau da kommen wir zum Kern des Problems.«

»Du willst, dass ich die Krankenakten beschaffe«, mutmaßte Zadira.

Blandine strahlte sie an. »Also, das wär wirklich schön!«

Während sie aßen, erzählte Zadira, dass sie beim Sommerfest von René Joseph versuchen wollte, mehr über Idkas Vergangenheit herauszufinden.

»Ich werde mit einem Mann sprechen, der ihn so gut wie kaum ein anderer kennt. Antoine Valéry, der Kunstkritiker. Arnaud hat mich gebeten, ihn zu übernehmen.«

»Läuft da was mit dem Herrn Commissaire?«

Zadira spießte das letzte Stück Fisch auf die Gabel, hielt es hoch und sagte: »Das ist das Beste, was ich seit langem gegessen habe. Und, nein, Arnaud ist nicht mein Typ. Was ist denn mit dir und Lucien Brell?«

»Sollte da was sein?« Blandine grinste. »Ich habe ihm nur einen meiner besten Kontakte überlassen. Jemand, der mir noch etwas schuldet. Lucien hat nämlich Folgendes vor …«

15

Diesmal wurden sie erwischt.

Als Mazan oben auf dem schmalen Grat an der Mauer vorausging, um Camille in ihren Steingarten zu bringen, entdeckte er unten im Hof die Frau.

»Mein Gott, Camille«, stieß sie hervor, als sie die blinde Katze so weit oben sah, und schlug die Hand vor den Mund.

Mazan betete inständig, dass der weißen Katze nicht ausgerechnet jetzt etwas geschah. Doch die Sorge war unbegründet. Obwohl Camille ihre Menschenfreundin sicher auch wahrgenommen hatte, fand sie mit sicheren Pfoten ihren Weg. Als sie auf den Brunnenrand hinabsprang, nahm die Frau sie sofort hoch und in die Arme.

»Mein kleiner Engel«, flüsterte sie den Tränen nahe. »Was machst du denn für Sachen?«

Camille schnurrte und rieb ihren Kopf am Kinn der Frau. Mazan, der vorsichtshalber auf halber Höhe geblieben war, wollte sich schon auf den Rückweg machen, als die Frau ihn anrief: »Hey, Schwarzer!«

So war er lange nicht mehr genannt worden.

»Dich habe ich doch neulich schon im Hof gesehen. Ist das dein neuer Freund, Camille?«

Ihre Stimme klang freundlich. Sie schien nicht erbost, dass er die blinde Katze auf diesen gefahrvollen Weg mitgenommen hatte.

»Komm doch runter«, lockte sie.

Mazan hockte sich nieder und überlegte. Ihre Freundlichkeit konnte eine Falle sein. Auf der anderen Seite war zu befürchten, dass sie Camille diesen gefährlichen Weg nicht mehr nehmen lassen würde. Wenn er sich hingegen mit Solange anfreundete, könnte er Camille jederzeit besuchen. Und vielleicht ließ die Frau auch zu, dass er die blinde Katze weiterhin mit in die Stadt nahm. Er beschloss, das Risiko einzugehen. Mit einem Satz war er auf dem Brunnenrand.

»Hallo, was für ein hübscher Kerl du bist«, sagte die Frau und hielt ihm vorsichtig ihre Hand hin, damit er sie beschnuppern konnte.

Das war gut so. Er konnte es nicht leiden, wenn Menschen ihn gleich berühren wollten. Er sprang ihnen ja auch nicht sofort auf den Schoß.

Die Frau roch nach etwas Scharfem, das ihn kurz zurückzucken ließ. Doch dann erkannte er darunter ihre Traurigkeit. Sie roch süß und bitter zugleich. Ihm fiel ein, dass Camille von ihren Tränen, von ihren Schmerzen gesprochen hatte. Und dass sie zu der traurigen Frau ging, um sie zu trösten. Den Impuls hatte er jetzt auch. Darum ließ er zu, dass sie ihn vorsichtig streichelte.

Solange!

Das war ihr geheimer Name. So wollte er sie nennen, auch wenn sie das nicht mitbekam.

Solange setzte sich neben ihn auf den Brunnenrand, mit Camille auf dem Schoß.

»Weißt du, Schwarzer, ich habe mir immer gewünscht, dass Camille einen Freund hat. Aber ich hatte Angst, dass andere Katzen sie quälen könnten. Sie ist nämlich etwas ganz Besonderes.«

Ich weiß.

»Und das Besondere wird selten gemocht«, sagte Solange so leise, dass nur Katzenohren es wahrnahmen. Sie schien zu überlegen. Dann fuhr sie fort: »Aber dieser Weg über die Mauer ist wirklich zu gefährlich. Wie wäre es, wenn ich euch einen kleinen Eingang mache, damit ihr euch treffen könnt, wann ihr wollt?«

Solange lächelte. Jetzt streichelte sie ihn ganz leicht.

Eine eigene Tür zu Camille! Mazan entspannte sich und ließ es zu, dass auch bei ihm unter den sanften Bewegungen ihrer Hand das Schnurren einsetzte. Es war eine gute Hand. Hände sagten alles über einen Menschen. Ob er verzweifelt war oder zufrieden, ob er sich fürchtete oder lieben konnte.

»Obwohl das wirklich eine sehr romantische Art ist, sich zu treffen, tänzelnd auf der Mauer. Weißt du, dass es vor vielen, vielen Jahren ein junges Liebespaar in einer Stadt namens Verona gab, das auf die gleiche Weise heimlich zueinanderfand?«

Dann begann Solange Rouelle, mit leisen Worten eine Geschichte zu erzählen, eine weiße blinde Katze auf dem Schoß und eine schwarze kluge an ihrer Seite. Sie erzählte von warmen Nächten, die nach Jasmin dufteten, und von zornigen Menschen, die mit Degen aufeinander losgingen und die sich durch die verzweifelten Herzen stachen. Obwohl es dafür eigentlich gar keinen Grund gab! Und sie erzählte von zwei Liebenden, die in diesem Wahnsinn ihr Leben lassen mussten. Es war keine glückliche Geschichte, und eigentlich interessierte sich Mazan auch nicht so sehr für die Dummheiten der Menschen, es sei denn, sie betrafen ihn direkt. Aber Solange verstand es, die Dinge in einer Weise zu erzählen, dass in seinem Kopf Bilder entstanden.

Bewegte Bilder. Und es war ein wenig so, als würde er *springen*. Seinen Körper verlassen und eine Welt betrachten, die er eigentlich gar nicht sehen konnte. Allerdings ohne dass es so anstrengend war wie das wirkliche *Springen*. Das ihm zudem, wie ihm jetzt wieder einfiel, nicht mehr gelingen wollte. Umso mehr gab er sich der Geschichte von Solange hin.

Mazan war so versunken in diese Welt, die ihre Worte in seinem Kopf formten, dass er erst gar nicht mitbekam, wie ihre Stimme schwerer wurde. Wie die Worte stockten und Solange immer häufiger um Luft rang. Erst als sie sich zusammenkrümmte, schrak er hoch.

Camille war von ihrem Schoß gesprungen und saß aufrecht und wachsam vor ihr auf dem Boden. Solange keuchte, hielt sich den Bauch. Ihr Gesicht war verzerrt und grau. Mühsam erhob sie sich, schleppte sich über den Hof, immer wieder aufstöhnend und zusammenzuckend, weil anscheinend neue Schmerzen sie durchschossen.

»Lass sie«, sagte Camille, als Mazan ihr nach wollte. »Du kannst ihr nicht helfen. Ich werde mich später zu ihr legen.«

Mazan folgte Solange trotzdem ins Haus.

Sie schleppte sich durch einen gefliesten Flur, stieß auf der anderen Seite eine Tür auf und stürzte in den Raum. Mazan sah, dass es sich dabei um einen dieser Räume handelte, in denen die Menschen sich wuschen. Solange stützte sich mit einer Hand auf dem Waschbecken ab, riss mit der anderen die Tür des Schränkchens auf, das darüber angebracht war, und griff nach einer der Schachteln darin.

Weil sie im gleichen Moment einen neuen Krampf bekam, verfehlte ihre Hand das Ziel, und eine ganze Reihe von Schachteln und Dosen polterte in das Waschbecken.

Sie wühlte darin herum, fand die richtige. Sie wimmerte: »Bitte, bitte …«, schüttete daraus etwas in ihre Hand und warf es sich in den Mund. Sie stellte das Wasser an und trank gierig ein paar Schlucke. Erschöpft sackte sie gegen die Wand, mit einer Hand immer noch am Waschbecken abgestützt. Ihr Mund stand offen, ihr Atem ging flach, die Augen hatte sie geschlossen. Camille kam ins Bad getastet und ließ sich neben Mazan nieder.

»Jetzt siehst du es«, sagte sie. »Etwas zerreißt sie von innen.«

Ja, das sah Mazan. Er sah den Schmerz in ihr wüten, schwarz und ohne Ende.

»ROUELLE!«

Mazan zuckte zusammen, als die Männerstimme hinter ihm im Haus erklang. Solange versuchte, sich aufzurichten.

»Ja.«

»Was ist das für ein Gepolter? Wo ist mein Abendessen?«

»Ich komme!«, rief sie schwach. Dann ließ sie wieder den Kopf sinken.

»Du Teufel«, flüsterte sie.

Kümmere dich um Manon.

Eigenartigerweise war es dieser Satz, der von all dem, was er von Camille gehört hatte, weiterhin unablässig in Mazans Kopf kreiste. Wahrscheinlich nahm er deswegen den Weg, der ihn zu Oscars Haus führte.

Camille hatte ihm gesagt, dass sie selbst sich um Solange kümmern würde. Was er verstand. Und auch um den Mann, den sie Etienne nannte. Das verstand er weniger. Die barsche Stimme des Mannes hatte ihn abgeschreckt.

Aber ihm war klar, dass dies Camilles Revier war, welches er zu respektieren hatte.

Mittlerweile war es Abend geworden. Essensgerüche wehten ihn an, Kinder wurden gewaschen und die Katzenteller vor den Türen gefüllt. Jetzt saßen die Menschen an ihren Tischen zusammen, die Gassen waren leer, bis auf die Abendsonne und die Katzen. Es war wie jeden Abend, und doch sah Mazan die vertraute Umgebung mit einem neuen, wacheren Blick. Vielleicht war die Trägheit, über die er sich noch vor kurzer Zeit beklagt hatte, nicht so sehr Teil des Lebens dieser Stadt. Sondern Teil von ihm!

Und Camille hatte geholfen, sie kleiner zu machen. Mit jedem Mal, da sie sich trafen, wurde er wieder mehr er selbst.

Er begegnete auf seinem Weg einem schwarz-weiß gescheckten Kater, den er nie sonderlich beachtet hatte, obwohl dieser oft am Garten des Museums in der Menge der Katzen war. Und ihnen auch geholfen hatte, als sie gegen die bösen Menschen aus dem Château gekämpft hatten.

»Hallo, Mazan«, sagte der Kater, und jetzt erst fiel ihm dessen Name wieder ein.

»Hallo, Danton.«

Viele der Katzen in der Stadt kannte er nur flüchtig. Sie grüßten ihn, sie respektierten ihn, doch er hatte ihnen nie viel Beachtung geschenkt. Jetzt, da er Camille kannte, die jedem, wirklich jedem mit herzlicher Freundlichkeit begegnete, sogar einem sabbernden Hundemonster, schämte er sich für sein Verhalten. Wie hatte Solange sie genannt? Mein Engel. Es war schwer, sich im Vergleich mit einem Engel nicht zu schämen.

Als Mazan vor Oscars Haus ankam, entdeckte er zu seinem Erstaunen Rocky.

»Ich dachte, ich schaue mal nach dem Rechten«, sagte sein Kumpel.

»Hab ich auch gerade gedacht.« Mazan ließ sich neben ihm nieder.

»Warum sie wohl ausgerechnet den dicken Oscar und diesen Spaghetti-Schwätzer um Hilfe gebeten hat?«, fragte Rocky nach einer Weile.

»Ja, das wundert mich genauso.«

»Hätten wir auch locker hingekriegt.«

»Mit Sicherheit.«

Sie starrten auf Oscars Haus.

»Hör mal, Mazan. Sollten *wir* jetzt nicht ein bisschen auf Manon aufpassen? Ich meine, sie braucht es ja nicht zu wissen. Aber es muss doch nicht sein, dass sie wieder den scheckigen Schreihals ruft, wenn sie irgendetwas benötigt. Oder Oscar, den Tempel.«

»Stimmt. Ich rede mal mit Louise. Und vielleicht kriegen wir noch ein paar andere zusammen, die auch ein Auge drauf haben.« Mazan dachte an Danton, den er nie richtig beachtet hatte. »Wir sollten ein bisschen besser aufeinander achten.« Er erhob sich, er hatte noch etwas zu erledigen. Nach ein paar Schritten wandte er sich um.

»Rocky?«

»Ja.«

»Ach … nichts. Du bleibst noch etwas?«

»Ja.« Rocky ließ sich auf den Bauch nieder. »Ich find's gerade ganz nett hier.« Er begann, sich zu putzen.

»Okay, bis dann.«

»Bis dann, Alter«, nuschelte Rocky, das Maul zwischen den Beinen vergraben.

Mazan nahm den Weg, der ihn zu Zadiras Wohnung führte. Die auch irgendwie seine Wohnung war. Oder?

Verdammt, er hatte einfach Sehnsucht nach ihr. Nach ihrer Stimme, der Berührung ihrer Hand, nach ihrer Wärme, wenn er neben ihr lag.

Irgendetwas machte das alles mit ihm. Camille. Der Maler. Solange. Manon. Die Kleinen. Es machte, dass er sich einfach gern mal vergessen hätte. Das konnte er nur bei der Lieutenant.

Kurz darauf kletterte er die Stufen zu Zadiras Wohnung empor. Noch bevor er sich durch die Katzenklappe zwängte, roch er, dass sie nicht zu Hause war. Er drehte seine Runde durch die Wohnung, sie fühlte sich kalt und leer an. Wenigstens hatte sie ihm frisches Futter aufgefüllt, an dem er sich bediente. Doch danach hielt er es nicht mehr aus und schlüpfte durch die Katzenklappe wieder ins Freie.

Draußen auf dem Treppenabsatz dachte er daran, dass er doch mal bei dem Tierarzt Jules reinschauen könnte. Auch wenn der diese kranke Frau da hatte.

Mazan stieß mit der Nase gegen die Klappe und stellte verdutzt fest, dass sie blockiert war!

Er versuchte es noch einmal. Es ging nicht. Konsterniert ließ er sich vor der Tür nieder. Wenn es etwas gab, das eine Katze überhaupt nicht schätzte, dann, dass man ihr einen Weg versperrte, der ihr zuvor bereits gewährt worden war. Und auf den sie somit ein Recht hatte!

Was hatte das zu bedeuten?

Er rief sich ins Gedächtnis, dass die Katzenklappe ja eigentlich und widersinnigerweise eine Klappe für Zadira gewesen war. Was bedeutete … dass Jules nicht ihm den Weg versperrte, sondern Zadira.

Warum nur benahmen sich Menschen manchmal so dumm? Die beiden waren wie Romeo und Julia.

Er spitzte die Ohren, als er Stimmen aus dem Inneren der Wohnung vernahm.

»O Jules, es ist so schrecklich! Schau nur.«

»Das ist in ein paar Tagen vorbei. Vielleicht haben wir etwas Falsches gegessen, oder du bist mit irgendetwas in Berührung gekommen, auf das du allergisch reagierst.«

»Ach Jules, in Paris hatte ich so etwas noch nie. Und ich habe gar nichts mehr anzuziehen. Können wir nicht …?«

Mazan ließ sich auf dem Treppenabsatz nieder und schaute in die beginnende Nacht. Der Mond war aufgegangen und warf ein geheimnisvolles Silberlicht über das Land. Er mochte dieses Licht. Es war nicht so grell wie das Tageslicht, eher seine bescheidene Schwester.

Seine bescheidene, aber spöttische Schwester.

Katzenmond, dachte er und fühlte sich wohl in der silbrigen Klarheit, in die der Mond die Welt tauchte.

Er vernahm die Stimmen der Menschen in ihren Häusern. Irgendwo hupte ein Auto, ein Motor heulte auf. Dazwischen der Duft des Landes und ein ferner Vogelruf.

Vielleicht, so dachte er, war es ja gar nicht solch ein großer Unterschied zwischen der Welt da draußen und dem Leben in der Stadt. Wachsam zu sein, darauf kam es an. In beiden Welten. Und das zu bewahren, was schön war. Freundschaft zum Beispiel.

Dann fiel ihm ein, wie sehr sich Camille um ihre Menschen kümmerte. Hatte er auch nur ansatzweise das Gleiche mit Zadira getan?

Sie war oft einsam, das spürte er. Sie sehnte sich nach Gesellschaft. Vor allem nach der von Jules, aber irgendetwas stimmte nicht zwischen ihnen. Das war doch klar. Wer einer Frau eine Katzenklappe baute, wusste nicht, was sie wirklich wollte.

Und Zadira? Auch sie benahm sich mehr als seltsam. Warum hatte sie Angst davor, sich mit dem Tierarzt zu paaren?

In dieser mondhellen Nacht beschloss Mazan, sich mehr um seine menschlichen Freunde zu kümmern.

16

Zadira erhob sich aus Blandines Schlafsessel, in dem sie nach dem gemeinsamen Abend bei Fisch und Wein geschlafen hatte, setzte Kaffee auf und stellte anschließend eine *boule* mit dem duftenden schwarzen Getränk direkt neben Blandines Schlafmatratze. Die lächelte schlaftrunken. Zadira verließ das kleine Haus.

Die Morgennebel legten sich über das goldrote Land.

Sie fuhr direkt zum »Zuckerwürfel«, der neuen Containerwache neben der *mairie* in Mazan.

Brell saß mit konzentriertem Blick vor dem Computer, in der Hand eine dicke Scheibe Brot, von dem sattgelbe Marmelade leise auf den Schreibtisch tropfte.

»Halten Sie das Brot ruhig über die Tastatur, Sergeant, dann funktioniert sie besser.«

Brell starrte sie verdutzt an, dann bemerkte er, dass seine Aprikosenmarmelade sich davonmachte.

»Putain!«, rief er und versuchte, mit dem Brot so viel Konfitüre wie möglich wieder aufzutupfen. Den Rest wischte er verlegen mit einem karierten Tuch fort, während Zadira sich grinsend in den Stuhl an ihrem in den letzten Wochen oft verwaisten Mazaner Schreibtisch fallen ließ.

»So, und jetzt erzählen Sie mal, ob Sie sich mit dem Abgeordneten Malbec schon einig geworden sind.«

Louis Malbec war jener hochkarätige Kontakt gewesen, den Blandine Brell genannt hatte. Die Journalistin hatte den honorigen Politiker vor der letzten Wahl interviewt und dabei schnell festgestellt, dass er sich, wie die meisten seiner Zunft, für unwiderstehlich hielt. Nachdem das Mikrofon abgeschaltet war, hatte Malbec Blandine zu einem Dinner eingeladen, mit speziellen, geradezu »verboten köstlichen« Delikatessen, wie er es nannte. Er hatte ihr ein unvergessliches Erlebnis versprochen und dabei ungeniert jenen Teil von ihr inspiziert, den er offenbar im Anschluss an das Dinner zu vernaschen gedachte. Als Brell ihr bei der gemeinsamen Fahrt von den Ortolanen erzählte, hatte sie ihm geraten, sich an Malbec zu wenden.

»Und wie«, brummte Brell und berichtete, dass er bei dem ehrenwerten Abgeordneten ein wenig geblufft hatte.

»Ich habe ihm rundheraus gesagt, dass ich alles über seine sogenannten speziellen Dinner weiß.«

»Hat ihm das gefallen?«

»So sehr, dass er sich einen doppelten Armagnac eingießen musste, besonders als ich ihm sagte, dass er in der groß angelegten Aufklärungskampagne als einer derer erwähnt würde, die die Hand schützend über Wilderer legten. Und man sich automatisch fragen würde, über wen denn noch? Sie glauben gar nicht, wie schnell er sein Fähnchen in den neuen Wind hängte.«

Selbstverständlich hatte Louis Malbec sich bereit erklärt, Brell Zugang zu dem geheimen Ortolan-Essen zu verschaffen. Dieser Unsitte müsse wirklich Einhalt geboten werden. Nur sei das nicht ganz einfach, spezielle Veranstaltungen hätten nun mal spezielle Preise.

»Ein interessanter Moment in den Verhandlungen«, bemerkte Zadira amüsiert.

»Fand ich auch«, stimmte Brell ihr zu. »Ich habe gar nichts dazu gesagt, bis er sich schließlich – nicht ganz glücklich – bereit erklärte, die Ermittlungen auch in diesem Punkt zu unterstützen und die zehntausend Euro für das Menü auszulegen.«

Zadira pfiff durch die Zähne. »Zehntausend?«

»Ja, seit ich hinter der Geschichte her bin, staune ich immer wieder über die Beträge, um die es da geht. Er versicherte mir noch, dass er sich als gewählter Kandidat und als künftiger Europaparlamentsabgeordneter selbstverständlich nachhaltig um den Vogelschutz kümmern würde.«

Zadira stand auf und brühte ihnen mit Brells italienischer Kaffeemaschine zwei großzügige Espressi. Währenddessen fragte sie: »Wo wird das Essen stattfinden?«,

»Das bekommt Malbec kurz vorher per SMS mitgeteilt. Er sagt mir dann Bescheid, das ist gleichzeitig meine Legitimation, dass er und ich in Kontakt sind und er als mein Bürge fungiert.« Brell schnaufte.

»Sie wollen wirklich zu diesem Essen gehen? Undercover?«

Brell rollte die massigen Schultern. »Dichter komme ich doch nicht an die Leute ran. Und ja, ich will sie mir anschauen, diejenigen, die diese ganze Schweinerei erst ermöglichen, mit ihrem Geld und ihrer Arroganz.«

»Gut. Sie wissen, dass Sie als verdeckter Ermittler und nicht öffentlich ermittelnder Polizeibeamter anderen rechtlichen Regeln unterliegen?«, fragte Zadira und stellte ihm die heiße Tasse hin.

Er nickte unsicher und zählte dann auf: »Da es sich nicht um schwere Straftaten oder Gefahr im Verzug handelt, kann ich Beweise und Zeugenaussagen ohne vorherige Rechtsbelehrung der Teilnehmer des Dinners nicht verwenden, sondern nur selbst als Zeuge vom Hörensagen meine Beobachtungen zu Protokoll geben. Die Staatsanwältin wird darüber schimpfen wie eine verschnupfte Nachtigall.«

»Und womöglich wird keiner von diesen Leuten bestraft werden.«

»Aber ich werde ihnen einmal vor aller Augen die Hosen runtergezogen haben.«

»Sie wissen, dass Sie sich damit nicht unbedingt neue Freunde machen?«

»Lieutenant, ich habe zwei gute Freunde. Das reicht für einen Mann und sein Leben.« Brell sah ernst und feierlich aus, als er das sagte.

Zadira nickte langsam. Das war sein Gladiatorenkampf. Er machte das vielleicht nicht nur für die Vögel, sondern auch für sich. Um besser schlafen und sich im Spiegel anschauen zu können. Sie wusste genau, wie es ihm ging.

»Sie haben meine Nummer, Sergeant Brell. Rufen Sie mich an. Jederzeit.«

Wieder nickte er ernst.

Zadira stand auf und gab ihm die Hand.

»Ich muss wieder los. Viel Glück, Sergeant Brell.«

»Danke, Lieutenant Matéo.«

Zadira überlegte, ob sie rasch nach Hause gehen sollte, um sich umzuziehen. Arnaud wollte gegen zehn Uhr anrufen, nach der Morgenkonferenz mit seiner Brigade.

Wäre sie jetzt in Paris, wo hätte sie die Nacht verbracht? Hätte sie dort auch Morgennebel im Laub gesehen und wäre für kostbare Sekunden glücklich gewesen?

Als sie, immer zwei Stufen nehmend, über die Außentreppe zu ihrer Wohnung kam, wusste sie, was ihr in Paris noch gefehlt hätte: Commissaire Mazan.

Er saß vor ihrer Tür und kam mit einem kleinen freudigen Laut auf sie zu.

»*Bonjour*, mein Freund«, sagte sie, ging in die Knie und kraulte ihm den Rücken. Sofort begann er zu schnurren und rieb sich an ihrem Bein.

»Wo hast du dich denn die ganze Zeit herumgetrieben? Und warum wartest du hier draußen? Ist dein großer Freund denn nicht …«

In diesem Moment fiel ihr Blick auf die Katzenklappe der Nachbarstür, und sie sah, dass der Riegel auf Rot stand. Dahinter wohnten kurzes blondes Haar, lachende Augenbrauen, ein warmer, unerforschter Körper. Jules.

»Tja, *mon Commissaire*«, flüsterte Zadira bitter. »Jetzt sind wir wohl beide ausgesperrt.«

Ihr Samsung vibrierte. Arnaud! Genau im richtigen Moment, bevor sie wieder den Blues bekam. Aber hieß das, er wäre der Richtigere?

»Hallo, Paris«, sagte sie herzlich.

»Hallo, Provence.«

Sie hörte das Summen halblauter Stimmen im Hintergrund, Tastatur-Klappern, Sirenen, den üblichen Soundtrack der Polizeimaschinerie.

»Arnaud, es haben sich Details ergeben, ich brauche …«

»Wir haben eine ernsthafte Spur«, sagte er gleichzeitig. Dann: »Was? Welche Details? Was brauchst du?«

»Erst du«, sagte Zadira.

Die Begeisterung in Arnauds Stimme überbrückte die hunderte Kilometer zwischen Paris und ihr.

»Wir haben sie gefunden. Die Deutsche. Agnes Schwarz!«

»Die Frau, mit der Idka geschlafen hat.«

»Die Frau, die ihm das Leben zur Hölle machte«, sagte Arnaud triumphierend.

Eine leise Irritation regte sich in Zadira, aber sie zwang sich, erst einmal nur zuzuhören.

»Agnes Schwarz ist Ende 2011 in Brest aktenkundig geworden, wegen ›beharrlicher Verfolgung‹. Es hat drei Anzeigen von Etienne und von Charles Idka gegeben.« Arnauds Stimme klang euphorisch.

»Etienne Idka und seine Haushälterin wohnten 2012 in einem bretonischen Fischerhaus zwischen Le Conquet und Portsall. Agnes schrieb ihm nach einer gemeinsam verbrachten, sexuell motivierten Nacht täglich Briefe, rief bis zu vierzig Mal pro Tag an und verkündete dann auf ihrer Facebookseite, sie und Idka seien ein Paar.«

»Das hört sich ein wenig nach verrückter postkoitaler Verliebtheit an, aber noch nicht gefährlich.«

»Zadira, diese Frau ist psychisch labil. Hör zu: Als Agnes Schwarz die erste polizeiliche Mahnung bekam, schrieb sie Idka einen Liebesbrief. Mit Schweineblut. Das muss man sich mal vorstellen!«

»Immerhin nicht mit ihrem eigenen Blut.«

»Nach der zweiten Anzeige erhielt sie eine Verwarnung und einen Bußgeldbescheid. Daraufhin bestellte sie Schlafzimmermöbel und ließ sie in Idkas Namen an seine Adresse liefern.«

Zadira ertappte sich bei einem leichten Lächeln.

»Nach der dritten Anzeige bekam Schwarz die einstweilige Verfügung, sich Etienne Idka nicht mehr zu nähern. Danach ging sie nackt, wiederum mit Schweineblut beschmiert, mit einem Transparent durch Le Conquet, auf dem sie Idka als Frankreichs berühmtesten Lügner beschimpfte.«

»Gibt es davon Bilder?«

»Maile ich dir, genauso wie das Polizeifoto.«

»Wieso nannte sie ihn Lügner?«

»Warum wohl! Weil er ihr mehr versprochen hatte oder sie das annahm?«

»Nicht, weil er vielleicht gar nicht blind ist?«

»Was?«

»Red weiter«, bat sie, »ich sag dir danach, was ich habe.«

Er atmete leicht gestresst aus. »Agnes Schwarz wurde in die Pariser Psychoklinik Sainte-Anne zwangseingewiesen, in die Sektion 15. Dort sitzen die Patienten, die gegen ihren Willen eingeliefert werden. In Agnes' Fall durch polizeiliche Anordnung.«

»Ach. Und wer hat das beantragt?«

Sie hörte ihn blättern, dann ein Pfiff durch die Zähne. »Schau an. Charles Idka. Der muss ja interessante Leute kennen, dass er das Problem so effektiv hat lösen können.«

Zadira schüttelte das Bild von einer Frau ab, die mitnichten irre war, sondern nur etwas herausgefunden hatte, was …

»Schwarz war achtzehn Monate unter stationärer Aufsicht; erst unfreiwillig, dann freiwillig. Sie hat sich im August dieses Jahres schließlich selbst entlassen.«

»Und? Du verschweigst doch noch was.«

Er schnalzte. »Du könntest hier wirklich gute Dienste als Vernehmungsleiterin leisten, Zadira.«

»Also?«

Arnaud lachte auf.

»Ja, was wohl? Agnes Schwarz ist verschwunden.«

»Glückwunsch zu der Spur.«

Er sagte das Darauffolgende in etwas kühlerem Ton. »Achtzehn Monate sind genug Zeit, um sich zu überlegen, wie sie Idka ihre Liebe klarmachen kann und dass nur sie ihn und seine Werke versteht.«

»Du glaubst, Schwarz hat diese Leute ermordet?«

»Es wäre denkbar. Eine unbelehrbare Stalkerin, psychisch labil, zurückgewiesen nach dem Sex.«

»Aber das erklärt nicht den Mord an Lucas Zorn, der weder mit Agnes Schwarz noch Idka in Verbindung steht.«

»Vielleicht haben wir diese Verbindung nur noch nicht gefunden, Zadira.«

»Du meinst, vielleicht war der nette Philosophie-Student Idkas kleiner Koksdealer?«

Schweigen, in sich zurückgezogenes Schweigen, eine Wortlosigkeit, die fragte: *»Wieso bist du nicht so begeistert wie ich?«*

»Ich habe Agnes Schwarz zur Fahndung ausgeschrieben«, sagte Arnaud. Im gleichen Moment deutete ein diskreter Sound Zadira an, dass sie eine verschlüsselte E-Mail empfangen hatte.

»Lass uns über deine Details reden, ich habe noch fünf Minuten bis zum Strategiegespräch«, forderte Arnaud sie auf.

Sie erzählte ihm von dem Arzt Loic, von dem Verdacht, dass Etienne Idka gelogen hatte, dass sein Unfall eine Attacke gewesen war und er selbst womöglich nicht zur Gänze blind.

»Ich brauche einen rechtskräftigen Einblick in die Akte«, beendete sie ihre Ausführungen.

»Wozu soll das gut sein?«

Sie umklammerte das Telefon fester. »Um herauszufinden, ob der Mann lügt. Und um herauszufinden, wer ihn damals attackiert hat. Vielleicht macht derjenige es heute wieder, nur indirekt. Die Zerstörung des Etienne Idka.«

»Oder diejenige. Agnes Schwarz etwa.«

»Besorgst du die Akte? Du bist Ermittlungsleiter, ich kann das nicht anordnen, du musst damit zur Untersuchungsrichterin.«

Nochmaliges, diesmal unwilliges Zungenschnalzen.

»Natürlich«, sagte er, schon in Gedanken woanders, auch das war ihm anzuhören. Wieso konnte sie so deutlich hören, was Menschen nicht aussprachen? Manchmal war es zu viel.

»Ich komme bald wieder nach Mazan«, sagte Arnaud. Wärmer. Bittend.

»Ja«, erwiderte Zadira, »ich muss los.«

»Oh, bitte! Nicht so, Zadira. So nicht. Was ist denn an dem Unfall von Idka so besonders? Was macht es für die aktuellen Morde für einen Unterschied, ob er attackiert wurde oder nur so bekokst oder besoffen oder dämlich war, dass er sich unter das Brett stellte?«

»Wenn es eine Attacke war, gab es einen Grund. Vielleicht Rache für eine Tat, die Idka begangen hat. Oder für etwas, was er *nicht* tat. Und vielleicht ist all das bis heute noch nicht gesühnt.«

»Wirst du gerade laut?« Arnaud lachte leise.

»Ich kann noch viel lauter. Besorgst du die Akte?«

»Ja doch«, willigte er ein. »Verdammt, Zadira Matéo, ich freue mich darauf, dich wiederzusehen. Ich komme bald nach Mazan. Um mit dir zu streiten oder was immer du willst.«

Er legte auf.

Zadira rief ärgerlich das Polizeifoto von Agnes Schwarz auf. Das war keine Frau mit irrem Blick.

Nachdenklich schaute Zadira Commissaire Mazan an, der mit wachen Augen und gespitzten Ohren vor ihr saß, als habe er alles verstanden.

»Tja, mein Kleiner«, sagte sie, »so ist das natürlich einfacher. Eine hysterische Frau als Täterin. Aber irgendwie glaube ich das nicht. Irgendwo da draußen läuft jemand rum und mordet, und er wird weitermorden, um Idka damit irgendetwas mitzuteilen. Und auch wenn dieser Maler ein grässlicher Mensch ist, will ich nicht, dass er in meiner Stadt umgebracht wird. Oder seine Haushälterin. Von Morden erholt sich eine Stadt nämlich nie.«

Und die Akte? Arnaud würde es vermutlich vergessen, irgendwann einen lahmen Beamten darauf ansetzen, und in einer Woche wäre das Papier vielleicht da.

Ach, was. Eher in drei Wochen. Oder nie.

Sie drückte Agnes' Bild weg und wählte eine Marseiller Nummer. Als sich Djamal meldete, sagte sie nur: »Ich brauche deine Hilfe, ich brauche sie jetzt, und es ist nicht legal.«

Nachdem sie dem maghrebinischen Kriminaltechniker aus ihrer ehemaligen Brigade in Marseille den Namen Etienne Idka und die Jahreszahl 2000 durchgegeben und das Gespräch beendet hatte, wandte sie sich an Commissaire Mazan.

»Was denkst du, mein Freund: Wie wahnsinnig kann die Liebe eine Frau machen?«

17

Commissaire Mazan hatte einiges, worüber er nachdenken musste. Das ging aber nicht mit leerem Magen. Während Zadira unter der Dusche stand, machte er sich erst einmal über die Thunfischpastete her, die sie ihm frisch aufgefüllt hatte. Danach ging es ihm schon besser. Er setzte sich auf die Fensterbank, putzte sich ausgiebig und begann danach, in aller Ruhe seine neuen Informationen zu sortieren.

Zwar hatte er nicht alles verstanden, was Zadira am Telefon mit einem Arnaud besprochen hatte, aber sie war wieder jemandem auf der Spur, der Menschen tötete. Das war ihr Beruf. Doch was, wenn dieser Mörder auf dem Weg hierher war? Und womöglich den Maler bedrohte. Oder Solange. War am Ende gar Camille in Gefahr? Oder Manon?

Wieder schienen die Handlungen eines einzigen bösen Menschen auch die friedliche Welt der Katzen zu vergiften. Commissaire Mazan war klar, dass er etwas tun musste. Nur was?

Kümmere dich um Manon! Was hatte Camille ihm damit sagen wollen? Hatte sie vielleicht die Gefahr gesehen, die von dem unbekannten Mörder ausging?

Er rief sich ins Gedächtnis, was Camille über ihre Gabe gesagt hatte. Dass sie zwar in ihren Träumen die Zukunft sehen konnte, aber nicht die Gegenwart. Am allerwenigsten, wenn diese Gegenwart sie betraf.

Ich bin der dunkelste Ort in meinem Leben.

Mazan musste sie warnen. Aber was dann? Als blinde Katze hatte sie einem bösen Menschen noch weniger entgegenzusetzen als er oder irgendeine andere Katze. Und Camille konnte ihr Wissen Solange ebenso wenig mitteilen wie er Zadira.

Wieder einmal ärgerte er sich, dass die Menschen die Sprache der Katzen nicht verstanden. Wo war das Problem? Umgekehrt ging es doch auch.

Er rief sich ins Gedächtnis, was er durch die schrecklichen Ereignisse nach seiner Ankunft in der Stadt gelernt hatte. *Spion des Teufels!* So hatte man ihn genannt. Weil er überall hinkonnte und die Menschen, selbst wenn sie ihn bemerkten, nicht ahnten, dass er sie verstand, und unbekümmert ihre Geheimnisse ausplauderten. Das war es, was er tun konnte. Er würde spionieren, dort hingehen, wo Zadira nicht hinkam, lauschen, beobachten und dann …

Tja, da war wieder das alte Problem. Wie sollte er sein Wissen Zadira mitteilen? Das letzte Mal hatten sie Atos benutzen können. Aber ob das wieder so funktionierte?

Es klopfte an der Tür.

Zadira, die mittlerweile fertig geduscht hatte, aber immer noch leise summend im Bad herumhantierte, verstummte. Kurz darauf kam sie mit nassen Haaren und patschenden Füßen aus dem Bad. Sie war gerade dabei, ein Handtuch über der Brust zuzustecken, und murmelte: »Typisch, wenn ich mal nichts anhabe.«

Sie öffnete die Tür … und erstarrte.

Draußen stand Jules, der Tierarzt von nebenan.

»Oh«, sagte er.

»Hallo.«

»Ähm, vielleicht sollte ich später noch mal wiederkommen.«

»Aber nein, *mon cher* Jules«, sagte Zadira gefährlich sanft und lehnte sich mit erhobenen Armen und überkreuzten Beinen gegen den Türrahmen. »Was führt dich zu mir? Brauchst du etwas Salz für eure Frühstückseier?«

Diese Frage verärgerte den Tierarzt. Interessiert verfolgte Mazan das kleine Schauspiel, das seine Menschenfreundin da aufführte.

»Nein. Du hast mir doch neulich von den Idka-Bildern erzählt.«

»Ja?«

»Ich habe etwas herausgefunden, das für dich interessant sein könnte.«

»So? Aha.« Zadira nahm wieder eine normale Pose ein. »Wenn das so ist, komm rein.«

»Nein, ich glaube ...« Jules warf einen Blick über Zadiras Schulter. »... das möchte ich nicht.«

»Ah! Gut, ich verstehe.« Wie kühl und zugleich zerbrechlich ihre Stimme auf einmal klang. »Also?«

Jetzt sah sie aus wie ein kleines Mädchen in einem viel zu großen Badehandtuch.

»Es gibt in seinen Bildern unterschiedliche Phasen. In den Jahren, seit er als Blinder zu malen begann, wurden die Motive immer aggressiver und gewalttätiger. Dann gab es einen Bruch, 2008. Die folgenden Zyklen waren friedfertiger, fast versöhnlich. Und dann ...«

Jules sah Zadira an und schluckte. Sie sagte kein Wort.

»Seit drei Jahren wurde es wieder schlimmer, bis hin zum jetzigen Zyklus, in dem jedes Bild einen gewaltsamen Tod darzustellen scheint.«

»Ich verstehe«, sagte Zadira kehlig.

»Ach ja? Ich nicht. Ich verstehe so manches nicht«, fauchte er. Jules war wohl wütend geworden.

»Dann lass es dir erklären. Am besten von deiner blonden Psychologin«, fauchte Zadira zurück und knallte ihm die Tür vor der Nase zu.

Commissaire Mazan fand, dass seine Menschenfreundin sich manchmal wie Manon benahm.

Als Mazan durch den Mauerspalt in den steinernen Garten hinabspähte, war dort niemand zu sehen. Er hatte auf dem Weg hierher Louise getroffen, natürlich in Begleitung von Orangino. Er hatte ihr erzählt, was er erfahren hatte.

»Ich weiß noch nicht, warum, aber wir müssen auf Manon achtgeben.« Gerade jetzt, wo sie ihre Jungen hatte, war die ingwerfarbene Katze unberechenbar. Nicht auszudenken, wenn sie auf die Idee käme, ihren Wurf wieder nach draußen an den Fluss zu schleppen. Dort wäre sie allen Gefahren schutzlos ausgeliefert.

»Natürlich passe ich mit auf«, stimmte Louise ihm sofort zu. »Ich werde auch den anderen Bescheid sagen.«

»Und ich helfe dir, schöne Louisa. Ich werde dich, die kostbare Manon und ihre wundervolle Bambini gegen alle Feinde verteidigen und …«

»Könntest du ihn bitte umbringen?«, bat Louise Mazan höflich.

»Oh, Louisa, ich werde freudig vor deine Pfoten sterben.«

Mazan war klar, dass sie irgendwann etwas gegen diesen Quatschkopf unternehmen mussten. Doch im Moment hatte er Dringlicheres zu tun.

Er war die Mauer zum steinernen Garten hinaufgestiegen, halb in der Erwartung, Camille unten vorzufinden.

Noch zögerte er, einfach in den Garten und womöglich ins Haus zu gehen. Da vernahm er mit einem Mal Stimmen, die durch die offene Terrassentür nach draußen drangen.

Es waren zwei Männer, die sich unterhielten. Mazan verstand nicht, was sie sagten, aber er erkannte sofort die herrische Stimme, die tags zuvor nach Solange gerufen hatte. Und die andere?

Sie klang ebenso rauh und rücksichtslos.

Menschen mit solchen Stimmen, hatte er als Katze zu meiden gelernt. Doch dieser Fall lag anders. In dem Haus lebten Camille und die freundliche Solange, und vielleicht gehörte die fremde Stimme dem Mörder.

Vorsichtig sprang er in den Hof hinab und schlich wie ein Schatten zur Tür. In der gefliesten Halle war niemand zu sehen. Die Stimmen kamen aus einem Raum, der dem Eingang gegenüberlag. Mazan huschte über die kühlen Fliesen und spähte in eine Art Salon, in dem die Möbel allerdings seltsam durcheinanderstanden.

»... ich wissen, dass sie entlassen wurde?«

Der Mann, der das sagte, stand am Fenster und hatte seinen Blick auf den anderen Mann, Idka, gerichtet. Er saß in einem Ledersessel, hatte Camille auf dem Schoß und hielt sie mit beiden Händen, als müsse er sie schützen. Oder als müsse er sich an ihr festhalten. Plötzlich hob die weiße Katze den Kopf, ihre Ohren zuckten in Mazans Richtung. Sie hatte ihn wahrgenommen.

»Ich dachte, du hättest einen der Pfleger geschmiert«, erwiderte Idka.

»Der Idiot wurde entlassen, weil man ihn dabei erwischt hat, wie er den Patienten die Brieftaschen leerte. Das hat er mir natürlich nicht erzählt.«

»Du hast wirklich ein Händchen für Geschäftspartner, Charles.«

Idka konnte nicht sehen, wie sich das Gesicht des Mannes zu einer zornigen Grimasse verzog. Dieser Charles nahm einen Schluck von einer goldgelben Flüssigkeit aus einem schweren Glas in seiner Hand.

»Du hast nicht zufällig von ihr gehört?«, fragte er. Mazan hörte das Misstrauen aus seiner mühsam beherrschten Stimme heraus.

»Nein. Sollte ich?«

»Glaubst du, sie war es?«

»Ich weiß es nicht, Charles, sag du es mir.«

»Sie ist verrückt.«

»Ach ja? War es nicht so, dass du da ein bisschen nachgeholfen hast?«

»Ja sicher. Um deinen Dreck wegzuräumen.«

»Ich nehme an, sie denkt, dass das auf meine Veranlassung hin geschehen ist?«

»Was willst du damit sagen?«

»Dass sie mir vielleicht wegen Sachen zürnt, für die ich nicht verantwortlich bin.«

»Glaubst du, ich würde dich so ins offene Messer laufen lassen?«

»Ich weiß nicht, was ich glauben soll, Charles, ich kann dein Gesicht nicht mehr sehen, wenn du redest. Darum weiß ich auch nicht, wann du lügst. Früher habe ich immer gesehen, wann du lügst, jetzt bin ich blind. Du weißt doch, warum ich blind bin, oder? Du erinnerst dich noch?«

Erst jetzt fielen Mazan die unnatürlich weißen Augen des Sitzenden auf. Er war blind! So wie Camille. Jetzt begriff Mazan, dass es auch zwischen ihr und dem Maler eine besondere Verbindung gab.

Charles' Gesicht lief rot an. Er machte einen Schritt auf Idka zu, so als ob er ihn angreifen wollte. Camille duckte sich in Idkas Hand.

»Na, na, Charles, ich bitte dich. Das hatten wir doch schon mal.«

»Du weißt, dass die Hexe lügt«, presste Charles hervor.

»Rouelle, die Hexe.« Idka lachte heiser. »Ich glaube, das würde ihr gefallen.«

Ein Geräusch ließ Mazan zusammenfahren. Solange Rouelle kam auf flachen Sohlen lautlos aus einem schmalen, dunklen Flur. Sie blieb stehen, als sie Mazan entdeckte. Die harte Maske ihres Gesichtes löste sich für einen Moment auf und zeigte die Weichheit, die er an ihr kennengelernt hatte. Erstaunt schüttelte sie den Kopf. Dann erklang erneut die rauhe Stimme aus dem Salon, sofort verschlossen sich ihre Gesichtszüge wieder.

»Ich hoffe, du hast das Miststück im Griff.«

»Natürlich habe ich das. Aber hast du dich auch im Griff?«

»Was soll das heißen?«, knurrte Charles.

Solange trat lautlos an die andere Seite der Tür. Mazan tauschte einen Blick mit ihr. Beinahe schien ihm, als verstünde die Frau, dass er hier lauschte. Ihre nächste Geste bestätigte seinen Verdacht. Sie lächelte schmal und legte einen Finger an die Lippen.

»Ich weiß, wozu du fähig bist. Und ich weiß, dass du Céline gehasst hast. Was ist passiert an dem Abend nach der Vernissage? Hast du versucht, sie zu ficken, und sie hat über deinen kümmerlichen Schwanz gelacht? Hast du sie deswegen umgebracht?«

»Bist du jetzt vollkommen übergeschnappt?«

»Du warst doch schon immer scharf auf sie. Und dann,

als sie tot war, hast du eine kleine Szene gebaut. Warum nicht das Angenehme mit dem Nützlichen verbinden? Ein Bild mit einer Toten – da steigt der Preis doch gleich um das Zehnfache.«

»Du kleiner, mieser …«

»Vorsicht, Charles, noch bin ich es, der die Millionen, die du verdienst, überhaupt möglich macht.«

»Für wie dumm hältst du mich? Du willst es mir anhängen? Vielleicht, um mich loszuwerden? Das wird nicht funktionieren. Vergiss nicht, ich kenne dein kleines, dreckiges Geheimnis.«

»Ja, aber du kannst es nicht verraten. Und du weißt doch auch, warum nicht?«

Charles ballte die Fäuste.

»Weil du dann alles verlierst, Charles«, flüsterte Idka. »Alles!«

Solange schüttelte langsam den Kopf. Mazan fand, dass sie jetzt unglaublich traurig aussah.

»Was willst du?«, presste Charles hervor.

»Ganz einfach, mein Bruder«, sagte Idka spöttisch. »Finde die Frau. Finde Agnes Schwarz. Bevor sie mich findet.«

»Und dann?«

»Du kannst ihr die ganzen Schweinereien anhängen. Ihr wird sowieso niemand glauben. Dann ist es vorbei.«

Solange krümmte sich mit einem leisen Stöhnen.

»Was war das?«, fragte Charles.

»Ich weiß nicht.«

Solange presste die Hand vor den Mund und eilte davon. Als Mazan sich rasch nähernde Schritte aus dem Salon vernahm, wusste er, dass auch er verschwinden sollte. Doch er war nicht schnell genug.

»Verdammt, noch so ein Mistvieh!«, rief Charles, der Mazan gerade noch erblickte, bevor der Kater durch die Terrassentür rannte.

Mit wenigen Sätzen war er über den Brunnenrand auf der Mauer. Erst oben im Mauerspalt hielt er inne und schaute zurück. Es war niemand zu sehen. Warum auch? Er war nur eine Katze. Ein Mistvieh.

Er hatte nicht viel verstanden von dem, was da unten vor sich gegangen war. Aber eines wusste er: Diese Menschen brauchten keinen zusätzlichen Mörder, um sich das Leben zur Hölle zu machen.

18

Der Lieferanteneingang des L'Obsidion öffnete sich erst, als Brell der gesichtslosen Stimme dahinter zuraunte:

»Ich komme für Malbec.«

Die Tür schwenkte auf, und ein misstrauisch lächelnder Mann mit hoher Kochhaube und einer Kochjacke, auf die »B. Bieri« eingestickt war, begrüßte ihn mit einem *»Bonsoir* und *bienvenue*!« Sein Akzent war so schweizerisch wie Emmentaler Käse.

Es ging an Kühlräumen mit hohen Edelstahltüren vorbei, an hohen Holzregalen mit teuren Weinen, Besteck und Servietten und quer durch das Lokal, dessen Lampen ausgeschaltet waren. Die Tische waren leer und strahlten die Melancholie unbenutzter Orte aus.

Der Koch lief vor Brell her und betrieb über die Schulter hinweg kühl Konversation.

»Zu schade für Louis, wirklich, aber ich bin überzeugt, er hat Sie geradezu mit spitzesten Fingern handverlesen, oder?«

»Das hoffe ich doch«, sagte Brell.

Bieri lachte angespannt.

»Und Sie sind von Beruf …?«

»Boulespieler. Ich trainiere Pétanque.«

»Ah. Und solche Dinner machen Sie häufiger mit?«

»Ich befürchte nicht.« Brell musste sich nicht anstrengen, verlegen zu sein. »Dafür reicht es nicht allzu oft. Für mich ist das heute etwas sehr Besonderes.«

Der Koch wirkte zufriedener.

»Wir sind mit Ihnen dann schon fast komplett, es fehlt nur noch unser Ehrengast.«

Malbec hatte Brell gegen achtzehn Uhr eine SMS mit der Adresse weitergeleitet, unter der er durch eine unscheinbare Häusergasse den rückwärtigen Zugang zum Lieferanteneingang des L'Obsidion in Bédoin fand.

Vorher hatte Brell Blandine angerufen, sie aber nicht erreicht. Verdammt! Er hatte aber auch nicht damit gerechnet, dass es so plötzlich losgehen würde.

Also hatte er ihr auf die Mailbox gesprochen. Dass sie mit dem Fotografen kommen sollte, um die Mitglieder dieses exklusiven Clubs vorzuführen, wenn Brell die obszöne Veranstaltung auffliegen ließ. Sie sollte ihm eine Nachricht schicken, wenn sie bereit wäre. Himmel, warum nur war Blandine nicht zu erreichen?

Am Ende des Lokals hob Bieri einen schweren, grünen Vorhang zur Seite und öffnete eine Tür. Sie tauchten in Dunkelheit ein, wieder schob Bieri einen Riegel zurück und hob erneut einen Vorhang. Sie kamen in ein steinernes Gewölbe, das wie eine sehr traditionelle provenzalische Küche gestaltet war. In der Mitte eine lange, weiß eingedeckte Tafel unter Kristalllüstern und am Kopfende ein gewaltiger Kamin, in dem ein Feuer prasselte. An den Seiten Herdstellen, die mit Kohle angeheizt wurden, darüber blitzende Kupfertöpfe. Aber auch ein moderner Gasherd war eingebaut.

Auf einer breiten marmorweißen Arbeitsplatte lagen die Zutaten des Abends. Brell erkannte in einer Kiste, ausgeschlagen mit weißem Damast, Ortolane. Die Vögelchen sahen tot und gerupft noch hilfloser aus.

Auf der anderen Seite der Dinnertafel standen in zwei Grüppchen die anderen Gäste. Sie hielten kristallgeschliffene Champagnergläser in den Händen, deren perlender Inhalt das Licht reflektierte. Brell erkannte drei der Gesichter vage, wusste aber nicht, woher. Waren die aus der Gegend? Himmel, kannten die ihn auch? Würde seine Tarnung auffliegen, kaum dass er das Herz dieser Finsternis betreten hatte?

Ein schweinenackiger Herr sagte gerade: »... und dann sag ich zu ihr: Carla, *ma chère,* ihr müsst doch in Paris nicht in Drei-Sterne-Lokale gehen. Die Brasserien der ehemaligen Souschefs der Drei-Sterne-Chefköche sind genauso gut, aber zwangloser.«

Als der Redner mitbekam, dass die Gespräche im Raum verstummten und alle Gäste misstrauisch zum Eingang schauten, drehte er sich ungehalten um.

Lucien Brell versuchte, gelassen zu wirken, als er die abschätzigen, argwöhnischen und arroganten Blicke von zehn Augenpaaren an sich auf und ab wandern fühlte.

Sie tasteten sich über seinen neuen, aber sichtbar nicht maßgeschneiderten Anzug. Verweilten missbilligend über seiner Leibesmitte, deren Umfang sie wohl nur einem Gégé Depardieu durchgehen ließen. Und beendeten ihre Musterung bei seinen frisch geschnittenen, aber völlig unmodisch frisierten Haaren.

Er sah den Leuten an, dass sie alle zu einem ähnlichen Urteil kamen: Was will denn dieser Kleinbürger hier?

Als hätte Beat Bieri diese stumme Frage vernommen, verkündete er nun: »Monsieur Brell ist der heutige Neuzugang zu unserem illustren kleinen Genießerkreis.«

Er nahm eine Flasche Veuve Clicquot aus einem Kühler, schenkte ein Glas ein und reichte es Brell.

Jahrgangschampagner.

Die anderen Gäste hatten ihre Blicke wieder abgewandt. Man versank erneut in halblauten Gesprächen unter Gleichen. Keiner hatte Brell zugenickt, ihn gegrüßt oder ihm gar zugelächelt. Und das war ihm ganz recht.

Ohne sich von der Stelle zu rühren, musterte er die Gäste. Nun fiel ihm auch ein, woher er die Gesichter kannte. Der eine war ein Moderator, der oft im Sportfernsehen zu sehen war. Ein anderer ein Schauspieler, der in einigen Polizeikrimis mitgespielt hatte. Und zwar einen Bullen. Gar nicht mal schlecht übrigens. Und die voluminöse Frau, die so verbissen an irgendwelchen Knabbereien nagte, war doch die Gattin eines FN-Politikers aus Orange!

Das also waren Menschen, die zehntausend Euro übrig hatten, um davon essen zu gehen.

Ein Luftzug strich über Brells Nacken. Hinter ihm hatte sich die Verbindungstür geöffnet. Beat Bieri rief:

»Ah! Nun haben wir die Ehre, einen seltenen Gast unter uns zu haben. Begrüßen Sie mit mir …«

»Schon gut, lieber Beat. Schon gut.«

Der neue Gast trug einen Panamahut, den er höflich abnahm. *»Bonsoir, Messieurdames«*, sagte er mit einer leichten Verbeugung.

Die Blicke, die man ihm zuwarf, waren anders als jene, die Brell getroffen hatten – elegantes Nicken, feines Lächeln.

Brell spürte, wie ihm der Schweiß unter seinem neuen Hemd ausbrach. Schnell nahm er einen großen Schluck von dem eiskalten Champagner.

Er kannte den Mann mit den grauen kurzen Haaren, den emotionslosen, aschegrauen Augen. O ja, er kannte ihn. Es war der Mann mit der Seidenstimme.

»Champagner, mein lieber Colonel?«, fragte Bieri den Mann mit dem Panamahut, den dieser jetzt lässig über die fragile Skulptur einer nackten Nymphe hängte.

»Sie wissen doch, ich trinke niemals Champagner, lieber Beat. Aber ein Wasser nehme ich gern«, sagte der Colonel sanft. Dann fiel sein Blick auf Lucien Brell.

»*Bonsoir*, Ihr Gesicht ist mir noch neu, Monsieur …?«

»Monsieur Brell«, sprang Beat Bieri ein, »kommt auf Empfehlung unseres Freundes Louis Malbec, der leider verhindert ist.«

»Soso«, sagte der Colonel. Dabei teilte ein Lächeln die scharf gezeichneten Gesichtszüge, in denen Brell etwas erkannte: Dieser Colonel war im Krieg gewesen. Und Kriege hatten ihn geprägt, mehr als Frieden.

»Und Sie sind …?«, fragte Brell und streckte ihm die Hand entgegen, um so die Identität des geheimnisvollen Zwischenhändlers zu lüften. Doch so leicht machte es ihm der Colonel nicht.

»Hungrig, vor allem«, gab er zurück und wandte sich dann an Bieri, ohne Brells ausgestreckte Hand zu beachten. »Gibt es heute wieder die famosen Bärentatzen in Balsamico, mein lieber Beat?«

Mit den Worten ließ der Mann Brell stehen und ging um den Tisch herum, um den Moderator und den Schauspieler zu begrüßen. Mit Handschlag! Brell schloss seine Hand beschämt zur Faust.

Er bemerkte, dass die anderen Gäste und nun auch der Colonel kleine, dunkle Happen aus einer Schale auf dem Tisch nahmen. Brell trat ein paar Schritte näher und erkannte mit leichtem Grausen frittierte Stücke, die tatsächlich wie Tatzen aussahen. Allerdings sehr kleine. Etwa von Waschbären?

Brell zog sich unauffällig wieder zurück. Er suchte sich einen Platz seitlich des Tisches, wo das Licht der Kerzenleuchter kaum hinreichte und er beinahe mit der dunklen

Gewölbewand verschmolz. Von dort versuchte er, sich die Gesichter der Anwesenden einzuprägen. Der Moderator unterhielt sich mit dem Schauspieler, der Colonel sprach mit einem weißhaarigen, aristokratisch wirkenden Mann, an dessen Seite die Gattin verbindlich lächelte. Ein kräftiger Mann mit dunkler Hautfarbe schien sich für Beats Küchenmesser zu interessieren und sprach dabei mit einem Asiaten, wahrscheinlich Japaner. Brell verstand nicht, worüber die beiden redeten, aber er hörte in der rauhen Stimme des Großen den Akzent der Côte d'Ivoire, der Elfenbeinküste, heraus.

Etwas abseits brütete ein düster wirkender Mann vor sich hin, den Brell als Spanier einstufte. Seine fiebrigen Augen weiteten sich jedes Mal unruhig, wenn die voluminöse Politikergattin schrill auflachte. Sie hatte offenbar genug von den wenig nahrhaften Was-auch-immer-Tatzen und stopfte sich geröstetes Brot mit Oliventapenade in den geschminkten Mund. Erwartungsvoll lüpfte sie die gezupften Augenbrauen, als Beat Bieri mit einer Silberschale nahte, auf der sich zwischen kunstvoller Salatdekoration ein rotgräuliches Häufchen groben Pulvers befand.

»Getrocknete Tigergenitalien«, raunte Bieri so vernehmlich, dass er damit sogar die Ausführungen des Afrikaners unterbrach. Der Japaner näherte sich mit hungrigen, großen Augen.

»Es schmeckt am besten mit dem Amselblutbrot.« Er nahm mit der freien Hand einen Flechtkorb vom Tisch.

»Äußerst delikat. Probieren Sie!«

Während die Gäste zugriffen, fand Bieris suchender Blick Brell in seiner Ecke.

»Monsieur Brell, kommen Sie doch. Nur nicht so schüchtern.«

Brell hätte ihm am liebsten den Champagner in das lächelnde Gesicht geschüttet. Doch noch musste er seine Rolle spielen.

Wie lange bloß?

Er trat zu Bieri, nahm ein Stück Blutbrot, das aussah wie Nusskuchen. Dann griff er zu dem silbernen Löffel auf dem silbernen Tablett, nahm etwas von dem bröseligen Tigerhoden und stäubte es auf das Brot.

»*Et maintenant, à table.*« Zu Tisch!

Erleichtert, dass er nicht vor den Augen der anderen diese Schweinerei essen musste, suchte sich Brell mit dem Brot in der Hand einen Platz. Er setzte sich ganz ans äußere Ende. Neben ihm ließ sich der Spanier nieder, gegenüber der Japaner. Das war ihm recht, keiner der beiden lud zur Konversation ein.

Verdeckt unter der Tischkante hielt Brell immer noch das Brot. Wohin jetzt damit? Zwar hatte er sich für die Ortolane eine Vorrichtung ausgedacht, doch die war nicht geeignet, um das Brot loszuwerden. Er bemerkte die beiden Stoffservietten, die neben seinem Teller lagen. Sollte er es dort verstecken? Auch nicht gut. Etwas widerwillig schob er das Brot mit dem Tigerhodenpulver in seine Hosentasche – nicht auf der Seite, in der das Handy steckte.

In der gleichen Hosentasche landeten kurz darauf auch die Mini-Bärentatzen, die Bieri herumreichte. Immerhin hatte Brell jetzt reichlich Anschauungsmaterial für die Presse.

Die anderen Gäste bekamen von seinem Manöver nichts mit. Stattdessen schien die Tischrunde – abgesehen von dem düsteren Spanier und dem steifen Japaner – in Stimmung zu kommen. Bieris Pretiosen in Verbindung mit dem wirklich exzellenten Champagner zeigten Wirkung.

Brell hatte nicht den Eindruck, dass diese Menschen einander gut kannten. Ihre Vertrautheit rührte eher daher, dass sie aus ähnlichen Ställen kamen, ähnliche Glaubenssätze des Lebens teilten.

Brell tastete gerade nach dem Telefon in der Hosentasche, als Bieri mit einem silbernen Champagnerkühler an den Tisch trat.

»Darf ich bitten?«, fragte er höflich bestimmt.

In dem Kühler lagen bereits mehrere Mobiltelefone. Beklommen holte Brell sein Handy hervor und legte es hinein.

»Verbindlichsten Dank«, sagte der Schweizer.

Merde, dachte Brell. Was für eine *grande merde.* Wie sollte er jetzt wissen, ob Blandine bereit war? Ohne Presse war es völlig sinnlos, die Veranstaltung hochzunehmen.

Nach und nach trug Bieri kleine *amuse-bouche* auf, eine Enten-Rilette, Wildschweinterrine mit bernsteinfarbenem Aspik, und aus einer großen Porzellanterrine füllte er Brühe mit Ravioli in kleine Schälchen. Nicht alle bedienten sich, und auch der Spanier mit den Fieberaugen winkte herrisch ab. So fiel es nicht weiter auf, dass Brell nur von der durchdringend nach Wald und Moschus riechenden Brühe nahm.

»Die Ravioli«, verkündete Bieri nun, »enthalten ein Püree aus Maronen aus dem Irak.«

Bitte? Wer hatte die denn aus den Sperrfeuern geholt?

Brell schaute irritiert auf die Brühe hinab. Aber als er sah, wie sich die anderen daran berauschten, Lebensmittel aus Kriegsgebieten zu essen, sparte er sich jeden Kommentar.

Inzwischen servierte Bieri einen Château Petrus, den Brell einmal in einem Weinkatalog für achttausend Euro die Flasche gesehen hatte. Er schmeckte genauso wie ein Achtzig-Euro-Wein.

Dann, nachdem die Tischgesellschaft merklich angeheitert war und sich nervöse Vorfreude und Spannung breitmachten, stellte sich Bieri ans Kopfende des Tisches und hielt seine Ansprache.

»Meine lieben Gäste, liebe Freunde. Ich freue mich sehr, dass es uns gelungen ist, Ihnen ein Gaumenfest anbieten zu können, das seinesgleichen sucht. Ausgesuchteste französische Ortolane! Nur selten ist es Feinschmeckern – sogar den berühmtesten Köchen der Welt – vergönnt, diese urfranzösische Spezialität genießen zu dürfen. Doch wir haben es gut: Wir haben den Colonel.«

Der nickte fein und gab Bieri mit einer wedelnden Handbewegung zu verstehen, sich an die Töpfe zu begeben.

Behende schritt dieser zur Tat.

Aus den alten Öfen holte er mit einem stabilen Greifer dreizehn schmiedeeiserne kleine Töpfchen, die vor Hitze glühten. In jedes legte Bieri einen faustgroßen Ortolan, mit Kopf, Schnabel, einst pochendem Herz und allen Innereien im kleinen, unnatürlich aufgedunsenen Bäuchlein. Augenblicklich platzte die Haut, die Vögel brieten im eigenen Fett. Die Köpfe zuckten dabei. Der Japaner lachte auf. Die dicke Frau schmatzte. Das Spektakel dauerte einige Minuten, die Gäste schauten wie hypnotisiert zu.

Dann, mit einer eleganten Bewegung, schüttete er aus einer Armagnacflasche dunkle Flüssigkeit in jedes Töpfchen und zündete sie an. Wild loderten dreizehn Flammen.

Der Japaner klatschte, wurde aber durch einen kalten Blick des Afrikaners gestoppt.

»Ein fünfunddreißig Jahre alter Armagnac aus der Gascogne«, sagte Bieri, während die Flammen an den kleinen

Leibern zehrten. Der Geruch gerösteter Haut durchzog das Gewölbe.

»Armagnac ist die älteste Spirituose Frankreichs, er wurde bereits vor siebenhundert Jahren destilliert und, so die Legende, bereits bei seiner Erfindung zur Zubereitung der Fettammer verwendet.«

Ein hingebungsvolles Schluchzen entrang sich der Kehle des schweigsamen Spaniers. Schauspieler und Moderator hatten sich vorgebeugt und beobachteten Bieris Handgriffe.

Während die Flammen zu verlöschen begannen, servierte Bieri jedem Gast ein Töpfchen, das letzte behielt er.

»Je länger Sie sich Zeit nehmen, desto höher wird der Genuss«, dozierte Bieri. »Kauen Sie am Anfang bedächtig, um sich nicht zu verletzen. Je mehr Sie sich darauf einlassen, desto mehr schmecken Sie das Leben dieser wunderbaren Kreatur – ihre Flüge über das salzige Mittelmeer, die Hitze Marokkos, die Würze provenzalischen Lavendels.«

Dann begann das Grauen. Ein zweites Mal. Und so wie damals, als er ein Junge gewesen war, konnte Brell es auch diesmal nicht verhindern.

Mit glitzernden Augen und feuchtem Lächeln plazierten die Gäste eine der Servietten auf ihrem Schoß. Die größere, schwere Leinenserviette legten sie sich über das Gesicht und bogen den Kopf etwas zurück über die Stuhllehne.

Finger tasteten in die heiße Kokotte, zuckten zurück vor dem heißen Fett, fassten nach. Die Säume der Servietten wurden gelüpft, die elf Essenden am Tisch stopften sich den Vogel mit dem Hintern und den Füßen zuerst in den Mund, der Kopf hing noch draußen.

»Ahhhhhh …«, stöhnte der Spanier. Angesteckt von diesem enthemmten Laut ließen sich auch die anderen gehen. Nur der Mann mit der Seidenstimme nicht.

Als Brell Bieris prüfenden Blick auf sich sah, zwang er sich zu einem Lächeln, legte das Tuch auf das Gesicht und bis über die Brust und tastete wie die anderen nach dem Vogel in dem Brattöpfchen.

Das Fett, in dem der kleine Körper schwamm, war so heiß, dass es ihm die Finger verbrannte. Trotzdem zuckte er nicht zurück. Lucien Brell wollte den Schmerz spüren. Um mit ihm seine Scham zu betäuben.

Er hatte an dem Essen teilnehmen wollen, um die Menschen hier zu entlarven, sie bloßzustellen. Aber er hatte versagt. Weil er das ganze Unternehmen nicht klug genug angegangen war. Er schämte sich dafür, dass er, der erwachsene Mann und Polizist, genauso machtlos war wie der Junge von einst. Und es war dieser Junge, dem nun unter der Serviette die Tränen über die Wangen liefen. Wenigstens musste er die Prozedur nicht zu Ende führen. In diesem Punkt zumindest funktionierten seine Vorbereitungen.

Brell lüpfte die Serviette, nahm den Vogel, und ließ ihn in den Beutel zwischen Hemdkragen und Körper gleiten. Augenblicklich krampfte er sich zusammen, da die Hitze seine Brust versengte, und stöhnte.

Immerhin fiel er damit nicht auf.

Das wäre der Moment gewesen. Jetzt hätte er aufspringen und laut »Polizei!« rufen sollen. Aber … hätten sie ihn überhaupt ernst genommen?

Vorsichtig lüpfte Brell eine Ecke der Serviette, um die anderen Gäste zu beobachten. Sie saßen da, keuchend, atmend, hechelnd. Keiner kaute. Vermutlich kühlten sie mit dem Atemstrom die Hitze. Oder inhalierten den Duft. Auch unter seiner Serviette verteilte sich der brühheiße Geruch des Vogels.

Dann biss der Erste zu. Zarte Knöchelchen, die zerbrachen. Erneutes genussvolles Stöhnen, als sich der Schwall aus Hitze, Fett und Innereien in den Mund ergoss.

Es war ein Alptraum, doch selbst in diesem Alptraum spürte der Polizist in ihm, dass er beobachtet wurde. Sein Blick fiel auf den Colonel, der wiederum ihn fixiert hatte. Brell wurde es heiß, als er sich klarmachte, dass dieser Mann keineswegs tatenlos zuschauen würde, wenn er versuchen sollte, den Laden hochzunehmen. Mein Gott, wie hatte er nur so dumm sein können?

Er senkte das Tuch wieder über sein Gesicht und zählte. Und zählte. Eine endlos scheinende qualvolle Reihe von Zahlen. Bei 8527 war es vorbei.

Glasige Blicke, gelöste Gesichter, schuldbewusste Mienen tauchten auf, als nach und nach die Tücher von den Köpfen glitten.

»Besser als Sex«, sagte der Moderator.

Die Runde lockerte sich erst wieder auf, als Bieri eine gigantische Käseplatte auf einem Wagen hereinrollte. Dazu servierte er Desserts, Obst und süßen Wein aus der Nähe, ein Beaume de Venise.

»Und nun«, sagte Beat Bieri, »darf ich Ihnen ankündigen, dass es bald ein weiteres Dinner geben wird.«

Atemlose Stille.

»Diesmal haben wir etwas Besonderes für diejenigen unter Ihnen mit … nun ja, dem gewissen Geschmack.«

Brell wusste, dass er damit »genug Geld« meinte.

»Ein Kopi-Luwak-Dinner!«

Begeisterungsrufe Einzelner, die Bieri unterbrach:

»Mit einer sehr ungewöhnlichen Note: Es wird einen Kopi Luwak mit seinem Wurf geben. Die Kleinen sind natürlich eine besondere Delikatesse, und wie Sie sich denken können, werden nur wenige Auserwählte in diesen besonderen Genuss kommen können. Sie sollten sich also schnell entscheiden.«

Bieri schaute mit einem charmanten Lächeln in die Runde.

»Zeit und Ort werden Ihnen nach Einlage der üblichen Sicherheiten mitgeteilt.«

Brell hatte nur mit halbem Ohr zugehört, weil er an Blandine gedacht hatte, die er nicht hatte erreichen können und von der er nicht wusste, wo sie jetzt steckte. Er hatte daran gedacht, dass sein schöner Plan nicht aufgegangen war. Er hatte nichts, außer ein paar verschmierten Happen in der Hosentasche und einem toten Vogel in einem Brustbeutel. Dennoch waren Bieris Worte bei ihm hängengeblieben.

Er wandte sich an den Spanier neben ihm.

»Kopi Luwak?«, fragte er. »Was ist das?«

»Herrje, was stellen Sie denn für Fragen? Eine Zibetkatze natürlich! Diese Baumkatze, die die Kaffeebohnen frisst und ausscheißt. Das ist der edelste Kaffee der Welt.«

Brell sackte zurück. Draußen setzte rauschender Regen ein.

Katzen? Sie wollten exotische Katzen und ihre Jungen essen?

19

Die Scheibenwischer des alten weißen Lancia kämpften gegen den Sturzregen, der auf die Scheibe prasselte. Die Welt hinter dem dichten Regen war verschwunden, und Zadira schien es, als fahre sie in einem Tunnel aus rauschendem Wasser.

Sie hatte sich bis eben im Commico am Boulevard Albin Durand aufgehalten, wo sie sich regelmäßig sehen lassen musste. Im Kommissariat in Carpentras hatte die eine Hälfte der Brigade die Aufklärung eines achtundzwanzig Jahre zurückliegenden Falls gefeiert, den Doppelmord an zwei Achtjährigen. Der dritte Täter – ein heute fünfundsechzigjähriger Rentner – hatte sich gestellt und gestanden. Die andere Hälfte der Brigade half bei der Aufklärung eines Mords in Aix, der während eines Lyrikfestivals geschehen war.

So hatte Zadira Zeit gehabt, sich in dem halbleeren Großraumbüro die Krankenakten von Etienne Idka anzusehen, die ihr Djamal auf seine Weise besorgt hatte. Der Kriminaltechniker der Marseiller Drogenfahndung konnte in fremden Computern so leicht ein und aus gehen wie früher als Junge in fremden Wohnungen im Marseiller Hafenviertel.

Idka war am 23. August 2000, voll mit Alkohol und Koks, in die Notfallambulanz von Montrouge eingeliefert worden.

»Ein Schneemann«, murmelte Zadira, »wusste ich es doch.«

Er hatte einen schweren Lidkrampf gehabt, und es war schwierig gewesen, ihm die Augen zu öffnen und die Ätzungen auszuwaschen, was die Schäden verschlimmerte. Er schrie die ganze Zeit vor Schmerzen und schlug um sich. In die Notaufnahme hatten ihn zwei Personen begleitet, ein Mann und eine Frau.

Keine weiteren Angaben zu den beiden.

Nach der Erstversorgung in Montrouge war Idka in das Krankenhaus Quinze-Vingts in der Nähe der Bastille verlegt und dreimal operiert worden. Immer wieder behauptete er, dass es ein Unfall gewesen sei, in seinem Atelier. Er habe die Säure für die Fixierung von Stichen und Radierungen gebraucht, und diese sei ihm von einem plötzlich herunterstürzenden Regalbrett – »die Wand war wohl zu dünn« – auf das Gesicht gefallen.

Nach der ersten Operation litt er unter temporären Wahnvorstellungen, die der diensthabende Arzt dem abrupten Drogenentzug zuschrieb.

»Sie hassen mich! Sie hassen mich beide!«, hatte Idka geschrien.

Man setzte ihn auf Methadon und Morphin.

Für die Zeit danach waren die Aufzeichnungen unvollständig. Idka wechselte die Augenärzte. Die letzte Notiz von 2001 besagte: »Inwieweit die Erblindung vollständig oder nur fast vollständig eingetreten ist, bedarf weiterer regelmäßiger Untersuchungen.«

Doch es hatte keine Untersuchungen mehr gegeben. Zumindest keine, die der Krankenkasse gemeldet worden waren.

Niemand wusste also, wie blind Idka war, außer er selbst.

Zadira erreichte den ersten Kreisverkehr von Mazan. Der dunkle Wassertunnel verwandelte sich in einen Wassertunnel mit Straßenbeleuchtung. Sie schloss kurz die Augen.

Blind sein. In einer weißen Hölle.

Sie öffnete die Augen wieder und bog auf den Ring ein, der Mazans Altstadtkern umkränzte.

Was sie wirklich überrascht hatte, war, was Djamal ihr zum Schluss gesagt hatte, bevor er die Idka-Akte in dem verschlüsselten E-Mail-Fach hinterlegte, über das sie beide seit Jahren delikate Informationen austauschten.

»Du hast zwar nicht danach gefragt, Saddie, aber ich hab da was über Solange Rouelle gefunden. Sie stand als Kontakt für die Rückfragen der Krankenkasse in den Daten.«

Als Zadira das kurze, wenig umfangreiche Dokument über Solange Rouelle aufgerufen hatte, war ihr heiß geworden.

Sie würde nach Paris fahren müssen, um mehr darüber herauszufinden.

Zadira umrundete jetzt die Altstadt zum zweiten Mal, überall parkten Wagen. Die meisten Kennzeichen waren aus anderen Departements. Seit die Weinlese im dreißig Kilometer entfernten Châteauneuf-du-Pape begonnen hatte, zeitgleich zu den kulinarischen Wochen Festival Ventoux Saveurs, war das Dorf auf die doppelte Menge an Bewohnern und Wagen angeschwollen.

Sie ließ den Lancia schließlich auf dem kleinen Parkplatz hinter der Porte de Carpentras stehen, eilte an den ehemaligen Marktarkaden entlang und weiter, eng an die Gassenmauern gedrückt, hoch Richtung Rue Bayard.

Das Wasser prasselte rauschend in die engen Gassen, sprang zurück und bildete gurgelnde, lehmbraune Bäche, die über die Wege und Gartenmauern hinabströmten. Die meisten der bunten Fensterläden waren geschlossen, es war, als sei Zadira allein in der regenumhüllten, dunklen Stadt aus augenlosen, bronzefarbenen Häusern.

Doch das stimmte nicht.

Als sie in die Rue Saint Raymond einbog, mehr ein steiler Pfad zwischen den Häuserreihen, entdeckte sie vor sich die hagere, schlanke Gestalt in hellem Leinen. Der Stoff war durchweicht und grau vom Regen. Der Mann hielt die Arme zur Seite ausgestreckt, berührte mit den Fingerspitzen die rauhen Fassaden der Häuser, streifte Türklopfer, rankende Rosen, Regenrinnen.

Etienne Idka.

Sie beobachtete den blinden Maler, wie er sich durch den rauschenden Regen tastete. Er schob seine Füße vorwärts, in kleinen Bewegungen. Unsicher, er stolperte. Tastete weiter.

Dann blieb er auf einmal stehen.

»Ich lese die Stadt, Lieutenant Matéo«, sagte er, ohne sich umzudrehen. Seine Stimme übertönte das Prasseln des Gewitterregens. Rollender Donner über ihnen.

»Ich lese sie, als ob ich träume, und in meinen Träumen habe ich keine Angst. Wissen Sie, wo Träume aufhören und die Wirklichkeit beginnt?«, fragte er und drehte sich jetzt zu Zadira um. Seine weißen Augen suchten Halt. Dann ertastete Idka sich den Weg die Gasse hinab, zu ihr, bis er unter einer der sechseckigen Laterne stehen blieb.

Vermutlich spürt er die Wärme des Lichts, dachte Zadira.

Oder er sieht es, irgendwo mitten in der weißen Wand.

Er legte den Kopf zurück und ließ es auf sich regnen. Über sein Gesicht rannen die Tropfen wie unendlich viele Tränen. Aber Etienne Idka lächelte.

»Ich hatte gehofft, dich zu treffen«, sagte er und bewegte seinen Kopf in ihre Richtung. »Ich sehe dich in mir.«

»Ich bringe Sie nach Hause«, erwiderte Zadira schroff. »Und duzen Sie mich nicht.«

»Nach Hause? Ja? Wissen Sie denn, wo ich zu Hause bin, Lieutenant?«

Sie starrte ihn an, und es schien, als sehe auch er sie an.

Dann antwortete sie: »Niemand weiß, wo er zu Hause ist, bis er es findet.«

»Sie mögen mich also wirklich nicht.«

»Ist das relevant?«

»Ich will dich malen. Wenn du mich mögen würdest, wäre es einfacher.«

»Ich will nicht, dass Sie mich malen. Leute sterben, wenn Sie von Ihnen gemalt werden.«

»Denkst du das? Denkst du immerzu nur über den Tod nach, schöne Lieutenant? Bist du dir so fremd in deinem eigenen Leben?«

Sie ging auf ihn zu, griff nach seinem Arm, drehte sich leicht zur Seite und legte seine Hand auf ihre Schulter, auch wenn sie das unangenehm fand.

»Ich bestehe darauf, Sie jetzt nach Hause zu bringen. Sie sind blind. Sie kennen die Stadt nicht. Halten Sie sich an meiner Schulter fest und versuchen Sie, meine Schritte zu hören. Und keinen Unsinn mit Ihrer Hand! Los jetzt!«

Er ließ sich willig führen, am Anfang war es ganz einfach.

»Wie weiß man, dass man lebendig ist und nicht tot, Lieutenant?«, fragte er, während sie sich Schritt für Schritt durch den kalten Perlenvorhang des Regens kämpften.

»Solange man liebt, ist man nicht tot«, antwortete sie, ohne nachzudenken.

»Oh«, sagte er nach einer Weile. »Dann bin ich tot.«

»Lieben Sie denn niemanden?«

Schweigen, der Regen rauschte. Schritte, endlos. Die Jeans klebte an Zadiras Beinen, das T-Shirt an ihrem Rücken. Der Regen lief ihr in den Nacken, tropfte ihr von den Wimpern.

»Können Sie nicht mehr lieben, Etienne, nachdem Ihnen jemand Salpetersäure ins Gesicht gekippt hat? Jemand, dem Sie vertrauten?«

Seine Hand krampfte sich um ihre Schulter. Sie blieben beide stehen.

»Was sagst du da?«, flüsterte er, fast nicht hörbar.

»Ihr Unfall war kein Unfall. Sie wurden attackiert von jemandem, der Sie hasste. Oder immer noch hasst.«

»Nein! Es war ein Unfall, da war …«

»… das Brett, das sich gelöst hatte?«

»Ja! Es hing an der Wand, es war eine alte Wand. Pariser Wände sind so alt wie morsche Knochen und …«

»Sie lügen.« Zadira zuckte mit den Achseln. »Ich merke es nicht immer, wenn mich jemand belügt, aber bei Ihnen weiß ich es.«

Sie schaute in das blinde, von Abscheu und Schmerz gezeichnete Gesicht und wartete. Nur ihrer beider Atem war im Rauschen des Regens zu hören.

»Was soll es für einen Unterschied machen? Was sagtest du? Attackiert? Vielleicht ist auch Hass eine Art Unfall, schöne Lieutenant, ein Unfall, den die Liebe mit der Realität erleidet.«

Sie fühlte, wie seine Finger auf ihrer Schulter bebten, und sagte etwas milder: »Los, gehen wir, blinder Mann. Aber wer weiß, vielleicht ist auch das eine Lüge.«

So gingen sie Schritt für Schritt weiter. Der Regen fiel dicht und schnell, aber er war fadendünner geworden, zarter, der Himmel hatte sich ausgeweint. Nur die Straßenlampen warfen Kreise aus Licht in die Gassen.

»Ich spüre, wie die Regentropfen an deinem Hals entlanglaufen«, sagte Etienne Idka irgendwann leise. »Es ist, als ob ich die Kontur deines Nackens sehen kann, weil der Regentropfen ihm folgt. Daran merke ich, dass ich lebendig bin, schöne Polizistin, und nicht tot. Der Tod kennt nicht den Zauber eines Nackens. Und so sehe ich ... Ich sehe, weil die Dinge sich auf so viele Weisen zeigen können, nicht nur auf die, die mit den Augen zu sehen sind. Dinge bewegen sich. Sie klingen. Sie riechen. Und manche sind elektrisch, Haut, Spannung, es ist, als ob meine Nerven darauf antworten, auf das Sirren.«

Zart und fragend streifte ein Finger der Hand auf ihrer Schulter ihren Hals. Sie hielt seine Hand sanft fest.

»Nein«, sagte sie.

Er stand nahe bei ihr, unwillkürlich hatten sie sich beide unter die Traufe eines Daches zurückgezogen, und jetzt fiel der feine, kaum noch wahrzunehmende Regen an ihnen vorbei. Idka hatte die Augen offen.

Diese ungerührten, weißen, nassen Augen.

Was ist, wenn er die Morde in Auftrag gegeben hat?, fragte sich Zadira. Um sich interessant zu machen? Oder aus Lust? Manche Menschen taten so etwas.

Er ließ seine Hand von ihrer Schulter sinken.

»Hast du schon einmal mit einem Blinden geschlafen?«

Zadira lachte laut auf.

»Was? Was gibt es zu lachen?«

»Eine Menge! Was dachten Sie denn, was daran so exotisch ist, dass Frauen es unbedingt ausprobieren wollen? Hurra, endlich ein Mann, dem es egal ist, wie ich aussehe? Der besser fühlen kann als sehen?«

Sie fasste nach seinem Unterarm und zog ihn unter der Traufe hervor. Es hatte jetzt endgültig aufgehört zu regnen.

»Natürlich habe ich schon mal mit einem Blinden geschlafen. Er kam aus dem Krieg, aus dem Irak, eine Blendgranate hatte ihn erwischt. Er war einer meiner besten Freunde. Ihn zu trösten war nur natürlich. Ich habe mit ihm geschlafen. Mehrmals. Weil ich ihn mochte. Weil er dadurch gelernt hat, sich selbst zu vertrauen. Aber nur blind zu sein, das reicht nicht, Etienne Idka, um mich zu verführen. Ich müsste Sie wenigstens spannend finden, und davon sind wir weit, weit entfernt.«

»Mein Gott … ich wünschte wirklich, dass ich dich jetzt ansehen könnte. Wie deine Augen blitzen, wenn du wütend bist. Deine Seele ist nackt im Zorn, nicht wahr, Lieutenant? Dann spürst du dich. Dann lebst du.«

Es machte ihr wenig aus, dass er recht hatte. Es war nichts, dessen sie sich schämte. Das Einzige, was sie daran traurig machte, manchmal jedenfalls, war dieses Gefühl, am eigenen Leben vorbeizurasen.

Sie gingen an den Neubauten entlang, dann in die Rue de Plaines hinein, an deren Ende die Gasse war, die zu seinem Haus führte.

»Wie lange pflegt Solange sie eigentlich schon?«

»Die Rouelle? Ha!« Er lachte. »Rouelle … sie war schon da, bevor ich geboren wurde. Solche Frauen sind immer schon da.«

Dann standen sie vor der schweren Tür. Zadira ließ den Türklopfer dreimal auf das dicke Holz fallen.

Plötzlich wandte sich Idka zu Zadira um und sagte heftig:

»Es war mein Bruder! Charles hat mir die Salpetersäure ins Gesicht geschüttet. Als ich schlief. Mein Bruder«, wiederholte er und schlug die Hände vor das vernarbte Gesicht.

»Ich war mal schön«, flüsterte er hinter den Händen. »Ich war mal ich. Ich war mal am Leben.«

»Charles? Aber welchen Grund haben Sie ihm gegeben, Sie so verstümmeln zu wollen?«

Sein Körper zuckte, als ob er weinte. Seine Stimme kam düster und gedämpft hinter den Händen hervor.

»Ich denke seit Jahren jede Nacht darüber nach, Lieutenant. Jede Nacht, die für mich niemals dunkel genug ist, als dass ich schlafen könnte, meine Nächte sind weiß.«

Er nahm die Hände weg. Sein Gesicht erschien ihr auf einmal nackt, auf eine abstoßende Weise nackt.

»War es Eifersucht auf meinen Erfolg? Rache, weil er nie gewagt hat, sein kleines, vorgefertigtes Baukastenleben als Banker für die Kunst hinzugeben? Oh, ja, er hat gemalt, immer, aber sich nie getraut, mein Leben zu wagen. Vielleicht war er ja auch nur betrunken, Lieutenant, wir haben ständig getrunken, immer, das braucht die Freiheit – den Rausch.«

Seine Hand suchte ihren regenfeuchten Arm. Streichelte ihn. Sie ließ es zu.

Red weiter, dachte sie.

»Ich weiß es nicht. Ich weiß es einfach nicht. Er versucht seit vierzehn Jahren, es wiedergutzumachen. Er kümmert sich um mein Geld, meine Ausstellungen, manchmal auch um die Frauen oder um Methadon. Aber ich weiß, dass er mich hasst und jederzeit die Chance ergreifen würde, mich loszuwerden. Ich bin der Stachel seines Lebens. Wenn er mich ansieht, sieht er alles, was er sein wollte, aber nie gewagt hat. Dieser Feigling.«

In dem Moment öffnete Solange Rouelle die Tür. Sie sah Idka an, seine durchnässte Kleidung, dann musterte sie

Zadira. Ihr Blick verriet nichts, weder Sorge noch Erleichterung, noch Schmerz.

»Ah. Rouelle. Lieutenant Zadira hat mich aufgelesen, als ich nicht mehr nach Hause fand«, sagte Idka. Er hatte zurückgefunden zu seiner spöttischen Art.

»Danke«, erwiderte Solange knapp.

Ihr Blick ließ Zadira nicht los, und die hielt ihm stand. Es war kein Duell, sondern es waren Fragen ohne Antworten. Und wieder wünschte sich Zadira, diese Frau nur einmal allein sprechen zu können. Um herauszufinden, wann in ihrem Leben Solange mit der Wirklichkeit kollidiert war. Und ob sie wusste, ob sie tot oder lebendig war.

20

Komm doch einfach mit rein«, schlug Oscar vor. »Wenn ich durch die Katzenklappe passe, dann du ja wohl auch.«

Mazan antwortete nicht. Sie saßen in der Gasse gegenüber von Oscars Haus. Das regennasse Pflaster glänzte im Licht der Straßenlaternen. Er hatte den Tag in Zadiras Wohnung zugebracht, von seinem Platz am Fenster aus in den Regen gestarrt und nachgedacht. Gleichzeitig sorgte er sich um Manon. Also war er, sobald der Regen aufhörte, zu Oscars Haus gelaufen.

»Neulich hat Atos versucht, durch die Katzenklappe nach draußen zu kommen. Das war vielleicht ein Spaß.«

Natürlich stimmte es, was Oscar sagte. Er konnte Manon einfach besuchen. Vielleicht würde sie ihn wieder anfauchen, aber das war es nicht, was ihn davon abhielt. Manon hatte ihn schon öfter angefaucht. Diesmal aber war es anders.

»Mein Mensch, Jeffrey, muss andauernd mit ihm spazieren gehen. Ist das nicht unglaublich? So ein Riesentier, aber es kann nicht allein irgendwo hingehen.«

Mazan war davon überzeugt, dass die Kätzin ihn wegen ihres Wurfs weggejagt hatte. Sie fürchtete um ihre Jungen. Sie fürchtete ihn?

Er verstand nicht, wieso, aber er würde ihr beweisen, dass ihre Sorge unbegründet war. Indem er auf sie aufpasste.

»Am drolligsten ist es, wenn der kleine Schwarze mit Atos spielen will. Er ist ganz verrückt nach dem großen Sabberer. Ich glaube, er will ihn zur Strecke bringen«, plapperte Oscar im Hintergrund weiter.

Aber Mazan musste auch zu Camille, um sie zu warnen. Gestern war das nicht möglich gewesen. Wie seltsam, dass sie so furchtlos zwischen den beiden wütenden Männern geblieben war. Fast schien es, als hätte allein ihre Anwesenheit Schlimmeres verhindert.

»Ich finde sie ja alle gleich niedlich. Aber herrje, ich habe gar nicht gewusst, dass junge Katzen einen so auf Trab halten können.«

Langsam fing Oscar an, ihm auf die Nerven zu gehen. Mazan versuchte, das Geschwätz des dicken Katers auszublenden. Irgendetwas rührte noch in seiner Erinnerung. Etwas, das Camille gesagt hatte, als er sie mit zu Morgaine genommen hatte. Dass er Licht in ihre Gegenwart brächte, hatte sie gesagt. Und dass nur er ihr helfen könne.

Helfen?

Wobei?

»Manon macht das ganz großartig, weißt du. So eine Engelsgeduld.«

In dem Moment, als Camille das mit dem Helfen sagte, hatte er angenommen, sie meinte ihre gemeinsamen Ausflüge. Jetzt aber, wo er von der Gefahr wusste, fragte er sich, ob sie mit dieser Bemerkung nicht auf etwas ganz anderes angespielt hatte.

»Aber sie weiß natürlich auch, dass sie sich auf mich verlassen kann. Hun–dert–pro–zentig.«

Wenn die blinde Katze in die Zukunft schauen konnte, war es dann nicht möglich, dass sie von der Gefahr schon wusste? Und dass sie sich genau deswegen Hilfe von ihm erhoffte? Nur welche Art von Hilfe? Er musste unbedingt mit ihr reden.

»Ich schätze, wenn sie mich nicht hätte ...«

»Oscar!«

»Ja?«

»Ich hab's kapiert.«

»Pffh«, machte der rundliche Kater beleidigt.

Mazan bereute sogleich, dass er gereizt reagiert hatte. Er war Oscar wirklich sehr dankbar, dass er Manon und die Kleinen aufgenommen hatte. Es machte ihn nur ganz unruhig, dass er eine Lösung für ein Rätsel finden musste, welches er noch nicht einmal richtig verstanden hatte.

»Ah, schau an, wen haben wir denn da?«

Commissaire Mazan folgte Oscars Blick – und glaubte seinen Augen nicht zu trauen.

Am oberen Ende der Treppe, die zu einer höher gelegenen Gasse führte, stand Camille. Das Licht einer Laterne brachte ihr weißes Fell zum Leuchten, sie sah aus wie ein Wesen aus Licht.

»Hallo, ihr beiden«, gluckste sie.

Mazan war mit zwei Sätzen bei ihr.

»Camille, wie kommst du hierher?«

»Ich bin durch das Tor, als Idka nach Hause kam, weil ich dich suchen wollte. Du musst mit mir kommen.«

»Warum? Was ist passiert?«

»Noch nichts.«

»Gut. Gehen wir.«

»Warte. Vorher muss ich zu deiner Freundin.«

»Zu Manon? Warum?«

»Ich muss ihr etwas sagen. Bringst du mich zu ihr?«

Mazan zögerte.

»Oscar macht das.«

»Oscar macht das«, äffte Oscar ihn nach. »Oscar macht dies, Oscar macht das. Ein kleines ›Danke schön, Oscar‹ wäre auch mal ganz nett.«

»Danke schön, Oscar«, sagte Mazan.

»Danke schön, Oscar«, sagte Camille.

»Na also«, brummte der zufrieden. »Geht doch. Was ist? Willst du dich an meinem Schwanz festhalten?«

»Nein, Oscar, das ist nicht nötig. Geh einfach voraus. Aber nicht zu schnell.«

»Das steht nicht zu befürchten, Schätzchen.«

Mazan beobachtete, wie Camille Oscar zur Katzenklappe folgte. Sie brauchte ein Weilchen, ehe sie begriff, dass sie die Klappe mit dem Kopf aufstoßen konnte, dann verschwand auch sie im Inneren des Hauses. Unruhig wartete Mazan. Was machte sie dort? Als er es vor Neugier nicht mehr aushielt, sprang er los. Er lief über die Gasse, wollte gerade die Klappe benutzen, da kam Camille wieder heraus.

»Was hast du ihr gesagt?«

»Das war nur für sie bestimmt. Komm, wir müssen uns beeilen.«

Nur für sie bestimmt?

Mazan hatte Fragen, doch Camille drängte ihn fortwährend zur Eile. Als sie jedoch auf der Mauer waren, kurz bevor sie den schmalen Grat entlangbalancieren mussten, wandte er sich zu ihr um.

»Camille, ich muss dir etwas sagen.«

Er erzählte von dem Gespräch, das er bei Zadira belauscht hatte, und dass der blinde Mann, Idka, in Gefahr war.

Camille hörte ihm aufmerksam zu. Dabei senkte sie den Kopf, so als ob ein Gewicht darauf lastete.

»Nicht Idka ist in Gefahr«, sagte sie dann. »Sondern Solange.«

»Warum Solange?«

»Ich habe es geträumt. Aber ich kann nicht erkennen, warum. Die Gegenwart kann ich nicht sehen, darum brauche ich dich. Ich habe Angst um sie.«

»Ist sie denn jetzt in Gefahr?«

Mazan war sich durchaus darüber im Klaren, dass er kaum imstande wäre, die Frau zu schützen.

»Ich weiß es nicht. Es ist Idka, der Mann, er tut ihr weh. Meist kann ich es verhindern, er wird friedlicher, wenn ich bei ihm bin. Aber manchmal ist es schrecklich. So wie heute. Sie streiten. Dann schreit und weint sie. Es bricht mir das Herz. Ich brauche deine Augen, denn ich verstehe nicht, was geschieht.«

»Also gut«, sagte Mazan. »Aber wir sollten darauf achten, dass sie uns nicht bemerken.«

Sie folgte ihm dichtauf über den Grat in den Hof – ein Weg, den sie mittlerweile gut kannte. Obwohl es den ganzen Tag geregnet hatte, stand die Terrassentür einen Spalt auf. Mazan nahm an, es sei wegen Camille. Sie hörten Stimmen, als sie ins Haus schlichen.

»Sie sind in dem Raum, in dem es so furchtbar stinkt«, sagte Camille leise. »Sie nennen es Atelier.«

Mazan brauchte sich den Weg nicht zeigen zu lassen, er folgte einfach dem Geruch. Er verstand bald, warum Camille das Atelier mied. Selbst durch die geschlossene Tür war der stechende Geruch deutlich wahrzunehmen. Von dort kamen auch die Stimmen, die rauhe von Idka und die von Solange, die jetzt ganz anders klang als neulich im steinernen Garten, steif und ohne Wärme.

»Die Tür ist zu, nicht wahr?«, fragte Camille.

»Ja, aber das ist kein Problem.«

Mazan visierte die Türklinke an, dann streckte er sich. Das war nichts, was er in der Wildnis gelernt hatte. Rocky hatte ihm gezeigt, wie das ging. Auch hier klappte es bereits beim ersten Versuch, die Tür schwang nach innen auf.

»Was war das?«, fragte Idka.

»Die Tür ist aufgegangen«, antwortete Solange.

»Mach sie zu.«

»Gleich.«

»Jetzt, verdammt!«, knurrte er.

»Das geht nicht«, antwortete sie mit seltsam gepresst klingender Stimme. »Ich muss anrühren.«

»Verdammt, Rouelle …«

Mazan spähte um die Tür herum. Idka saß auf einem Hocker vor einem Gestell mit einer grauen, viereckigen Platte. Solange stand mit dem Rücken zu ihm an einem Tisch und hantierte mit irgendetwas herum. Von dort kam auch der stechende Geruch.

»Komm«, sagte er zu Camille. Geduckt huschten sie an der Wand entlang, bis sie zu einem Stapel anderer viereckiger Paletten kamen. Dort verbargen sie sich.

Gerade knallte Solange etwas auf den Tisch.

»Herrje!«, rief sie, wandte sich um, lief zur Tür und warf sie zu. »Wer soll uns hier schon stören?«

»Ich hasse offene Türen in meinem Rücken.«

»Warum? Glaubst du, irgendjemand könnte dir beim Malen zuschauen?«, fragte sie, während sie zum Tisch zurückging.

»Es reicht, Rouelle.«

»Es reicht, Rouelle«, äffte sie ihn nach.

»Vergiss nicht, wer du bist und was du bist.«

»Danke, dass du mich daran erinnerst. Ich hatte es zu lange vergessen.«

Idka fasste mit beiden Händen nach der Platte vor ihm. Er ertastete die Umrandung, strich über die Fläche, die unter seinen Händen etwas nachgab.

»Wie schön es sich anfühlt«, sagte er leise. »So rein, so unberührt. So unschuldig.«

Sie kam zu ihm, mit einer kleinen Schale in der Hand und mehreren dünnen Stäben.

»Es ist nicht mehr unschuldig«, sagte sie hart. »Du hast es angefasst.«

Die Hände des Malers ballten sich zu Fäusten.

Mazan wunderte sich über die Wut, die zwischen den beiden Menschen herrschte. Und es ging nicht nur von dem Maler aus. Auch Solange schien eine andere Person zu sein. Nicht mehr die sanfte Geschichtenerzählerin, die er im steinernen Garten kennengelernt hatte. Ihre Haltung zeigte Härte, und ihre Stimme wollte verletzen. Nun verstand Mazan, was Camille so verstörte.

»Was geschieht mit ihnen?«, fragte er sie leise.

»Sie stecken in der gleichen Falle«, wisperte sie zurück. »Sag mir, was sie tun.«

Da gab es nicht viel zu sagen. Idka krallte sich an den Rändern der Platte fest und begann, schwer zu atmen. Solange betrachtete ihn mit einem Blick, der nichts Gutes verhieß.

»Was ist?«, fragte sie mit kaltem Spott. »Willst du nicht die Grundierung auftragen?«

»Hure«, stieß er mühsam hervor. »Hure!«

»Ja«, sagte sie. »Weil du mich dazu gemacht hast.«

»Was willst du, verdammt?«

»Du weißt, was ich will, Etienne Idka.«

»Niemals!«

»Dann trage diese verdammte Grundierung auf.«

»NEIN!«

Idka sprang auf, riss die Platte aus der Halterung, hob sie hoch über den Kopf und schlug sie auf das Gestell nieder, so dass es mit einem reißenden Geräusch zerbarst.

»NIEMALS!«

Solange war zurückgewichen, den Körper gebeugt.

»Du bist nichts ohne mich«, zischte sie voller Hass. »Ein blinder Trottel, der seinen Schwanz nicht findet.«

Idka fuhr herum, mit einer blitzschnellen Bewegung seines Arms versuchte er, den Mund zu treffen, der ihn so mit Worten peinigte. Doch Solange wich mühelos aus.

»Sollen wir Blindekuh spielen?«, höhnte sie.

Idka tappte durch den Raum, versuchte, nach ihr zu greifen. Aber natürlich war sie viel flinker als er.

»Fängt es an?«, fragte Camille mit einem unsicheren Zittern in der Stimme.

Ob es anfing? Auch Mazan hatte das Gefühl, dass die beiden dieses Spiel schon oft gespielt hatten.

Solange stachelte mit ihrem Hohn Idkas Zorn immer mehr an. Er beschimpfte sie, warf Gegenstände nach ihr, die sie natürlich nicht trafen, was ihren Spott nur verstärkte.

Irgendwann hielt Idka schwer atmend inne, stützte sich auf den Tisch.

»Du bist wahnsinnig«, keuchte er.

Sie trat lautlos hinter ihn.

»Ja«, stieß sie hervor.

Da fuhr er herum und bekam sie am Hemd zu packen. Stoff zerriss, als sie versuchte, sich zu befreien.

»Nein!«, schrie sie.

»Du ekelhaftes …«

Er packte sie an den Haaren und stieß sie zum Tisch. Sie schrie auf, ihre Hände fegten Gegenstände von der Tischplatte. Scheppernd und klirrend zersplitterten sie auf dem Boden. Er beugte mit harter Hand ihren Oberkörper über den Tisch, dann raffte er mit der anderen Hand ihren Rock und zerrte den weißen Stoff herunter, der ihren Unterleib bedeckte. Während er sie immer noch an den Haaren auf den Tisch drückte, stellte er sich hinter sie. Seine Hand suchte etwas, sein Becken stieß vor. Sie schrie auf.

»Du Hure!«, brüllte er, während er immer wieder zustieß. Sie wimmerte, versuchte ihn abzuwehren, ihre Knie knickten ein.

Da riss er sie hoch und warf sie auf den Boden. Auf dem Rücken liegend, mit weit geöffneten Beinen schrie sie ihn an: »Ich hasse dich!«

Er stürzte sich auf sie.

Mazan hatte einen solchen Kampf noch nie gesehen. Und zum ersten Mal erlebte er Camille in Angst. Bebend hockte sie neben ihm, während die beiden Menschen sich keuchend, verzweifelt, hassend und schwitzend ineinander verkrallten. Er wusste, worum es dabei ging. Doch ebenso wusste er, dass das hier anders war. Hier zerstörten sich zwei Menschen gegenseitig.

21

»… direkt, wo wir jetzt sitzen, achtzehn Nuklearraketen, bewacht von zwei Offizieren in einem unterirdischen Kabuff. Sie durften nie dasselbe essen, wegen der Vergiftungsgefahr, und waren unter ständiger psychologischer Betreuung …«

Zadira nahm diesen Gesprächsfetzen wahr wie eine Klinge, die die abendlich milde Luft über dem Albion-Hochplateau zerschnitt. Der Sprecher saß auf einer mit weißem Tuch ausgelegten Holzbank, daneben eine junge Frau in einem sehr kleinen Schwarzen. Der Redner deutete mit ausholenden Bewegungen auf das Gelände der demontierten Raketenabschussbasis, die auf dem mit Ginster bewachsenen Albion-Bergkamm bis 1996 stationiert gewesen war. In den ehemaligen Militärgebäuden hatte sich das Ein-Sterne-Lokal Lagarde etabliert. Hierher hatte der exzentrische Künstler René Joseph gerufen, und die französische Kunstwelt war dem Ruf gefolgt.

Zadira suchte Antoine Valéry in der Menge der Gäste. Der Kritiker hatte »seinen guten Lieblings-René«, wie er den berühmten Aktionskünstler nannte, gebeten, Lieutenant Matéo auf die exklusive Gästeliste zu setzen.

So war Zadira über die verschlungenen Passstraßen über Sault und Saint Christol gefahren. Die Zufahrt zum Bistro Lagarde war von gutgebauten Männern in perfekt sitzenden weißen Anzügen bewacht. Zadira hatte ihren alten

Lancia neben blitzenden Luxuswagen geparkt und sich an der weißen Bar, an der ebenfalls bestrickend gutaussehende junge Männer bedienten, einen kupferfarbenen Bandol-Roséwein bestellt. Er schmeckte nach einem Marseiller Strandtag. Dazu reichten junge Männer *amuse-gueules*, und Zadira fragte sich, wie sie satt werden sollte von den kaum teelöffelgroßen Häufchen Oliventapenade, winzigen Lachsschaum-Crêpes oder Lavendel-Lamm-Bällchen.

Kauend wanderte sie herum. Sonnensegel, weiße Sonnenschirme, mehrere sehr lange, weiß eingedeckte Tische, die einen Hauch von Familientreffen am Sonntag ausstrahlten. Nur dass hier keine Kinder umherliefen, sondern mondäne Frauen und betont leger gekleidete Männer.

Der Gastgeber, zu erkennen an seinem blutrot gefärbten Ziegenbärtchen, das einzige Haar an seinem sonst haarlosen Kopf, hatte links und rechts kajalgeschminkte Knaben von – großzügig geschätzt – Anfang zwanzig untergehakt. So ging er von Gast zu Gast. Gerade begrüßte René Joseph einen Mann, in dem Zadira Antoine Valéry erkannte. Und zwar an dessen Hund. Einem deutschen Dackel.

»Pascha«, hatte der Kunstkritiker ihr bei ihrem Telefonat gesagt, »Pascha ist meine bessere Hälfte, mancher sagt, das einzig Sympathische an mir.«

Zadira ging in seine Richtung, bis ihr auffiel, dass noch ein anderer Gast dieses Ziel anstrebte.

Beim Anblick dieses Mannes, der auf Valéry regelrecht losstürmte, blieb sie verblüfft stehen. Je länger Zadira hinsah, desto mehr erkannte sie Etienne Idka in den Gesichtszügen des Mannes. Das musste Charles Idka sein, der Bruder, Manager und Kunstfonds-Berater des Malers. Er hatte Valéry jetzt erreicht, und der zog etwas manieriert die Augenbraue hoch. Zadira verstand nichts von dem, was dort gesprochen wurde, doch es sah so aus, als würde Idka den Kritiker ziemlich herb anblaffen. Seine Haltung war angriffslustig, seine Miene wirkte verärgert. Schon zogen die beiden die Aufmerksamkeit der anderen Gäste auf sich, Zadira schlenderte näher.

Während Charles' Stimme lauter wurde, blieb Valéry ruhig und voller spöttischer Überheblichkeit. Nur Dackel Pascha bellte Idka an.

»... doch bekannt, dass Sie die Hand aufhalten für Ihre gnadenreichen Worte, Valéry! Ihre angeblichen Kunstkritiken sind nur so viel wert wie die Schecks, die Sie dafür entgegennehmen!«

»Probieren Sie es doch mal, Charles Idka. Aber ein Scheck von Ihnen könnte siebenstellig sein, das ändert nichts daran, dass Ihr kleiner neuer Maler – wie heißt er? Kapolwski? – nichts kann, nie etwas können wird und nichts weiter besitzt als die Gabe zur Mittelmäßigkeit.«

Charles Idka hatte sichtlich Mühe, sich zu beherrschen. Es schien ihn alle Willenskraft zu kosten, nicht auf Valéry einzuprügeln.

Doch dann, mit einem Mal, atmete Charles durch, entspannte sich, zwang sich zu einem verächtlichen Lächeln und sagte: »Sie müssen es ja wissen, Valéry.«

Er wandte sich abrupt ab, ergriff von einem Tablett, das ein Kellner gerade vorbeitrug, ein Glas Champagner und strebte auf eine Gruppe junger Männer und Frauen zu, die ihm so bewundernd entgegensahen, wie es vielleicht nur noch nicht vom Erfolg verwöhnte Künstler tun. Hatte Charles Idka dieses kleine Theater vielleicht für sie inszeniert?

Zadira registrierte die leuchtenden Augen der jungen Frauen und wie sie sich an ihn drängten. Sie wandte sich von dem lächerlichen Spektakel ab und fasste Valéry ins Auge.

Anders als Idka, der nun mit seinem Gefolge weiterzog, stand der Kritiker allein auf dem Rasen, nur mit dem Dackel im Arm. Als Zadira auf ihn zukam, richtete er seine dunklen, spöttischen Augen auf sie.

»*Bonsoir*, Monsieur Valéry, ich bin …«

»… die Polizistin, die mich angerufen hat. Lieutenant Matéo.«

Der Dackel reckte ihr seine schwarze Nase entgegen.

»Stimmt. Können wir uns irgendwo in Ruhe unterhalten?«

»Natürlich.« Antoine Valéry lotste Zadira zuvorkommend an einen versteckten Tisch, von dem aus sie einen Blick auf die Gesellschaft hatten und gleichzeitig auf ein Bergpanorama, das begann, sich in das rosafarbene Licht der Abenddämmerung zu hüllen.

»Pascha, sitz und warte schön auf Papa. Ich geh uns Wein holen«, sagte er zu dem Dackel und setzte ihn auf den Stuhl neben Zadira. Der Dackel hechelte sie freundlich an.

Kurz darauf kam Antoine Valéry mit zwei Gläsern Wein zurück – diesmal ein kupferfarbener Pink Flamingo aus der Camargue. Er ließ sich am Tisch nieder und musterte Zadira. Ebenso wie sie ihn.

In seinem etwas verlebten und dennoch beherrschten Gesicht fiel ihr vor allem die Unterlippe auf. Eine Kritikerlippe, immer ein wenig schmollend. Immer ein wenig abfällig.

Valéry winkte einem Mann in einem violetten Samtanzug zu – »Ich komme nachher zu dir, mein Hase!« – und wandte sich dann so vom Geschehen ab wie einer, der es gewohnt ist, dass ihn ständig Menschen sprechen wollten, um ihm zu gefallen.

Zadira begriff, dass Valéry einen Künstler zunichtemachen konnte. Oder berühmt. Mit seiner Macht verlich er jemandem Status und Rang oder stieß ihn zurück in die Belanglosigkeit. Antoine Valéry, dachte sie, dürfte viele Feinde haben. Und etliche waren wahrscheinlich hier im Raum. Aber ob er wirklich bestechlich war, wie Charles es ihm vorwarf? Wer weiß, wie oft Valérys Kritiken Charles' Geschäfte als Anlageberater für Kunst gestört oder gar ruiniert hatten.

»Wie beurteilen Sie Wert und Preis von Etienne Idkas Bildern?«

»Etienne Idka ... hm, das Phänomen«, sagte Valéry leise und milde lächelnd. Sein Blick wanderte in die Ferne und zurück in die Vergangenheit.

»Sie sagten, Sie möchten mehr über sein Leben wissen. Das Problem ist, werte Madame Matéo: Das wollen so einige. Ich kenne seine Werke, ja, ich kenne seine Herkunft. Aber sein Leben?« Er schüttelte den Kopf. »Das vermag ich mir nicht einmal vorzustellen.«

»Beginnen wir mit dem, was Sie wissen.«

Antoine Valéry winkte einen der Kellner heran. »Lassen Sie das mal hier stehen«, verlangte er und nahm dem Servicemann ein Tablett mit *amuse-bouches* aus der Hand. Dann begann er, Pascha damit zu füttern. Der Dackel schnappte artig nach den Happen.

»Idka war lange ein recht solider Maler, aber eben nur solide. Ich hätte damals, Ende der Achtziger, als ich seine frühen Arbeiten in zweitklassigen Galerien sah, nie vermutet, dass er mal in die erste Liga aufsteigen könnte. Seine Bilder waren konfus, irgendwie abstrakt, aber ohne Eigenblut, wenn Sie verstehen.«

Er streichelte gedankenverloren seinen Hund.

»Wenn ich es jetzt so erzähle, scheint es doppelt absurd, dass er erst schauen lernte, als er blind wurde.« Er lächelte und zitierte getragen: »›Etienne Idka verfasst Schlafzimmer-Abstrakte, zerwühlt wie ein Laken und genauso wertvoll wie ein Ich-ruf-dich-an‹. Das war eine meiner Lieblingskritiken über ihn, etwa 1989, und ich glaube, das war der Beginn einer wunderbaren Feindschaft.«

Über die Betten seiner Gönnerinnen und Gönner, so berichtete Valéry weiter, war Idka, einst Kunstlehrer in Montrouge und befristeter Professor an der Académie des Beaux-Arts, in der Pariser Kunstwelt aufgestiegen.

»Und gab es da nicht einige eifersüchtige Ehemänner, die ihn am liebsten umgebracht hätten?«, hakte Zadira nach.

»Ach, nein, es gehörte doch zum guten Ton, eine fremdgehende Ehefrau zu haben. Vor allem, wenn sie es mit einem erfolgversprechenden Künstler trieb. Es war eine Art perverse Auszeichnung, wissen Sie. Nein, nein, da gab es keine tränenreichen Szenen mit Prügeleien. So etwas machen nur die Kleinbürger.«

Zadira nippte an ihrem Camarguewein. Er besaß Hitze und Sonne. Valéry erzählte weiter.

»Idka wurde zum Liebling der Szene, großzügig mit Partys, Liebe und Geld, aber er gehörte rein künstlerisch nicht zur Avantgarde.«

»Und wie hat er sich finanziert?«

»Tja … Manche Männer lassen Frauen für sich arbeiten, nicht wahr?« Valéry lächelte maliziös. »Er hatte immer weibliches Sponsoring, manchmal mehrere gleichzeitig. Und dann war da ja noch sein Bruder.«

Valéry nahm genüsslich einen Schluck von dem Wein.

»Charles Idka – wenn er nicht so unangenehm wäre, hätte ich Mitleid mit ihm. Er hat das Feuer eines Künstlers, ohne ein Künstler zu sein. Dabei war genau das immer sein sehnlichster Wunsch. Was für eine beklagenswerte Existenz.«

Valéry warf einen Blick in Richtung der Feiernden.

»Charles' Bilder waren banal. Also gab er folgerichtig die Malerei zugunsten der Banklehre auf, gründete einen Kunstfonds und begann sich auf Wertanlagen künstlerischer Art zu spezialisieren. So finanzierte er den Lebensstil seines malenden Bruders.«

»Etienne hat Charles' Investitionen sicher mehr als wettgemacht«, sagte Zadira. »Wie viel sind Idkas Bilder inzwischen wert?«

»Oh, zwischen einer und drei Millionen.«

»Und was müsste passieren, damit sie mehr wert sind?«

»Er könnte sterben oder beim Präsidenten im Schlafzimmer hängen, beispielsweise.«

Oder Vorlage eines Bildermörders sein, dachte Zadira. Doch daran glaubte sie nicht wirklich, auch wenn sie Etienne Idka gegenüber genau diese Möglichkeit angedeutet hatte. Das wäre Wahnsinn. Andererseits, es wurde schon für weniger als ein paar Millionen gemordet.

Was war eigentlich nicht möglich in dieser Welt?

Dann, 1993 sei etwas Neues passiert, berichtete Valéry weiter. Als sich die damals noch kaum etablierte Galeristin Céline Durand des unsteten Malers annahm.

»Ihr gelang es, eine großartige Ausstellung auf die Beine zu stellen, in denen sie große Künstler wie Baselitz zusammen mit Neuzugängen zeigte. Sie mischte die neue, freche Kunst mit der satten, etablierten. Und was soll ich sagen: Es war, als hätte Etienne Idka auf einmal seine eigene, künstlerische Sicht auf die Welt gefunden.«

»Und dann?«

»Er wurde mit jedem Jahr besser. Zwar legte er sich auf das Format fest, das wir heute kennen, sechzig mal sechzig, aber auf diesem kleinen Raum hatte ein ganzes Universum Platz. Und mit jedem Jahr entfaltete sich Idkas Kunst mehr, wie wunderschöne, fremdartige Blüten. Und gleichzeitig wuchs aus der Mitte dieser Blüten etwas Dunkles heran. Kein Wunder, denn Idka lebte immer exzentrischer. Drogen, Frauen, Absinth.«

Pascha hatte sich auf die Seite gelegt und ruhte seinen satten Bauch aus. Valéry kraulte den Dackel.

»Der zweite künstlerische Schub erfolgte nach diesem seltsamen Unfall, der ...«

Valéry unterbrach sich, als René Joseph, sichtlich angetrunken, an ihren Tisch gestolpert kam. Seine beiden geschminkten Begleiter hielten ihn mühsam aufrecht.

»Welch schöne Wüstentochter unter uns! Sie müssen ein Malermodel sein«, sagte der Künstler mit schwerer Zunge.

»Zurzeit nicht«, sagte Zadira. »Lieutenant Matéo, Police Nationale Carpentras.«

»Ich war's nicht, egal was«, sagte René Joseph und lachte laut.

»Wir reden über deinen lieben Kollegen Etienne Idka, René«, warf Valéry ein.

»Idka? Der *so called* blinde Maler?« René spuckte aus, sein Speichel traf den Schuh eines seiner Schoßknaben. »Wie mies muss ein Typ sein, wenn er sich als Behinderter aufspielt?«

»Na, na, na«, sagte Valéry, sanft tadelnd.

»Wie meinen Sie das?«, fragte Zadira. »Denken Sie etwa, der Mann ist nicht blind?«

»Ich habe mit vierzehn aufgehört zu denken, seitdem bin ich Künstler, *artist, you know*«, erwiderte Joseph. Wieder lachte er wiehernd. »Und was den Behinderten angeht – keine Ahnung. Wenn er wirklich blind ist, wie malt er denn dann? Gut, so, wie die Bilder aussehen, hat die eh sein mittelprächtiger Bruder hingeschmiert.«

»Wohl kaum«, sagte Valéry. »Ich kenne Charles Idkas ganz frühe Werke. Der Mann hat keinen geraden Strich hinbekommen, und bei aller Kritik, mein lieber René: Idkas neueste Bilder aus ›Tod und Erlösung‹ sind genial, ganz gleich, ob sie von einem Blinden, Fastblinden oder einem Dackel gemalt sind.«

René Joseph rülpste. »Ich geh jetzt ficken«, teilte er dem Kritiker und Zadira mit und verschwand in der mittlerweile sternengetränkten Nacht.

»Nehmen Sie es ihm nicht übel«, bat Valéry. »Manchmal ist Neid die Mutter des schlechten Benehmens.«

»Sie sagten vorhin: seltsamer Unfall. Was meinten Sie damit?«

»Ach, ich gebe es zu, ich habe Etienne die Sache anfangs nicht abgenommen. Entweder ist er nicht blind oder er hat die Bilder nicht gemalt. Was aber irgendwie keinen Sinn ergab.«

Auf seine offen formulierte Skepsis hin hätte Idka sich zu einer peinlichen Vorführung genötigt gesehen, erzählte Valéry. Ein Life-Test vor einigen wenigen Angehörigen der Presse, dem sich der Maler 2002 unterwarf.

»Mein Gott, es war kein Meisterwerk, aber die Bedingungen waren auch anstrengend. Auf jeden Fall hat er damit bewiesen, dass er der Schöpfer seiner Bilder ist.« Valéry schüttelte den Kopf. »Es ist immer noch unerklärlich«, sagte er halb zu sich. »Da musste der Mann erst blind werden, um solche berührenden Bilder malen zu können. Ja, das ist es, Madame Matéo: Er berührt, und das vermag heute kaum noch ein Maler.«

Zadira dachte an die Theorie von Paoli, der daran glaubte, dass Agnes Schwarz sich an Idka rächen wollte, und an Jules' These, dass sich Idka selbst zerstörte. Sie dachte an den Unbekannten, der nach Idkas Bildern mordete – oder es vorgab – und jederzeit, gerade in diesem Moment, irgendwo wieder töten konnte.

Sie fragte sich, was wohl hier los wäre, wenn Josephs Gäste von den grausigen Idka-Morden erführen?

»Sagt Ihnen der Name Lucas Zorn etwas?«, fragte Zadira unvermittelt.

»Wer? Malt der auch?«, gab Valéry überrascht zurück.

Sie winkte ab. »Schon gut.«

Dann fiel ihr etwas ein. »Sagen Sie … Madame Rouelle, kennen Sie sie näher?«

»Rouelle? Wer ist das?«

»Idkas Haushälterin, seine Assistentin, die Frau, die die Farben für ihn anmischt.«

»Ach so. Idkas Pflegerin. Ja, ich glaube, die huschte auch früher schon um ihn herum. Aber ich bin mir nicht sicher, viele kleine Dinger huschten um Etienne herum. Wer weiß, wahrscheinlich war sie ein Kunstgroupie, das die Chance genutzt hat, als er blind wurde, um sich unentbehrlich zu machen.«

Er beugte sich vor, um den Kopf des Dackels zu tätscheln. »Nicht wahr, Pascha? Erfolg macht viele neue Freunde, ja, mein Kleiner, aber dir ist das zum Glück egal.«

Valéry trank sein Glas leer.

»Entschuldigen Sie mich, ich glaube, Pascha möchte austreten, und ich schließe mich ihm an. Wenn Sie mögen, kommen Sie morgen doch noch mal in Josephs Haus, das Petit St. René, zum Frühstück. Dann können wir uns weiter unterhalten.«

Er gab ihr seine Karte mit seiner Mobilfunknummer und verabschiedete sich.

Als Zadira wenig später in Richtung Parkplatz ging, entdeckte sie Charles Idka inmitten seiner jungen Bewunderer. Die beiden Frauen waren auch dabei. Ob sie wohl wirklich daran glaubten, dass sich der Erfolg auf diese Weise erzwingen ließ?

Zadira hatte genug von dieser dekadenten Welt und wandte sich ab. Da fiel ihr ein Gesicht auf, das sich von allen anderen unterschied. Sie schaute genauer hin. Eine Frau mit einem weißen Tuch um den Kopf stand im Schatten eines Sonnenschirms – und sie starrte Charles Idka an. Doch sie war keineswegs eine Bewunderin, denn ihr Blick war voller Hass.

Zadira versuchte, sie genauer zu erkennen, doch da schob sich ein Kellner mit einem großen Buffet-Tablett vor sie, und als er die Sicht auf den Sonnenschirm wieder freigab, war die Frau verschwunden.

22

VORSICHT, CHEFIN!«

»Mein Gott, Brell, schreien Sie doch nicht so«, sagte Zadira und lenkte den Lancia, ohne das Tempo zu vermindern, mit einem Reifen auf den seitlichen Grasstreifen, so dass sie knapp den Lieferwagen passieren konnten, der ihnen auf der engen Straße nach Malemort entgegenkam. »Wussten Sie, dass die meisten Unfälle wegen schreckhafter Beifahrer passieren?«

»Mag sein, aber das war schon etwas eng, oder?«, keuchte Brell und wandte sich um. Der Lieferwagen verschwand aus dem Blickfeld. Also hielt Brell sich stumm am Türgriff fest, stemmte die Füße ins Bodenblech und versuchte, normal zu atmen.

»Da vorne links«, presste er hervor und wunderte sich kein bisschen, dass Zadira den Wagen nur minimal abbremste.

»Alles klar?«, fragte sie grinsend, nachdem der Lancia mit leichtem Driften über dem Asphalt eingebogen war.

»Ganz prima«, gab er zurück.

Babette, Gérard Sylvestres Frau, hatte voller Sorge bei Brell angerufen. Ihr Mann sei letzte Nacht nicht nach Hause gekommen. Hoffentlich habe der dumme, alte Kerl keinen Unfall gehabt. Brell hatte sie beruhigt und anschließend im Krankenhaus von Carpentras angerufen. Dort war aber kein dummer, alter Kerl eingeliefert worden. Auch sonst gab es keinerlei Polizeimeldung, und in den einschlägigen Bar Tabacs hatte man ihn auch nicht gesehen. Spätestens zu diesem Zeitpunkt hatte in Brell das Bohren begonnen.

War Gérard etwa doch wieder zu der *borie* hinter Malemort-du-Comtat gegangen? Was, wenn er sich dort verletzt hatte? Niemand außer Brell wusste von Sylvestres kleinem Vogelhandel. Niemand würde ihn dort suchen. Verdammter Gérard!

Dummerweise war Brells Renault noch in der Werkstatt. Also hatte sich Lieutenant Zadira Matéo angeboten, Brell zu fahren.

»Passt mir ganz gut, Brell«, hatte sie gesagt. »Sicher können wir auf dem Rückweg irgendwo etwas Anständiges essen, nicht so ein Fingerfood-Zeug wie gestern auf der Party. Sie kennen sich doch aus in den Restaurants der Gegend.«

Das tat er, weiß Gott, und er hatte sich überlegt, dass sie nach Monieux fahren könnten. Dort gab es ein Restaurant, das Les Lavandes, wo man ein hervorragendes Risotto bekam. Und der Wein war auch nicht schlecht.

Aber im Moment hatte er noch kein bisschen Appetit. Er sorgte sich viel zu sehr um Sylvestre.

Brell versuchte, sich abzulenken, und erzählte Lieutenant Zadira von seinem Abend im Gourmetclub im L'Obsidion in Bédoin.

»Was? Für diese Nummer bezahlen die Leute zehntausend Euro?«, fragte sie.

»Und das Kopi-Luwak-Dinner liegt bei fünfundzwanzigtausend.«

»Ich verstehe. Deswegen haben Sie diese Vogelfresser noch nicht hochgenommen oder den Koch verhaftet. Weil Sie diese Kopi-Luwak-Sache abwarten wollen?«

Na ja, eigentlich, weil er Blandine nicht anrufen konnte, weil dieser verdammte Bieri ihm sein Handy abgenommen hatte.

»Nicht wirklich, Chefin. Natürlich könnte ich das bei dem Kopi-Luwak-Dinner erneut versuchen. Doch woher soll ich die fünfundzwanzigtausend Euro nehmen? Bei dieser Summe wird auch Malbec passen. Und was der Bürgermeister sagt, wenn ich da um Unterstützung aus der Portokasse nachfrage …« Er seufzte. Er war nur ein Gemeindepolizist. Er besaß weder die Möglichkeiten der Gendarmerie noch die der Police Nationale. Brell hatte das scheußliche Gefühl, auf ganzer Linie versagt zu haben. Nicht mal ein paar Vogelhändler konnte er schnappen.

»Und dieser Colonel?«, fragte Zadira. »Den schienen die Leute zu kennen?«

»Ja. Ich glaube, er handelt nicht nur mit Vögeln, er hat auch die Bärentatzen und die Tigerhoden besorgt.« Brell schüttelte sich. »Ich weiß gar nicht, was ich widerlicher finden soll: solche Leute wie ihn oder die, die bei ihm solche Sachen bestellen.«

Zadira schwieg für einen Moment. Dann sagte sie leise: »Wir Menschen sind gnadenlos in unserer Gier, Brell. Jeder von uns. Wir tragen billige T-Shirts und wollen nicht wissen, wer sich dafür in Kinderfabriken krumm schuftet. Wir trinken billigen Kaffee und ignorieren einfach, dass die Kaffeebauern ausgebeutet werden.« Sie atmete tief durch. »Sorry. Wir sind alle süchtig nach irgendwas: die Arschlöcher des Gourmetclubs nach gut kalkulierten, durchorganisierten Tabubrüchen und nach dem Sadismus, sich an Tieren zu vergehen. Meist mag ich Menschen nicht, Brell, ich kenne sie zu gut, und trotzdem weiß ich, ich bin ebenfalls so – gierig, grausam und egoistisch.«

Brell schluckte. Er kannte die Matéo inzwischen gut genug, auch ihre bitteren, zynischen Momente, die aus der Mitte eines sommerblauen Tages über sie kommen konnten.

»Sind Sie nicht, Chefin«, sagte er deshalb nur.

Brell, du hast es gründlich versaut, dachte er unglücklich.

Die letzten Kilometer verliefen weitgehend schlitterfrei, da Matéo nur im Schritttempo über den holprigen Feldweg zur *borie* fahren konnte.

Sie fanden Sylvestre nicht dort, sondern am Fuße einer steilen Böschung unter trockenen Büschen.

Er lag auf dem Rücken, die Arme ausgebreitet, den starren Blick in den unbarmherzig gleichgültigen Himmel gerichtet.

»Merde!«, rief Zadira und sprang die Böschung hinab. Brell brauchte länger. Als er unten ankam, hatte sie bereits die Körpertemperatur überprüft. Sie sah kummervoll zu dem Sergeanten auf.

»Er ist schon seit Stunden tot.«

Brell ließ sich ihr gegenüber schnaufend auf die Knie sacken. Er stellte fest, dass die Angst verschwunden war und einer großen Trauer Platz machte.

»Nein«, flüsterte er.

Und wieder: »Nein.«

»Tut mir leid, Brell«, sagte sie leise.

»So ein dummer, alter Kerl«, murmelte er.

Und dann, wortlos zu Gérard: Was hast du hier gemacht? Wer war das? War das der Panamahut? Nun sag doch was! Lieg nicht einfach da!

Zadira beugte sich hinab. Ohne den Toten zu berühren, inspizierte sie seinen Hinterkopf.

»Es sieht so aus, als sei er gestürzt und auf einen Stein gefallen.«

»Es sieht so aus? Könnte er ... könnte er nicht gestoßen worden sein? Oder geschlagen?«

Zadira beugte sich wieder vor.

»Ich weiß nicht, Lucien«, sagte sie leise. »Manchmal läuft das Leben einfach aus, weil man einen falschen Schritt tut.« Sie sah sich um. Keine Spuren eines Kampfes. Sie überprüfte noch einmal Kleidung, Hände und Sohlen. Betrachtete die abgeknickten Halme, die Fallspuren. Fand nichts, was Hoffnung gab, dass es mehr als nur ein dummer, ungerechter Unfall war.

Brell nahm seine Mütze ab und fuhr sich durchs Haar.

»Wie soll ich das nur Babette beibringen?«

»Ich komme mit Ihnen«, bot Zadira ihm an. »Aber erst müssen wir einen Arzt rufen, damit sein Tod festgestellt und er abtransportiert werden kann. Soll ich das machen?«

Brell schüttelte den Kopf. Nein, verdammt, das war seine Aufgabe. Das, und auch, Gérards Ruf zu schützen.

Während er in Carpentras anrief, beklommen, stieg Lieutenant Matéo die Böschung wieder empor. Diesmal scheute Brell sich nicht, die Notruffunktion zu nutzen.

Nach dem Telefonat stieg auch Brell die Böschung wieder hoch. Er entdeckte Zadira auf dem Weg, wo sie prüfend den Boden betrachtete.

»Was ist das für ein Häuschen?«, fragte sie dann und wies auf die *borie*.

Er erklärte ihr, dass Sylvestre dort die Vögel gemästet hatte, bevor er sie an seinen Zwischenhändler verkaufte.

»Ach«, sagte Zadira. »Jetzt sind aber keine Vögel mehr drin.«

Brell runzelte die Stirn. »Vielleicht hat der Typ mit dem Geländewagen sie noch abgeholt.«

»Geländewagen? Das deckt sich mit den Reifenspuren hier. Die sind noch ziemlich weich, kann nicht lange her sein. Sagen Sie, dieser Vogelhändler …«

Bevor sie ihren Satz zu Ende führen konnte, summte das Telefon in ihrer Cargohose. »Ja«, meldete sie sich knapp.

Sie lauschte, dann: »Was? Ich verstehe nicht.« Sie schaute auf das Display und fluchte.

»Schlechter Empfang hier«, meinte Brell.

Auch Zadira ging jetzt auf den Notruf und ließ sich mit dem Anrufer verbinden. Eine Weile lang lauschte sie stumm.

»Nein«, sagte sie dann gepresst. »Ach, verflucht, das kann doch nicht wahr sein! Was ist denn das für ein Mist!«

Sie wandte sich ab.

Brell schaute sich um. Die Sonne war höher gestiegen und briet das trockene Land. Den Zikaden machte das nichts aus, unermüdlich erklang ihr Krächzen. Es roch nach Rosmarin, Anis und wildem Thymian. Brell hatte all das lange nicht mehr so überintensiv wahrgenommen.

Gérard, dachte er wieder. Was hast du hier gemacht? Warst du allein? Du bist doch trittsicher, warst du immer, du warst Gemse, Seiltänzer, du warst Vater, Ehemann, du warst Freund, du kannst hier nicht so liegen und tot sein. Nicht du.

Er stapfte in die *borie*. Die kleinen Käfige waren alle fort. Gérard hatte sicher Wort gehalten, oder? Er wollte die Vögel fliegen lassen.

Und ausgerechnet dann brach er sich das Genick.

»Brell!«

Er trat wieder ins Freie.

Zadira spuckte aus.

»Was ist passiert?«

»Brell, wir haben heute nicht nur eine Leiche, wir haben zwei. Eben wurde der Pariser Kunstkritiker Valéry tot aufgefunden. Es tut mir leid, ich muss los. Bleiben Sie bei Gérard!«

Das tat Brell. Aber erst, nachdem er sorgfältig die gesamte Fanganlage abgebaut und sämtliche Hinweise auf gemästete Ortolane vernichtet hatte.

Dann erst setzte er sich neben Gérard und griff still nach dessen Hand.

Eine Stunde später erhob sich der Amtsarzt aus Carpentras aus seiner hockenden Stellung neben dem Leichnam und wischte sich den Schmutz von den Knien.

»Verstorben an schweren polytraumatischen Verletzungen, einer *dens axis*, gefolgt von oder zeitgleich mit einer Schädelfraktur«, sagte er. »Er hat sich das Genick gebrochen, das Atemzentrum wurde zerstört und das Mark gequetscht.«

Er schaute die Böschung empor. »Der Mann ist vermutlich den Hang hinuntergestürzt und dann unglücklich aufgetroffen.« Er zuckte die Achseln. »Verdammtes Pech, aber so sterben viele alte Männer. Sie sehen nicht mehr gut, der Blutdruck schwankt. Kein schöner Tod, aber wenigstens schnell.«

Der Name des Arztes war André Guilbaud, er war über sechzig und hatte in seinem Leben sicher schon mehr Tote gesehen als ein Kriegsreporter.

»Gibt es keinen Zweifel?«, fragte Brell.

Guilbaud warf ihm einen entnervten Blick zu. »Was meinen Sie mit Zweifel?«

»Na ja«, sagte Brell verlegen, »ich meine … also, kann es auch anders gewesen sein? Nicht Kopf auf Stein, sondern … Stein auf Kopf? Oder kann ihm jemand das Genick gebrochen haben?«

Der Arzt zuckte wieder mit den Achseln.

»Sicher, alles Mögliche kann sein. Aber ein Genick bricht nicht so leicht, wenn sich einer noch wehren kann.«

Brell kratzte sich am Schädel.

»Was veranlasst Sie, an dem Unfall zu zweifeln, Sergeant?«, fragte Guilbaud.

Ein paar frische Reifenspuren, hätte Brell sagen können, und die kalten Augen von dem Typen, zu dessen Auto diese Reifen gehörten. Aber er wusste selbst, wie dünn sich das anhörte. Es ergab außerdem überhaupt keinen Sinn, dass der Colonel, wie Bieri ihn genannt hatte, bei Gérards Unfall nachgeholfen haben sollte. Herrje, bei ihrem Geschäft war es um Vögel gegangen. Die zugegebenermaßen zwar sehr teuer waren. Aber die wurden ja nicht billiger, weil man den Fallensteller eine Böschung hinunterschubste.

Im Übrigen hätte Brell ziemlich Mühe gehabt, seinen Vorgesetzten, dem Bürgermeister und der Gendarmerie, zu erklären, wie er zu diesem Verdacht kam. Ein gewisser Abend in einem Edelrestaurant würde zur Sprache kommen. Für den ein Politiker nicht nur gebürgt, sondern auch zehntausend Euro gezahlt hatte. Brell würde froh sein können, wenn er mit einem Disziplinarverfahren davonkäme. Abgesehen von der Vertuschung von Sylvestres Fanganlage.

Diese ganze Undercover-Geschichte war einfach nichts für einen simplen Bullen wie ihn. Er sollte sich von nun an wieder auf die Ahndung von Falschparkern und die Genehmigung von Straßenfesten konzentrieren.

»Ach, eigentlich nur der Unglaube, dass ein Freund tot ist«, gab er dem Arzt folglich zur Antwort.

Guilbaud berührte ihn kurz am Arm und gab dann den Sanitätern ein Zeichen, Sylvestres Leichnam vom harten, warmen Boden zu nehmen.

Brell dachte an Babette, als sie zurückfuhren und der Arzt ihn in Mazan absetzte. Mit dem Wagen eines befreundeten Feuerwehrmanns fuhr Brell zu Sylvestres Frau hinaus auf den Hof. Er blieb eine Stunde bei ihr und den Enkelkindern. Er spielte mit ihnen, während Babette in die Speisekammer ging, um ungesehen von den Kleinen zu weinen. Von den Fallen und dem illegalen Ortolan-Handel sagte Brell ihr kein Wort. Babette sollte ihren Ehemann als das lieben, was er für sie immer gewesen war: ein anständiger Mensch.

Als ihre Schwester kam und auf die Kinder aufpasste, begleitete Brell Babette zu Roblot nach Carpentras und ließ sie in der Obhut der Bestatter.

Danach kehrte er in seinen leeren Zuckerwürfel neben dem Rathaus zurück. Zadira hatte ihm eine kurze Nachricht auf dem Anrufbeantworter hinterlassen: »Die Presse weiß jetzt Bescheid über Idka und die Bilder. Bald wird es unruhig, bitte alle Anfragen abblocken und den BM vorwarnen.«

Pflichtschuldig erledigte Brell den Anruf beim Bürgermeister Navello, dann verfasste er einen betont kurzen Bericht über Sylvestres Tod und widmete sich mit Akribie und Konzentration den aktuellen Hygienevorschriften im Weinanbau, erinnerte einige Hundebesitzer an den Ausgleich ihrer Steuern und stempelte diverse Anträge für Konzessionen ab. Säuberlich heftete er alles in Ordner.

Undercover-Brell. Von wegen. Ein Stadt-Hausmeister war er, nicht mehr.

Er fuhr pünktlich nach Hause, bereitete sich einen Auflauf aus frischen Pilzen, winzigen Schalotten und herbem Savoyer Tomme-Käse zu. Dazu trank er Ventoux-Rosé.

Als er den letzten Bissen aß, erlaubte er sich, nicht länger gegen die Gedanken anzukämpfen, die ihn zum Colonel führten und zu der Frage, wie viele Arten es gab, tot eine Böschung hinabzufallen und dabei mit offenen Augen zu sterben.

Er lehnte sich zurück und ließ das ungewohnte Gefühl in sich aufbranden.

Es brodelte.

Es war Zorn.

»Es tut mir leid, Gérard, mein Freund«, sagte er in die beginnende Abenddämmerung hinein.

Es tut mir leid, dass es mit mir begann, dass du nun tot bist, fuhr er stumm fort.

Als die Sonne unterging, holte Brell seine Kontoauszüge hervor, das Sparbuch, die Altersversicherung.

Schließlich nickte er. Es würde reichen, um es diesen arroganten Säcken zu zeigen.

Er griff zu seinem Telefon und meldete sich per SMS bei Beat Bieri für das Kopi-Luwak-Dinner an.

»Besten Dank«, simste der Koch zurück. »Sie erhalten eine SMS über Ort & Termin.«

»Das werden wir noch sehen, ob du dich bedankst«, murmelte Brell.

Dann suchte er drei Nummern heraus, von Menschen, denen er vertraute. Das war schon einer mehr, als ein Mann fürs Leben brauchte, dachte er, bevor sich der erste Anrufer meldete.

23

Das Mas des Herbes Blanches lag in den Bergen zwischen dem Village des Bories und dem Kloster Senanque, dessen Lavendelfeld zu den meistfotografierten Motiven der Provence gehörte.

Dort war der Kritiker Valéry in einem der neunzehn in Weiß und Holz eingerichteten Gästezimmer gefunden worden. Mit zwei Stecheisen in den Augenhöhlen.

Mehr wusste Zadira nicht, als sie den Wagen auf dem gekiesten Hotelparkplatz abstellte und sich bei den Beamten auswies, die den Zugang zu dem provenzalischen Gehöft sicherten. Auf der mit Bambusröhren überdachten Terrasse, von der aus sich ein einladender Ausblick über den Pool und das heute etwas diesige Luberontal bot, beugten sich fein gekleidete Gäste über die breite Mauerbrüstung aus hellen Feldsteinen. Sie tranken duftenden Kaffee aus dekorativen *boules* und aßen ihre Baguettes mit hausgemachter Aprikosenmarmelade, während sie neugierig die Kriminaltechniker in den weißen Overalls beobachteten. Viele filmten mit ihren Handys.

Zadira nickte Major Roland Beaufort zu. Der Leiter der PTS, der Police Technique et Scientifique, dirigierte seine Spurensicherer, Tatortanalysten und Kriminalistiker wie stets ruhig und konzentriert.

Zadira holte sich einen weißen Baumwolloverall, dünne Handschuhe, streifte den Plastikschutz über ihre Sneakers und steckte eine Atemschutzmaske ein. Sie sah zu dem großen, auffällig attraktiven Mann im Designerjackett, der sehr dekorativ am Rande des Pools stand und telefonierte. Wie immer. Er trug keine Schutzkleidung. Ebenfalls wie immer. Neben ihm: die bleistiftdünne Staatsanwältin Sophia Lafrage, der perfekte Bananenknoten im weißen Haar, teure Maßkleidung, Perlenkette. Sie trug Schutzüberzüge an den teuren Schuhen sowie Latex-Handschuhe.

Die Lafrage kam aus einem extrem reichen südfranzösischen Haus und galt deshalb als umso widerstandsfähiger gegen jegliche Form von Bestechung, Korruption oder das süße Gift der Eitelkeit. Das hatte Seltenheitswert unter den höheren Staatsdienern in der Provence. Sichtlich ungeduldig wartete sie darauf, dass der Telefonierende auflegte.

Als Zadiras Vorgesetzter, Commissaire divisionnaire Stéphane Minotte, Zadira erblickte, warf er ihr einen abweisenden Blick zu. Die mangelnde Sympathie beruhte auf Gegenseitigkeit. Zadira wäre nicht überrascht gewesen, wenn Minotte ihr die Schuld für Valérys Tod zugeschoben hätte.

Sie folgte Beaufort zu Valérys Gästesuite, registrierte die diskreten Gartenzugänge der Zimmer, die nur wenig einsehbaren Terrassen vor den Fenstern. Kameras besaß das Herbes Blanches auch nicht.

Sie hörte Paschas Winseln schon von weitem.

»Der Kleine will sein Herrchen nicht allein lassen. Und er bellt jeden an, der das Zimmer betritt und den er noch nicht kennt«, sagte Beaufort mit einem mitfühlenden Aufseufzen, dann ließ er Zadira den Vortritt.

Pascha erkannte Zadira und Major Beaufort offenbar wieder, denn er setzte sich und bedachte sie mit einem hoffnungsvollen, treuen Hundeblick.

Valéry saß in einem der hellgelb gepolsterten Holzstühle vor einem Barocksekretär, dessen Holz wie frisch poliert glänzte. Sein schwerer Oberkörper war zurückgelehnt, doch seine Hände ruhten auf dem Tisch, auf der Tastatur eines flachen, silbernen Macintosh-Laptops. In Valérys Augen steckte je ein Beitel, fast bis zum Anschlag. Nur die hölzernen Griffe und etwa ein Zentimeter des Stecheisens schauten heraus. Unwillkürlich warf Zadira einen Blick auf Valérys Hinterkopf, ob die Spitzen dort wieder herausgetreten waren.

»Das sind Beitel mit Rillenvertiefungen, wie sie Künstler für Holzschnitte verwenden«, erklärte Beaufort. »Meine Frau interessiert sich ja für afrikanische Masken, da wird das Hirnholz oft mit abgeschrägten Beiteln …«

Zadira hörte nur halb hin. Sie hatte Beauforts Frau nie getroffen, aber es war ihr, als kenne sie die Historikerin seit Jahren. Beaufort liebte sie nicht nur sehr, sondern zitierte sie auch pausenlos.

Mehr interessierte Zadira der Computer. Es war ein Mac Air. Sie tippte mit dem behandschuhten Finger auf die Leerzeichen-Taste. Der Monitor beendete den Ruhezustand und wurde hell.

»Nummer neun«, murmelte Zadira.

»Ach? Sie können das erklären? Das trifft sich und spart Zeit«, sagte Beaufort munter. »Mein Digitaltechniker konnte mir dazu bisher nämlich nicht sehr viel sagen.«

»Er müsste sich für Kunst interessieren und speziell für Etienne Idkas Zyklus ›Tod und Erlösung‹«, sagte Zadira.

Sie umriss dem Major rasch den Fall der Bildermorde.

»Und das …«, sie sah etwas mutlos auf Valéry, dachte an sein Lächeln, daran, wie er Pascha gefüttert hatte, »das ist das dritte Opfer. Arrangiert wie Bild Nummer neun, das

Sie hier als PDF-Datei sehen: der Poet, der die Welt mit seinem eigenen Herzblut beschreibt.«

Sie dachte an Jules' Interpretation des Bildes. Der Schriftsteller stirbt an dem, was er sieht, aber nicht ändern kann. Er krepiert an der Gnadenlosigkeit der Welt.

»Mit Valérys Tod ist klar, dass der Mörder nicht geblufft hat, als er drohte, jedes der zwölf Idka-Bilder bedeute einen kommenden Mord. Und dass uns mehr Tote bevorstehen.«

»Wenn Sie ihn nicht finden.«

»Und wenn er seinen Willen nicht bekommt. Was immer dieser Wille auch sein mag«, antwortete Zadira.

Sie beugte sich zu dem Dackel hinunter, der mit traurigen, verschreckten Augen unter dem Stuhl mit Valérys Leichnam saß, ohne zu verstehen, warum sein großer Freund nicht mehr mit ihm sprach. Jetzt kam er auf sie zu und drückte sich an ihre Wade. Sie nahm das zitternde Tier sachte hoch.

»Wir werden etwas finden«, versprach Beaufort.

»Ich will Sie nicht beleidigen, Major, aber ich wette dagegen. Sie werden hier genauso wenig an weiterführenden Spuren finden wie die Kollegen in Paris bei Céline Durand oder bei Lucas Zorn.« Zadira überlegte. »Wurde Valéry betäubt, bevor die Beitel gesetzt wurden? Lucas Zorn wurde vor seiner Ermordung sediert.«

»Nun ja, so gelassen, wie er dasitzt, können Sie davon ausgehen«, sagte Beaufort. »Wie er betäubt wurde, das wird Dr. Hervé herausfinden, Sie kennen sie ja: Sie liebt Rätsel.« Er leuchtete in die Augenhöhlen. »Sehr sicher *post mortem*. Die Kalium-Trübung der Hornhaut ist deutlich, der Mann ist mit offenen Augen gestorben, erst danach wurden die Pupillen durchstoßen. War sicher schwierig, der Körper wehrt sich im Tod beständiger als im Leben. Wollen Sie auch mal sehen?«

Zadiras Mobiltelefon vibrierte und enthob sie einer Antwort.

Sie nickte Beaufort zu und ging dann mit dem Dackel auf dem Arm und dem Samsung in der Hand nach draußen.

Es war Arnaud Paoli.

»Wer winselt denn da?«, fragte er.

»Pascha, Valérys Dackel. Hatte der Mann eigentlich Familie, wo der Hund hinkann?«

»Keine Ahnung, meine Brigade rotiert, um Valérys Hintergrund und Umfeld zu klären. Aber wenn wir niemanden finden, der den Hund nehmen will, muss er ins Heim oder eingeschläfert werden.«

Rasch umriss Zadira Paoli Valérys Tod, das Bild Nummer neun auf dem MacAir und dass er vermutlich betäubt worden war.

»Und wie?«

»Arnaud, wir sind hier nicht bei CSI Miami«, erwiderte sie. »Es ist Sonntag, die Techniker-Einheit aus Carpentras ist erst seit einer Stunde da. Und die Departement-Gendarmen, die zuerst hierhergerufen wurden, weil der Mord in ihrer Zone passierte, warten noch darauf, dass Staatsanwältin Lafrage entscheidet, wer weiter ermittelt, sie oder wir.«

Paoli stöhnte. »Ich werde mich nie daran gewöhnen, dass ihr da draußen dieses Reviergerangel liebt.«

»Musst du ja auch nicht. Paris ist nicht die Provence, da hast du Glück.« Ihr Ton hatte etwas Schnippisches bekommen. Wurde sie etwa schon zur Provinzpolizistin, die begann, ihre schlechten Gewohnheiten zu verteidigen?

Auch Zadira hatte erst lernen müssen, dass, anders als in Marseille, wo Gendarmerie und Police Nationale stets zusammenarbeiteten, auf dem Land um jedes Verbrechen und die Zuständigkeiten gerangelt wurde.

»Solange das noch nicht geklärt ist, musst du mir alles erzählen, was gestern auf dem Fest passiert ist, Zadira. Alles. Auch das, was du nur gesehen hast, ohne darüber nachzudenken. Ich will …«

»Ich weiß, was du willst, Arnaud«, sagte Zadira sanft. »Ich bin aus deiner Zunft.«

Sie zog sich mit dem Dackel in den ruhigeren Teil des gepflegten Gartens zurück und setzte sich neben eine verblühte Hortensie. Mittlerweile waren Lafrage und Minotte in eine heftige Diskussion geraten. Erschwerend kam hinzu, dass jetzt auch noch die Untersuchungsrichterin Magalie Bayral aus Avignon zu ihnen gestoßen war. Magalie war jung, hatte mit dem falschen Hund Minotte eine Affäre, wie nicht nur Zadira mittlerweile wusste, und ließ sich deswegen oft von ihm überreden, übereilten Verhaftungen zuzustimmen.

Während Zadira das Spektakel am Swimmingpool aus gebührender Distanz genoss, berichtete sie Arnaud minutiös den Verlauf des Abends. Valérys Streit mit Charles Idka, ihr Gespräch, das Geplänkel mit Joseph. Wie die anderen Gäste auf den Kritiker reagierten. Als Zadira Paoli von der Frau erzählte, hakte er nach. Sie beschrieb sie ihm, und dabei fiel ihr ein, an wen dieses fremde Gesicht sie erinnert hatte.

»Agnes Schwarz!«, sagte Paoli. »Ich wusste es!«

Sie hörte, wie er rasche Anweisungen rief.

»Moment, dich interessiert Charles' Streit mit Valéry nicht?«

»Nicht, wenn es dabei nicht konkret wurde. Hat Charles Valéry gedroht? Wollte er ihn angreifen? Wo ist Charles, hast du mit ihm schon gesprochen?«

»Warte«, sagte Zadira und winkte einem der Kellner, der aufgeschreckt durch den Garten lief, mit ihrem Polizistenausweis zu sich. »Ist Charles Idka hier ebenfalls Gast?«, fragte sie ihn.

»Ich … ich weiß nicht.«

»Dann kriegen sie es doch bitte raus. Und bringen Sie einen Napf Wasser für den Hund.«

Noch während sie wartete, wurde Paoli auf einmal laut. »Warte, Zadira, warte! Verdammt!«

Offenbar ging in diesem Moment gerade in den großen Nachrichtenbüros aller französischen Zeitungen und Sender eine anonyme Bekenner-Mail ein. Mit dem Bild des durchbohrten Valéry und darunter …

»Sag's nicht.«

»Doch. Nummer neun, wie auf Valérys Mac Air.«

Paoli bat Zadira erneut zu warten. Dann hörte sie im Hintergrund, was die Pressesprecherin des Commissariats am Quai des Orfèvres zu ihm sagte. Der anonyme Absender hatte als kleine Ergänzung noch die Bilder der Leichen von Lucas Zorn und Céline Durand sowie deren »Vorbilder« angehängt. Hochaufgelöste Dateien. Die restlichen Idka-Bilder waren mit den bekannten Fragezeichen dekoriert.

Damit war das tödliche Bilderrätsel endgültig in der Welt.

Paoli stöhnte auf. Ab jetzt würden die Telefone in seiner Brigade nicht mehr aufhören zu klingeln. Es war nur noch eine Frage von höchstens ein oder zwei Tagen, bis es irgendeinem Journalisten gelang, Idkas Spur aufzunehmen und nach Mazan zu folgen.

»Wir müssen Agnes Schwarz finden«, sagte Paoli jetzt.

»Ich glaube das mit Agnes Schwarz nicht«, erwiderte Zadira. »Es ist zu einfach. Ja, eine Verrückte, wie praktisch, außerdem sexuell abgewiesen, solchen Frauen ist ja alles zuzutrauen.«

»Habe ich dir erzählt, dass sie während ihres Psychiatrieaufenthaltes malen gelernt hat?«

»Das machen fast alle Depressiven, Arnaud.«

In gewisser Weise konnte sie ihn ja verstehen. Er wollte den Sack zumachen. Er war es gewesen, der früh den Zusammenhang zwischen den Morden und Idkas Bildern hergestellt hatte, auch ohne die erste Bekenner-Mail. Agnes Schwarz war das perfekte Bindeglied: Sie hasste und liebte Idka, sie malte, sie war in Paris und vermutlich auch auf dem Albion-Plateau gewesen. Und die Zeit rannte ihnen jetzt mehr denn je davon.

»Es ist nicht zu einfach«, widersprach Arnaud. »Schwarz hatte ein Motiv und die Gelegenheiten. Du hast sie gesehen!«

»Vielleicht war sie es nicht.«

»Und wenn doch?«

»Dann würde es nicht Lucas Zorn erklären.«

»Herrgott, Zadira! Schwarz ist genau der Typ, der sich so eine komplizierte, aber rücksichtsvolle Methode ausdenkt: erst einschläfern, dann bearbeiten.«

»Genau der *Typ*?«

»Anders gesagt: Sie hat einfach nicht die Kraft, ihre Opfer physisch zu überwältigen. Also betäubt sie sie.«

»Und warum sollte Agnes Schwarz die Presse benachrichtigen?«

»Geltungsbedürfnis. Das hat sie früher auch schon angetrieben. Und sie will, dass Idka sie wahrnimmt. Dass er unter Druck gerät. Dass er sich dazu äußert, sich zu ihrer Beziehung bekennt.«

Pascha saß vor Zadira und schaute sie artig an.

»Ich muss jetzt los, Zadira. Hier gibt es noch einiges zu erledigen, bevor ich mich auf den Weg nach Mazan mache. Die Berichte über die Befragungen der Familien von Zorn und Durand sind übrigens da, willst du sie wirklich haben? Ich meine, wir wissen ja inzwischen, dass es der Mörder auf Idka abgesehen hat, nicht auf diese Leute persönlich, es kostet dich also nur Zeit, dich damit zu beschäftigen.«

»Das würde ich doch lieber selbst entscheiden, Arnaud.«

»Schon gut! Schon gut. Ich werde dir die Berichte verschlüsselt mailen.«

Ihrer Frage nach Idkas Krankenakte wich Arnaud mit »Ja, da sind die Kollegen auch dran« aus. Sie verschwieg ihm, dass sie die Akte bereits von Djamal bekommen hatte.

Der Kellner kam zurück und stellte Pascha einen Napf Wasser und einen nach Fleisch und Gemüse duftenden Brei hin, auf den sich der Dackel stürzte.

»Monsieur Charles Idka war unter den von Monsieur Joseph eingeladenen Gästen«, sagte der Kellner dann, »doch er ist abgereist. Schon sehr früh, niemand weiß genau, wann.«

»War das Hausmädchen bereits in seinem Zimmer?«, fragte Zadira und hoffte, dass es nicht so war. Doch der Angestellte nickte.

Zadira atmete tief durch. Charles war weg. Und in seinem Zimmer würde die Spurensicherung jede Menge Marseiller Seife und Ajax finden, aber sonst wenig. Na, hurra.

Sie schaute dem Kellner hinterher und überlegte, ob sie … Ach, was soll's, dachte sie dann.

»Hör zu, Arnaud. Hör einfach nur zu und reg dich später auf. Ich habe Idkas Akte bereits. Seine Erblindung war kein Unfall, das hat er bei meiner letzten Begegnung mit ihm auch zugegeben. Er hat seinen Bruder Charles beschuldigt. Charles wiederum hat gestern Abend mit Valéry gestritten. Vor Zeugen. Er schlief im selben Hotel wie Valéry. Er ist bekannt für Aggressionen. Er war bei den Morden an Céline Durand und Lucas Zorn in Paris. Er profitiert von der Aufmerksamkeit, die Idkas Bilder ab jetzt haben werden. Und er ist von hier mitten in der Nacht verschwunden. Sein Zimmer ist jedoch bereits geputzt.«

Paoli schwieg. Dann sagte er: »Ich verstehe.« Er sagte es auffallend kühl. »Und was schlägst du jetzt vor?«

Zadira sagte: »Ruf ihn an! Wenn du ihn erreichst und er sich bereit erklärt, zu mir oder dir auf die Wache zu kommen und einem informellen Gespräch zuzustimmen, dann …«

»Dann?«

»Dann mache ich es dir weniger schwer.«

Schweigen, durchdrungen von Telefonklingeln, Stimmen.

»In Ordnung«, sagte er. »Ich werde ihn anrufen, und gnade ihm Gott, wenn er nicht erreichbar ist.«

Und schließlich, weicher: »Du machst es mir nicht schwer. Du lässt mich nur nicht so gut dastehen, wie ich vor dir dastehen will.« Er atmete tief durch. »Ich ruf jetzt noch deine Staatsanwältin an und sage ihr, dass sie Minottes Brigade ordentlich scheuchen soll. In Ordnung?«

Sie verabschiedeten sich.

Als Zadira mit Pascha über den Rasen zurück in Richtung Hotel ging – sie wollte sich Charles' Zimmer trotzdem anschauen –, vibrierte ihr Telefon erneut.

Sie rechnete schon halbwegs damit, dass es wieder Arnaud sei. Aber es war die Nummer von Blandine.

»Ich nehme nicht an, dass du ein Rezept zum Einkochen von Marmelade haben willst?«, begrüßte Zadira die Polizeireporterin des *Vaucluse matin*.

»Nein«, seufzte Blandine, »aber eines, mit dem ich meinen Chefredakteur einkochen kann. Du ahnst nicht, wie Nestor mir die Hölle heißmacht.«

»Ihr habt also auch eine Mail bekommen.«

»Allerdings. Nestor mault mich an, warum wir das nicht vorher wussten. Ich sage ihm also, dass wir viel mehr wissen, aber die Ermittlungen nicht behindern wollen. Er sagt, dass ich mein weiteres Berufsleben behindere und so weiter und so fort, na, du kennst das.«

Blandine atmete tief durch.

»Saddie, Nestor wird am Montag im *Vaucluse Matin* rausbringen, dass Idka sich in Mazan versteckt.«

»Ach, *merde*.« Zadira spielte die Optionen durch.

Spätestens am Montagabend also würde Mazan platzen vor Ü-Wagen und Kamerastativen.

»Tut mir leid, Saddie«, sagte die Reporterin unglücklich.

»Mach dir keine Gedanken, Blandine, es war nicht zu verhindern.«

»Kann ich Nestor mit irgendetwas bestechen? Was ist denn mit der Krankenakte?«

Es wäre ein klares Dienstvergehen, einer Reporterin Einblick in eine Krankenakte zu gewähren. Andererseits hatte Blandine ein Recht darauf, darüber zu berichten, nicht nur dank des französischen Presserechts, sondern auch, weil sie Zadira erst auf die Spur gebracht hatte, Idkas »Unfall« in Frage zu stellen.

»Du hattest recht«, sagte sie. »Idkas Unfall war keiner.«

Blandine japste.

»Aber wir haben ein Problem«, sagte Zadira. »Wenn ich dir jetzt sage, dass er seinen Bruder Charles dafür verantwortlich macht und dieser direkt nach Valérys Tod verschwunden ist und du über den Verdacht schreibst – dann weiß nicht nur Charles, dass wir ihn suchen. Dann beschuldigen wir eventuell auch einen Unschuldigen, und davon erholt sich der Mann im Zweifel nie. Und es wird dir auch nicht helfen, an Solange Rouelle vorbeizukommen, um Idka zu interviewen. Nicht einmal, wenn du sie vorwarnst, dass du nur die erste von hundert anderen Reportern an ihrer Tür bist.«

»Ach, verflucht«, antwortete Blandine nach einer Weile. »Ich kann gar nicht glauben, dass ich kein Interview mit diesem Maler bekomme, obgleich er mir direkt vor der Nase sitzt!« Sie seufzte laut und wütend. »Ich werde es trotzdem versuchen. Wenn du nachher in den Gassen von Mazan eine blonde Frau mit zerrauften Haaren siehst, die vor sich hin stammelt, dann bin das ich, während ich verzweifele.«

Sie verabschiedeten sich und legten auf.

Zadira registrierte die Unruhe an der Hoteleinfahrt. Sie ging mit Pascha hin und erkannte René Joseph, der auf die Staatsanwältin Lafrage und Untersuchungsrichterin Bayral einredete.

»… wissen, wie das ist, wenn man durch eine anonyme Mail vom Tod seines Freundes erfahren muss?« Dann erspähte der Krawallkünstler den Dackel an Zadiras Seite. »Paschalein!«, rief Joseph aus. »Mein Kleiner, du armer Waisenhund.« Er ging in die Hocke, und der tapfere kleine Hund rannte auf seinen Stummelbeinchen auf den exzentrischen Mann zu.

»Der Hund bleibt bei mir!«, teilte Joseph der Staatsanwältin und der Richterin mit. Dann schnipste er mit den Fingern, und sofort löste sich aus seiner Entourage ein junger Mann mit Videokamera.

»Ich werde jetzt mein Statement zu Antoines Tod und Etienne Idkas Schuld abgeben«, verkündete Joseph den Anwesenden, nahm den verblüfften Dackel hoch und stellte sich affektiert in Positur.

»Ich klage an!«, begann René Joseph getragen, gefolgt von einer Tirade auf Etienne Idkas Bilder, die nur dazu gedacht seien, kranke Hirne zu Morden aufzustacheln.

Zadira beobachtete Pascha in Josephs Arm. Der Hund hätte gebellt, wenn er jemand Fremdes im Zimmer seines Herrchens erlebt hätte. Wahrscheinlich hatte Valéry seinen Mörder gekannt und ihm arglos die Tür geöffnet.

Lafrage verdrehte die Augen und kam auf Zadira zu.

»Ihr Pariser Commissaire hat mich eben angerufen. Er war darauf bedacht, Ihre Arbeit zu loben«, sagte die Staatsanwältin.

»Das ist natürlich verdächtig«, erwiderte Zadira.

Um Lafrages strengen Mund zuckte es kurz.

»Ich ziehe die Gendarmerie ab. Minottes Brigade übernimmt. Von Ihnen will ich einen informellen Bericht über die Zusammenhänge hören. Antoine Valéry wurde im Vaucluse umgebracht. Das ist eindeutig kein Arrondissement von Paris.«

Heute war Sonntag, aber selbstverständlich würde Zadira gleich noch nach Avignon fahren und in Sophia Lafrages perfekt klimatisiertem Büro mit dem echten van Gogh an der Wand Rapport erstatten. Auch, weil sie wusste, dass Commissaire Minotte es hassen würde, dass nicht er die erste Wahl der unbestechlichen Sophia Lafrage war.

24

Und dann hat sie erzählt, dass wir früher neben den Fahrern gesessen haben.«

»Neben den Fahrern?«

»Ja, aber das finde ich komisch, weil, ich habe noch nie neben einem Fahrer gesessen. Ich sitze nur manchmal neben Dreibein, aber die fährt nicht. Außer wenn sie wegfährt, so wie gerade.«

Manon war sich sicher, dass Tin-Tin irgendetwas durcheinanderwarf. Ihr kleiner schwarzer Nachwuchskater, der sich anscheinend langweilte, machte sich gerade auf, Tin-Tin zu besiegen. Er tapste in einer Art Sprung auf ihn zu, stieß gegen dessen Vorderlauf und fiel um.

Manon dachte an den Moment zurück, als Camille durch die Katzenklappe gekommen war.

»Hier will dich jemand sprechen«, hatte Oscar ihren Besuch angekündigt, auf die Klappe geschaut und, nachdem da nichts passierte, hinzugefügt: »Sie ist ziemlich dünn, vielleicht kriegt sie die Klappe nicht auf.«

Bekam sie aber doch. Und Manon war vom ersten Moment an bezaubert gewesen. Noch nie hatte sie eine so schöne Katze gesehen. Erst als Camille sich vorsichtig in ihre Richtung tastete, hatte sie begriffen, dass sie blind war. Camille hatte in ihre Richtung gewittert, sie schien aufgeregt. Sie ließ sich vor Manons Lager auf dem Bauch nieder.

Der kleine Schwarze hing an einer Zitze und trank sich satt, mit den Pfötchen milchtretend. Die drei Ingwerfarbenen wandten sich neugierig der Besucherin zu.

»Wie schön sie sind«, sagte Camille.

»Aber du kannst sie doch gar nicht sehen.«

»Doch, ich sehe sie nur anders als du.«

Manon hatte solch einen Frieden verspürt in Camilles Gegenwart, und auch die blinde Katze schien in dieser Begegnung ein Glück zu erfahren, das völlig neu für sie war.

»Er weiß es nicht, oder?«, hatte Camille irgendwann gefragt.

»Nein, sie wissen es alle nicht.«

»Dann sollten wir es dabei belassen«, bestätigte Camille. Mittlerweile hatten sich alle drei ingwerfarbenen Kätzchen an die Besucherin herangewagt. Der Schwarze, der es gar nicht fassen konnte, auf einmal vier freie Zitzen vor sich zu haben, schaute sich irritiert um. Als er mitbekam, dass gerade woanders etwas los war, machte er sich sofort auf den Weg, die neue Attraktion zu erlegen.

»Hey, das ist ja ein kleiner Raufbold«, gluckste Camille.

»Wirst du Junge haben?«, fragte Manon.

»Nein, sie haben mir etwas weggenommen«, antwortete Camille. Und das hatte Manon noch mehr leidgetan.

»Ich muss gleich wieder gehen«, hatte Camille dann gesagt und ihr in leisen Worten, so dass der neugierige Oscar es nicht hören konnte, erzählt, warum sie gekommen war.

Es hatte Manon in schreckliche Angst versetzt. Trotzdem war hinter der Angst ein Funken Licht geblieben, ein Licht, so weiß und leuchtend wie das Fell von Camille.

»Und dann hat sie noch von toten Menschen erzählt«, setzte Tin-Tin seinen Bericht über Camille fort. Manon hatte ihn nach der weißen Katze gefragt, aber bisher waren seine Antworten nicht sehr ergiebig.

»Die haben wir irgendwo hingebracht, wo sie dann bleiben sollten. Aber das habe ich auch nicht verstanden. Ich habe nämlich noch nie jemanden irgendwo hingebracht, schon gar keinen Toten. Warum soll man die auch irgendwo hinbringen, wenn sie doch tot sind?«

Manon stupste den Schwarzen mit der Pfote an, woraufhin der wieder in ihre Richtung wackelte, eine seiner Schwestern beiseiteschob und zufrieden zu saugen begann.

»Was sie dann noch erzählt hat«, plapperte Tin-Tin weiter, »weiß ich nicht mehr, weil ich eingeschlafen bin. Glaube ich …«

»Still!«

»Was denn?«

»Sei still, Tin-Tin!«

Jetzt bemerkte auch der junge Kater das merkwürdige kratzende Geräusch an der Eingangstür.

»Manon«, flüsterte er. »Was ist das?«

Manon hatte sich halb erhoben. *Gefahr!*, dachte sie alarmiert und: *Es ist so weit!* Ihr Fell sträubte sich, die Ohren wurden flach. Doch sie wusste, dass sie es nur schaffen konnte, wenn sie einen klaren Kopf behielt. Und selbst dann … Sie wandte sich an Tin-Tin.

»Versteck dich, schnell. Du musst es Mazan erzählen. Und bitte, Tin-Tin, vergiss es nicht.«

»Ja, aber, was denn? Manon, sag mir, was los ist, ich habe Angst.«

»Versteck dich, schnell. Schnell! SCHNELL!«, fauchte sie ihn an.

Tin-Tin rannte mit hochgerecktem Schwanz unter das Sofa. Manon packte die Kleinen und zog sie zu sich heran. Dann starrte sie mit großen, angsterfüllten Augen auf die Tür.

Mit einem Knacken öffnete sich das Schloss. Die Tür schwang auf.

Und der Schatten des Mannes fiel in den Raum.

Mazan war in seinem Garten, als Tin-Tin durch die Gitterstäbe gesprungen kam.

»Mazan, schnell!«

Erst verstand er nicht, was der Kleine wollte, weil dieser so aufgeregt war und alles durcheinanderbrachte. Dann aber sickerten die entscheidenden Informationen in ihn ein: ein fremder Mann … Manon und die Jungen … in einer Kiste …

Der Schreck fuhr Mazan durch die Brust wie eine messerscharfe Kralle. Ohne zu zögern, rannte er los. Doch sein Verstand arbeitete dabei auf Hochtouren. Noch bevor er durch die Gitter sprang, rief er Tin-Tin zu: »Hol die anderen! Schnell, alle zu Oscars Haus!«

Dann jagte er die Gasse hoch. Gedanken zuckten durch sein Hirn: *Ich war gewarnt … nicht aufgepasst … Oh, Manon!*

Doch er wusste, dass ihm das nicht weiterhalf. Während er um die Ecken raste und Stufen hochsprang, durchdachte er bereits die nächsten Schritte. Manon war mit den Kleinen aus dem Haus geholt worden. Warum? Falsche Frage. Wohin?

Als er in die Straße einbog, in der Oscars Haus lag, war ihm bereits klar, dass es sinnlos war, dort hineinzugehen. Er musste stattdessen versuchen, Manons Witterung aufzunehmen, ihre sanft glühende Farbe zu spüren und das verletzliche Rot der Jungen.

Vor dem Haus blieb er stehen, zwang sich zur Ruhe, zur Konzentration. Er hockte sich nieder, schloss die Augen. Seine Ohren zuckten, seine Schnurrhaare vibrierten. Da!

Er hatte sie!

Eingehüllt in schwarze Angst.

Er folgte der Spur, sie wurde zwischendurch dünner, war undeutlich. Er dachte daran, was Tin-Tin erzählt hatte: dass sie in einer Kiste transportiert wurde. Sie habe sich gewehrt, hatte der junge Kater erzählt. Doch der Mann hatte Handschuhe, und nachdem er das erste ihrer Jungen gepackt hatte, war sie verloren. Das Entsetzen über diese grausame Vorgehensweise ließ ihn schier verzweifeln.

Mazan wusste, was sie durchmachte. Auch er war einmal gepackt und entführt worden. Vor langer Zeit, lange bevor er diese Stadt gefunden hatte. Rohe Hände, deren brutaler Kraft er nichts entgegenzusetzen hatte. Man hatte ihn in einen grellweißen Raum gebracht, in dem in vielen anderen Käfigen ebenfalls Katzen und Hunde steckten. Die Wolke aus Angst und Verzweiflung war überwältigend gewesen.

Er hatte diese Zeit in den hintersten Winkel seiner Erinnerung versteckt. Hatte geglaubt, es sei vorbei und es würde ihn nie wieder bedrängen. Doch jetzt war alles mit einem Schlag wieder gegenwärtig.

In jener Zeit, in der er noch keinen Namen hatte, in der er nur eine Katze von vielen in ihrem Käfig war, erlosch das Bewusstsein dessen, was er zuvor gewesen war.

Dafür erwachte etwas anderes.

Diesem anderen Wesen gelang es zu entkommen. Indem es die Menschen in ihrem Verhalten beobachtete und die

Schwäche in der Überwachung entdeckte. Sie hieß: der Tod.

Eines Tages lag eine Katze tot in ihrem Käfig. Einer der weiß gekleideten Männer packte sie mit einer Hand, achtlos und ohne mit irgendeiner Gegenwehr zu rechnen. So trug er sie aus der weißen Hölle nach draußen.

Commissaire Mazan, der damals noch nicht so hieß, lernte das Totstellen. Aber nicht als Spiel, so wie Tin-Tin es neuerdings betrieb, sondern um zu überleben. So war er entkommen.

Doch für Manon würde es dieses Entkommen nicht geben. Sie war nicht allein, sie hatte ihre vier Jungen dabei. Und selbst wenn es ihr gelingen sollte, sich tot zu stellen, so würde das kaum dazu führen, dass auch ihre Kleinen freikämen.

Die Vorstellung, dass Manon und ihre Jungen in der weißen Hölle landen könnten, war unerträglich. Verzweifelt mühte sich Mazan, ihre Spur nicht zu verlieren, doch sie wurde immer schwächer. Und dann, mit einem Mal, war sie völlig verschwunden.

Entsetzt hielt er inne, lief ein Stück zurück, suchte erneut. Doch es half nichts, an einem bestimmten Punkt hörte die Spur einfach auf. So als wäre sie abgeschnitten.

Oder als hätte man sie in einem Auto verstaut!

Sofort sortierte sein Verstand die Möglichkeiten. Die anderen Katzen. Sie mussten helfen. Vor allem aber Atos mit seinem hochentwickelten Geruchssinn, der dem der Katzen noch weit überlegen war. Mazan rannte den Weg zurück.

Tin-Tin hatte ganze Arbeit geleistet. Schon vor dem Haus hatten sich Katzen eingefunden. Als Mazan dann durch die Katzenklappe sprang, fand er Tin-Tin, Rocky,

Louise, Orangino und Oscar. Und Atos, der die ganze Wohnung abschnüffelte, auf der verzweifelten Suche nach Manon und den Kleinen. Jeffrey, Oscars Mensch, stand mitten im Raum, das Telefon am Ohr, und machte einen ziemlich verwirrten Eindruck.

»Ja, sie sind einfach verschwunden. Ich mache mir schreckliche Sorgen, Jules. Die Kleinen sind mir ans Herz gewachsen. Wo mag sie nur mit ihnen hin sein?«

Louise und Rocky kamen auf Mazan zu. »Hast du eine Spur?«

»Ja«, erwiderte er, »aber ich habe sie verloren. Wir müssen alle Katzen zu Hilfe rufen und die ganze Stadt absuchen.«

»Ich kümmere mich darum«, sagte Rocky. »Komm, Kleiner«, wandte er sich an Tin-Tin, »es gibt Arbeit.«

»Sag ihnen, sie sollen hierherkommen, um Manons Witterung aufzunehmen, zuerst die, die draußen warten.«

»Okay.« Rocky und Tin-Tin verschwanden durch die Katzenklappe.

»Das mag ja sein«, rief Jeffrey ins Telefon, »dass Katzenmütter so etwas machen. Aber sie hatte hier doch alles, was sie braucht. Im Übrigen scheine ich nicht allein mit dieser Sorge zu sein. Hier haben sich jede Menge Katzen eingefunden, die ganz und gar keinen entspannten Eindruck machen. Gerade kommt eine ganze Horde durch die Katzenklappe herein. Atos ist auch schon ganz aus dem Häuschen.«

»Nehmt ihre Witterung auf!«, rief Mazan den Neuankömmlingen zu, »und sucht jeden Winkel der Stadt ab.«

Dann wandte er sich an die Schattenweiße und ihren buntgefleckten Begleiter. »Louise, Orangino, ich will Atos auf Manons Spur ansetzen. Aber wenn der erst mal losrennt, kennt er kein Halten mehr. Ihr müsst mitkommen, damit er nicht am Ende die Spur verfolgt, ich ihn aber verliere.«

»Natürlich«, antwortete Louise.

»Geht klar, Don Mazano.«

»Bitte, sag mir, dass ihr nichts geschehen wird«, fügte Louise noch hinzu.

Mazan hätte ihr dieses Versprechen gern gegeben, doch er wusste, dass es eine Lüge gewesen wäre.

»Ach, und was mache ich?«, enthob ihn Oscar einer Antwort.

»Du hältst die Stellung.«

»Was, bitte schön, soll das heißen?«

»Erinnerst du dich noch daran«, sagte Jeffrey, »wie wir Zadira in dem Haus der perversen Pariser gefunden haben? Da haben die Katzen auch so ein Theater gemacht.«

»Du musst hierbleiben, Oscar«, wies Mazan ihn an. »Hier laufen im Moment alle Informationen zusammen. Auch die von dem da.« Er schaute zu Jeffrey empor.

»Trotzdem, ich habe eine Nase dafür, wenn etwas faul ist«, erklärte der gerade dem Tierarzt. »Und hier ist etwas faul, Jules. Hier stimmt etwas nicht.«

»Also, wir setzen jetzt Atos auf die Spur an.«

Der Hund bemühte sich bereits seit geraumer Zeit, durch die Katzenklappe zu kommen.

»Gute Idee«, sagte Louise. »Aber wie?«

»Ich könnte mich mit meinem ganzen Gewicht gegen die Tür werfen«, schlug Oscar vor.

»Sie geht auf nach innen, dicker Oscar«, meinte Orangino anmerken zu müssen.

»Das weiß ich selbst, du Keksdose«, giftete Oscar zurück.

»Hört auf mit dem Quatsch«, ging Mazan dazwischen. »Um die Tür kümmere ich mich. Haltet euch bereit!«

Er lief zu Atos, der seine Schnauze durch die Klappe schob und dabei verzweifelt jaulte.

»Atos! ATOS!«

Der Hund sah ihn groß an. Mazan fixierte ihn, band seinen Blick. Als er sich sicher war, dass Atos' Aufmerksamkeit ganz ihm gehörte, flüsterte er eindringlich: »Finde Manon! Finde Manon!«

Dann öffnete er die Tür.

»Ähm, Jules? Was ich dir jetzt erzähle, wirst du mir nicht glauben. Die Katzen haben gerade die Tür aufgemacht, damit Atos rausrennen kann. Dein Hund ist soeben mit Hilfe einer Horde Katzen getürmt und über alle Berge!«

25

»Da ist sie«, sagte einer der fünf Journalisten, die am Montagmorgen auf dem Kirchvorplatz unweit von Zadiras Wohnhaus in der Rue Bayard Stellung unter den Bäumen bezogen hatten. Forsch lief ihr der erste mit Mikrofon entgegen, darauf das Logo von TF1.

»Commissaire Matéo!«, rief er.

»Was hat es mit den Bildermorden und Idkas Schweigen darüber auf sich?«, mischte sich der zweite ein. Er trug ein Ausweisschild der rechts-konservativen Krawallzeitung *Le Parisien* am Revers. Der dritte war ein Videoreporter ohne Ausweis und drängte die anderen zur Seite, während er Zadira herrisch ansprach: »Und wer wird der Nächste sein? Wie lange führen Sie schon ergebnislos die Ermittlungen?«

Zadira blieb auf dem mittleren Treppenabsatz stehen. Eine Bewegung links über ihr verriet ihr, dass jemand diskret durch die Vorhänge vor Jules' Wohnzimmer spähte. Nur für den Fall, dass es der Tierarzt oder seine liebreizende Begleiterin war, stellte Zadira sich etwas aufrechter in Positur und sagte laut und in aller Gelassenheit: »Guten Morgen, *Messieursdames.*« Sie wartete, bis alle fünf zögernd den Gruß erwidert hatten. Dann erst sprach sie weiter. »Willkommen in Mazan. Wie Sie unzweifelhaft feststellen konnten, ist das hier nicht Paris. Deswegen bitte ich Sie, sich der hiesigen Etikette anzupassen. Regel eins: Wir sagen hier einander guten Tag. Regel zwei: Suggestivfragen werden nicht beantwortet. Regel drei: Sie werden zweimal am Tag eine Aktualisierung der Ermittlungen erhalten, sofern Sie sich bei der *Police rurale* in Mazan sowie der *Police Nationale* akkreditiert haben.« Sie sah auf die Uhr. »Das erste Mal nach dem Mittagessen gegen 14:30 Uhr in Mazan, das zweite Mal kurz vor Redaktionsschluss gegen 20 Uhr im Commico in Carpentras, wo die Ermittlungen zentral geleitet werden. Regel vier: Mein Name ist Lieutenant Matéo, nicht Commissaire, und das ist meine Privatwohnung. Ich erwarte Sie zu den angegebenen Zeiten an den zuständigen Stellen. *Merci* und *bonne journée*.«

Die Journalisten sahen sich an, sagten ebenfalls *»bonne journée«* und ließen Zadira passieren.

Nur der Videoreporter rief ihr nach: »Hat sich Idka schon bedankt für seine Prominentenbehandlung und den Schutz durch Staatsbeamte wie Sie? Oder zahlt er so viel Gewerbesteuer, dass sich das Kaff hier komplett neu sanieren kann und ihn deshalb vor der Welt versteckt?« Zadira fiel es nicht leicht, nicht ihrem ersten Impuls nachzugeben und ihm die Hoden von hinten über das Gesicht zu ziehen. Sie hatte Deeskalationstrainings über sich ergehen lassen müssen. Sie wusste aus Marseille, dass gute Journalisten klare Regeln begrüßten. Sofern diese ihnen nicht ihre Arbeit erschwerten. Miese Journalisten ignorierten sowieso alle Regeln. Der Videoreporter gehörte zu Letzteren.

Zadira wandte sich noch einmal um. Sah jedem Einzelnen in die Augen. Dann sagte sie sanft: »Ich erwarte außerdem, dass Sie ab jetzt nicht mehr vor meiner Wohnung auftauchen. Aber ich kann Ihnen den Roten im Lou Carri

Café empfehlen sowie La Pizzeria für den Mittagstisch und die Gästezimmer des Secret de Cézanne.«

Einige der Reporter lächelten und bedachten ihren Kollegen mit einem abfälligen Blick, da er bei Zadira restlos abgetropft war.

Diese fünf waren sicher nur die Vorhut. Bis heute Abend dürften sich zehnmal mehr hier herumtreiben, da der *Vaucluse Matin* parallel zu einer gedruckten Ausgabe eine Agenturmeldung hatte verbreiten lassen mit der Schlagzeile: »Mysteriöser Bildermord in Paris – Jahrhundert-Maler Etienne Idka nach Mazan geflohen.«

Zadira hatte, dank Blandines Vorwarnung, vorher noch mit Sophia Lafrage gesprochen und mit Commandante Morel beschlossen, die Journalisten nach Carpentras zu lotsen, um Mazan zu entlasten.

Als Zadira zu ihrem Lancia ging, sah sie Atos über den Kirchplatz galoppieren. Allein.

Ihre Hand zuckte zum Mobiltelefon, um Jules anzurufen, doch sie beschränkte sich auf eine SMS.

Brüllend sprang der Motor des Lancia an. Es war Zadira jetzt ganz recht, dass sie aus der Stadt rauskam. Als sie auf die Avenue de l'Europe einbog, um über Carpentras nach Avignon zu fahren, fragte sie sich, wie die erneute Begegnung mit Arnaud Paoli wohl ablaufen würde.

Sie hatte dem Kriminalpsychologen angeboten, ihn vom TGV-Bahnhof abzuholen, bevor er ins Commico Carpentras einlief, um die Mordermittlungen im Fall Valéry als Co-Leiter zu übernehmen. Sie hätten auf der Fahrt Gelegenheit, sich über ihre Erkenntnisse auszutauschen, ohne dass Minotte ihnen in die Quere kam. Damit zumindest hatte sie ihr Angebot begründet.

Der TGV-Bahnhof lag außerhalb der Altstadt.

Während sie auf Paoli wartete, schaute sie immer wieder auf ihr Samsung. Aber Jules hielt es anscheinend nicht für nötig, auf ihre SMS zu antworten.

Um sich abzulenken, studierte sie die TGV-Abfahrten. Bis zum Pariser Gare du Lyon brauchte der Hochgeschwindigkeitszug nur zwei Stunden und neununddreißig Minuten. So lange wie 159 Mal, jede Minute einmal, Aufs-Handy-gucken, um zu schauen, ob ein Tierarzt eine SMS zurückgeschrieben hatte.

Paoli begrüßte sie mit zwei Wangenküssen, die sich verdächtig nahe an ihre Mundwinkel verirrten. Er roch gut, und Zadira war irritiert, dass sich ihr vager Ärger über Jules in Paolis Lächeln und seinem Duft auflöste.

Bevor er in das Auto einstieg, hielt Paoli für einen Moment genießerisch sein Gesicht in die spätseptemberliche Sonne. Dann sagte er mit geschlossenen Augen: »Charles Idka hat eine kleine, feine und sehr geheime Polizeiakte, die einer meiner Leute nur gefunden hat, weil er das Passwort eines inzwischen pensionierten Richters benutzt, um Akten mit Sicherheitsstatus zu suchen und zu öffnen.«

»Interessante Methode«, sagte Zadira.

»Eine Anzeige wegen Bedrohung der Galeristin Céline Durand Anfang der neunziger Jahre, eine von Antoine Valéry wegen Hausfriedensbruch und mutwilliger Zerstörung von Eigentum vor fünfzehn Jahren, eine von einer Frau, die er in einem Pariser Nachtclub traf und die er für ihren Geschmack etwas zu forsch zu verführen versuchte. Vor dreizehn Jahren.«

»Hat sie ihn wegen Vergewaltigung angezeigt?«

»Nein. Sexuelle Belästigung.«

»Céline Durand und Antoine Valéry«, wiederholte Zadira. Sie lotste den Lancia auf die südliche Rocade von Avignon.

»Beide haben die Anzeige später fallengelassen«, berichtete Arnaud. »Céline hat sich von Charles bedroht gefühlt, als er einen Wutanfall bekam, weil sie den von ihm vertretenen Künstlern nicht die besten Wände in ihrer Galerie zugedachte. Sie hätte sie, so Charles, neben dem Klo aufgehängt. Und Valéry hat er mal das Redaktionsbüro verwüstet, nach einem ätzenden Verriss. Nichts wirklich Schlimmes, er hat den Tisch umgeworfen, den Kaffee auf der Tastatur ausgeschüttet, solche Dinge, Affekt, Drohgebärden.«

Sie tauschten einen Blick. Zadira wusste, dass sie beide dasselbe dachten: Nur weil ein Mensch ein paar Anzeigen gesammelt hatte, musste er nicht zum Mörder werden. Dass Charles Idka Frauen Angst machen konnte, glaubte sie dennoch unbesehen. Der Mann stand unter einer psychischen Spannung, die sich jederzeit in Aggression entladen konnte.

»Ich hätte dich angerufen, wenn wir ihn erreicht hätten. Aber er ist nicht aufzufinden. Charles Idka ist verschwunden.«

Er legte seine Hand auf Zadiras auf dem Schaltknauf. »Lass uns gleich nach Mazan zu Etienne Idka fahren. Ich habe die Schnauze voll von dem Getue dieser Leute. Wenn Etienne damals von seinem Bruder angegriffen und geblendet wurde, dann ist Charles ebenso verdächtig wie Agnes Schwarz. Und ich kann es nicht leiden, wenn mich jemand anlügt. Etienne Idka hat uns angelogen, und wer weiß, bestimmt nicht nur in dieser Sache.«

Die Wärme seiner Hand war sehr angenehm.

Zadira parkte wie gewohnt nahe der Porte de Mormoiron. Sie entdeckte einige Autos mit Pariser Kennzeichen, die nicht gern im Süden gesehen waren. Im Norden auch nicht.

Eigentlich nirgends.

Die gute Nachricht war, dass ihnen auf dem Weg zu Idkas Haus in der Rue des Ortolans keine Journalisten in die Quere kamen. Die schlechte, dass ihnen in einer schmalen Gasse Jules begegnete.

»Bonjour«, sagte Jules Parceval und ging weiter.

»Bonjour«, murmelte Zadira.

Bonjour?

Zadiras Puls dröhnte in ihren Schläfen. Verflucht, sollte das jetzt so weitergehen? Gaben sie eines Tages vielleicht auf der Straße sogar vor, einander nicht zu kennen?

Sie war Arnaud dankbar, dass er ihr nur einen fragenden Blick zuwarf, sich aber jeglichen Kommentar verkniff.

Schwer fiel der Türklopfer wenig später auf das alte Holz des Portals. Als sich daraufhin nichts tat, betätigte Arnaud die Klingel.

Nach einer weiteren Minute wurde das Portal langsam einen Spalt geöffnet.

Vor ihnen stand nicht Solange Rouelle, sondern Etienne Idka, das Haar zerwühlt, in seinem Gesicht das Echo eines eben noch durchlittenen Schmerzes. Er sah aus, als hätte er getrunken, seine weißen Augen waren rot unterlaufen, seine Miene war angespannt. Und als er sprach, wehte Zadira der Geruch von Rotwein an.

»Es schneit und regnet, das müssen meine Lieblingskommissare sein«, begrüßte Idka sie.

»Ist Madame Rouelle nicht da?«, fragte Zadira.

»Rouelle, das einzige Licht meiner weißen Nächte«, flüsterte der Maler. »Sie beide sind hier wegen Antoine, nicht wahr? Antoine Valéry, mein geliebter Feind, der log mich nie an, nie, sein Leben lang nicht.«

»Wir müssen mit Ihnen vor allem über Charles reden«, erklärte Paoli. »Aber nicht hier draußen. Es wimmelt hier von Journalisten, die auf eine heiße Story aus sind. Ich hoffe, Sie sind noch nicht belästigt worden.«

»Bestimmt nicht, solange ich nicht spazieren gehe, Monsieur Frühlingsmorgen. So riechen Sie jedenfalls. Zumindest die Sorte von Frühlingsmorgen, wie diese grässlichen Handwischtücher im TGV suggerieren. Eine Mischung aus Zitronen und toten Schmetterlingen.«

Idka wandte sich ab und stapfte unsicher auf das Haus zu.

»Kommen Sie! Reden wir über meinen Bruder, den guten, den wahren, den einzigen!«

Statt in den Salon zu gehen, in dem sie ihm bei ihrem ersten Besuch beim Frühstück Gesellschaft geleistet hatten, schwenkte der Maler in dem gefliesten Flur einigermaßen zielsicher nach links ins Atelier. Den Rahmen der offenen Tür ertastete er aber sicherheitshalber doch mit den ausgebreiteten Händen.

Zadira folgte ihm und schaute sich aufmerksam um. Das war also das Allerheiligste. Ihr Blick fiel auf die Staffelei mit der blanken Leinwand. Unter dem Fenster, das anscheinend in den Hof führte, ein Tisch auf dem sauber aufgereiht Pigmente, kleine Fläschchen mit Flüssigkeiten sowie Schalen und Gläser zum Anmischen standen. An der gegenüberliegenden Wand lehnte ein Stapel weiterer Leinwände. Dann bemerkte sie die weiße Katze auf dem Stuhl mit billigem, geflochtenem Polster vor dem Tisch. Camille hob den Kopf und wandte ihre hellblauen, blinden Augen Zadira und Arnaud zu.

»Camille, die beiden Feuerwehrleute sind wieder da«, verkündete der Maler mit betrunkenem Pathos, »sie kommen, einen Brand zu löschen!« Er wandte sich zu den beiden Polizisten um. »Hier im Süden schlafen die *pompiers* im Wald und lauern dem Feuer auf. So müssten Sie das auch tun, Madame la Police, Sie müssten sich direkt hineinlegen in das Unglück. Sie hätten Antoine beschützen müssen!«

Er lachte, aber bald schlug das Lachen in Husten um.

»Das heißt, wir hätten wissen können, dass er der Mann auf Bild Nummer neun ist?«, fragte Zadira. »Woher? Der Einzige, der uns das hätte sagen können, sind Sie. Sie haben aber behauptet, dass die Bilder keine realen Personen zeigen. Oder haben wir das nur falsch verstanden?«

Idka nahm eine trotzig wirkende Haltung ein. »Was immer Menschen in meinen Bildern sehen, entzieht sich auch weiterhin meiner Kenntnis und meinem Einfluss, Madame la Police«, antwortete er mit der typischen Gestelztheit des Angetrunkenen, der sich um eine klare Aussprache bemüht. »Wieso fragen Sie mich nicht, ob ich trauere? Ob ich schockiert bin, entsetzt, fassungslos?«

Er stieß auf.

»Sind Sie es?«

»Ich bin fassungslos, o ja. Ich habe geglaubt, Antoine sei unsterblich und unantastbar, und ich hätte schwören können, dass er alles überlebt.«

»Wo ist Ihr Bruder?«, fragte Arnaud dazwischen.

»In der Hölle, vermute ich«, erwiderte Etienne.

»Er ist schuld, dass Sie blind sind, ist das richtig?«

Etienne ließ sich langsam auf die Kante des bekleckstens Tisches nieder. Seine Hände ertasteten die Narben um seine Augenhöhlen.

»Ja. Es ist seine Schuld.«

Er schwieg für einen Moment, als müsse er diese Wahrheit selbst erst verdauen. Dann wandte er sich in Zadiras Richtung.

»Gut erkannt, Madame ohne Vornamen, Madame, die Brände austreten kann, mit dem rigorosen Schritt ihrer langen Beine. Kein Unfall, oh, nein, ein bösartiger Anschlag war es!« Seine Stimme war immer lauter, immer wütender geworden.

»Hat Ihr Bruder Céline Durand, Lucas Zorn und Antoine Valéry getötet?«, fragte Paoli sehr ruhig.

Idka leckte sich über die Lippen.

»Warum nicht?«, flüsterte er nach einer Weile. »Doch, ja, das kann sein ... und ich wollte es nur nicht wahrhaben. Er hasste Céline, weil sie mich liebte. Er hasste Antoine, weil der mich nicht liebte. Er will mich zerstören, weil er mich hasst und weil er mich liebt. Deswegen tötet er sie alle und ...«

»Und Lucas Zorn?«, fragte Zadira.

»Wer?«, gab Etienne irritiert zurück. Dann schien es ihm einzufallen. »Ach, ja ... Lucas. Lucas Zorn. Ein deutscher Begriff, er bedeutet Wut, *fureur*. Nein, ich weiß nicht, vielleicht ein Zufall? Ja, bestimmt, nicht wahr, Camille?«

Seine Hand tastete nach dem Stuhl, auf dem die Katze lag und ihrem Gespräch mit spitzen Ohren zu lauschen schien.

Zadira tauschte einen Blick mit Paoli. Der schien auch ratlos. Zadira wurde das Gefühl nicht los, dass sie mit einem zunehmend Verrückten sprachen.

Idka beugte sich vor.

»Camille«, flüsterte er, »Camille ...« Die kleine Katze folgte seiner Stimme, und dann fanden sich seine Hände und ihr Kopf. Sanft nahm er die Katze hoch. Und begann zu weinen.

»Ich wusste nicht, dass ich … dass die Bilder … dass alles so kommt, wie es kommt. Es brennt, Lieutenant Matéo, es brennt, und das Feuer verschlingt sich selbst.«

Arnaud warf Zadira einen leicht genervten Blick zu.

»Wo ist Ihr Bruder, Monsieur Idka?«, wiederholte Arnaud. Zadira fand, er ging den Maler inzwischen härter an, als sie es getan hätte.

»Ich weiß es doch nicht!«, rief Etienne aus.

»Glauben Sie nur, dass er es war, oder haben Sie Kenntnisse, die den Verdacht erhärten?«

Er atmete schwer. »Wie reden Sie denn, Mann?«, fuhr er aufgebracht fort. »Sie kommen hier rein und sagen, dass es mein Bruder war. Ich halte es nur für möglich, ja, für möglich.«

»Hat sich Agnes Schwarz bei Ihnen gemeldet?«, wollte Arnaud nun wissen.

»Die irre *boche*? Bestimmt nicht. Woher soll sie denn wissen, dass wir hier sind?«

»Sie könnte Sie dazu bringen, etwas zu den Morden zu sagen und auch zu der Beziehung mit ihr.«

»Ich hatte keine Beziehung mit der Fut. Ich hatte einen Fick, und der war langweilig.« Idka schüttelte den Kopf, lachte, stieß auf. »Agnes Schwarz … Sie glauben doch nicht ernsthaft, dass die *boche* es war. Entscheiden Sie sich doch mal! Mein Herr Bruder oder die Teutonin?«

In diesem Moment hörten sie, wie das Portal zur Straße aufgeschlossen und geöffnet wurde. Schritte kamen über den Hof, in die Eingangshalle.

»Etienne!«, rief Solange Rouelle. »Bist du da drin? Du solltest im Haus bleiben. Überall Reporter. Geh bitte auch nicht mehr an die Tür, wenn ich weg bin. Ich werde einkaufen fahren und uns Lebensmittel für ein paar Tage …«

»Wir haben Besuch, Rouelle«, unterbrach Idka sie.

Einen Moment lang war es still, dann betrat Solange Rouelle das Atelier. Ihr erster Blick fiel auf Zadira, Interesse, beinahe Freundlichkeit blitzte in ihren Augen auf. Dann bemerkte sie Paoli. Sofort senkte sich wieder ein Vorhang über ihre Gesichtszüge.

Zadira registrierte, dass die Haushälterin Idka geduzt hatte, als sie noch nicht wusste, dass er nicht allein war. Und dass der sie wiederum gesiezt hatte. Förmlich taten die beiden also nur vor Ohrenzeugen. Warum?

»Wir hatten Sie bereits erwartet«, sagte Rouelle ohne weiteren Übergang. »Sie sind wegen Antoine hier, nicht wahr?«

»O nein, Rouelle, sie sind wegen Charles hier!«, rief Idka höhnisch dazwischen. »Er hat die Morde begangen. Oder die irre *boche*. Oder beide, wer weiß? Unsere beiden Polizisten verteilen Morde gern großzügig.«

»Charles?«, fragte Solange Rouelle. Sie schien ehrlich überrascht, betrachtete Idka mit gerunzelter Stirn.

»Wir wissen, dass Charles Idka Céline Durand bedroht hat, ebenso Antoine Valéry«, erklärte Zadira ruhig. »Außerdem ist er seit dem Mord an Valérie verschwunden.«

Immer noch mit gerunzelter Stirn wandte sich Rouelle an Zadira. »Ist das eine offizielle Vernehmung?«

Arnaud warf Zadira einen erstaunten Blick zu.

»Natürlich nicht«, erwiderte er.

»Dann muss ich Sie bitten zu gehen. Monsieur Idka ist außer sich vor Trauer über den Tod eines ihm nahestehenden Menschen. Antoine war sein Kritiker, aber Etienne Idka betrachtete ihn als Freund. Sie werden verstehen, dass er Ihnen in seiner emotionalen Notlage nur widersprüchliche Informationen geben kann.«

»Natürlich«, sagte Paoli in einem Ton, der besagte: Wir wissen beide, du redest Quatsch, aber ich muss mich darauf einlassen.

»Ich begleite Sie hinaus.«

Solange Rouelle nahm einen Autoschlüssel von der kleinen Kommode im Flur und ging vor. Sie trat mit ihnen durch das Portal und schloss es hinter sich zweimal sorgfältig ab. Sie schaute aufmerksam die Gasse auf und ab, wahrscheinlich um zu prüfen, ob die Journalisten bereits herausgefunden hatten, wo Idka wohnte. Doch es war niemand zu sehen. Schon halb im Gehen, wandte sie sich noch mal um.

»Etienne hat seit Jahren Angst vor seinem Bruder, aber im Zorn sagt er manchmal Dinge, die er später bereut. Wir haben Charles, seit er zum Fest von René fuhr, nicht mehr gesprochen. Er sollte eigentlich in Paris sein, er sprach von einem Treffen mit Investoren eines Kunstclubs aus Deutschland.«

Als Solange Rouelle grußlos ging, rief ihr Zadira nach: »Kennen Sie eigentlich einen Daniel Rimbaud, Madame Rouelle?«

Sie wandte sich um, die Augenbrauen zusammengezogen. »Ich fürchte, nicht. Wer ist das?«

»Ein Elektriker aus Paris.«

»Wir hatten nie Probleme mit den Leitungen, Madame.«

Auf dem Weg zum Auto fragte Paoli: »Ein Elektriker aus Paris? Was sollte das denn?«

»Den Namen Daniel Rimbaud habe ich in den Berichten gefunden, die du mir hast zusenden lassen. Er hat Ende der achtziger Jahre einen Arzt wegen Körperverletzung mit Todesfolge angezeigt.«

»Einen Arzt? Verstehe ich nicht.« Arnaud Paoli sah ehrlich verwirrt aus.

Bevor Zadira antworten konnte, rief er aus: »*Merde!* Auch das noch.«

Jetzt entdeckte Zadira den Videoreporter, in der einen Hand die Kamera, in der anderen ein Baguette-Sandwich. Als er sie sah, zog ein triumphierendes Grinsen über sein Gesicht. Er warf das angebissene Baguette in den nächsten Strauch, schulterte seine Kamera und stellte sich ihnen herausfordernd in den Weg.

26

Manon!

Sie war immer noch verschwunden. Und mit ihr die Kleinen. Es war ein Schmerz, der tiefer ging als alle Schrecken, die Commissaire Mazan bisher erlebt hatte.

Wo konnte sie nur sein? War sie zu dem Ort gebracht worden, den er als weiße Hölle in Erinnerung hatte?

Verzweifelt und voller Unruhe lief er in seinem Garten auf und ab. Er war die ganze Nacht unterwegs gewesen. In den Morgenstunden hatte er versucht, unter dem Baum ein wenig Schlaf zu finden. Doch kaum hatte er sich ausgestreckt, rissen ihn laute Geräusche aus dem Haus wieder hoch. Erschreckt sah er, wie Fenster aufgestoßen und Türen geöffnet wurden. Menschen trugen Sachen hinein, rumpelten damit herum und riefen sich laut irgendetwas zu. Anscheinend sollte das Haus wieder bewohnt werden. Das hieß, dass bald für ihn hier kein Platz mehr war. Es war nicht mehr sein Garten.

Und es war nicht mehr seine Stadt. Nicht ohne Manon.

Sie hatten alles versucht. In der Umgebung gab es nicht einen Stein, an dem nicht eine Katze nach Manon geschnüffelt hatte. Doch ihre Grenze war die Hauptstraße, auf der teilweise Autos so groß wie Häuser entlangdonnerten. Dort war auch Atos gescheitert.

Der Hund hatte die Spur viel deutlicher wahrgenommen als die Katzen. Er war sofort losgerannt, den gleichen Weg wie Mazan. Aber auch Atos war an dem Platz nahe der Stadtmauer gescheitert. War erst jaulend im Kreis gelaufen, um gleich darauf den Weg durch das Tor einzuschlagen, in Richtung Straße. Doch Mazan hatte den großen, dummen Kerl zurückgehalten. Er würde nicht das Leben eines Freundes opfern.

Schon da war ihm klar gewesen, dass Manon und die Kleinen nicht mehr in der Stadt waren. Trotzdem hatte er weitergesucht. Und die anderen immer wieder angetrieben, jeden, aber auch wirklich jeden Winkel zu prüfen.

Jetzt aber musste er sich der bitteren Erkenntnis stellen.

Manon war fort.

Es machte ihn wahnsinnig. Seine Machtlosigkeit machte ihn wahnsinnig. Er hatte nicht gefressen, seit Manon mitsamt dem Wurf entführt worden war. Und an schlafen war auch nicht zu denken gewesen. Manchmal fielen ihm die Augen zu, doch dann schreckte er wieder hoch, weil die qualvollen Bilder an die eigene Gefangenschaft durch seinen Geist zuckten. Er hatte gedacht, er sei der weißen Hölle entkommen. Doch sie hatte ihn eingeholt. Und seine Annahme, dass diese Stadt ein sicherer Ort wäre, hatte sich als Illusion entpuppt. Es traf ihn besonders bitter, dass er, der noch vor kurzem die Freiheit vor den Mauern der Stadt herbeigesehnt hatte, nun an ebendiesen Mauern scheiterte. Wenn Manon und die Kleinen aus der Stadt hinausgebracht worden waren, hatte er keine Möglichkeit mehr, sie zu finden. Die Welt dort draußen war zu groß für einen kleinen Vierbeiner wie ihn.

Mutlos schaute er zu dem Haus hinüber, in dem immer noch die Menschen hin und her liefen und Sachen einräumten. Noch vor kurzem hatte er geglaubt, hier, in diesem Garten, seinen Frieden finden zu können. Er stellte sich vor, wie Manons Kleine durch das Gras hätten springen können und er ihnen Klettern und Jagen beibrachte. Doch jetzt kam ihm der Garten tot und welk vor.

Wenn er nur nicht so gekränkt gewesen wäre! Er hätte Manon hierherbringen und sich um sie kümmern können. So wie Camille es ihm geraten hatte.

Weil du es dir sonst nie verzeihen wirst.

Camille!

Elektrisiert richtete er sich auf. Camille hatte gewusst, dass Manon in Gefahr geraten würde. Sie hatte ihn gewarnt. Natürlich. Weil sie Dinge sehen konnte, die in der Zukunft lagen. Und sie hatte mit Manon sprechen wollen. Was hat sie ihr gesagt?

Und wenn sie über diese Fähigkeiten verfügte, konnte sie ihm bestimmt sagen, wo Manon war. Wenn er erst ein Ziel hätte, würde er alles tun, um sie zu befreien. Er und die anderen Katzen. Und Atos.

Doch als er sich vorstellte, wie eine Handvoll Katzen und ein großer dummer Hund über die Straßen und Felder jagten, um an einem unbekannten, womöglich weit entfernten Ort Manon und die Kleinen aus ihren Käfigen zu befreien, brachen die Zweifel wieder über ihn herein. So etwas konnte nicht gelingen. Dennoch, Camille war die einzige Chance, der letzte Zipfel Hoffnung, der ihm geblieben war.

Auf dem Weg zu ihrem Haus haderte er mit sich, dass er nicht eher auf diese Idee gekommen war. Doch er war gestern und heute viel zu sehr Commissaire Mazan gewesen. Der kommandierte, suchte, jagte und seine gesamte Erfahrung aus dem Leben in und außerhalb der Stadt aufgewendet hatte. Eine wahrsagende, blinde Katze zu befragen gehörte nicht zu diesem Handlungskonzept.

Der Steingarten hinter dem Haus war leer. Doch die Terrassentür stand wie immer einen Spalt offen. Wahrscheinlich damit Camille ein und aus gehen konnte.

Er sprang auf dem gewohnten Weg in den Garten hinab und näherte sich vorsichtig der Tür. Keine Stimmen, alles war still. Er witterte wachsam in die kühle Luft des schattigen Hauses. Es roch nach Essen, warmer Milch, Frau und Streit. Dann entdeckte er einen vertrauten Geruch: Zadira. Sie war hier gewesen. Und es war noch nicht lange her. Doch ihr Geruch wurde überdeckt von dem stechenden Gestank jenes Raumes im Herzen des Hauses, in dem er und Camille Zeuge der gewaltsamen Paarung von Solange und Idka gewesen waren. Von dort vernahm er nun auch ein leises Geräusch wie ein Husten oder ein Keuchen. Behutsam tastete er sich weiter.

Die Tür zu dem Raum mit den giftigen Gerüchen stand offen. Das wunderte Mazan nicht. Für blinde Menschen waren geschlossene Türen unnötige Hindernisse. Er spähte hinein. Idka saß mit gekrümmtem Rücken auf einem Stuhl. Seine Schultern zuckten, er weinte. In seinem rechten Arme, halb auf seinem Schoß, lag Camille. Mit der Linken streichelte er sie mit monotonen Bewegungen. Er tat es mehr für sich als für die Katze.

Camilles Ohren zuckten, als Mazan an der Wand entlang zu der Ecke huschte, in der er sich schon beim letzten Mal mit ihr versteckt hatte. Doch auch der Maler schien etwas bemerkt zu haben. Er richtete sich auf, lauschend.

»Wer ist da?«, fragte er. »Hast du das auch gehört, Camille?«

Mazan erschrak, als sich die toten weißen Augen genau auf ihn richteten.

Der Maler leckte sich über die Lippen. »Wer bist du, kleiner Kerl? Suchst du nach Futter?«

In diesem Moment zuckte Camille in seinem Arm hoch, sie schien sehr angespannt zu sein. Doch Idka hielt sie fest. Ein bitteres Lächeln umspielte seine Lippen.

»Ah, ich verstehe. Du bist wegen meinem kleinen Engel gekommen. Hast du einen Freund gefunden, Camille?«

Seine Stimme klang schwach und brüchig, doch Mazan hatte gesehen, wie schnell er aus der vermeintlichen Hilflosigkeit heraus zu agieren vermochte. Es widerstrebte ihm, sich dem Mann zu nähern, doch er musste mit Camille sprechen.

»Komm doch mal her«, sagte der Mann mit trügerischer Sanftheit. Mazan beobachtete Camille, die er fest im Griff hatte. In diesem Raum war die Katze nicht nur blind, die scharfen Gerüche trübten auch ihren Geruchssinn.

»Camille!«, rief er leise.

Sie spitzte die Ohren, Idka neigte den Kopf. Dann beugte er sich vor, ohne Camille loszulassen, und streckte Mazan seine linke Hand entgegen.

»Na, komm schon, ich tue dir nichts. Wie sollte ich auch?« Er lachte bitter auf. »Ich bin blind, ich kann keiner Fliege etwas zuleide tun.«

Mazan dachte daran, wie Idka Solange gepackt hatte. Dieser Mann brauchte keine Augen, um Schmerzen zuzufügen. Dennoch kam er aus seinem Versteck hervor und näherte sich vorsichtig. Mit langem Hals schnupperte er an den Fingern. Merkwürdig, dachte er.

»Ah, ich spüre deinen Atem. Komm, mein Freund! Ihr Katzen seid die einzigen Wesen auf der Welt, die zu hassen mir unmöglich ist.«

Er tut dir nichts, signalisierte ihm Camille. So ließ Mazan zu, dass die Finger über seinen Kopf strichen. Obwohl noch Zweifel blieben und seine Wachsamkeit nicht nachließ, sagte ihm sein Instinkt, dass er sicher war. So erhob er sich aus seiner geduckten Haltung und sprang mit einem Satz auf den Tisch, vor dem Idka mit Camille saß. Die Platte war fleckig und roch besonders intensiv nach den scharfen Flüssigkeiten.

Jetzt ließ Idka zu, dass Camille sich aus seinem Griff löste. Sie kletterte zu Mazan auf den Tisch. Der Maler legte die Hände vor das Gesicht und begann wieder zu schluchzen.

»Was ist mit ihm?«, fragte Mazan die blinde Freundin.

»Solange hat heute früh etwas Schlimmes zu ihm gesagt. Etwas, was mit seinen Bildern zu tun hat und mit Menschen, die deswegen sterben.«

Das deckte sich mit dem, was Mazan von Zadira gehört hatte.

»Und deswegen weint er?«

»Ich weiß es nicht, aber ich habe Angst um sie beide.«

»O Gott, warum tust du mir das an«, schluchzte Idka in seine Hände, wobei Mazan sich nicht sicher war, ob diese Frage wirklich an Gott gestellt war.

»Camille«, wandte er sich an die weiße Katze, »Manon und die Kleinen wurden entführt. Ich brauche deine Hilfe.«

Camille senkte den Kopf. »Entführt?«, flüsterte sie.

»Ja, weißt du, wo sie ist?«

»Nein«, sagte Camille, »das weiß ich nicht.«

Mazans Hoffnung fiel mit einem Schlag in sich zusammen.

»Was verlangst du denn noch von mir?«

Mazan war zusammengezuckt, weil der Maler immer lauter redete. Dabei gab es doch niemanden, der ihm zuhörte. Glaubte er wirklich, mit Gott zu reden? Manche Menschen redeten viel von Gott. Gesehen hatte Mazan den aber noch nie.

»Dann ist alles verloren«, sagte er trostlos.

»Nein, das ist es nicht«, erwiderte Camille. »Du darfst nicht aufgeben.«

»Aber wie soll ich sie denn finden? Was hast du gesehen, Camille?«

»Sie sind doch alles, was ich noch habe«, schluchzte Idka und schlug sich mit der Faust auf die Brust. »Es sind meine Bilder.« Er legte die Unterarme auf den Tisch und ließ seinen Kopf darauf sinken. Dann begann er wieder, hemmungslos zu weinen.

»O Gott«, winselte er, »was bin ich denn noch, ohne meine Bilder?«

»Was hat er denn mit den Bildern?«, fragte Mazan.

»Solange hat ihm gesagt, dass er nicht mehr malen wird. ›Dies war dein letzter Zyklus‹, hat sie gesagt, aber ich weiß nicht, was sie damit meint. So verzweifelt habe ich ihn noch nie gesehen.«

»Was geschieht hier, Camille? Was geschieht in unserer Stadt?«

Die weiße Katze schmiegte sich an den Arm des Malers. Er schien es nicht zu bemerken.

»Ich kann nicht alles sehen, was in der Zukunft liegt«, sagte sie. »Es sind Träume, sie zeigen mir Bilder, die ich nicht immer verstehe. Aber ich weiß, dass sich in dieser Stadt sein Schicksal entscheiden wird. Und das von Solange und dem anderen Mann, seinem Bruder. Einer von den dreien wird sterben, und ich habe furchtbare Angst, dass es Solange ist. Oder er.«

»Solange ist sehr krank, nicht wahr?«

»Ja, irgendetwas frisst sie von innen auf.«

»Weiß er es?«

»Nein.«

Mazan ließ sich direkt vor Camille auf den Bauch nieder, so nahe, dass sich ihre Schnurrhaare fast berührten.

»Bitte, Camille, sag mir, was du von Manon weißt.«

Ihre Ohren richteten sich auf ihn, große, makellos geformte Ohren.

»Sie ist in Gefahr, Mazan, und du bist der Einzige, der sie finden kann.«

»Aber wie?«, fragte er verzweifelt.

»Das weiß ich nicht, ich verstehe es ja selbst nicht. Als ich von Manon und den Kleinen träumte, wusste ich ja nicht einmal, wer sie sind. Darum musste ich zu ihr gehen. In meinem Traum warst du da, aber du warst es auch nicht.«

»Das verstehe ich nicht.«

»Für mich bist du ein Schatten voller Kraft. Aber in dem Traum, da warst du noch viel mehr. Es war …« Sie neigte ihren Kopf in Richtung Idka. »Sein Bruder ist wie er, nur viel kraftvoller. So war der Schatten, den ich in meinem Traum gesehen habe. Hast du einen Bruder, Mazan?«

»Nein.«

Nein, es hatte immer nur ihn gegeben. Meinte sie etwa Rocky?

»Dann bist du zwei. Das ist es, was ich nicht verstehe.«

»Und dieser andere Schatten kann Manon retten?«

»Ja, er kann sie finden.«

Rocky ein kraftvoller Schatten? Irgendwie glaubte Mazan nicht so recht daran. Wieder überfiel ihn die Mutlosigkeit. Er schloss die Augen. Alles war dunkel um ihn. Doch dann spürte er etwas Warmes vor sich: Camille. Ihre

Schnurrhaare berührten die seinen, ihrer beider Atem vermischte sich.

»Du darfst nicht aufgeben«, flüsterte sie, und ihm war, als vernehme er ihre Worte nicht nur mit den Ohren, sondern als hörte er ihre Gedanken.

»Du kannst sie retten. Finde deine zweite Natur.«

Ohne zu begreifen, was sie meinte, fühlte er, wie ihn eine neue und dennoch vertraute Kraft durchströmte. Und mit einem Mal verstand er, warum Idka und Solange Camille so sehr liebten. Weil sie ihnen Hoffnung gab.

Das Läuten der Klingel riss ihn aus seinen Gedanken. Er schrak hoch, Camille hockte direkt vor ihm. Auch der Maler hatte den Kopf erhoben.

»Was zum Teufel?«, rief er verärgert.

Wieder erscholl die Klingel.

Idka schniefte, wischte sich die Nase an seinem Ärmel ab und erhob sich langsam.

»Verdammt, Rouelle, wo steckst du?«

Er erhob sich unsicher.

»Sind das schon die verdammten Aasgeier von der Presse?«

Erneut die Klingel, wiederholt, penetrant, gefolgt von einem Pochen.

»Dreckskerle«, schimpfte der Maler und ging mit leicht ausgestreckten Armen durch die Tür.

Camille lauschte seinen Schritten hinterher.

»Bald«, sagte sie. »Bald ist es so weit.«

27

Am Dienstagmorgen saß Zadira nackt, nur in einer der gestreiften Sportunterhosen, die sie immer im Dreierpack im Decathlon oder im Leclerc kaufte, unruhig auf dem Küchenstuhl vor einer *boule* mit dampfendem Kaffee. Sie hatte nicht mehr schlafen können, nachdem sie in den Akten etwas über die Familienangehörigen und das Umfeld der bisherigen Opfer Durand und Zorn gefunden hatte. Doch dem hatte sie in der Nacht nicht weiter nachgehen können. Jetzt war es kurz vor sechs Uhr, und sie konnte bereits in drei Zeitungen online Berichte über den Fall Idka lesen. Große Porträts von Céline und Antoine waren dabei. Über Lucas Zorn fand sich kaum etwas.

Niemand von der Presse hatte bisher mit einem der beiden Idka-Brüder gesprochen – »von Seiten des Künstlers und seines Managements gibt es bisher keine Stellungnahme«, hieß es. Man behalf sich mit alten Aufnahmen von Idka, die während seiner letzten offiziellen Presseaktion, dem Vorführen seiner Malerfähigkeiten, gemacht wurden. Zadira sah sich die Aufnahmen von 2002 an. Sie mussten in seinem Pariser Atelier aufgenommen worden sein.

Dann entdeckte sie die zierliche Gestalt im Hintergrund. Sie schaute genauer hin. Kein Zweifel, obwohl nur im Halbprofil abgebildet, war die jüngere Ausgabe von Solange Rouelle zu erkennen. Zu diesem Zeitpunkt musste sie Anfang dreißig gewesen sein. Eine schöne Frau.

Natürlich tauchte ihr Name nicht auf, in der Bildunterschrift hieß es: »Der blinde Maler Idka demonstrierte 2002, wie er trotz Behinderung malt. Eine Helferin reichte ihm die Farben.«

Das war die letzte Aufnahme von Etienne Idka.

Zadira schaute auf, als ein Windstoß an der Regenrinne rüttelte. Ein herbstlicher Mistral kündigte sich an. Heute Nachmittag würde der böse Wind da sein und dem warmen September einen Eiskratzer versetzen.

Zadira wartete bis halb sieben, dann wählte sie die Nummer einer Pariser Elektrofirma. Daniel Rimbaud sei heute bei Kunden, sagte man ihr. Sie ließ sich seine Handynummer geben, erwischte nur die Mailbox. *Zut!* Sie hinterließ Rimbaud eine Nachricht.

Zadira schaute durch das Fenster in das klare Frühlicht. Was erhoffte sie sich von dem Gespräch mit Rimbaud, wenn doch klar war, dass der Bildermörder Etienne Idka fertig machen wollte und sicher nicht aus dem familiären Umfeld oder Bekanntenkreis der Opfer kam? Sie selbst war es doch gewesen, die Charles Idka als Verdächtigen ins Spiel gebracht hatte. Warum konnte sie nicht davon ablassen, in den Berichten über die Opfer nach Verbindungen zu suchen?

Weil die Unruhe nicht aufhörte.

Verdammter Mistral!

Dabei wehte der noch gar nicht.

Agnes Schwarz oder Charles Idka. Sowohl für Paoli als auch für den geltungssüchtigen Minotte und seine famose Untersuchungsrichterin Magalie Bayral war der Fall klar. Es störte keinen von ihnen, dass es ein kleines Detail gab, das nicht ins Bild passte: der Mord an Lucas Zorn.

Zadira dachte an ihren Ausbilder Nicolas. »Gib dich nie zu früh einer Theorie hin, nur weil diese die Arbeit verkürzt.«

Es war wahrscheinlich ungerecht, aber es ärgerte sie, dass Paoli sich diese Maxime nicht auch zu eigen gemacht hatte.

Überhaupt: Paoli!

Auch das regte Zadira an diesem Morgen auf. Ja, Paoli war vielleicht doch ihr Typ, ein guter sogar, sie hätte wahrscheinlich mit ihm geschlafen, wenn sie ihn woanders kennengelernt hätte. Am Strand, in einer Bar, beim Falschparken. Aber so?

Da war außerdem noch der grässliche Tierarzt nebenan. Der sie so unpersönlich gegrüßt hatte, als sei Zadira eine Straßenlaterne!

Der Wind begann, heftiger an der Regenrinne zu rütteln. Das würde er drei Tage lang tun. Oder sechs. Oder zwölf. Oder fünfzehn.

Zadira schlug mit den flachen Händen auf den Küchentisch.

Verdammter Jules!

Wenn sie an ihn dachte, waren ihre Gedanken voller Dämonen. Und nein, sie wollte nicht, dass sie sich auf der Straße nicht mehr erkannten. Alles war besser als Schweigen. Schreien. Wüten. Giften. Aber nicht Wegsehen.

»Jetzt bist du fällig«, murmelte sie. Sie zog eine Jeans und ein ungebügeltes Hemd an. Dann ging sie zur Wohnung gegenüber und hämmerte an die Tür.

»Jules!«, rief sie. »Jules Parceval, du Idiot!«

Nichts. Lagen die Herrschaften noch im Bett?

»Jules!«

Sie trat gegen die Tür.

Stille.

»Jules«, sagte sie leiser und lehnte sich mit der Stirn gegen seine Tür. Streichelte mit den Fingerspitzen das Holz.

»Was ich noch sagen wollte«, flüsterte sie. »Ich hatte nur Angst. Sonst nichts. Nur Angst.«

Niemand öffnete die Tür.

Sie zuckte zusammen, als sie das Handy aus ihrer Küche hörte.

Rimbaud! Endlich.

Sie hastete zurück.

Es war Paoli, der sie aus Carpentras anrief.

»Je länger ich hier bin, desto mehr denke ich, dass du in Paris wirklich besser aufgehoben wärst, Zadira.«

»Ah. Du hast Teekanne und Salaminacken kennengelernt.« Zwei Brigadiers, die empathiefrei, sexistisch und erstaunlich ungebildet waren und denen es Freude machte, Frauen, Ausländer und hilflose Verdächtige zu schikanieren. Eine bestimmte Sorte Polizisten, die es in Frankreich in den Provinzgebieten häufiger gab. Ihre Frustration über miese Arbeitsbedingungen, zu wenig Lohn und ständig steigende Alltagskriminalität entzündete sich an fremder Hautfarbe und fremden Religionen. Der eine besaß eine Unterlippe, nach unten gewölbt wie der Kannenausguss einer altmodischen Teekanne, der andere eine Nackenwulst, rot und feist wie eine pralle Fenchelsalami.

Arnaud senkte jetzt die Stimme. »Ganz besonders feinsinnige Messieurs, ja. Bei uns hätten sie bereits Arbeitsverbot, glaub mir. Aber sie sind in eurem Großraumbüro leider unüberhörbar, deswegen bin ich eine Stunde früher gekommen, um zu arbeiten. Und hat Divisionnaire Minotte eigentlich ein erotisches Verhältnis zu Jacketts? Wie viel besitzt er, ein Dutzend?«

»Das fragst du mich?«

Paoli erzählte, dass die Rechtsmedizinerin Dr. Hervé in der Nacht gegen vier Uhr die ersten Sektionsergebnisse im Intranet bereitgestellt hatte. Wie Lucas Zorn war auch Antoine Valéry erst mit einem schlafmittelähnlichen Barbiturat narkotisiert worden, wahrscheinlich Luminal, einem Glas Wein beigemischt, dann mit einem Gift durch letale Injektion getötet und mit den Beiteln traktiert worden.

»Kaliumchlorid. Lähmt den Herzmuskel, wird schnell abgebaut. Benutzen Tierärzte auch beim Einschläfern von Hunden. Zwanzig Millimeter reichen, nach vier Minuten ist das Opfer tot«, sagte Paoli. »Das perfekte Frauengift. Sie brechen Männern damit das Herz und behaupten danach, er habe doch schon immer an Herzrhythmusstörungen gelitten. Leichter kommt man nicht ans Erbe und ein eigenes Zimmer.«

Zadira kannte Kaliumchlorid. Daraus gewonnene Präparate wurden in den USA für Hinrichtungen verwendet, in Europa zur Behandlung von Morbus Parkinson, Alzheimer und Depression, weil es auf die Nervenleitungen einwirkte.

»Kaliumchlorid ist leider einfach zu bekommen«, sagte Zadira. »Es reicht, wenn du es dir in der Apotheke unter dem Begriff Pottasche besorgst. Ist was Neues über die Schwarz reingekommen?«

»Das Übliche. Sie wurde gestern bereits in St. Malo, in Bordeaux, in Chamonix und in Arles gesichtet, alles Meldungen, die uns beschäftigen, aber vermutlich kaum weiterbringen. Von Charles Idka keine Spur. Aber ich habe letzte Nacht noch mit ein paar Galeristen in New York telefoniert, mit denen er, laut dem Outlook-Kalender in seiner Cloud, in dieser Woche Termine haben sollte«, erzählte Paoli.

»Wie seid ihr denn an die gekommen? Wieder der Kollege, der das vergessene Passwort eines ehemaligen Haftrichters missbraucht?«

»Nicht nur du hast Hacker in deinem Bekanntenkreis.«

»Weiter«, bat Zadira.

»Einer der Galeristen sagte, dass nächste Woche eine Sotheby's-Auktion in London anstehe, mit Idka-Werken. Es sei davon auszugehen, dass man dann an alle Preise eine Null dranhängen kann, Zitat Ende.«

»Statt zwei Millionen sind Idkas jetzt zwanzig Millionen wert?«

»Exakt.«

»Putain«, flüsterte Zadira. »Das ist gar nicht gut.« Sie dachte an den Hass, den Idka damit auf sich zog. Mehr noch: Die Wertsteigerungen zusammen mit der Tatsache, dass Charles nach dem Mord an Valéry, mit dem er sich vor Zeugen gestritten hatte, verschwunden war ... Zadira sah vor ihrem inneren Auge die boshaften Schlagzeilen, die aus diesen Informationen gedreht werden konnten. Charles könnten sie das Genick brechen wie die Kordel einer Henkerschnur aus Worten.

»Bei *Le Monde* bereiten sie einen Text vor, der es in sich hat«, sagte Paoli. »Thema: Mord als Preis-Motor. Titel: ›Nach allen tödlichen Regeln der Kunst. Wie der Voyeurismus das Grausame erotisiert‹.«

»Liest du das gerade ab?«

»Ja. Meine Pressesprecherin hat mir das Exposé des Leitartikels besorgt. Sie ist gut. Keine Skrupel und sie kennt jeden Journalisten in Paris. Anaïs würde mit allen schlafen, um sie zu manipulieren.«

Was redete Paoli heute nur? Herzensbrechergift? Promiskuitive Pressesprecherinnen? Machte ihn der Mistral auch schon irre? Der provenzalische Wind war bekannt dafür, dass er Menschen Dinge sagen ließ, die sie sonst nie aussprechen würden. Ihr war das vorhin ja auch schon passiert, vor Jules' verschlossener Tür.

Der Presseansturm würde nochmals steigen, mutmaßte Paoli. In Carpentras gingen alle fünf Minuten neue Akkreditierungsanträge per Fax und E-Mail ein.

»Wir haben Idkas Haus mittlerweile gesichert. Ich habe mit Brell gesprochen. Wir wollten nicht warten, bis die Pressemeute das Haus findet. Unser Sergeant hat ein paar Feuerwehrleute und pensionierte Soldaten aufgetrieben, die dafür sorgen werden, dass die Paparazzi nicht in den Bäumen herumklettern oder vor dem Portal in der Rue des Ortolans campieren.«

Zadira schwieg für einen Moment, bedachte ihre Unruhe, ihre Zweifel. Dann sagte sie: »Ich werde Charles Idka den Presseleuten heute Abend bei der Pressekonferenz nicht zum Fraß vorwerfen, Arnaud. Dafür haben wir zu wenig. Auch Agnes Schwarz …«

»Mach dir keine Sorgen. Nachdem du am Sonntag bei ihr warst, hat Sophia Lafrage offenbar Untersuchungsrichterin Bayral geknetet. Beide warnen davor, Schwarz und Charles ungeschützt als Verdächtige zu präsentieren. *Madame le Juge* Bayral erteilt uns zwar verstärkte Ermittlungsaufträge und vorläufige Haftbefehle, aber ließ durchblicken, dass ein unbegründeter Verdacht in der Presse niemandem hilft. Charles kann höchstens als vermisst gemeldet werden, das erlaubt uns, die Suchmeldung rauszugeben und nach ihm suchen zu lassen wie bei einer Fahndung. Aber es ist offiziell keine Fahndung. Ob Minotte sich daran halten wird, weiß ich nicht. Er beschäftigt sich auffällig mit seinem Aussehen, vorhin ist der Friseur bei ihm ins Büro rein. Minotte macht auch die PK heute Mittag in Mazan. «

Zadira ahnte, dass Minotte sich schon überlegte, welches Jackett er bei der Verkündung des »vorläufigen Ermittlungserfolgs« tragen würde. Er war auch der Typ, der einem Journalisten unter der Hand von dem Verdacht gegen Charles oder die Hintergründe von Agnes' Psychotherapie erzählen konnte. Überschrift: »Verrückt vor Liebe: Tötet sie, um dem irren Maler zu gefallen?« Der *Parisien* oder die *Metro* würden das sicher liebend gern drucken.

»Dabei sind wir hilflos«, sagte Paoli. »Wir wissen nicht, wo Charles ist. Oder Agnes. Sie kann schon wieder in Paris sein. Oder sonst wo. Sie kann in diesem Moment jemanden aus Idkas Leben beobachten oder betäuben.«

Zadira überlegte. »Aber wenn es so wäre, dann sind auch Solange und Charles gefährdet. Oder Idka. Oder seine abgelegten Geliebten. Kennen wir eigentlich alle ehemaligen und heutigen Freundschaften von Idka?«

»Zadira, meine Brigade hat noch zweiundfünfzig andere aktuelle Fälle. Sie kennen deinen Bericht von Valérys Aussagen über Idkas Vita genau wie ich. Ich entdecke darin aber keinen akuten Handlungsbedarf. Die gehörnten Mäzene von damals dürften sich heute glücklich schätzen, dass ihre Frauen mal mit einem berühmten Maler gevögelt haben.«

»Natürlich. Wäre ja auch eine langwierige Recherche und furchtbar unsexy.«

»Wirfst du mir gerade vor, dass ich bequem und karrieregeil bin?«

Sie hörte das Anklopfzeichen im Hörer. Eine 06-Nummer, ein französisches Mobiltelefon.

»Wir können uns später weiter anschreien«, sagte sie zu Commissaire Paoli, schaltete ihn grußlos ab und nahm den anderen Anruf an.

»Monsieur Rimbaud. Schön, dass Sie zurückrufen.«

Daniel Rimbauds Französisch besaß die eilige Härte der Pariser Arbeiter. Misstrauisch fragte der Einundfünfzigjährige, warum sich eine provenzalische Polizistin für eine Anzeige von Ende 1989 in Paris interessierte.

»Der Mann, den Sie damals angezeigt haben, taucht im Zusammenhang mit einer Mordermittlung auf.«

»Als Täter?«

»Nein.«

Rimbaud schnaubte aus. »So ein Pech. Das Schwein ist ein Mörder.«

Vor sechsundzwanzig Jahren, Anfang 1988, war Rimbauds jüngste Schwester Sophie schwanger geworden. Von einem verheirateten Arzt, der sich, mit Mitte dreißig, die damals Neunzehnjährige als *maîtresse* gegönnt hatte. Als Sophie in anderen Umständen war, hielt der Mann sie erst hin, versprach ihr die Scheidung von seiner Frau und eine anschließende Heirat – und irgendwann, da war Sophie schon im vierten Monat, verlangte er, sie müsse abtreiben. Nur so sei er sicher, von Sophie wirklich geliebt zu werden und nicht nur ihr männliches Portemonnaie zu sein.

Für eine legale Abtreibung war es da bereits zu spät.

Als Sophie ja sagte, schickte der Mann sie zu seinem Kollegen, einem Gynäkologen, der Schwangerschaftsabbrüche unter anderen Kennziffern abrechnete. Und auch Abbrüche bis über die zweiundzwanzigste Woche hinaus vornahm. Sein Name war Jean-René Zorn.

Zadira hörte, wie Rimbaud sich eine Zigarette anzündete, inhalierte, hustete.

Er wiederholte den Namen: »Jean-René Zorn.« Es klang, als würde er vom Teufel persönlich sprechen.

Sie presste den Hörer ans linke Ohr, schloss die Augen, stützte die Stirn mit der rechten Hand ab.

Sie ahnte, was jetzt kam, und musste sich zusammenreißen. Sie kannte Sophie nicht, und doch kannte sie Abertausende Sophies. Verliebt, zu jung und zu dumm, getäuscht, benutzt, mit emotionaler Gewalt missbraucht, weggeworfen.

»Für eine Ausschabung war es zu spät. Das Kind war schon 26 Zentimeter groß und wog 520 Gramm. Zorn leitete künstliche Wehen ein. Sophie brachte ihr totes Baby mit nach Hause. Sie ist danach über neun Tage hinweg verblutet. Ich habe sie zusammen mit dem Kind begraben. Es war ein Mädchen.«

Lautlos rannen Zadira Tränen über die dunklen Wangen.

Rimbaud schwieg, sein Atem ging schwer. Irgendwann konnte er wieder reden.

»Ich habe Jean-René Zorn erst eineinhalb Jahre später angezeigt. Weil ich nicht wusste, was ich tun sollte oder wie ich es tun sollte, und weil ich sie am liebsten beide umgebracht hätte. Das Schwein, das sie geschwängert hat, und den Schlächter. Ich hatte kein Geld für einen Anwalt.«

Rimbaud hustete wieder.

»Ich hab einen Jurastudenten gefragt, der hat mir seine Beratung nicht berechnet, aber er sagte, weil Sophie rechtswidrig gehandelt habe und volljährig war, trüge sie Mitschuld. Ich habe Zorn deshalb wegen schwerer Körperverletzung mit Todesfolge angezeigt und nicht wegen Beihilfe zum illegalen Schwangerschaftsabbruch.«

Rimbaud zündete sich die nächste Zigarette an. »Es hätte eh wenig genutzt. Er hatte Sophie in seinem Terminkalender als Lisette Muellères vermerkt. Ich nehme an, dass er bei den anderen Abtreibungen auch fiktive Namen vermerkt hatte. Bezahlt wurde ja sowieso in bar. Wer weiß, wen er noch so …«, Rimbaud rang nach Worten, »wen er noch so abgeschlachtet hat wie meine kleine Schwester und ihre kleine Tochter.«

Sie schwiegen. Er rauchte.

»Was ist das für eine Mordermittlung, die Sie da machen?«, fragte er dann.

»Zorns Sohn wurde umgebracht.«

»Dass so einer Kinder haben darf.« Rimbaud schnaufte, dann fragte er: »Was werden Sie jetzt tun? Er hatte damals gute Freunde, die ihm beim Vertuschen geholfen haben. Da bin ich sicher. Und heute? Wie will man ihm nach all der Zeit noch etwas nachweisen?« Zadira hörte ihn ausspucken.

»Haben Sie sich je rächen wollen, Daniel?«

»Ständig«, gab er sofort zu. »Ich habe mir in zig Nächten ausgemalt, wie ich diesen Doktor Zorn töte. Wie ich seinen Kopf mit einem Abflussrohr spalte. Wie ich Ratten in sein Arschloch jage, die ihn von innen ausfressen. Alles habe ich mir vorgestellt.«

Er atmete tief durch. »Aber nicht, sein Kind zu töten. Der Junge kann ja nichts dafür. Kinder können nie etwas für ihre Eltern. Nur falls Sie jetzt wissen wollen, ob ich seinem Sohn etwas getan hätte. Nein. Aber seinem Vater.«

Sie lauschte Rimbauds heftigem Atem, während sie die Augen noch immer geschlossen hielt. Lucas' Vater war also ein Abtreibungsarzt gewesen. Oder war er es immer noch?

Und wo war die Verbindung zu dem Mord an Lucas, wo zu Idka, zur Galeristin Durand?

Etwas erzitterte in ihr.

Sie musste nach Paris. Sie musste herausfinden, was das tote Baby von Sophie Rimbaud mit dem Tod von Lucas Zorn und Etienne Idkas Bildern zu tun hatte. Irgendwo dort war sie, die unsichtbare Verbindungslinie zwischen drei fremden Schicksalen.

28

Diesmal hatte Lucien Brell an alles gedacht. Er würde alle sofort informieren, sobald er die SMS mit der Ortsangabe des Dinners erhielt. Blandine Hoffmann war instruiert, dass sie sich auf seine Nachricht hin umgehend mit einem Fotografen in Bewegung setzen sollte. Auch Lieutenant Matéo wusste Bescheid. Und es gab eine zusätzliche Sicherung. Wobei er sich allerdings eingestehen musste, dass dabei noch andere, weniger ermittlungstechnische Motive eine Rolle spielten.

»Ein Kopi-Luwak-Dinner?«, hatte Jules Parceval ungläubig gefragt, als Brell ihn nach seinem Anruf in seiner Praxis unweit der *mairie* aufsuchte.

Brell war neugierig gewesen, wie die alte, abgehalfterte Praxis nun aussah. Sie war wieder schön in Schuss. Dann musterte Brell Jules Parceval, und der sah nicht besonders glücklich aus. Tiefe Schatten unter den Augen. Was dachte er sich nur dabei, sich diese blonde, dürre Pariserin ins Haus zu holen?

»Ich finde, Sie als Tierarzt sind doch so eine Art Sachverständiger. Also, wenn wir die Leutchen hochnehmen, dann … ähm …«

Tja, er erhoffte sich eigentlich, dass Jules und Zadira dann mal wieder miteinander reden würden. Und Jules die Blondine nach Hause schickte und Zadira aufhörte, die coole Marseiller Polizistin mit großer Klappe zu spielen.

Konnte Brell so natürlich nicht sagen, schließlich war er nur der Dorfbulle. Aber den Jules Parceval mit seiner ruhigen Überlegenheit, den hätte er schon gern dabei, wenn er den Gourmetclub auffliegen ließ.

Ja, diesmal war Brell vorbereitet. Nur nicht darauf, dass der Colonel ihm einen Strich durch die Rechnung machen könnte.

Er war in seinem Garten gewesen, um eine frische Zucchini zu ernten, die in diesem Jahr klein, aber sehr schmackhaft waren. Auf dem Rückweg holte er ein Fläschchen aus dem Weinkeller. Das grasbewachsene Gewölbe hinter dem Haus hatte sein Großvater einst angelegt, um ungestört von seiner chronisch misstrauischen Frau die Qualität seiner Weine prüfen zu können.

Der Eingang zu dem Gewölbe war niedrig, so dass Brell sich bücken musste, wenn er die Stufen wieder hochstieg. Darum erblickte er auch zuerst die blank geputzten Stiefel des Mannes, als er, unter einem Arm die Zucchini, in der anderen Hand eine Flasche Les Terrasses du Château Pesquié, ins Freie trat.

Der Colonel lächelte spöttisch.

»*Bonsoir.* Ich nehme Ihnen das ab«, sagte er und griff nach der Weinflasche. Er warf einen Blick auf das Etikett und nickte anerkennend.

»Guter Tropfen. Wussten Sie, dass das Château Pesquié ursprünglich den Nachkommen des Schriftstellers Alphonse Daudet gehörte? Bestimmt, nicht wahr? Sie interessieren sich für solche Dinge. Für Wein, für Krimis aus Deutschland, für Gemüse …«

Dann ließ der Colonel seinen kühlen Blick über das weitläufige Grundstück mit dem gepflegten Gemüsegarten und den alten Obstbäumen wandern. Schließlich fasste er das Haus ins Auge, in dem drei Generationen der Brells gelebt hatten.

»Ich fange an, Sie zu verstehen«, sagte er und richtete seinen eisengrauen Blick wieder auf Lucien. Der verstand zwar nicht, was der Colonel zu verstehen glaubte, aber mittlerweile hatte er sich so weit gefasst, dass sein Verstand wieder ansprang.

»Bonsoir«, sagte er vorsichtig. »Und warum ist es Ihnen wichtig, mich zu verstehen?« Brell war heilfroh, dass er seine Uniform schon abgelegt hatte und leger in Hose und Hemd umherlief. Wenn der Colonel erführe, dass er Polizist war … Im nächsten Moment durchzuckte ihn die bange Frage, woher der Mann wusste, wo er wohnte. Da er das wusste, wusste er garantiert auch den Rest. Uniform hin oder her.

Ein eisiges Gefühl erfasste Lucien. Er dachte an Gérard, und ihm fiel auf, dass niemand es mitbekommen würde, wenn er jetzt rein zufällig die Stufen in das Gewölbe hinter sich hinabstürzte und sich das Genick bräche. Er machte einen Schritt vom Gewölbeeingang fort.

»Sie zu verstehen, ist immens relevant«, sagte der Colonel. »Im Übrigen: Es ist so weit. Ich bin gekommen, um Sie abzuholen. Das Dinner findet heute statt.«

»Was? Heute schon?«

»Ja. Ich hoffe, Sie haben nicht schon etwas anderes vor?«

»Nein, ich meine … ich hatte nur erwartet, dass Monsieur Bieri mich telefonisch benachrichtigt.«

Der Colonel lächelte wölfisch.

»Unseren neuen Gästen bieten wir gern diesen kleinen Extraservice. Sie sollen sich ganz unter Freunden fühlen.«

Na, herzlichen Dank, dachte Brell, solche Freunde will man haben. Und sein verfluchtes Handy lag auf dem Küchentisch.

»Also gut, dann werde ich mich mal rasch umziehen gehen.«

Der Colonel winkte ab. »Machen Sie sich doch keine Umstände, lieber Lucien«, sagte er gönnerhaft. »Die heutige Veranstaltung wird sehr viel familiärer sein. Ein Jackett reicht völlig. Kommen Sie, ich helfe Ihnen, Ihre Lebensmittel ins Haus zu bringen, damit wir gleich loskönnen. Wir wollen doch nicht zu spät kommen.«

Der Colonel legte Brell die Hand auf die Schultern und schob ihn mit freundlichem Druck in Richtung Küchentür. Nun war es normalerweise nicht ganz einfach, Lucien Brells massigen Körper in Bewegung zu setzen, vor allem nicht, wenn der nicht wollte. Doch zum einen schien es ihm nicht geraten, hier den Bockigen zu spielen. Zum anderen merkte er, dass in dieser Hand beziehungsweise dem dazugehörenden Arm eine beträchtliche Kraft steckte. Das eisige Gefühl in seiner Brust verstärkte sich. Brell spürte, wie sein Mund trocken wurde. Es war nicht das erste Mal in seinem Leben, dass er Angst hatte, aber das erste Mal, dass er Angst um sein Leben bekam.

Der Colonel ließ ihn nicht einen Moment aus den Augen. Er stellte die Weinflasche auf den Küchentisch, direkt neben das Handy. Während Brell umständlich sein Jackett anzog, inspizierte der Colonel die blank geputzten Kupfertöpfe und Pfannen, die an der Wand neben der Kochstelle hingen. Ebenso die japanischen Messer, die in dem alten Messerklotz steckten. Er zog eine der rasiermesserscharfen Klingen hervor und stieß einen anerkennenden Pfiff aus. Mit dem Messer in der Hand wandte er sich an Brell. Dem brach der Schweiß aus.

»Sie sind ein echter Gourmet, nicht wahr?«, bemerkte der Colonel und wog das Messer in der Hand. Dann wies er damit auf das teure Kochgeschirr und das Regal mit den seltenen Zutaten.

»Anscheinend teilen wir das Interesse für erlesene Speisen«, sagte er. »Darum freue ich mich, dass Sie heute Abend dabei sind.«

Sein Lächeln hätte man freundlich nennen können, doch zusammen mit dem Messer wirkte es erschreckend.

»Sie haben doch ihre Einlage griffbereit?«, fragte er leise.

Brell nickte.

»Dann darf ich bitten?« Der Colonel streckte eine Hand aus, die ohne Messer.

Brell überlegte verzweifelt, wie er den Mann aus der Küche herauslocken konnte. Doch unglücklicherweise bewahrte er das Geld genau hier auf.

Ohne sich etwas anmerken zu lassen, ging er zu dem alten Geschirrschrank, öffnete eine Schublade und holte einen dicken Briefumschlag hervor. Der Colonel nahm ihn mit einem Nicken entgegen und schob mit einer lässigen Bewegung das Messer in den Block zurück.

»Gehen wir?«

Immer noch hoffte Brell darauf, das Handy einstecken zu können. Doch sein Besucher stand genau vor dem Tisch und ließ ihm mit einer höflichen Geste den Vortritt. Brell wurde den Verdacht nicht los, dass sich das spöttische Lächeln des Colonels genau darauf bezog.

Brells Erleichterung, nicht mit gebrochenem Genick in seinem Weinkeller zu liegen oder mit durchschnittener Kehle in seiner Küche, hielt nicht lange an. Während er mit dem Colonel zu dessen Wagen ging, überlegte er fieberhaft, wie er seine Mitstreiter benachrichtigen konnte. Gab es vielleicht im L'Obsidion eine Möglichkeit zu telefonieren? Verdammt, er musste sich dringend etwas einfallen lassen. Doch nachdem er auf den Beifahrersitz des klimatisierten Geländewagens geklettert war, musste er erkennen, dass ihm der Colonel wieder einen Schritt voraus war.

»Ich bitte um Ihr Verständnis, dass wir noch eine kleine Sicherheitsmaßnahme ergreifen müssen. Nur Routine«, sagte der Colonel und reichte ihm eine Sonnenbrille und einen Strohhut.

»Ich soll mich verkleiden?«

»Gewissermaßen.« Der Colonel zog eine Rolle schwarzes Klebeband hervor. Er biss ein Stück ab und sagte: »Schließen Sie bitte die Augen.«

»Was? Warum? Was soll denn das?«

»Monsieur Brell«, erklärte der Colonel geduldig, »ich bin ein gewissenhafter Mann, der seinen Beruf mit größter Sorgfalt ausübt. Und wissen Sie, die Welt ist voller missgünstiger Geister, die keinerlei Verständnis für unsere delikaten Hobbys haben.«

»Aber Monsieur, ich versichere Ihnen …«

Der Colonel winkte ab.

»Selbstverständlich haben Sie mein vollstes Vertrauen, Monsieur Brell. Aber Sie müssen verstehen, dass ich Verantwortung trage. Ich weiß natürlich, dass dies eine Unannehmlichkeit bedeutet, aber ich versichere Ihnen, dass auch die anderen Gäste zu Beginn diese Prozedur durchlaufen mussten. Sehen Sie es als Initiationsritus. Wie der sprechende Hut bei Harry Potter.«

Das bezweifelte Brell ganz entschieden.

»Warum nehmen wir nicht einfach eine Augenbinde?«, fragte er.

»Ich bitte Sie, gehen Sie denn nicht ins Kino? Eine Augenbinde ist eine äußerst unzuverlässige Methode. Vertrauen Sie meiner beruflichen Erfahrung.«

Als was? Als Entführer?, dachte Brell und zuckte unwillkürlich zurück, als sich die Hand mit dem Klebestreifen seinem Gesicht näherte. Die bisher noch verbindliche Miene des Colonels verlor alle Freundlichkeit.

»Ich fürchte«, sagte er, »Sie haben nur die Wahl, diese Maßnahme zu akzeptieren oder sogleich wieder auszusteigen und sich ihre Zucchini zuzubereiten. Bedauerlicherweise könnten wir Ihnen Ihre Einlage aber nicht zurückerstatten.«

Die grauen Augen des Colonels waren kalt wie Gletschereis. Brell widerstand dem Impuls, den Kloß, den er im Hals verspürte, herunterzuschlucken. Er hatte mittlerweile eine Scheißangst. Wenn er sich auf das Spiel dieses Dreckskerls einließ, war es gut möglich, dass der Abend für ihn ein böses Ende nahm. Doch er wusste auch, dass, wenn er jetzt wieder ausstieg, all die Schweinereien weiterlaufen würden. Dann war Gérard Sylvestre umsonst gestorben.

»Also gut«, stieß er hervor.

Der Colonel schmunzelte. »Nehmen Sie es wie ein Spiel. Ich sehe was, das du nicht siehst.«

Er legte ihm zwei Klebestreifen senkrecht über die geschlossenen Augen. Dann setzte der Colonel Brell noch die Brille auf und den Panamahut.

»Das steht Ihnen wirklich sehr gut«, erklärte er betont ernsthaft. Brell verkniff sich eine Erwiderung. Ihm war klar, dass er dem Mann von nun an ausgeliefert war. Vielleicht würden sie zu der *borie* fahren, und er endete wie Gérard. Nur mit dem Unterschied, dass keine besorgte Ehefrau die Polizei anrufen würde.

Er versuchte, sich trotz seiner Angst darauf zu konzentrieren, in welche Richtung der Wagen fuhr. Dass es nicht zum L'Obsidion in Bedoin gehen würde, war ihm mittlerweile klar. Das Dinner, wenn er denn überhaupt dorthin käme, sollte wohl an einem anderen, geheimen Ort stattfinden. Er verfluchte sich stumm, dass er diese Möglichkeit nicht in Betracht gezogen hatte. Aber er war nur ein kleiner Dorfhausmeister, der diesem eiskalten Colonel nicht im mindesten gewachsen war. Vielleicht hätte Lieutenant Zadira Matéo gewusst, wie man diese Situation in den Griff bekam.

Während sie einen für Brell unsichtbaren Parcours absolvierten, redete der Colonel pausenlos, so als ob er ihm nicht nur den Sehsinn, sondern auch noch das Gehör nehmen wollte. Immerhin bekam Brell mit, dass sie nach dem Verlassen der Stadt eine Zeitlang über Land fuhren. Es war ihm aber unmöglich festzustellen, in welche Richtung es ging. Nach einer knappen halben Stunde wurde der Wagen wieder langsamer. Sie umfuhren in kurzen Abständen zwei Kreisel und mussten einmal sogar halten. Brell begann, Hoffnung zu schöpfen. Vielleicht würde er doch nicht mit gebrochenem Genick irgendwo am Fuße einer Böschung landen.

Schließlich hielt der Wagen, und der Colonel stellte den Motor ab. Seine Stimme war wie ein leises Schnurren, als er sagte: »Ich werde Ihnen die Klebestreifen abnehmen, sobald wir im Haus sind.«

Zu Brells Erstaunen geschah dann erst mal nichts. Weder stieg der Colonel aus, noch bewegte sich das Auto auch nur einen Schritt weiter.

»Was ist?«, fragte er nach einer Weile.

»Scht«, machte der Colonel nur.

Daraus schloss Brell, dass sie tatsächlich irgendwo waren, wo noch andere Leute herumliefen, die wohl nicht sehen sollten, wie ein vermeintlich blinder Mann in ein Haus geführt wurde. Das hieß, dass der Colonel ihn tatsächlich zu dem Dinner brachte. Und das wiederum bedeutete, dass er vielleicht die Möglichkeit bekam, die Gesellschaft zu verlassen und von einem Restaurant oder einem Bar Tabac aus Blandine und Zadira zu benachrichtigen. Zur Not konnte er auch an irgendeiner beliebigen Tür klopfen.

Schließlich verließ der Colonel den Wagen und öffnete kurz darauf die Beifahrertür.

»Kommen Sie«, sagte er munter und nahm Brell am Arm. Der stieg aus und spürte das unebene Pflaster unter seinen Füßen. Der Colonel zog ihn weiter, doch Brell wehrte sich gegen den Griff. Daraufhin packte der Colonel fester zu. Brell schwankte, drohte das Gleichgewicht zu verlieren.

»Lassen Sie das!«, zischte der Colonel. »Drei Stufen, jetzt.«

Brell ertastete mit den Füßen die Stufen und vernahm das Öffnen einer Tür. Die harte Hand im Rücken schob ihn hinein, hinter ihnen fiel die Tür wieder ins Schloss. Es roch nach altem Haus, dazwischen die Gerüche von teurem Rasierwasser und edlem Parfüm. Und ganz verhalten die vertrauten Gerüche einer Küche.

Der Colonel nahm ihm Brille und Hut ab.

»Stillhalten jetzt!«, befahl er. Dann riss er ihm mit raschen Bewegungen die beiden Klebestreifen von den Augen. Brell stöhnte auf, als einige Haare seiner Augenbrauen und Wimpern daran haften blieben. Tränen schossen ihm hervor.

Na warte, dachte er wütend, das zahle ich dir heim.

»Sehen Sie«, sagte der Colonel, »war doch gar nicht so schlimm.« Der Mann tupfte ihm doch glatt mit einem Taschentuch die Schmerzenstränen ab! Das war fast die schlimmere Demütigung.

Brell blinzelte. Sie standen in einem Flur mit nackten, ehemals rot gestrichenen Wänden, der nur von einer Glühbirne erhellt wurde. Zwar gab es Fenster, doch die Holzläden davor waren geschlossen.

»Bitte«, sagte der Colonel und wies mit einer einladenden Geste die Richtung. Eine fast drei Meter hohe, offene Doppelholztür führte in einen grünen Salon, der über eine deutlich geschmackvollere Beleuchtung verfügte. Schwere, üppige Kristallleuchter hingen von der Decke, und auf den mit edlem Weiß gedeckten Tischen standen silberne Kerzenleuchter. Einige der Tische waren bereits besetzt. Brell erkannte die Gesichter vom vorherigen Galadinner wieder. Doch es waren weniger als beim letzten Mal. Der Schauspieler und der Fernsehmoderator zum Beispiel waren nicht dabei. Wahrscheinlich war ihnen seit dem Idka-Skandal zu viel Presse in der Gegend.

Die anderen Gäste warfen ihnen kurze gelangweilte Blicke zu, als der Colonel Brell zu einem freien Tisch führte, der nur für zwei gedeckt war.

»Ich werde heute Abend Ihr Tischpartner sein«, sagte er lächelnd. »Es gibt einiges, worüber wir plaudern können, nicht wahr? Wein, Essen, Literatur.«

Brell ließ sich langsam auf seinem Stuhl nieder, der Colonel setzte sich ihm entspannt gegenüber. Sofort kam ein junger Kellner herbeigeeilt und schenkte ihnen beiden Champagner ein.

Wo war er hier nur?, fragte sich Brell. Auch im grünen Salon waren alle Fensterläden geschlossen. Jedenfalls nahm er das an, denn die schweren Vorhänge davor ließen nicht das geringste Tageslicht durch. Auf der längeren Seite des

Raumes schienen sie zwei Türen zu verdecken. Vielleicht führten sie zu einer Terrasse oder einem Garten.

Ansonsten sah der einstmals wohl herrschaftliche Raum genauso vernachlässigt aus wie der Flur. Alte Tapeten, die teilweise von den Wänden herabhingen, Wasserflecken an der Decke. Und in allem der Geruch nach Alter und Modrigkeit. Wahrscheinlich, so dachte Brell, gab es den Gästen noch einen besonderen Kick, in einer maroden Villa zu essen. So ähnlich wie ein Dinner auf einem Friedhof oder in irgendwelchen Katakomben. Erneut begann er, dieses ganze Pack zu verabscheuen. Und das erinnerte ihn daran, dass er sich langsam darum kümmern musste, wie er Zadira und Blandine oder Jules benachrichtigen konnte.

»Sagen Sie«, wandte er sich an den Colonel, »der Aufbruch war ja ein wenig überraschend. Können Sie mir vielleicht sagen, wo die Waschräume sind?«

Der Colonel machte ein bedauerndes Gesicht. »Leider nicht.«

»Wieso? Gibt es etwa hier keine Toiletten?«

»Das schon, Sergeant Brell, aber ich befürchte, ich kann nicht zulassen, dass Sie allein den Raum verlassen.«

Sergeant Brell! Ihm stieg die Hitze ins Gesicht.

Lucien, du Idiot! Was dachtest du denn? Dass der Typ einen Elefanten übersieht, der in seinem Wohnzimmer sitzt?

»Es tut mir leid, Monsieur Colonel, wie auch immer Sie heißen, aber ich glaube, ich werde diese Veranstaltung jetzt verlassen.«

In diesem Moment betrat Beat Bieri den Raum. Ihm folgten zwei Kellner mit silbernen Tabletts. Bieri stellte sich in die Mitte unter den Kronleuchter und hob die Hände. Die leisen Gespräche verstummten, alle Gesichter wandten sich ihm zu. Nur nicht die von Brell und seinem Gegenüber.

Der Colonel lächelte nicht mehr, als er unbemerkt von den anderen Gästen eine Waffe unter seinem Jackett hervorholte und sie unter die gestärkte weiße Serviette schob. Die Mündung zeigte auf Brell. Die Pistole war entsichert. Und der Zeigefinger des Colonels lag locker vor dem Abzug.

»Ich bedaure«, sagte er leise, »aber das kann ich leider nicht zulassen.«

»Meine sehr verehrten Gäste!«, rief Beat Bieri. »Während wir Ihnen die *amuse-bouches* servieren, möchte ich Ihnen erzählen, an welch außergewöhnlichem Ort wir uns hier befinden.«

Sergeant Lucien Brell wurde klar, dass er richtig in der Scheiße saß.

29

Seine zweite Natur?

Mazan saß auf der Mauer des Schlosses und schaute über das Land. Irgendwo da draußen war Manon, gefangen oder vielleicht schon tot. Das Land vor seinen Augen war so unendlich weit. Sein Verstand sagte ihm mit klirrender Schärfe, dass er nichts, aber auch gar nichts tun konnte, um sie zu finden.

Dennoch glomm die Hoffnung in ihm wie ein kleines Licht in grauer Nacht.

Du kannst sie retten. Der andere Schatten. Deine zweite Natur.

Er wünschte, er könnte die Welt so sehen wie die blinde Camille.

Als er hörte, wie sich hinter ihm leise Pfoten auf der Mauer entlangbewegten, schaute er sich nicht einmal um. Deswegen war er auch ziemlich überrascht, als sich nicht Rocky, sondern Louise neben ihm niederließ.

»Woher wusstest du, dass ich …«

»Glaubst du wirklich, wir Kätzinnen wüssten nicht, wo Rocky und du über die große, weite Welt philosophieren?«

Mazan kratzte sich am Ohr.

»Mir scheint, ihr wisst eine Menge Dinge.«

»Ja, zum Beispiel dass du etwas Besonderes bist. Das wussten wir gleich, als du in die Stadt kamst.«

»Ach Louise, ich wäre gern etwas Besonderes. Ich wäre gern derjenige, der Manon findet und befreit. Aber ich weiß nicht, wie.«

»Ich möchte, dass du mit mir kommst, *sombre*.«

Sombre. Dunkler. So hatte Louise ihn genannt, als sie seinen Namen noch nicht wusste. Als er selbst seinen Namen noch nicht wusste. Damals hatte es verächtlich geklungen, jetzt war es wie eine zärtliche Geste. Auch Louise besaß noch Hoffnung.

»Wohin?«

»Komm einfach.«

Als er merkte, wohin Louise ihn führte, hielt er inne und sah sie fragend an: »Zum Museum?«

»Ja, sie warten alle auf uns.«

Und das taten sie wirklich. Glücklicherweise war das Museum schon geschlossen, so dass die vielen Menschen, die neuerdings in der Stadt umherliefen, die Katzenversammlung nicht stören konnten. Obwohl es keine reine Katzenversammlung war, denn Atos hatte sich ebenfalls eingefunden. Er lag zufrieden in der Mitte seiner neuen Freunde, und an seiner Brust ruhte …

Camille!

Mazan lief zu ihr.

»Du bist doch nicht etwa wieder über die …«

»Aber nein«, gluckste sie. »Ich habe mich vor das Tor gesetzt und so lange gemaunzt, bis Solange mich rausgelassen hat. Sie weiß ja mittlerweile, dass ich hier sicher bin.«

»Was ist mit ihr und Idka?«, erkundigte sich Mazan.

»Sie reden nicht mehr miteinander. Sie sitzen in verschiedenen Räumen und warten darauf, dass der andere etwas tut. Irgendetwas wird geschehen, was sie wieder zusammenführt. Oder zerstört. Aber nicht heute. Heute suchen wir Manon.«

»Wirklich?« Mazan sah sich um. Es rührte ihn, dass sie alle gekommen waren, selbst Atos.

»Und wie schaffst *du* es, immer wieder auszubüxen?«, fragte Mazan den großen Sabberer. Atos hechelte fröhlich, wobei ihm langsam ein dünner Speichelfaden aus dem Maul tropfte.

»Wir machen den Türöffner für ihn«, feixte Rocky. »Sein Mensch hat mittlerweile aufgegeben.«

Mazan bemerkte, dass der Speichelfaden inzwischen eine beträchtliche Länge erreicht hatte.

»Atos!«, herrschte er den Hund an.

Der sah verdutzt auf und schüttelte den Kopf, woraufhin sich der Speichelfaden mit elegantem Schwung einmal um seine Schnauze wickelte.

»Ich geb's auf«, murmelte Mazan. Er wandte sich an Louise.

»Also, wie ist euer Plan?«

»Ganz einfach. Du findest Manon, und dann ziehen wir alle los und retten sie.«

»Das ist eine tolle Idee. Sie hat nur einen Haken: Ich weiß nicht, wie ich Manon finden soll.«

»Doch«, sagte Camille. »Du musst *springen*.«

»Woher …«, begann Mazan, aber dann wurde ihm klar, woher Camille von dieser Fähigkeit wusste. Er sah Rocky an, Louise, Tin-Tin, all die, die miterlebt hatten, wie er sich aus seinem Körper löste, um das zu erkennen, was ihren eigenen feinen Katzensinnen verborgen blieb. Leider kannten sie noch nicht die schlechte Neuigkeit.

»Ich kann es nicht mehr«, sagte er darum. »Ich habe es versucht, aber es gelingt mir nicht.«

Niemand sagte etwas, alle schauten ihn an. Die Katzen saßen überall auf den Steinplatten und Bänken. Hin und wieder zuckte ein Ohr, oder ein Schwanz wischte über den Boden. Mazan hatte den Eindruck, als ob sie auf etwas warteten. Da erhob sich Camille und kam zu ihm. Atos machte Anstalten, ebenfalls aufzustehen, um ihr zu folgen. Aber Oscar schob sich hinüber und nahm Camilles Platz ein.

»Dein Einsatz ist noch nicht gekommen«, erklärte er dem Hund.

Atos schnupperte neugierig an Oscar herum. Der drehte den Kopf angewidert von der sabberbeklebten Schnauze fort.

Camille ließ sich vor Mazan nieder, so wie sie es immer tat, wenn sie ihm etwas Wichtiges mitteilen wollte.

»Erzähl mir, wo du es gelernt hast.«

Mazan spürte ein unangenehmes Kribbeln unter der Schädeldecke. Er wollte nicht davon sprechen.

»Das war in einer anderen Zeit.«

»Nein!«, sagte sie und rückte ein Stück näher. »Es gibt keine andere Zeit. Es gibt nur dich und Manon und …«

Ein Teil von ihm merkte, wie er zu erzählen begann. Davon, wie sie ihn fingen und einsperrten. Von den stählernen Tischen und den Nadeln. Ein anderer Teil schaute zu, kühl und streng.

Er erzählte von der toten Katze und dem Plan, den er dann fasste. Doch dieser Plan hatte einen Haken, er wusste nicht, wie die Umgebung außerhalb des weißen Raumes aussah. Wenn er der Hand, die ihn hinaustrug, entkommen wollte, musste er wissen, wohin er fliehen konnte. Sonst würde die Flucht an einer anderen geschlossenen Tür enden.

Es geschah in einer Nacht, da seine Todesangst ins Unermessliche angewachsen war.

»Ich weiß nicht, wie ich es gemacht habe«, sagte er. »Aber mit einem Mal konnte ich es, *springen,* und so fand ich den Weg ins Freie.«

»Es war die Todesgefahr«, sagte Camille.

»Ja.«

»Jetzt ist Manon in Todesgefahr.«

»Ich weiß, aber dennoch gelingt es mir nicht.«

Camille schwieg. Ihre toten Augen waren reglos, trotzdem glaubte Mazan zu erkennen, wie sie überlegte. Und schließlich eine Entscheidung traf.

»Ich sage dir jetzt etwas, was alles ändern wird. Bist du bereit?«

»Ja, natürlich.«

Sie rückte noch ein Stück näher, so dass ihre Schnurrhaare sich berührten und ihr Atem sich vermischte. Und dann verriet sie ihm das Geheimnis der Kätzinnen.

Er begriff es nicht gleich, weil es so klein und einfach und dennoch riesengroß war. Doch mit einem Mal erschloss sich ihm die Kette des Lebens, und er erzitterte unter der Erkenntnis.

»Was hat sie gesagt?«, ließ sich Oscar vernehmen. »Kann ich das auch hören?«

Mazan blinzelte. Er sah sich und Manon und die Kleinen. Kurz peitschte eine nie gekannte Form von Glück in ihm hoch. Um sich im nächsten Moment in eine Verzweiflung zu verwandeln, die selbst das überstieg, was er bisher erlebt hatte. Er wandte den Kopf und sah Louise an. Sie erwiderte den Blick voller Mitgefühl. Natürlich wusste sie ebenfalls Bescheid.

»Jetzt weißt du, was auf dem Spiel steht«, flüsterte Camille. »Und nun tue, was du tun musst. Zeige mir deine wahre Natur.«

Er hatte Mühe zu sprechen, so sehr hatte ihn das, was Camille ihm erzählt hatte, getroffen.

»Wenn es gelingt«, sagte er stockend, »bin ich hilflos.«

»Aber wir sind da«, gab sie zurück und hob nur den Kopf. Doch als sei es ein Befehl, rückten alle Katzen näher und bildeten einen Kreis um ihn.

»Ich pass auf diesen schleimproduzierenden Hohlkopf auf«, verkündete Oscar.

Mazan schloss die Augen. Augenblicklich übernahmen seine anderen Sinne die Kontrolle. Er nahm Camille wahr, dann die anderen Katzen, den Hof, die Häuser, die Hitze über dem Land. Alles in ihm floss an einem Punkt zusammen. Das war der leichtere Teil.

Doch er musste weiter, dorthin, wo er diese zwar intensive, aber immer noch begrenzte Wahrnehmung überwinden konnte.

Er suchte, zwang sich zu äußerster Konzentration – nichts!

Er spürte erneut die Verzweiflung emporsteigen. Er durfte nicht scheitern. Wenn er sie nicht fand, dann …

Ruhig, hauchte eine Stimme in seinem Geist. Und das helle Leuchten dieser Stimme ließ ihn alle Zweifel vergessen. Jetzt sah er nur noch Manon. Und die Kleinen, und das, was sie alle miteinander verband.

Und er *sprang*!

Er war nicht mehr im Hof hinter dem Museum. Er fühlte, roch und hörte die ganze Stadt. Spürte die Menschen darin und das Alter der Steine, zwischen denen schon so viele andere Menschen und Katzen gelebt hatten. Er sah das Land ringsherum, und zum ersten Mal war es kein Gegensatz von draußen und drinnen, sondern eine Einheit. Doch er suchte Manon.

Er erkannte das Echo ihrer golden glühenden Farbe in jedem Winkel. Überall waren ihre Spuren, und die jüngsten hatten sich vermischt mit dem hellen Rot ihrer Jungen. Es durchströmte ihn warm, als er sie nun wahrnahm. Doch wieder zwang er sich zur Konzentration. Wo waren sie?

Beinah hätte er es übersehen. Weil es dort war, wo er sie am allerwenigsten vermutet hätte. Ungläubig fokussierte er seinen Blick auf den Ort, an dem er ihr Glühen erkannt hatte.

Sein erster Gedanke war: Sie sind am Leben. Doch dann sah er die Männer mit den weißen Schürzen, die Tische voller blitzender Klingen und die Öfen, die vorgeheizt wurden. Und er begriff, dass keine Zeit zu verlieren war.

Bevor es ihn in seinen Körper zurückschleuderte, glaubte er noch einen verzweifelten Ruf wahrzunehmen.

Dann öffnete er keuchend die Augen.

»Ich habe es euch gesagt«, sagte Rocky, »es sieht echt bescheuert aus.«

»Was ist?«, drängte Louise.

Immer noch nach Luft schnappend, versuchte Mazan, die gewonnenen Erkenntnisse zu analysieren. Sie hatten wenig Zeit, sie mussten handeln, und es gab nur einen Weg.

»Hört zu«, sagte er. »Manon ist hier in der Stadt. Es muss jetzt sehr schnell gehen. Camille, du bleibst hier. Oscar wird bei dir bleiben!«

»Vergiss es! Ich komme mit«, fiel Oscar ihm ins Wort.

Für das, was Mazan vorhatte, war Oscar mit Sicherheit nicht geeignet. Aber er hatte schon einmal großen Mut bewiesen. Jemand anderes musste bei Camille bleiben. Aber da sagte die weiße Katze: »Mach dir keine Sorgen um mich. Ich komme zurecht.«

Ja, stimmte Mazan in Gedanken zu, das tust du.

Er erklärte den Katzen, was er vorhatte.

»Wow«, sagte Rocky, »das klingt nach Action.«

»Diese Sache mit dem Baum ...«, wandte Oscar zögernd ein.

»Für dich wird es eine andere Aufgabe geben.«

»Puh, gut.«

Mazan wandte sich an den Hund. »Atos. Komm!«

Der Hund sprang auf und bellte.

»Also los jetzt!«, rief Mazan. »Holen wir sie da raus.«

Als sie in einem wilden Pulk aus dem Museumshof stürmten, wären sie beinahe gegen einen Mann gerannt, der dort gerade vorüberging.

»Atos, da bist du ja!«, rief Jeffrey. »Komm hierher, bei Fuß, Atos! Atos?« Aber der Hund beachtete ihn nicht und rannte mit den Katzen die Gasse hinunter.

Jeffrey starrte ihnen mit offenem Mund hinterher. Dann griff er zum Telefon.

»Jules, du wirst es nicht glauben.«

30

Als Zadira sich suchend auf der Terrasse des Château de Mazan umsah, winkte Blandine ihr von dem versteckten Tisch an dem gemauerten Brunnen zu.

Die Sonne stand bereits tief und verlieh den Herbstblüten rund um die Veranda und unten im Park ihren satten goldroten Farbton.

Der belgische Kellner Jacques, ein smartes Kerlchen mit einem reizenden flämischen Akzent, führte Zadira zwischen den eingedeckten, unbesetzten Tischen unter den Sonnenschirmen entlang. Seit Anfang September war Jacques kommissarischer Chef de Service. Sein Vorgänger, Gustave, hatte gekündigt, und der neue Chef de Service, eine Frau, würde erst Anfang Oktober den Posten übernehmen. So hatte Jacques das edle Mazaner Vier-Sterne-Hotel, das im ehemaligen Herrenhaus des Marquis de Sade untergebracht war, ganz für sich.

»Heute keine Gäste?«, fragte Zadira. Das Lou Carri Café, das La Pizzeria, der Inder, die beiden Cafés an der Hauptstraße, selbst das L'Oulu von Richard Bagnol waren übervölkert gewesen mit Journalisten, als sie durch die Stadt gegangen war.

»Oh, wir sind absolut ausgebucht. Das sagen wir auch den Journalisten«, grinste Jacques frech.

»Was so viel heißt wie: Das Geschmeiß wollen sie hier nicht haben. Ein sehr kluger Gedanke eurer neuen Managerin«, schaltete Blandine sich jetzt ein. »Kennst du Isabell Legrange schon, Saddie?«, fragte sie dann und wedelte mit einer angezündeten Zigarette. »Jacques, noch zwei *pétillants*«, fuhr sie fort, wieder an den Kellner gewandt. »Oh, und wenn Georges Bizet kommt, der gehört zu mir.«

Jacques zog die hellrote Augenbraue hoch. »George Bizet? Das dürfte für Aufsehen sorgen.«

»Pardon. Alain Bizet. Du erkennst ihn an seiner Fototasche.«

Zadira nahm Blandine die Zigarette aus der Hand, schwenkte sie unter ihrer Nase hin und her, atmete den auf diese Weise verdünnten Rauch ein und schloss genießerisch die Augen. Der Drang zu inhalieren wurde fast übermächtig. Doch sie wusste, bei einem Zug würde es nicht bleiben. Schweren Herzens gab sie Blandine die Zigarette zurück.

»Puh«, machte die, »da bin ich aber froh.«

Mit einem kleinen Seufzer ließ Zadira sich auf dem Stuhl nieder.

»Ich war vorhin bei der Pressekonferenz«, erzählte die Reporterin. »*Mon Dieu.* Manchen meiner Kollegen ersetzt die Kamera den Penis, so lang, wie die Teleobjektive inzwischen sind. Aber sag mal: War das abgesprochen, durchblicken zu lassen, dass Agnes Schwarz und Charles Idka so eine Art Bonnie-und-Clyde-Pärchen sind?«

Zadira schüttelte den Kopf. »Bestimmt nicht«, sagte sie.

Im Gegenteil, während Minotte seine Ein-Mann-Komödie aufführte, hatten Paoli und Zadira telefoniert. Charles Idkas BMW war von *pompiers*, von Feuerwehrleuten, gemeldet worden. Der weiße SUV stand auf einem Waldparkplatz in der Nähe von Arles, der zur verbotenen

Zone gehörte, wegen der Waldbrandgefahr. Von dem Parkplatz starteten Tageswanderer auf dem GR 653, der Via Tolosana, die später zum Jakobsweg nach Santiago de Compostela wurde.

»Ach. Und Charles Idka ist unter die Pilger gegangen?« Blandine zog an ihrer Zigarette. Sie hinterließ dunkelroten Lippenstift am Filter.

Zadira zuckte mit den Schultern. »Alles eine Sache der Interpretation. Eine Frau, die wie Agnes Schwarz aussah, ist ebenfalls in Arles gesehen worden. Für Minotte sind das Indizien für die Bonnie-und-Clyde-Theorie. Für Paoli bestätigt es nur den Verdacht, dass Charles geflohen ist, zum Beispiel per Zug von Arles aus oder mit dem Boot von der Camargue übers Mittelmeer. Aber er sieht Agnes weiterhin als hauptverdächtige Täterin.«

»Und wie ist deine Interpretation?«

Zadira nahm Blandine die Zigarette ab. Sie ignorierte den vorwurfsvollen Blick der Freundin. Dann steckte sie sich das glühende Ende in den Mund. Mit hohlem Mund zog sie vorsichtig daran und ließ den Rauch aus der Nase wieder ausströmen. Ein Kunststück, das Zadira schon mit zwölf am Strand von L'Estaque gelernt hatte. Vor dem Küssen. Und dem Reggaetanzen.

»So, das reicht.« Sie gab Blandine die Zigarette zurück und nahm einen Schluck von dem trockenen, mineralischen Elsässer Crémant, den Jacques ihnen serviert hatte.

Sie dachte kurz nach, bevor sie Blandine antwortete.

»Meine Interpretation? Ich denke, dass Charles nicht als Täter in Betracht kommt. Sondern als Opfer.«

Blandine nahm ihr Glas und lehnte sich zurück.

Zadira hatte auf der Rückfahrt von Paris Zeit gehabt, über Lügen nachzudenken.

Es hatte viele Lügen gegeben in den letzten zwei Wochen. Manche hatte sie gleich als solche erkannt. Manche erst später.

Eine von denen, die sie sofort durchschaut hatte, hatte sie in Paris gehört. Zadira war bei Dr. Zorn gewesen. Sie hatte einen charismatischen, aber vom Tod seines Sohnes zutiefst verstörten Mann kennengelernt. Er stritt ab, mit den Idkas bekannt zu sein.

»Ich kenne den Mann nur aus den Zeitungen«, sagte er und wies auf die *Le Monde* vor sich, die, wie die meisten Zeitungen, mit den Bildermorden aufmachte. »Und weil er das Bild verbrochen hat, das meinen Sohn tötete.«

Jean-René Zorn war kein guter Lügner. Als Zadira ihn auf die Anzeige von Rimbaud ansprach, wurde er erst rot, dann regte er sich auf. Was dieser Verrückte mit dem Tod seines Sohnes zu tun hätte?

Angewidert hatte sie diesen mit der Patina der Bourgeoisie angetünchten Heuchler betrachtet. Ohne den geringsten Skrupel hatte sie ihm in ruhigen, wohlgesetzten Worten erklärt, dass sie es nicht verhindern würde, wenn im Zuge des Idka-Skandals der Fall Sophie Rimbaud an die Presse gelangte. Sie erinnerte ihn an die Anwesenheit zahlreicher Journalisten in Mazan, die danach gierten, Thesen zu entwickeln, warum der unbescholtene Student Lucas Zorn unter den Opfern des – Zitat – »irren Bildermörders« war.

»Jedes der Opfer besaß eine Verbindung zu Idka. Bis auf Lucas. Wenn Sie diese Verbindung sind, deren Ursprung aber verschweigen, verhindern Sie, dass der Mörder Ihres Sohnes gefunden wird. Überlegen Sie es sich, ob es das wert ist. Es würde mehr als nur Ihr Ruf zerstört.«

Sie hatte ihm maximal zwei Tage gegeben, achtundvierzig Stunden, um ihr die Wahrheit zu sagen. Das Ultimatum lief übermorgen um zwölf Uhr mittags ab. Zadira war sich noch nicht sicher, ob sie den Mann tatsächlich der Presse zum Fraß vorwerfen würde. Aber es war hilfreich, wenn er es ihr zutraute.

Doch Zadira war nicht nur bei Zorn gewesen, sondern auch bei einer indirekten Kollegin von ihm. Nämlich jener Ärztin, die Solange Rouelle behandelte, wie Zadiras nicht ganz legaler Akteneinblick ergeben hatte.

Zadira war von Zorns großräumiger Edelpraxis im Marais in die südlichen Banlieues gefahren, ins Institut Gustave Roussy in Villejuif.

Solange Rouelle hatte am Tag der Beerdigung von Céline Durand morgens einen Termin im Institut gehabt, so viel hatte Dr. Odile Zadira bestätigen dürfen. Der Gesichtsausdruck und der mitleidvolle Blick der Radio-Onkologin, die ansonsten auf ihrer Schweigepflicht beharrte, hatten Zadira dann jedoch genügt. Was Dr. Odile Solange bei dem Termin zu sagen gehabt hatte, war für Idkas Haushälterin sicher nicht einfach zu verkraften gewesen.

Und doch ließ die Rouelle sich nichts anmerken. Sie litt. Und sie war damit ganz allein. Etienne Idka machte nicht den Anschein, als ob er wüsste, wie es seiner Pflegerin ging. Solange verschwieg ihm ihr Leid, und er – ja, was verschwieg er? Welche wichtigen Dinge wusste Etienne Idka?

Zadira vermutete mehr und mehr, dass das Wissen des blinden Malers die Morde erklären würde.

Zadira hatte über zwei Stunden im Zug mit geschlossenen Augen dagesessen und das, was sie wusste, visualisiert. Sie nannte das »Konstrukte bauen«. Immer wieder hatten sich in ihr die Abfolge der Morde und ihre möglichen Zusammenhänge und Auslöser neu gestaltet. Aber Charles Idka passte einfach nicht als Mörder dazu.

»Hallo, Major Tom, hier ist die Erde!«, rief Blandine auf einmal. »Kannst du vielleicht auch lauter denken?«

»Ich dachte an Einsamkeit, Blandine.«

»Ach, Schätzchen«, sagte die Reporterin und drückte Zadiras Hand. »Ist es wegen Jules?«

»Ich rede nicht über Jules.«

»Liebst du ihn denn so sehr?«

»Hör mal, was ist los mit dir, Madame Hoffmann? Ich dachte, wir sprechen über den Fall?«

»Ja, im Prinzip schon. Aber nicht beim Essen. Da reden wir französischen Frauen traditionell über Männer, Männer und über Männer. Oder übers Essen. Wie wäre es mit Jules und seiner allergischen Pariserin, Jeffrey und seiner entlaufenen Katzenmama oder … Brell und seine vegetarischen Pasteten? Was glaubst du, wann ist dieses Kopi-Luwak-Essen?«

»Bestimmt bald. Brell wird wohl rechtzeitig informiert, damit er das Bargeld hübsch verpackt bereithält.«

»Also, wegen Brell«, fing Blandine erneut an. »Warum hast du ihm das nicht ausgeredet? Der Mann hat sein Konto für dieses Massakermenü leergeräumt! Dabei ist er Vegetarier! Etwas, was ich bei gestandenen Männern übrigens sehr sexy finde.«

»Ich hätte es Lucien nie ausreden können. Ein Mann und sein Stolz, das ist eine Zwei-Komponenten-Bombe mit kurzer Lunte. Die kriegt man nicht so einfach mit Argumenten entschärft.«

»Wow. Jetzt trinken wir erst mal, liebe Metapher-Matéo. Diese Lunten-Nummer ist ein Sprachbild, das mich bis in meine tiefsten Träume verfolgen wird.«

Zadira musste lächeln. Ihre Freundin schaffte es immer wieder, den dunklen Schleier wegzuziehen, der sich manchmal vor Zadiras Blick auf die Welt schob.

Sie stießen an und tranken. Kühl, frisch, für einen Moment lang Sorglosigkeit.

»Was würdest du tun, wenn du wüsstest, dass du nur noch eine begrenzte Zeit zu leben hast?«, fragte Zadira dann.

»Begrenzt? Reden wir von zwei Tagen, zwei Wochen oder was?«

»Einem Jahr.«

Blandine dachte nach. »Ich würde mit allen Männern schlafen, die mir noch in der Sammlung fehlen, ich würde meine Küche renovieren, ich würde meinen Chefredakteur an seinen abstehenden Ohren ziehen.« Sie trank noch einen großen Schluck. »Nein. Unsinn. Ich würde meine Angelegenheiten regeln. Ich würde das in Ordnung bringen, was in meinem Leben nicht stimmt. Ich würde dir zum Beispiel sagen, wie unendlich froh ich bin, dass es dich gibt, weil du die erste Frau bist, der ich zutraue, mich aus der letzten Scheiße zu ziehen, in die ich geraten könnte.«

Jetzt war es an Zadira, ihre Hand auf die der Freundin zu legen. Wie immer blätterte Blandines Nagellack ab, wie immer war es eine grelle Farbe. Aber Zadira liebte diese Hand, die sie ebenfalls so vertrauensvoll ergreifen würde.

Sie schluckten beide.

»Eh, also Männer«, sagte Zadira vorsichtig, bevor die Sentimentalität zu intensiv wurde.

»Ja. Jules und du. Das Ganze ist albern. Weißt du, was Brell dazu sagt?«

»Du sprichst mit Lucien über mich und den Tierarzt? Über was denn sonst noch?«

»Über dies und das und Rezepte. Wieso? Er ist ein sehr unterhaltsamer Gesprächspartner, wenn er erst mal vergessen hat, mit wem er redet.«

»Ich glaube, er mag dich ziemlich gern, Blandine.«

»Ich glaube, ich weiß das sehr zu schätzen, Zadira.«

Jacques schenkte ihnen noch von dem Crémant nach.

»Und Jeffrey?«, fragte Zadira dann. »Wie passt der in die Angelegenheiten, die du regeln würdest?«

Über Blandines Gesicht glitt ein warmherziges Lächeln. »Jeff. Er hat mir neulich nachts von seinen Jahren im Irak erzählt. Ich weiß nicht, wieso, aber er erwähnte, sein Ex-Kommandant sei kürzlich bei ihm gewesen. Dann erzählte er mir von dem letzten Kommando, das er nur überlebt hat, weil er einen Befehl dieses Mistkerls verweigerte.« Sie trank. »Ich werde nie verstehen, warum die Menschen immer wieder so dumm sind und Kriege führen.«

Während Jacques jetzt eine Flasche Bandol-Rosé für sie entkorkte, wechselte Blandine das Thema.

»Ich war übrigens am Sonntag doch noch in der Rue des Ortolanes bei Monsieur Idka.«

»Du wurdest eingelassen?«

»Nicht direkt. Aber Madame Rouelle hat sich dafür bedankt, dass ich sie wegen der Schlagzeile und der Presse vorgewarnt habe. Und sie hat mir gesagt, dass ich mein Interview bekommen werde. Sie würde sich dafür einsetzen. Ich gab ihr meine Nummer, und jetzt …« Blandine hauchte dem Kellner ein »Merci« entgegen. Dann beschied sie ihm: »Wir nehmen zweimal die Jakobsmuscheln.«

Als er sich entfernte, fuhr sie fort: »Tja. Und jetzt warte ich auf die Dinge, die da wohl kommen mögen.«

Sie schenkte gerade Rosé ein, als Alain Bizet über die Terrasse auf sie zukam.

»Ich glaube, wir brauchen ein drittes Glas«, sagte Zadira.

»Und Weltfrieden«, ergänzte Blandine. »Hallo, George!«

Der Fotograf runzelte bei diesem Namen die Stirn und ließ sich auf dem satt gepolsterten, edlen Stuhl nieder.

»Was hast du getrieben?«, fragte Blandine.

»Ich habe«, sagte Alain zögernd, »also, ich bin in der Altstadt rumgelaufen und habe Türen fotografiert.« Er wurde rot. »Türen verraten viel über die Kultur und die Seele eines Dorfes«, schob er nach.

»Na, dann zeig doch mal her, was für eine Seele unser Mazan hat«, forderte Blandine und zwinkerte Zadira zu. Sie beugten sich über Bizets Digitalkamera und den kleinen Monitor, während er ihnen die Aufnahmen vom frühen Abend zeigte.

»Äh, Momentchen mal«, sagte Blandine, nachdem sie artig auf rote, blaue, kleine, große, steinerne und hölzerne Türen, Portale, Pforten und sonstige Eingänge geguckt hatten. Auch Zadira war es aufgefallen. »Halt, noch mal eins zurück«, kommandierte sie.

Es war nur am Bildrand gewesen. Im Vordergrund hatte Alain eine Gartentür fotografiert, ein schmiedeeisernes Tor mit winzigen Blättern und Blüten. »Das hier? Ja, also, florale Intarsien werden ja meist verwendet, wenn …«

»Pscht«, unterbrach ihn Blandine. »Mach das mal größer.«

Im Hintergrund, in der Verlängerung der Gasse, war ein großer Mann zu sehen, dessen bauchige Silhouette unverkennbar war.

Er trug eine Sonnenbrille und einen Panamahut.

Hinter ihm sah man eine undeutliche Gestalt, die den Gemeindepolizisten von Mazan, Sergeant Lucien Brell, in einen Hauseingang schob.

»Putain!«, rief Zadira und sprang auf.

»Dieser Bastard!«, sagte Blandine und erhob sich ebenfalls.

»Jemand hat ihn abgeholt, er hätte uns sonst angerufen.«

»Das ist bestimmt dieser Colonel.«

»Los, Alain, zeig uns, wo deine floralen Intarsien waren!«

31

Die drei ingwerfarbenen Kätzchen wimmerten und hatten sich in der Trage-Box mit dem Gitteraufsatz ganz in eine Ecke zurückgezogen. Der kleine schwarze Kater hatte sich vor seine Schwestern gelegt, als wolle er sie schützen. Aber auch sein kleiner Leib zitterte vor Angst.

Manon konnte nicht still daliegen. Immer wieder versuchte sie, in dem engen Gefängnis ein paar Schritte zu machen, drängte sich gegen das Plastikgitter und spähte durch die vertikalen Ritzen, um zu verstehen, was die Menschen mit ihr und den Kleinen vorhatten. Der Raum, in dem sie sich befanden, sah aus wie die Küche des Château de Mazan, wohin sie manchmal gegangen war, als Julie noch lebte. Die junge Frau hatte immer eine kleine Leckerei für sie gehabt. Doch hier war keine Julie, nur ein junger Mann, der Kräuter kleinschnitt. Manon maunzte. Und noch mal.

Er zuckte zusammen, zog die Schultern hoch, aber er schaute nicht zu ihr herüber. Noch einmal maunzte sie, in einem hohen, klagenden Ton. Der junge Mann legte das Messer beiseite, griff nach einem kleinen Kasten, an dem zwei Leitungen hingen, und steckte sich deren Enden in die Ohren. Dann drückte er auf den Kasten. Manon vernahm das leise Zischeln einer fremdartigen Musik.

Er würde ihr nicht helfen. Er wollte sie nicht einmal hören.

Verzweifelt drehte sie sich um sich selbst, kratzte an dem Plastikgitter und verstand nicht, was mit ihnen geschah. Sie dachte wieder und wieder an den Mann, der sie und die Kleinen gepackt und in diesen Käfig gesperrt hatte. Ihre Flanken bebten vor Zorn, als sie sich an sein Lachen erinnerte.

Sie waren erst an einem anderen Ort gewesen, dort hatte der Mann sie gefüttert. Zuerst hatte sie befürchtet, er habe Gift beigemischt. Doch Mazan hatte ihnen allen beigebracht, Gift zu erkennen. Dieses Futter war rein gewesen, intensiv und köstlich, wie es ihr Mensch, der Sänger Brunet, ihr nie gegeben hatte. Ihre Milch war davon fett und sämig geworden, und die Kleinen saugten sich die Bäuche voll. Wenn sie trinken konnten, waren sie ganz still, eingehüllt in eine trügerische Wärme und Ruhe.

Die Tür am anderen Ende der Küche schwang auf. Ein Mann mit Bart kam direkt auf sie zu. Manon richtete sich auf, kampfbereit, mit angelegten Ohren.

»Ja, hallo, meine schöne Madame und ihre Prinzessinnen … oh, auch ein Prinz, oder?« Der Mann beugte sich zu ihr herab. Sie duckte sich, er war böse, er war ihr Feind. Sein Geruch, seine falsche Stimme, sie wollte ihm weh tun. Mit einem Satz sprang sie an das Plastikgitter. Doch er lachte nur.

»Ja, ja, ja! Bist eine kleine Wildkatze, meine Schöne. Das ist gut so, denn als solche kommst du auch auf den Tisch. Die echte Kopi Luwak ist uns leider unterwegs eingegangen. Aber wir dürfen unsere Gäste doch nicht enttäuschen, wo sie schon so viel bezahlt haben. Tja, und da hatte der Colonel eine wunderbare Idee.«

Wieder lachte der Mann sein hässliches Lachen. Er nahm ein Schüsselchen vom Tisch und zeigte es ihr.

»Hier. Riech mal. Schön, oder? Ein Hauch Rosmarin, Veilchen und Rotweinjus. Damit reibe ich dich nachher ein, das macht deine Haut ganz zart. Dann kommst du in den Salamander, das ist mein Lieblingsofen für große Gerichte, sanfte Oberhitze, nicht zu stark. Oh, wie wird das duften und schmecken, meine Schöne.«

Was redete er da? Wollte er sie etwa ...?

»Und für deine Jungen habe ich mir etwas ganz Besonderes ausgedacht. Siehst du die kleinen Kokotten da?«

»Herr Bieri?«, unterbrach ihn der junge Mann.

»Ja, Marcel.«

»Muss ich sie ... ich meine ...«

»Herrgott, Marcel, was ist los mit dir?«

»Nichts, ich meine nur ... sie sind so ...«

Bieri knallte die Schüssel mit den Kräutern auf den Tisch.

»Sie sind eine Mahlzeit, du kleiner bretonischer Schwachkopf. Wie ein Huhn. Wie Wachteln. Wie Frösche. Und du bist ein Koch. Oder zumindest willst du einer werden. Und du wirst mir diese kleinen Leckerbissen jetzt vorbereiten, aber zack, zack! Und hör mir bloß auf mit diesem«, Bieri zog eine rührselige Grimasse, »... sie sind ja so niedlich!«

Der Junge schluckte.

»Ja, Monsieur.«

»Dann bereite jetzt alles vor! Ich muss noch dieses dekadente Pack da draußen bespielen.«

Er sah zu Manon in ihrem Gefängnis herüber. Jetzt lächelte er nicht mehr.

»Die Jungen müssen wir etwas größer machen. Ich möchte als Füllung eine Mischung aus Reineclauden mit ein klein wenig Koriander und einer Prise Kaffee. Provenzalisch-indonesische Fusion.«

Er ging zurück zu der Tür und spähte halb hindurch. »Man amüsiert sich, man genießt. Sehr schön.«

Summend holte er einen Rolltisch hervor, legte eine weiße Tischdecke darauf, stellte zwei silberne Kerzenleuchter ab.

»Richte das große Silbertablett her«, befahl er dem jungen Koch. »Ich komme in zehn Minuten, dann bereiten wir sie zu.«

Damit verschwand er wieder in den Gastraum. Manon beobachtete, wie die Tür hinter ihm zufiel. Sie hatte alles verstanden, was er gesagt hatte, doch es nahm ihr beinahe den Verstand. Sie sah, wie der junge Mann einmal tief durchatmete und sich ein paar dicke Handschuhe anzog. Dann kam er langsam auf ihren Käfig zu.

»Verzeihen Sie, meine sehr verehrten Damen und Herren, ich musste mich um die Vorbereitungen kümmern.«

Lucien Brell wandte sich um, als Beat Bieri händereibend aus der Küche zurückgekehrte.

»Dieses Haus also, in dem die Schwarzen Penitenten lebten, war direkt dem Papst unterstellt. Wir befinden uns gewissermaßen in gesegneten Mauern. Was für ein passendes Ambiente!«

Beat Bieris Stimme hatte einen spöttisch-salbungsvollen Tonfall angenommen. Als Lucien Brell langsam ins Bewusstsein sickerte, wovon der Mann sprach, konnte er nicht verhindern, dass ihm der Mund aufklappte. Er richtete seinen Blick auf sein Gegenüber. Dem Colonel machte es sichtlich Freude, das Begreifen in Brells Augen zu sehen. Dennoch tippte er zur Sicherheit mit dem Zeigefinger auf die Serviette, unter der sich die Pistole befand, mit der Mündung auf Brell gerichtet.

»Natürlich werden Sie sich gewundert haben, dass wir nicht wie gewohnt im L'Obsidion dinieren. Aber wie sich herausstellte, gab es eine kleine Indiskretion.« Beat Bieris Blick wanderte wie zufällig zu dem Tisch, an dem Brell und der Colonel saßen. »Und unser guter Freund, der Colonel, hielt es für ratsam, die Lokalität zu wechseln.«

Er machte eine kleine Verbeugung in Richtung des Colonels, die der mit einem Nicken erwiderte.

»Ich versichere Ihnen, dass wir diesen Abend vollkommen ungestört verbringen werden. Wir haben das Wort des Papstes.«

Gelächter war zu hören. Die Gäste entspannten sich.

»Allerdings hat der Ortswechsel dazu geführt, dass wir mit unseren Vorbereitungen dem Zeitplan etwas hinterherhinken. Darum lassen Sie sich zum Champagner mit einigen erlesenen Spezialitäten verwöhnen.«

Er klatschte in die Hände, woraufhin zwei livrierte Kellner, die bisher reglos im Hintergrund gewartet hatten, auf silbernen Platten kleine Teller brachten und auf den Tischen verteilten. Während Bieri immer noch über die schwarzen Penitenten schwadronierte, fragte Brell leise: »Wir sind in Mazan?«

»Aber ja, Sergeant, nur einen Katzensprung von Ihrer Wache entfernt.«

»Was sollte dann das ganze Theater mit den zugeklebten Augen und der Herumkurverei?«

»Ich musste doch sichergehen, dass nicht irgendjemand uns folgen würde. Am Ende gar diese übereifrige Polizistin, mit der Sie zusammenarbeiten.«

Der Mann wusste anscheinend bestens über ihn Bescheid, doch im Nachhinein wunderte das Lucien Brell nicht. Er hatte nicht nur den Colonel, sondern auch die Gefährlichkeit dieser Sache vollkommen unterschätzt.

»Wenn Sie wissen, wer ich bin, warum haben Sie mich dann überhaupt hergebracht?«

Der Colonel breitete die Arme aus.

»Weil Sie bezahlt haben.«

»Hinter dem Haus«, erzählte Bieri und wies dabei auf die verhängte Doppeltür, »liegt ein zauberhafter Garten. Dort stand im siebzehnten Jahrhundert die Kapelle …«

Brell zwang sich, seine Situation zu überdenken. Was hatte der Colonel mit ihm vor? Wollte er ihn hier umbringen? Wohl kaum, nicht vor den illustren Gästen. Außerdem wäre ein Schuss auch außerhalb des Hauses zu hören und würde nicht nur die Nachbarn, sondern auch die Journalisten anlocken. Nein, die Pistole war nur ein Bluff. Solange Brell hier mit den anderen Gästen zusammen war, konnte er sich sicher fühlen. Ganz anders sah es allerdings nach Ende der Veranstaltung aus. Oder wenn er jetzt einfach aufstand und zu gehen versuchte. Brell war davon überzeugt, dass der Colonel ihn überwältigen würde, sobald sie den Raum verlassen hatten. Auch ohne einen Schuss abzufeuern.

Er nahm einen Schluck Champagner, weil sein Mund so furchtbar trocken war. Sollte er dieser unanständigen Veranstaltung wirklich beiwohnen müssen, ohne etwas unternehmen zu können? Er betrachtete den Colonel, der wiederum ihn mit einem spöttischen Lächeln beobachtete. Dann dachte er an seinen toten Freund.

»Was ist mit Gérard passiert?«, fragte er.

»Wieso?«, fragte der Colonel mit sanfter Stimme zurück.

»Er ist tot, und ich denke, das wissen Sie.«

»Ach, Gérard …«, seufzte der Colonel. »Er wollte zuerst gar nicht erzählen, dass er sich mit Ihnen unterhalten hatte. Ich musste ihm wirklich gut zureden. Dass es so enden würde …«

Sein Bedauern wirkte wie blanker Hohn. Ganz langsam, aber unaufhaltsam stieg eine heiße Säule aus Zorn in Lucien Brell auf. Er würde vielleicht ebenfalls mit gebrochenem Genick enden. Aber dieses Schwein sollte nicht ungestraft davonkommen.

Die Augen des Colonels verengten sich, als Brell die Fäuste auf den Tisch stützte und sich langsam erhob. Brell erkannte, dass sein Gegenüber begriff, und das bereitete ihm eine tiefe Genugtuung.

Der Colonel hatte ihn unterschätzt.

Da erklang auf einmal ein lautes Krachen über ihren Köpfen. Und ein Poltern.

Beat Bieri verstummte, sein Blick suchte den des Colonels. Dessen Blick flackerte unsicher. Brell verstand das Dilemma: Wenn der Colonel jetzt nachschaute, was dort oben los war, würde er, Brell, verschwinden können. Das wiederum durfte nicht passieren.

Jetzt lass dir mal etwas einfallen!, dachte Brell hämisch.

Der Weg hatte sich als noch schwieriger herausgestellt, als Mazan geglaubt hatte. Das war ihm klargeworden, als sie oben im Baum saßen, direkt bei dem Ast, der bis auf das Dach ragte. Besonders vertrauenerweckend sah der nicht aus. Außerdem bewegte er sich unruhig in dem kalten Wind, der von dem Berg mit der weißen Kuppe herabwehte.

»Kannst du etwas erkennen?«, fragte Rocky, der einen Ast tiefer hockte.

»Nicht viel, dort drüben ist zwar ein Fenster im Dach, aber es sieht geschlossen aus.«

»Vielleicht gibt es noch andere Fenster«, sagte Louise. Sie saß auf Rockys Höhe, auf der anderen Seite des Stammes. Sowohl sie als auch Rocky waren nicht ganz so geübt im Klettern wie Mazan. Viel ungeübter noch war Orangino, doch er hatte sich vor Louise keine Blöße geben wollen und war, zwar langsam und vorsichtig, aber tapfer, mit hochgeklettert. Der Einzige, der mühelos mit Mazan hatte mithalten können, war Tin-Tin. Er stand aufrecht neben Mazan auf einem kleineren Zweig und probte anscheinend dessen Festigkeit.

»Schaut mal«, sagte er, »wenn ich mein Gewicht verlagere, dann fängt er an zu wippen und …«

»Tin-Tin, hör sofort auf damit!«

»Och, Louise.«

»Was ist?«, rief Oscar von unten. »Braucht ihr meine Hilfe?«

»Nee«, meinte Rocky, »lass mal, Oscar.«

»Kümmere dich lieber um Atos!«, rief Mazan. »Der dreht ja noch durch.«

Atos hatte es natürlich nicht geschafft, durch die Gitterstäbe zu schlüpfen. Nun lief er vor dem Tor hin und her und jaulte ganz jämmerlich.

»Also gut, ich gehe jetzt rüber«, fuhr Mazan fort. »Dann Tin-Tin. Rocky, du als Letzter.«

»Alles klar.«

Vorsichtig, Schritt für Schritt, bewegte Mazan sich vorwärts. Dabei drängte es ihn eigentlich zur Eile. Nie hätte er damit gerechnet, dass Manon so nahe sein könnte. Nicht nur in der Stadt, sondern in dem Haus, in dessen Garten er lebte! Ob der Entführer sie von Anfang an dort untergebracht oder sie erst vor kurzem hergeschafft hatte, konnte er natürlich nicht sehen. Aber dass sie und die Jungen am Leben waren. Ebenso wie die Gefahr, die ihnen drohte: Sie sollten gegessen werden!

Der Ast beugte sich leicht unter seinem Gewicht. Der Weg war deutlich anspruchsvoller als der über den schmalen Mauergrat zu Camille oder über ein Dach, denn jeder unvermutete Windstoß, der in das Blattwerk fuhr, versetzte den Ast in Seitwärtsbewegungen. Doch Mazans Körper lernte schnell, die plötzlichen Schwankungen aufzufangen. Mit einem letzten Satz war er auf dem Dach.

Auch Tin-Tin hatte keine Schwierigkeiten.

»Uiih«, machte er, als der Ast schwankte und er innehalten musste. Er hatte sichtlich Spaß an dem Abenteuer.

Mazan wartete noch auf Louise, die den Parcours elegant wie immer absolvierte. Dann lief er mit ihr zu dem Fenster. Das war zwar geschlossen, doch die Scheibe war zerbrochen. Er erkannte auch sofort, warum. Der Ast, über den nun erst Orangino und dann Rocky geklettert kamen, wischte bei jedem Windstoß über das Dach. Bei einem Sturm musste er gegen die Scheibe geschlagen sein.

»Seid vorsichtig«, sagte er, »da stecken noch Glassplitter.«

Nacheinander sprangen sie in den Dachboden, der nach alten Stoffen und Taubenkot roch. Die Tür, die ins Innere des Hauses führte, hing schräg in ihren Angeln.

»Und jetzt?«, fragte Rocky. »Wie sieht dein Plan aus?«

Sein Plan? Gute Frage. Sein Plan hörte hier auf.

»Wir gehen runter«, sagte er, »Louise und ich suchen Manon. Ihr müsst die Leute ablenken.«

»Ablenken? Wie denn?«, fragte Tin-Tin.

Ehe Mazan etwas sagen konnte, antwortete Rocky: »Indem wir Chaos veranstalten, stimmt's?«

»Haargenau. Wir nutzen den Überraschungseffekt. Ihr müsst dafür sorgen, dass wir Manon finden und befreien können. Ich habe keine Ahnung, wie ihr …«

»Hey Mann, vertrau mir.«

Das tat er. Wenn es darum ging, Chaos zu stiften, war Rocky unschlagbar.

»Dann los«, sagte Mazan. Und im nächsten Moment passierte es.

Natürlich hatten sie alle das Loch im Holzboden gesehen. Es gähnte schwarz und groß in der Mitte des Raumes. Ohne dass es einer Absprache bedurfte, umrundeten Mazan und Louise es auf der einen, Rocky und Orangino auf der anderen Seite. Nur Tin-Tin hatte eine andere Idee, wie dieses Hindernis zu überwinden war.

Das Loch war so groß, dass eine Katze zwar drüberspringen konnte, aber nicht ohne Konzentration und ausreichenden Schwung. Allerdings ragte eine der Dielen halb in die Öffnung hinein. Von deren Ende wäre der gegenüberliegende Rand des Loches mühelos zu erreichen. Das jedenfalls schien Tin-Tin sich gedacht zu haben.

Ehe Louise oder einer der Kater ihn davon abhalten konnte, war er auf die freistehende Planke spaziert und duckte sich an deren Ende für den Sprung hinüber. Was er nicht bedacht hatte, war, dass das Brett hinter ihm nicht den nötigen Halt für dieses Manöver lieferte. Es hielt nur deswegen, weil es auf einem Balken auflag und nur der leichtere Teil in den freien Raum ragte. Diese fragile Balance geriet durch das Gewicht des jungen Katers aus dem Lot.

In dem Moment, da er sich abstieß, kippte das Brett nach vorn, so dass seinem Sprung die nötige Kraft fehlte. Für einen Moment sahen die anderen Katzen entsetzt, wie der wagemutige Kater auf die dunkle Öffnung zuflog.

Tin-Tin rief: »Eiiih!«, dann war er verschwunden.

Das Brett knallte zuerst mit dem hinteren Ende gegen die andere Seite des Loches und folgte anschließend dem Kater. Mit einem mörderisch lauten Poltern schlug es unten auf dem Boden auf.

»Tin-Tin!«, rief Louise erschreckt, beugte sich über die Kante und versuchte, in dem aufwirbelnden Staub etwas zu erkennen.

»Kch, Kch«, vernahmen sie dann – ein leises Niesen. »Ich bin hier!«, rief Tin-Tin.

»Bist du verletzt?«

»Nein, aber das war ganz schön aufregend.«

Zu viert hockten sie am Rand des Loches und spähten nach unten.

Mazan stieß die Luft aus, und Rocky sagte nur: »Tja, das war's wohl mit dem Überraschungseffekt.«

32

Das Haus der schwarzen Büßer«, sagte Zadira von ihrem Beobachtungsposten aus. »Wie passend unpassend.«

Sie hatten sich alle in einen Toreingang gedrückt, Zadira, Blandine, Alain Bizet und Jeffrey Spencer. Erstaunlicherweise trieb sich kein Journalist herum, nicht mal der nervige Videoreporter.

Unruhig spähte Zadira zu dem wuchtigen Eckbau im Manoirstil hinüber, der sich schräg gegenüber der Kapelle der Weißen Büßer befand, Mazans historischem Museum.

Jeffrey Spencer, dem sie direkt am Gartentor des Penitentenhauses in die Arme gelaufen waren, wo er den verstörten Atos zu bändigen versuchte, wandte sich an den Fotografen. »*Young fellow*, zeig mir noch mal die Aufnahmen.«

Alain gab Jeffrey die Canon. Jeffrey spannte die Kiefermuskeln an, als er die Bilderfolge durchklickte. »*Hello*, Colonel Alan Tuffy Pryce«, sagte Jeffrey. Er zeigte Zadira das Bild, ehe er dem Fotografen das Gerät zurückgab. »Hüte die Aufnahme wie einen Schatz. Es gibt sonst keine Bilder von dem Mann.«

Mit fliegenden Fingern zog Alain die Speicherkarte aus dem Gerät, steckte sie in seine Hosentasche und schob eine Ersatzkarte in die Canon.

»Ist der Kerl bewaffnet?«, fragte Zadira.

»Anzunehmen. Er hätte es aber nicht nötig. Tuffy ist selbst eine Waffe«, sagte der Ex-Soldat. »Und es ist kein gutes Zeichen, wenn er Brell abgeholt hat.«

Spencer blickte die Gasse auf und ab, an den Fenstern hoch, ging zur Ecke vor und kam wieder zurück.

»Da ist ein Keller, der eine neue Garagentür hat.«

Er zog ein ziemlich professionell aussehendes Schweizer Taschenmesser aus der Hose. »Die kriege ich auf.«

»Oh, du mein Held«, seufzte Blandine.

»Wir wissen nicht, wie es da drinnen aussieht«, stellte Zadira fest. »Und ich will nicht, dass jemand verletzt wird. Wir müssen sie überraschen.«

Jeffrey nickte. »Wie gehen wir vor, Lieutenant?«

»Wir sind höfliche Leute. Wir klopfen vorn an, und Sie brechen von hinten ein.«

»Und wenn man Sie erkennt?«, hakte Jeffrey ein. »Verzeihen Sie, aber Sie haben einen gewissen Wiedererkennungswert.«

»Jemand, der möglichst harmlos ist, könnte klopfen und behaupten, er suche das Museum«, schlug Blandine vor.

»Du also schon mal nicht.«

»Na, danke.« Blandine wandte sich an den Fotografen. »Alain, Sie …«

»Ich mach das nicht! Nicht wenn da ein Typ mit einer Pistole drin ist.«

»Hey, Jeff, da bist du ja.«

Sie wandten sich alle vier um, als sie Jules' Stimme vernahmen. Zadira war so erleichtert, dass sie ihm beinahe um den Hals gefallen wäre.

»Ich habe eine Idee«, sagte Blandine.

»Yeah«, sagte Jeffrey.

Zadira begriff sofort, was den beiden vorschwebte.

»Hallo, Jules«, begrüßte sie ihren Nachbarn kühl. »Könntest du an der Tür dort klopfen und nach dem Museum von Mazan fragen? Und das so kompliziert und touristisch wie möglich?«

Er musterte sie mit einem Blick, der ihr gar nichts von seinen Gedanken verriet. Oder alles.

Jeffrey setzte den Freund kurz ins Bild. Brell, der Colonel, die Katzen. Jules pfiff durch die Zähne.

»Okay«, sagte er nur.

»Gebt mir zwei Minuten«, erklärte der Engländer. »Dann bin ich drin.« Er verschwand wieder hinter der Hausecke. Sie hörten ihn noch fragen: »Oscar, was machst du denn hier?«

Zadira schaute auf die Uhr. Sie vermied es, Jules anzuschauen, was nicht ganz einfach war, da sie nicht einmal einen Meter auseinanderstanden. Jules beugte sich zu Atos hinab, der nervös vor sich hin winselte.

»Ist ja gut, mein Großer«, murmelte er. Auch er mied den Blickkontakt mit Zadira. Blandine starrte nur mit offenem Mund von einem zum anderen.

»Sagt mal, ihr beiden …«, begann sie.

Aber Zadira unterbrach sie: »Hören wir auf zu quatschen. Es geht los. Jules?« Parceval nickte.

»Alain?«

Der Fotograf hörte auf, an seiner Kamera herumzufummeln.

»Bereit«, sagte er.

Zadira drückte sich rechts von der Tür an die Mauer, Alain und Blandine links. Jules zerrte ein zusammengefaltetes Blatt Papier aus seiner Tasche, setzte ein naives Gesicht auf und klopfte dreimal kräftig an die Tür des Penitentenhauses.

Zadira dachte an Brell und an Gérard. Und daran, dass sie diese ganze verdammte Gourmetgeschichte unterschätzt hatte. Sie hätte Brell früher helfen müssen! Dass sie selbst einen Mordfall am Hals hatte, konnte sie nicht als Entschuldigung gelten lassen. Sie hatte sich von ihren Gefühlen ablenken lassen. Und nun war ihr Partner in Gefahr.

Im nächsten Moment wurde die Tür aufgerissen.

»Haben wir hier einen Poltergeist, Monsieur Bieri?«, rief einer der Gäste, ein Spanier, der, seiner Aussprache nach zu urteilen, bisher sicher nicht nur ein Glas Champagner getrunken hatte. Bieri lachte gekünstelt und warf dem Colonel wieder einen hilfesuchenden Blick zu. Einige der Gäste waren verärgert, unruhig. Brell hatte sich auf seinen Stuhl zurücksacken lassen und beobachtete den Colonel.

»Vielleicht ein schwarzer Penitent, der an unserem Dinner teilnehmen möchte«, warf die dicke Frau in die Runde. Brell erkannte die Gattin des Front-National-Politikers aus Orange wieder.

»Wie wäre es«, nahm der erste Gast den Scherz auf und erhob sich mit dem Glas in der Hand, »wenn wir die ehrwürdigen Geister zu uns einladen?«

Er wandte sich an die geschlossene Doppeltür seitlich des Kamins und rief: »Ihr wohlgeborenen und wohlgestorbenen Geister, so kommet und kehret ein!«

Schon drehte er sich mit breitem Grinsen wieder um, als mit einem Mal drei laute Schläge gegen eine Holztür ertönten.

Die dicke Frau schrie auf, der Spanier ließ sein Glas fallen, das klirrend auf dem Boden zersprang. Zwei Gäste sprangen hoch.

»Wenn das ein Scherz sein soll, dann ist das äußerst unpassend!«, rief der eine erbost.

»Dafür verschwende ich nicht meine Zeit«, sagte der andere und machte Anstalten zu gehen.

»Meine Damen und Herren!« Der Colonel hatte sich erhoben. »Bitte beruhigen Sie sich.«

Augenblicklich ebbte die Aufregung ab.

»Dort oben ist nur ein alter Schrank umgefallen«, sagte er in einem Tonfall, der hypnotisch beruhigend wirkte. »Ich habe das ganze Haus kontrolliert und die alten Möbel gesehen. Ein Husten würde sie zusammenbrechen lassen. Und das Klopfen …«, er machte eine Kunstpause, bevor er fortfuhr, »kommt von der Eingangstür. Die letzte Zutat wird geliefert. Jacques?«

»*Oui*, Monsieur.«

Doch noch ehe der Colonel dem Kellner irgendeine Anweisung geben konnte, drang ein schrilles Geräusch an aller Ohren, das binnen Sekunden zu einem nervenzerreißenden Kreischen anschwoll. Alle starrten auf den mannshohen Kamin, aus dessen düsterem Maul das unerträgliche Geräusch kam. Da rieselte etwas herab. Im nächsten Moment flog ein kreischendes Etwas in einer schwarzen Wolke herunter und sprang ihnen aus der Brennkammer entgegen.

Alle schrien auf, einige erhoben sich abrupt, Stühle fielen rückwärts zu Boden. Die beiden Herren, sowieso schon auf dem Sprung, gingen entschlossen zum Ausgang, die dicke Frau war zu der Doppeltür gewatschelt und riss an der Klinke herum.

»Aber meine Damen, meine Herren, das ist doch nur der Hausgeist!«, rief Bieri lächelnd mit hocherhobenen Armen. Und machte es damit nur noch schlimmer.

Brell wusste, dass dies seine Chance war. Er warf den Tisch zur Seite um und sprang auf den Colonel zu, der ihn für Sekunden völlig vergessen hatte.

»Für Gérard!«, brüllte Lucien und warf sich mit voller Wucht gegen den anderen.

»Kannst du da raus?«, rief Mazan nach unten.

»Ich glaube nicht«, gab Tin-Tin zurück. »Die Tür ist zu.«

»Wir haben jetzt keine Zeit, ihm zu helfen«, sagte Mazan leiser zu den anderen Katzen. Er spürte drängender denn je, dass sie sich beeilen mussten.

»Keine Sorge, wir holen dich später raus!«, rief er Tin-Tin zu.

»Ist gut. Ich kann mich ja mal umgucken.«

»Ja, tu das.«

»Vielleicht ganz gut, wenn der Tolpatsch aus dem Weg ist«, sagte Rocky.

Je tiefer sie die Treppe hinabstiegen, desto intensiver wurden die Kochgerüche. Dann hörten sie Stimmen, das Geklapper von Geschirr. Auf dem letzten Treppenabsatz hielten sie inne.

»Dort muss Manon sein«, sagte Mazan, der sich auf das besann, was er während des *Springens* wahrgenommen hatte. Die Stimmen kamen aber aus dem gegenüberliegenden Teil des Erdgeschosses.

»Hm«, machte Rocky, »da drüben sind viele Menschen. Da müssen wir rein und Chaos stiften. Ich weiß, wie ich eine Tür aufbekomme. Wenn sie nicht abgeschlossen ist.«

»Wir versuchen es.«

In diesem Moment vernahmen sie ein merkwürdiges Geräusch. Ein hohles Kreischen, das immer lauter wurde.

Dann Kiekser aus dem Raum hinter der Doppeltür, Poltern, Gläserklirren.

»Was …?«

Im nächsten Moment wurde die Tür von innen aufgestoßen.

»Action!«, brüllte Rocky und sprang los.

Manon sah entsetzt, wie der junge Koch nach einem der Messer griff, die auf dem Tisch lagen. Er hatte Tränen in den Augen, als er auf sie zukam.

»Nein«, schrie sie. »Nicht!«

Immer verzweifelter sprang sie gegen die Gitter. Ihre Kleinen suchten, völlig verängstigt fiepend, Schutz in der Ecke des Kastens. Doch es gab keinen Schutz. Manon raste vor Wut und Verzweiflung. Darum bekam sie es erst gar nicht mit, wie sich hinter dem Koch der Boden bewegte.

»Es tut mir leid, kleine Katze. Du bist so süß, und deine Jungen erst! Aber ich muss es tun, verstehst du? Ich will nach Paris, und nur mit Monsieur Bieri kann ich …«

Er redete hektisch weiter, während er am Verschluss der Box herumnestelte. Aber seine Handschuhe behinderten ihn. Ärgerlich zog er sie aus.

»Aber du musst jetzt aufhören, so wild zu sein, weißt du, das geht nicht!«

Manon sprang weiter gegen das Gitter. Und jetzt sah sie, dass sich hinter dem Koch eine Luke im Boden öffnete. Als sie den Kopf erkannte, der dort herausschaute, durchfuhr sie unendliche Erleichterung.

»Hey, *boy*«, sagte Jeffrey hart, »was soll das werden?«

Der Koch fuhr herum, doch ehe er irgendetwas antworten konnte, brach wildes Geschrei jenseits der Tür zum Salon aus. Gleichzeitig schwang eine andere Tür auf, und zwei Katzen kamen in die Küche gesprungen: Mazan und Louise!

Die Schreie, die Katzen, der Mann, der aus dem Boden kam – in seiner Verwirrung hob der Koch die Hand mit dem Messer. Da kam neben Jeffrey eine graue Kugel aus der Luke gehüpft.

»Umpf«, machte Oscar und warf sich dem jungen Koch genau in den Schritt. Der Koch kreischte. Mazan und Louise sprangen auf den Tisch und von dort aus dem Mann an den Oberkörper und den Kopf. Mit rudernden Armen versuchte er, sich zu befreien. In diesem Moment kam Bieri in die Küche gestürmt.

»Was ist hier los!«, brüllte er.

Jeffrey hechtete über den Tisch. Dann knallte die Küchentür erneut auf. Und ein geiferndes, geflecktes Untier stürmte in den Raum.

Zadira hatte mit allem gerechnet. Nur nicht mit vornehm gekleideten Männern, die aus dem Haus eilen wollten. Die wiederum hatten nicht mit Atos gerechnet.

Der bretonische Vorstehhund, der sowieso hoch gereizt war, weil es ihm nicht gelingen wollte, diese süße Katze mit ihren noch süßeren Jungen wiederzufinden, nahm in dem Moment, da die Tür aufgerissen wurde, Witterung auf. Jetzt konnte ihn nichts mehr halten. Mit ganzer Kraft stürmte er den Eingang. Die Männer schrien auf und machten kehrt. Knurrend und bellend raste er ihnen hinterher und schnappte nach ihnen.

»Los, rein jetzt!«, rief Zadira und folgte dem Hund. Dessen Bellen erklang bereits aus dem Salon jenseits des Flures. Zadira stürmte in den Raum. Und starrte sprachlos auf das Chaos, das sich ihr darbot.

Gäste in Smoking und Abendkleid drückten sich an die Wände, versuchten, aus dem Raum zu kommen. Über die Tische fegten Katzen, stießen Gläser um, die klirrend auf dem Boden zersprangen. Zwei Kellner mittendrin. Der eine stellte sich begütigend den Gästen in den Weg, die ihn jetzt aber rücksichtslos beiseitestießen. Der andere versuchte, der Katzen habhaft zu werden, was allerdings völlig aussichtslos war. Zadira erkannte Rocky, den großen rotbraunen Kater, und einen anderen, der aussah, als hätte die Natur sämtliche Farben an ihm ausprobiert.

Am erstaunlichsten aber war das kleine, schwarze Monstrum, das wie verrückt herumsprang und überall schwarze Spuren auf den weißen Tischdecken hinterließ. Erst auf den zweiten Blick sah sie, dass es Tin-Tin war, aus irgendeinem Grund voller Ruß. Vor ihm schienen sich die Gäste am meisten zu fürchten. Und vor dem Hund, der zwischen den schreienden Gästen und den tobenden Katzen völlig durchdrehte. Dann, mit einem Mal, raste er durch eine Tür hinaus. Erst in diesem Moment entdeckte Zadira Brell.

Der Gendarm rang mit einem Mann, der aussah wie die Gestalt auf dem Foto.

»Achtung, Brell!«, rief sie, als sie die Pistole in der Hand des ehemaligen Soldaten sah. Doch da holte Tuffy bereits aus und schlug Brell den Knauf über den Schädel. Der massige Mann sackte zusammen.

Mit einer fließenden Bewegung zog Zadira ihre Waffe aus dem Holster, entsicherte sie und richtete sie auf den Scheißkerl.

»Polizei! Waffe weg!«, brüllte sie.

Leider hatte Zadira nicht mit Blandine gerechnet.

Die blonde Reporterin war hinter ihr ins Haus gestürmt, gefolgt von Alain Bizet, der ein Foto nach dem anderen schoss. Als sie sah, wie Brell niedergeschlagen wurde, schrie sie: »Lucien!«, und stürmte auf ihn zu. Tuffy erkannte sofort seine Chance. Er packte Blandine an den Haaren und riss sie in Zadiras Schusslinie. Mit cooler Geste setzte er der Journalistin die Pistole an die Schläfe.

»Ihre Entscheidung«, sagte er ruhig.

Zadira presste die Kiefer aufeinander und senkte ihre Waffe.

»Nicht«, keuchte Blandine. »Leg ihn um! Das wird eine Superschlagzeile!«

Kalte Wut beherrschte Zadira. Sie würde diesen Mann …

»Nicht«, flüsterte Jules, der mit einem Mal neben ihr stand.

Der Colonel bewegte sich rückwärts, Blandine als Schutzschild nutzend. Als er die Tür zum Flur erreicht hatte, stieß er die Reporterin von sich und verschwand. Zadira setzte sofort hinterher.

Im selben Moment, da Jeffrey Bieri noch im Sprung über den Tisch einen Tritt mit seinem Fuß verpasste, der dem Vier-Sterne-Koch den Unterkiefer brach, machte der aufgebrachte Atos das, was ihm am naheliegendsten schien. Als er endlich in die Küche gestürmt kam und Manon bereits in Reichweite wusste, versperrte ihm ein unbekanntes Gesäß den Weg. Atos vergaß seine gute Erziehung und vergrub seine Hauer in das nur von dünnem Stoff geschützte Fleisch von Bieri.

Den Jungkoch wiederum hatte der Angriff dreier Katzen völlig aus der Fassung gebracht. Kreischend und mit den Armen rudernd, war er davongestürzt.

Mazan rannte zu dem Käfig. Mit beiden Pfoten stützte er sich oben auf die Gitter und schaute hinein.

Manon!

Sie war am Leben. Und die Kleinen auch.

Zadira stellte den Colonel, als der in sein Auto einsteigen wollte. Im Laufen hob sie die Pistole. Er bedachte sie mit einem trägen Blick. Seine Waffe hielt er locker in der Hand, die Mündung war auf Zadiras Bauch gerichtet.

»Sie wissen, dass ich Sie ebenfalls erwischen werde«, sagte er ruhig. »Und wenn ich Ihre Leber treffe, verrecken Sie langsam und schmerzhaft.«

»Vielleicht«, gab sie zurück, »vielleicht auch nicht.«

»Na gut. Dann nehme ich eben ihn«, gab Tuffy mit spöttischem Lächeln zurück.

Zadira wandte sich halb um. Jules stand auf einmal neben ihr. Sie biss die Zähne zusammen.

»Verdammt«, presste sie hervor und senkte die Waffe.

»Vielleicht ein anderes Mal!«, rief der Colonel, sprang ins Auto, startete und raste sofort los.

Zadira starrte Jules böse an. Der machte daraufhin ebenfalls ein finsteres Gesicht.

»Was?«, fragte er verärgert.

Zadira zielte auf die Reifen des Wagens, schoss, traf einen, doch der SUV schlingerte nur kurz und fuhr unbeirrt weiter. Noch während sie ihr Mobiltelefon zückte, um eine Fahndung nach Tuffy rauszugeben, zischte sie Jules an: »Deine einzige Begabung besteht darin, mich zu nerven!«

Dann blickte sie sich um, sah Jules' gepflegten Porsche 911 an einer Mauer parken.

»Gib mir deine Autoschlüssel!«, befahl sie und streckte die Hand aus.

Er zögerte kurz, dann warf er das Bund zu ihr rüber.

»Zadira, der Carrera ist dreißig Jahre alt, der Motor …«

Sie hörte nicht zu.

Keine Minute später fuhr Zadira Tuffys SUV mit hochtourig röhrendem Motor hinterher. Sie ließ die Hand nahezu ununterbrochen auf der Hupe. Eine Aufstecksirene hatte sie hier natürlich nicht. Sie musste versuchen, sich so durch den Verkehr zu drängeln.

Tuffys SUV hatte die enge Porte de Mormoiron bereits unterfahren, dabei den rechten Seitenspiegel eingebüßt und sich zwei derbe Kratzer auf der Wagenseite geholt. Zadira raste hupend durch den engen Durchgang und auf die Hauptstraße, die sich nach einer Kurve teilte. Tuffy lag zwei Wagen voraus. Sie wich gerade noch einem entgegenkommenden Mégane aus.

Tuffy wäre verrückt, wenn er die Straße durch die Weinberge Richtung Bédoin nehmen würde. Von dort hatte er nicht mehr viele Möglichkeiten, außer zu versuchen, den Mont Ventoux zu erklimmen. In den engen Bergkurven würde ihm der schwere Geländewagen wenig nutzen. Der Porsche dagegen war auf Bergstrecken unschlagbar.

Sie fluchte. Dem SUV-Reifen schien es wenig auszumachen, dass eine Pistolenkugel im Gummi steckte.

Zadira gab Gas, klebte am Heck des SUV. Überholen: nicht möglich. Sie spähte auf die Tankanzeige. Nur ein Viertel voll, verflucht!

Sie fingerte nach der Pistole, die sie zwischen ihre Schenkel gepresst hatte. Wie ging das verdammte Dach auf? Sie musste auf den Jeep schießen! Aber sie konnte bei dem Tempo das Steuer nicht nur mit einer Hand halten. Das wäre Selbstmord.

Pryce wählte die Route Richtung Mormoiron, die D942, aber dann fuhr er kurz vor der linken Abzweigung weiter in Richtung Ville d'Auzon. Wo wollte er hin? Zur Nesque-Schlucht? Es war Wahnsinn, sich auf der engen Straße über der dreihundert Meter tiefen Schlucht eine Verfolgung zu liefern. Sie musste ihn vorher stoppen. Bevor er sich den nächsten Waldweg suchte und davonpflügte, während der tiefliegende Carrera einfach steckenblieb. Sie würde ihn rammen. Von der Straße schieben. Sich ihm in den Weg schleudern. Jules würde ihr verzeihen, er musste, und wenn nicht, dann war es auch egal.

Zadira biss die Zähne zusammen. Beschleunigte.

Die dicken schwarzen Prallrohre am Bug des Carrera stießen krachend an das Heck des SUV. Der schlingerte, aber Tuffy fing den Wagen ab. Sie sah seine bösen Augen im linken Außenspiegel. Reflexartig zeigte sie ihm den Mittelfinger.

In dem Augenblick knallte es hinter ihr. Erschrocken spürte sie, wie der Wagen an Tempo verlor. Der Motor … *putain*, der Motor war hinten! Dort, wo jetzt Qualm aufstieg, schwarzer, dichter Qualm. Sie sah fassungslos, wie sich der weiße Jeep entfernte. Und Tuffy gelassen den erhobenen Mittelfinger zum Fenster rausstreckte.

33

»Du musst mit Brunet reden, Jules. Erklär ihm, dass seine Katze jetzt hier wohnen will. Er kann sie meinetwegen einmal im Monat besuchen kommen.«

Sie saßen sich an Jeffreys Esstisch gegenüber, zwischen ihnen die Reste der Mahlzeit, die sie gerade eingenommen hatten: eine halbe Trüffelsalami, ein Stück nicht zu reifer Brie de Meaux, Brot, gesalzene bretonische Butter und eine Flasche trockener normannischer Cidre, aus der sie sich in flache Tonschalen nachschenkten. Nur von dem exzellenten Omelette mit Zwiebeln und Banon-Käse, das Jeffrey zubereitet hatte, war nichts mehr übrig.

Jules schaute zu der Ecke neben dem breiten Kamin, in der Manon mit den Kleinen lag. Die hatten die ganze Aufregung anscheinend ohne großes Trauma überstanden. Der kleine Schwarze tappte unternehmungslustig auf Atos zu, der sich in Schnüffelweite von Manon niedergelassen hatte. Da war er aber nicht der Einzige.

»Und die anderen?«, wandte Jules sich an Jeffrey. »Willst du die auch alle adoptieren?«

»Eigentlich nicht«, erwiderte der.

Im Wohnzimmer des Engländers hatte sich die halbe Katzengemeinde der Stadt eingefunden. Commissaire Mazan saß direkt neben Manon. Mit seinen prüfend blickenden Augen und den aufgestellten Ohren sah er aus, als ob er neben ihr streng Wache hielt.

Oscar hatte seinen Stammplatz auf dem Sessel eingenommen, der rotbraune Rocky fläzte sich riesig mitten im Raum, und Louise, die schlanke Siam, saß stolz auf der Fensterbank. Unter ihr strich ein seltsam bunter Mischling herum, der ziemlich viel maunzte und den Jules bisher noch nie gesehen hatte. Und dann gab es da noch Tin-Tin. Der hatte sich unter dem Sofa versteckt, weil er im Gegensatz zu Manons Jungen ziemlich traumatisiert war. Allerdings nicht von den Ereignissen im Penitentenhaus, sondern von dem Schaumbad, dem er sich anschließend trotz heftigster Gegenwehr hatte unterziehen müssen. Es hatte keine andere Möglichkeit gegeben, den fettigen Kaminruß aus dem Fell des Karthäusers zu bekommen.

»Aber ich habe mich an Manons Kleine gewöhnt«, setzte Jeffrey hinzu. Dann schüttelte er ungläubig den Kopf. »Diese Mistkerle wollten sie zu einem Dinner verarbeiten! Das muss man sich mal vorstellen.«

Jules hatte seine Praxis an diesem Vormittag nicht geöffnet. Stattdessen waren er und Jeffrey wie halb Mazan zu der Pressekonferenz gegangen, zu der der Bürgermeister geladen hatte. Weil die zahlreichen akkreditierten Journalisten, die wegen Etienne Idka in die Stadt gekommen waren, endlich eine Chance sahen, Schlagzeilen zu machen, war der Andrang enorm gewesen. Sie hatten die Konferenz in die Boiserie verlegen müssen, Mazans neue Veranstaltungshalle, in der sonst Konzerte, Lesungen oder Musiktheater stattfanden.

Zuerst hatte der Bürgermeister eine Erklärung verlesen, in der er sich zwar bemühte, nüchtern die Ereignisse der vergangenen Wochen wiederzugeben, aber nicht verhehlen konnte – und auch nicht wollte –, dass es »sein« Lucien

Brell war, der diesem widerwärtigen Treiben ein Ende gesetzt hatte.

Lucien Brell saß kerzengerade und in einer tadellos gebügelten Uniform neben dem Bürgermeister auf dem Podium. Dass er immer noch einen Brummschädel sowie eine kräftige Beule von dem Schlag des Colonels hatte, ließ er sich nicht anmerken.

»Sergeant Brell«, richtete Blandine Hoffmann für den *Vaucluse matin* die erste Frage an den Polizisten, »wie sind Sie dem Gourmetclub auf die Spur gekommen?«

Brell berichtete in knorriger Schlichtheit von seinen Ermittlungen, und auch wenn andere Journalisten nachhakten, war es doch immer wieder Blandine, die mit ihren Fragen dafür sorgte, dass Brell sich mehr und mehr entspannte und sich sein Trotz, sein Stolz und sein Mut offenbarten. Wie er Geld und Leben riskiert hatte, um den versnobten, reichen Parisern, diesen *parigos*, das perverse Hobby zu versauen.

Nun fragte einer der Journalisten, ob sich Brell für die Politik bewerben wolle.

»Na, da wäre ja Hollande in Not«, antwortete Brell trocken.

Die Menge lachte. Der jetzige französische Präsident war der unbeliebteste in der gesamten Historie Frankreichs.

»Glauben Sie, dass der Élysée zu viel Geld in Delikatessen steckt?«

»Monsieur Hollande hat mich bisher nicht mal zu einer Pizza eingeladen«, sagte Brell, und erneut lachten die Reporter. Brells Anspielung darauf, wie Hollande die Besuche bei seiner Geliebten zu verschleiern versucht hatte – indem er sich als Pizzabote auf einem Scooter verkleidete –, amüsierte die Journalisten.

Dann wurde Brell ernst. »Ein Mann, dem nie etwas gefehlt hat, weiß nicht, wie reich ein Leben ohne Geld sein kann. Ein Hollande hat immer das Beste vom Besten gegessen, aber er weiß nicht, was es bedeutet, arm zu sein und dennoch gerecht zu bleiben.«

Da hatten alle Journalisten geklatscht, und für einen Moment war Brell ein Staatsmann gewesen.

Jules war aufgefallen, dass Zadira vollkommen im Hintergrund blieb, obwohl auch sie ihren Teil bei der Erstürmung des Penitentenhauses geleistet hatte. Und Tuffy verfolgt hatte. Aber entweder wollte sie Brell nicht die Show stehlen oder, was sehr gut sein konnte, sie war mit sich unzufrieden. Schließlich war ihr Tuffy entwischt. Auch weil Jules zu ihr nach draußen gekommen war. Zumindest hatte sie ihm das zu verstehen gegeben.

»Deine einzige Begabung besteht darin, mich zu nerven!«

Verdammt, er war ihr gefolgt, weil er Angst um sie gehabt hatte!

Jeffrey war zu einem anderen Schluss gelangt als Zadira.

»Tuffy tötet so leicht, wie andere Menschen sich schneuzen«, hatte er gesagt. »Du hast Zadira das Leben gerettet, mein Freund.«

Tuffy Price blieb verschwunden, lediglich der Wagen – ein Leihwagen – wurde am Bahnhof von Avignon entdeckt. Jules' Porsche war in die Werkstatt geschleppt worden.

Die Gewinner des Abends, neben den Katzen, hießen Blandine Hoffmann und Alain Bizet. Der *Vaucluse matin* machte mit einer Titelseite und exklusiven Fotos auf, in doppelter Auflage. Die Verlierer waren natürlich die Abgebildeten, die Mitglieder des Gourmetclubs. Zwar dürfte ihr kleines Hobby kaum strafrechtliche Folgen haben, doch es würde lange dauern, ehe die Herrschaften wieder ein Restaurant betreten konnten, ohne hämische Blicke oder Hausverbot zu ernten. Und diejenigen unter ihnen, die auf eine goldene Karriere gehofft hatten, würden ihre Lebensplanung wohl überdenken müssen.

Verloren hatte auch Beat Bieri. Abgesehen von dem gebrochenen Kiefer und dem übel zugerichteten Hintern, hatte er die Behörden auf dem Hals. Ob sein Lokal, das L'Obsidion, je wieder aufmachen würde, war ungewiss.

»Was ich nicht verstehe«, sagte Jules jetzt, »ist, wie die Katzen alle ins Haus kamen. Und warum sie dort waren. Das sah ja fast so aus wie eine Rettungsaktion.«

Jeffrey starrte ihn mit offenem Mund an.

»Das sah so aus?«, fragte er ungläubig. »Jules, mein Freund, kann es wirklich sein, dass du es immer noch nicht kapiert hast? Selbstverständlich waren die Katzen dort, um Manon zu befreien!«

»Und Tin-Tin hat deswegen den *Père Noël* gespielt und ist durch den Kamin gekommen?«

Jeffrey wiegte den Kopf.

»Ich gebe zu, dass ich nicht alle Details dieses Rettungsplanes durchschaue.«

Jules musterte die Katzen. Commissaire Mazan, Manon und Louise hatten alle ihre klugen Blicke auf ihn und Jeffrey gerichtet. Es sah tatsächlich so aus, als ob sie ihnen zuhörten.

»Ich kenne eure Geheimnisse«, sagte Jules.

Die Katzen sahen ihn stoisch an.

Der gefleckte Kater maunzte immer noch unter dem Fenster herum, und Tin-Tin lag unter dem Sofa auf der Seite und hatte die Zunge raushängen. Jules runzelte die Stirn. Das war ihm bei dem kleinen Kater schon einmal aufgefallen. Vielleicht sollte er ihn mal untersuchen?

Er erhob sich. »Ich muss los.«

Jeffrey zog eine Augenbraue hoch. »Die blonde Pariserin?«

»Sie heißt Fabienne, Jeff, und ja, sie hat mich gebeten, mit ihr nach Carpentras zu fahren. Sie braucht neue Kleidung. Jetzt, wo es ihr wieder besser geht, will sie was erleben.«

»Hm.«

»Dieses ›Hm‹ hört sich irgendwie nach mehr als nach einem einfachen ›Hm‹ an.«

»Verzeih mir, wenn ich mich in deine Angelegenheiten einmische, Jules, aber das, was ihr da gerade macht, tut euch beiden nicht gut.«

»Du meinst mich und Fabienne?«

»Nein, mein Freund, ich meine dich und Zadira.«

Diese Worte hallten noch in seinen Gedanken nach, als Jules nach Hause ging, um Fabienne abzuholen. Dann musste er wieder an Jeffreys Theorie über die Katzen denken. Dass sie zusammenarbeiteten und Rettungsaktionen starteten. Dass sie nicht nur alles verstanden, was die Menschen redeten, sondern auch untereinander kommunizierten. Amüsiert über diese Vorstellung fragte er sich, worüber Katzen wohl so miteinander redeten.

»Oh, du meine schöne Amazone, wie wundervoll du bist! Ich …«

»Kann jemand mal diesen schreienden Farbkasten abstellen?«, ließ sich Oscar vernehmen.

»Du sprichst mir aus dem Herzen, mein Freund«, seufzte Louise.

Rocky brummte nur und streckte sich. Der kleine Schwarze von Manon hatte Atos mittlerweile an der Schnauze gepackt und versuchte, ihn auf die Seite zu werfen.

»Hey Jungs, guckt mal, ich stell mich to...hot!«

»Ach nee, ist der auch wieder da. Hey, Tin-Tin, wie bist du eigentlich in den Kamin gekommen?«

»Welchen Kamin?«

»Ach, vergiss es. Mazan, hör mal ... Mazan? Bist du gerade wieder beim *Springen* oder so?«

»Nein, wieso?«

»Na ja, du sahst ein wenig weggetreten aus.«

Das war er in der Tat. Mazan hatte erst den drei ingwerfarbenen Kätzchen und vor allem dem temperamentvollen Schwarzen beim Spielen zugeschaut. Dann waren zwei von den Ingwerfarbenen zu ihm rübergekrabbelt. Hatten sich an ihn gekuschelt. Und aus einem Grund, den er nicht ganz verstand, fand Mazan das ziemlich toll.

Manon lag sehr entspannt auf der Seite und betrachtete ihn mit ihrem rätselhaften Blick. Er erinnerte sich natürlich daran, was Camille ihm erzählt hatte. Im ersten Moment hatte es nur seine Sorge befeuert. Und ihn befähigt, zu *springen*.

Er hatte Anteil daran, dass es diese Kleinen gab? Es war ihm ein Rätsel, wie das gehen sollte, dennoch wusste er instinktiv, dass Camille die Wahrheit gesagt hatte. Es war so, als hätte jemand etwas ausgesprochen, was als Wissen längst in ihm ruhte.

Nur, was bedeutete das für ihn?

»Hallo? Rocky an Mazan, ist jemand zu Hause?«

»Was ist denn?«

»Na ja, ich hatte mich gerade gefragt, ob jetzt noch irgendetwas passiert. Oscar wird uns sonst zum zehnten Mal erzählen, wie er unter Todesgefahr durch einen fast dunklen Keller gerollt ist, um …«

»Gerollt? Was redest du da?«

»Wenn Rocco redet, du solltest zuhören, große, dicke Kater.«

»Jetzt reicht es.« Oscar erhob sich aus seinem Sessel und landete mit einem dumpfen Geräusch auf dem Boden. »Das lass ich mir nicht mehr bieten.«

In drei schwerfälligen, aber bedrohlichen Sätzen sprang er auf Orangino zu.

»O Gott, endlich«, seufzte Louise.

»Du hast das letzte Mal ›dicker‹ gesagt«, knurrte Oscar und warf sich mit einem »Umpf« auf Orangino.

»Hey Jungs, wartet auf mich!« Rocky sprang auf die sich balgenden Kater zu.

»Was macht ihr denn da?« Tin-Tin schoss unter dem Sofa hervor. »Ich will mitspielen.«

Louise schaute sich das ganze Theater von oben mit sichtlichem Vergnügen an. In diesem Moment, da vor ihr vier Kater einander anschrien und ansprangen, fiel Mazan etwas auf: Louise kam in ihre Zeit!

Und das lag weder an Rocky noch an Tin-Tin. Und schon gar nicht an Oscar. Mazan tauschte einen Blick mit Manon, und erkannte darin das gleiche Wissen. Hieß das etwa …?

In diesem Moment wurde die Tür zur Küche aufgestoßen. Jeffrey, mit einer Schürze um die Hüfte, rief: »Was zum Teufel ist hier los? Jetzt aber Schluss!«

Er griff zu einem Besen und scheuchte die kämpfenden

Katzen auseinander. Atos war ebenfalls aufgesprungen und bellte und japste aufgeregt.

»Du bleibst da!«, rief Jeffrey, packte ihn am Halsband und verfrachtete ihn in die Küche. Er lief zur Haustür, riss sie auf und rief: »Alle raus! Zack!«

Erst dann merkte er, dass auf der Schwelle jemand stand, eine blonde Frau, erhitzt, außer Atem.

»Hey Süßer«, sagte Blandine Hoffmann. »Ich habe eine Stunde Zeit. Lass uns vögeln. Jetzt gleich.«

»Okay.« Jeffrey band die Schürze ab und warf sie hinter sich.

Mazan sprang auf. Er wandte sich an Manon, wollte etwas sagen, doch sie schloss schon die Augen.

»Kommt!«, rief er den anderen zu. Die folgten ihm durch die offene Tür, während Jeffrey und Blandine sich gegenseitig ihr künstliches Fell vom Leib zerrten und in Richtung Schlafzimmer taumelten.

»Das war ja schon mal eine nette Rauferei«, stellte Rocky fest. »Und was machen wir jetzt?«

Mazan betrachtete sie einen nach dem anderen. Orangino hatte ein paar Fellfetzen verloren, schien aber ansonsten ganz guter Dinge zu sein. Auch Oscar wirkte zufrieden, hatte er dem Großmaul doch gezeigt, was in ihm steckte. Louise tat, als würde sie das alles überhaupt nicht interessieren. Doch Mazan nahm an ihr einen Duft wahr, den sie vor dem kleinen Scharmützel noch nicht gehabt hatte. Er ahnte, wohin das führen würde. Und Tin-Tin, dem natürlich keiner der anderen Kater irgendetwas getan hatte, sprang aufgeregt um sie herum und wollte weitermachen. Sie waren alle seine Freunde, und sie waren großartig. Aber Mazan wusste, dass er sich jetzt um andere Dinge kümmern musste.

Er dachte an Jules, den traurigen Tierarzt, und an Zadira. Dann wanderten seine Gedanken zu Camille, der blinden Katze, die versuchte, ein wenig Liebe in ihr schreckliches Zuhause zu bringen. Er dachte an die Gefahr, in der der Maler und die kranke Solange schwebten, und wusste, dass es seine Aufgabe war, der weißen Katze zu helfen. Das hatte er ihr versprochen, das war er ihr schuldig. Und er wusste auch, wo er mehr über diese Gefahr erfahren konnte.

»Ich werde jetzt zu meiner Menschenfreundin gehen«, sagte er und spürte im gleichen Moment eine große Sehnsucht nach Zadiras Stimme und ihrer Wärme.

»Wir treffen uns später beim Museum oder im Garten hinter dem Haus, wo wir Manon gefunden haben.«

Er lief los, drehte sich aber nach ein paar Schritten noch einmal um.

»Wisst ihr was?«, rief er. »Ihr seid eine großartige Katzenbande, und ich bin froh, dass ich zu euch gehöre.«

Dann rannte er in vollem Tempo die Gasse hoch.

Er wusste, es war noch nicht vorbei.

34

Radio Nostalgie spielte zum vierten Mal an dem Abend Abba. Commissaire Mazan war mit einem Sprung auf dem Küchentisch und drückte Zadiras unruhig suchende Hand von dem Trackpad ihres Laptops weg. Sie ging gerade die ersten Online-Presseberichte durch; *Le Parisien, TF1, Le Monde, Quest france* und *Le Canard enchaîné.* Lucien Brell kam heldenhaft weg. Zadira lächelte. Brell würde aus dem Stand Staatspräsident werden können, er war ein Volksheld, wenn auch vermutlich nur für wenige Tage. Bis wieder etwas anderes die ersten Seiten beherrschte.

Commissaire Mazan setzte sich direkt auf die Tastatur und versperrte Zadira den Blick auf den Monitor.

»Was, *papa* Commissaire?«, sagte sie. Sie hatte Lust, den Kater ein wenig aufzuziehen. »Wie ist das so, als Familienvater? Drei Töchter, ich sag dir gleich, das macht jede Menge Ärger in der Pubertät.«

Zadira selbst hatte tatsächlich Ärger gemacht. Rauchen, nächtelang wegbleiben, küssen mit Fremden. Dabei gab es weder Vater noch Mutter, die sich darüber aufregen konnten, nur Tanten, Onkel und Jugendwohlfahrt. Süße Erinnerungen.

Der Kater schnurrte, sein Kopf drückte sich warm an ihre Hand. Dann sah er mit einem so vertrauensvollen Blick zu ihr auf, dass ihr Herz zum Bersten gefüllt war mit

Liebe und dem Wunsch, dass ihm bitte nie, nie etwas zustoßen möge.

»Wie hast du das nur in der kurzen Zeit hinbekommen?«, fragte sie ihn. Ihre Stimme hörte sich belegt an vor Rührung und Zuneigung. »Eine Gefährtin, Freunde, und jetzt auch noch eine kleine Familie? Ich meine, ich habe es ja nicht mal geschafft, mit dem Kerl da drüben essen zu gehen. Du legst ganz schön vor, mein Lieber. Heißt das, wir sollten hierbleiben?«

Hinter dem Kater baute sich die nächste Seite in ihrem Browser auf. Zadira hatte eine News-Alert, einen Benachrichtigungsservice für den Namen Lucien Brell eingerichtet, und jedes Mal, wenn es neue Schlagzeilen über ihn gab, zeigte die Suchmaschine die Treffer. Sie speicherte sie alle ab. Sie wollte die Berichte ausdrucken und in einen schicken, neuen Ordner heften, den sie ihm dann schenken konnte. Einen blauen, das war seine Lieblingsfarbe. Eine satirische Webzeitung hatte aus Brell eine Comicfigur gemacht: »Leg dich nicht mit Vegetariern an«, lautete der Titel, »sie kriegen dich an den Eiern.«

Mazan drehte sich auf der Tastatur um und schien nun ebenfalls gespannt den Bildschirm zu betrachten. Zadira rief den *Vaucluse Matin* auf.

»Schau an«, sagte sie. »Der Abgeordnete Malbec inszeniert sich als Mann der Stunde und als Leitfigur eines Programms namens *manger propre*, sauberes Essen. Na, Glückwunsch.« Sie seufzte. Politiker waren sparsame Leute, vor allem mit der Wahrheit gingen sie sehr geizig um.

Allan Tuffy Pryce wurde als Kriegsverbrecher und mutmaßlicher Mörder gesucht. Letzteres hatten sie der jungen Bayral zu verdanken. Die Untersuchungsrichterin hatte auf Zadira und die Staatsanwältin gehört und rollte Gérard Sylvestres Tod gleich mit auf.

Zadira schätzte jedoch, dass der Colonel problemlos im Ausland untertauchen und von dort beginnen konnte, die nächste Schweinerei aufzuziehen.

Sie schloss den Webbrowser. Radio Nostalgie spielte jetzt einen Siebziger-Jahre-Hit. *You've lost that lovin' feeling.*

Zadira nahm Mazan sanft hoch und begann, zu dem melancholischen Song, der das Vergehen einer Liebe besang, in ihrer kleinen Wohnung mit dem Kater im Arm zu tanzen. Die untergehende Sonne färbte die Wände golden. In ihrem Glas glänzte ein Rosé der Côtes de Duras.

Zadira war verletzt und glücklich zugleich. In ihren Armen lag ihr bester Freund, in der Luft war ein Anflug des kommenden Herbstes, kühl und auf vertraute Weise traurig.

»Schau mal«, sagte sie und wies auf die Wand, wo ihr tanzender Schatten zu sehen war. »Das ist ein Hoffnungsschimmer.« Sie schloss die Augen und wiegte sich lange, ein Lied, zwei Lieder lang.

»Hunger?«, fragte sie den Kater irgendwann. Hoffentlich kam Eloise Roche bald von ihrem Parisurlaub zurück und bereitete Mazan und Tin-Tin ihre kongeniale Thunfischcreme zu. Während Zadira ersatzweise etwas normales Thunfischfutter in sein Näpfchen gab, klopfte es an ihrer Tür. Als Zadira in den Flur ging, blitzte kurz die widersinnige Hoffnung in ihr auf, dass es Jules war, mit einem verlegenen Lächeln und einer Einladung zum …

Sie riss die Tür auf.

Es war nicht Jules.

»Oh«, sagte sie. »Das ist eine Überraschung.«

Dann machte sie den Weg frei.

»Kommen Sie doch rein, Madame Rouelle.«

Wenig später saß Idkas Haushälterin am Küchentisch, während Zadira einen Kaffee aufgoss. Rouelles Erscheinen war an sich schon eine erstaunliche Wendung. Noch mehr aber verblüffte Zadira, dass Mazan freudig auf die Besucherin zulief.

»Hallo, Schwarzer!«, rief Solange überrascht. »Hier wohnst du also.«

»Sie kennen meinen Commissaire Mazan?«

»Ihren Commissaire Mazan?«, fragte Idkas Haushälterin ungläubig. Dann lächelte sie. Und dieses Lächeln veränderte ihr Gesicht so sehr, wie die Sonne ein graues, düsteres Meer in eine glitzernde blaue See verwandelte.

Das hatte das Eis zwischen ihnen gebrochen. Während Mazan nun um die Waden von Solange strich, erzählte die Rouelle von seinen Besuchen bei der blinden Katze Camille.

»Sie können sich nicht vorstellen, Lieutenant, wie erschrocken ich war, als ich die beiden das erste Mal oben auf der Gartenmauer sah. Aber Ihr Commissaire hat Camille heil dort runtergebracht. Ich begreife nur nicht, wie sie da hingekommen ist. Glauben Sie, dass er das auch war?«

Zadira bedachte Mazan mit einem prüfenden Blick. Zuzutrauen war es ihm. Vielmehr aber faszinierte sie, dass Mazan offenbar bei dem Künstler ein und aus ging.

Wie gern würde ich durch deine Augen schauen können, dachte sie, und mit deinen Ohren lauschen!

Sie musste immer noch an das denken, was ihr die beiden Ärzte in Paris gesagt hatten.

Und auch daran, dass Jean-René Zorn sich noch nicht gemeldet hatte. Er hatte noch zwölf Stunden.

Und dann?

»Also«, sagte Zadira, als sie den Kaffee in zwei unterschiedlichen Tassen, einer hellblauen von Olympique Marseille und einer Motivtasse aus der Camargue mit Flamingos, servierte. »Was führt Sie zu mir, Madame Rouelle?«

Die Frau nippte an ihrem Kaffee und betrachtete Zadira über die Tasse hinweg.

»Es ist wegen Charles. Er ist immer noch verschwunden, nicht wahr? Und Sie denken, dass er es war.«

Zadira musterte die Frau schweigend. War sie wirklich deswegen gekommen?, dachte sie und entschied sich, einen direkten Schuss zu wagen.

»Können Sie mir sagen, wer Etienne Idka im August 2001 die Salpetersäure ins Gesicht geschüttet hat?«

Rouelle starrte sie mit überrascht geweiteten Augen an.

»Was? Wovon reden Sie, ich …«

Zadira deklinierte mit ruhiger Stimme die Details aus dem Bericht herunter, die Verteilung der Spritzer, der Einfall der Säure, die Beurteilung des behandelnden Arztes.

»Sie waren an dem Abend dabei, jedenfalls passt die Beschreibung der Begleitperson auf Sie«, behauptete Zadira ungerührt. Das war eine Lüge. Sie wusste nur, dass Etienne Idka von zwei Personen begleitet worden war, von einer Frau und von einem Mann. Aber sie wollte Solange Rouelle endlich aus der Reserve locken. Sie wollte herausfinden, wie lange die Frau und der Maler einander schon kannten.

Und einander weh taten.

»Was genau ist damals vorgefallen?«

Rouelle lehnte sich in ihrem Stuhl zurück und starrte auf die Kaffeetasse.

Das Schweigen zog sich. Die Glocke des Kirchturms schlug. Halb zwölf. Schon glaubte Zadira, dass sie sie verloren hatte. Dass Solange sich erheben und gehen würde.

Stattdessen erhob sich Commissaire Mazan, kletterte auf Solanges Schoß und wandte ihr sein kluges Gesicht zu.

»Ach, du kleiner lieber Kerl«, sagte die Rouelle und strich ihm zart über den Kopf. Mazan schmiegte sich an ihren Bauch und begann, schnurrend mit den Vorderpfoten zu treten.

Vor allem du *schlauer* kleiner Kerl, dachte Zadira. Dich sollten sie in Paris als Vernehmungsleiter engagieren, nicht mich.

Solange Rouelle brauchte noch einen Moment. Dann begann sie mit stockender Stimme, schließlich aber immer flüssiger zu erzählen.

»Ich war fünfzehn, als ich Etienne das erste Mal traf. Ich ging noch auf das Lycée in Montrouge, und wir besuchten eine Ausstellung, in der auch er einige Bilder zeigte. Seine Wasserbilder.«

»In Montrouge«, wiederholte Zadira.

Solange lächelte. »Ja. Bürgerlich, klein, traditionell. In Montrouge waren Künstler wie Etienne selten. Verrückt. Manisch. Erotisch.«

Sie erzählte, wie fasziniert sie von dem charismatischen Maler gewesen war und dass sie seine Einladung, ihm Modell zu stehen, heimlich annahm. Schon bei der ersten Sitzung wurde er ihr Liebhaber.

Zadira rechnete nach. Ein Mädchen, fünfzehn. Ein Mann, dreißig.

Den Ersten vergaß eine Frau nie. Nie. Egal wie es war, ob sanft oder brutal. Ob sie Lust empfand oder nicht.

»Er versprach mir ein Leben jenseits der Bürgerlichkeit, der Vorhersehbarkeit, der Enge. Wir würden um die Welt reisen und in den besten Hotels übernachten, wir würden kluge, verrückte, aufregende Menschen treffen und frei sein. Er sprach von den berühmtesten Leuten so, als würde er bei ihnen ein und aus gehen. Ich war zu jung, um ihn zu durchschauen.«

Zadira kannte diese Geschichten.

»Anfangs trafen wir uns heimlich. Doch dann zog er ganz nach Paris. Ich verließ meine Familie und ging mit ihm. Die Schule brach ich ab. Ich war siebzehn.«

Natürlich war das Leben, das Idka der jungen Rouelle bescherte, dann nicht voller Glanz. Aber sie war ihm längst verfallen.

»Erst Jahre später bekam ich mit, dass er auch andere Frauen hatte. Viele andere Frauen. Sie machten es ihm leicht. Ich stellte ihn zur Rede, schrie ihn an. Sagte, dass ich ihn verlassen würde. Wissen Sie, wie er reagierte?«

»Er hat gelacht?«, riet Zadira.

»Ja«, bestätigte Rouelle bitter. »Er hat gelacht.«

Natürlich verließ sie ihn nicht.

Doch obwohl er wie besessen malte und alles tat, um sich in der brutalen Welt des Kunstbetriebes zu behaupten – unter anderem schlief er auch mit den Frauen seiner Mäzene –, wollte ihm der große Durchbruch nicht gelingen.

»Er wurde immer zorniger und verbitterter. Und manchmal …« Solange stockte.

»Hat er Sie geschlagen«, half ihr Zadira über die Hürde.

Rouelle nickte.

»Es war eine schlimme Zeit«, sagte sie. Sie hatte mittlerweile beide Hände um Mazan gelegt. Es sah aus, als ob sie sich an dem schlanken Tier festhielt.

Eines Tages war Charles aufgetaucht. Sie hatte bisher von Etiennes Bruder nur gehört und selten etwas Gutes. Charles war durch seine Tätigkeit als Bankberater zu Geld gekommen und wollte seine Spekulations-Francs in Kunst investieren. Möglichst in Kunst mit Zukunft. Er hatte eine Idee, wie er gleichzeitig Künstler fördern und Investoren anlocken konnte: durch einen Fonds, in den jeder Investor einzahlte und quasi Anteile an Künstlern und ihren Werken erwarb. Das minimierte das Risiko, ein erfolgreicher Maler zog zehn andere mit.

»Er versprach Etienne, ihn erst sorgenfrei und anschließend berühmt zu machen. Es sei alles nur eine Sache der richtigen Plazierung am Markt.«

Zadira meinte, etwas Ähnliches von Valéry gehört zu haben. Dann dachte sie an Sotheby's, die Idkas Bilder nun für das Zehnfache verkaufen wollten. Und es mit Sicherheit auch bekamen. Gerade die Bilder aus »Tod und Erlösung« waren nun unermesslich teuer. Célines Assistenten hatten die Auktionen eröffnet und würden erst bei zweistelligen Millionenbeträgen den Zuschlag geben. Kurz fragte sich Zadira, wem eigentlich Célines Provisionen jetzt zustanden.

»Ich habe Charles nicht getraut und war dagegen, aber Etienne wollte nicht auf mich hören. Warum auch? Er machte einen Vertrag mit seinem Bruder, übertrug Charles die Nutzungsrechte an seinen Werken bis siebzig Jahre nach seinem eigenen Tod.«

»Und wurden die finanzielle Situation und der Rest dann besser?«, fragte Zadira, obwohl sie die Antwort schon ahnte.

»Nein. Charles trieb Etienne an. Es wurde immer furchtbarer, Etienne stürzte in eine Krise. Er trank sehr viel und …«

»Nahm Koks?«

Solange Rouelle begegnete Zadiras Blick.

»Ja«, sagte sie nur. »Er nimmt es noch heute, manchmal. Charles bringt es ihm.«

»Wie war Charles zu Ihnen?«

»Er machte mir Angst, das tut er immer noch.«

Sie erzählte, dass Etiennes Bruder ihr unverhohlen zu verstehen gab, dass er sie für eine Hure hielt und sie ihm genauso wie seinem Bruder zu Willen zu sein hatte.

»Ich habe Etienne angefleht, mich vor Charles zu schützen. Aber er wurde wütend und beschuldigte mich, es sowieso mit seinem Bruder zu treiben.«

»Und wieder schlug er Sie.«

Rouelle schwieg und streichelte Mazan, der sanft an ihrem Bauch schnurrte.

»Was geschah an dem Abend vor vierzehn Jahren?«, fragte Zadira leise.

Solange Rouelle schloss die Augen. Ihr sonst so hartes Gesicht wirkte jetzt verletzlich wie das eines jungen Mädchens.

»Charles war gekommen, um sich die neuen Bilder anzuschauen. Er war wütend, weil er sie schlecht fand. Auch Etienne wurde zornig, sie hatten beide getrunken. Es war furchtbar, sie standen sich im Atelier gegenüber und brüllten sich an. Ich war mir sicher, dass sie aneinandergeraten würden, und fürchtete um Etienne. Denn Charles war viel stärker, er boxt, ist das Prügeln gewohnt. Also ging ich dazwischen. Und das war ein Fehler.«

Sofort hätten beide Männer ihren Zorn auf sie gelenkt. Charles beschimpfte sie als Hure, und dann machte Etienne den entscheidenden Fehler.

»›Du treibst es doch hinter meinem Rücken mit ihr!‹, brüllte er. ›Nimm sie dir! Nimm sie dir!‹ O Gott, es war ein Alptraum.« Solange schlug die Hände vor das Gesicht. »Etienne hat mich seinem Bruder vor die Füße geworfen wie ein Stück Fleisch.«

Mazan reckte sich an ihr empor und berührte Solanges Hände ganz sanft mit seinen Pfoten. Solange begann, den Kater wieder zu streicheln.

»In dieser Nacht«, fuhr sie mit nüchterner Stimme fort, »hat Charles mich vergewaltigt. Er war brutal und hat mir sehr weh getan. Als er endlich von mir abließ und eingeschlafen war, habe ich mich ins Atelier geschleppt. Etienne lag mit dem Rücken an seine Bilder gelehnt in der Ecke. Bis zur Bewusstlosigkeit betrunken.«

»Und dann?«, fragte Zadira leise, weil Solange in ihren Erinnerungen versunken schien. Als sie weitersprach, schien es, als erzählte sie von jemand anderem.

»In dieser Zeit hat Etienne mit Radierungen experimentiert. Dafür braucht man Salpetersäure. Die Flasche stand auf dem Arbeitstisch.«

»*Sie* waren es?«, fragte Zadira in die Stille. »Sie haben ihm die Säure ins Gesicht geschüttet?«

Solange antwortete nicht, streichelte nur Mazan, der sich ihr weiter vertrauensvoll entgegenreckte.

»Hassen Sie ihn so sehr?«, fragte Zadira nach einer Weile.

Rouelle sah sie ehrlich erstaunt an.

»Aber nein«, sagte sie. »Haben Sie mir denn nicht zugehört? Ich liebe Etienne Idka. Noch immer.«

Zadira starrte auf den leeren Platz. Solange war schon längst gegangen, begleitet von Mazan, der ebenfalls in der Nacht verschwand. Vermutlich zu Manon, die sich wieder bei Jeffrey eingerichtet hatte.

Sie hatte Solange gefragt: »Warum sind Sie wirklich zu mir gekommen?«

»Ich will nicht, dass Sie glauben, dass Charles ein Mörder ist«, hatte sie gesagt. »Er hat seinen Bruder nicht geblendet. Er hat damals versucht, mich aufzuhalten. Wir haben gerungen, Charles riss mir das Fläschchen aus der Hand. In dem Augenblick muss Etienne aufgewacht sein.

Im nächsten Augenblick schon ist die Säure …« Solange schlug die schlanken, schönen Hände vor ihr Gesicht. »Es war nicht Charles. Und er bringt auch keine Menschen um, nicht Charles, gleichgültig, wie er sonst ist.«

Zadira hatte Rouelle so viel fragen wollen.

Wieso sagte sie Idka nicht, wie krank sie war? Und dass ihre restliche Zeit so rasch ablief wie Sand durch eine Sanduhr? Wieso verbrachte sie ihr Leben an der Seite eines solchen Mannes, dessen Liebe niemals glücklich machte?

Aber alles, was Zadira fragen konnte, war: »Haben Sie eigentlich je einen Beruf gelernt?«

»Nein«, hatte Solange gesagt. »Ich bin ausgebildeter Niemand.«

»Aber, verzeihen Sie mir meine Direktheit, wollten Sie denn nie eine Familie haben? Kinder? Einen Beruf, ein Heim, einen Garten, Sonntage mit Freunden?« Eben all das, was ich auch nicht habe, setzte Zadira in Gedanken hinzu, was aber neunzig Prozent aller Menschen liebten und brauchten, um ein Leben als lebenswert zu empfinden.

»Nein«, sagte Solange bitter. »Ich wollte nie Kinder haben. Nicht mit so einem Mann.«

Zadira hatte Solange versprochen, dass sie ihre Hinweise bezüglich Charles ernst nahm und weitergab.

Jetzt blätterte Zadira in dem Katalog mit Idkas Bildern. Über der Stadt lag Stille, am Himmel glänzten Sterne.

So eine Liebe, dachte sie. So ein Hass.

Jean-René Zorn hatte noch bis Mittag Zeit, sich zu melden.

Dann blieb Zadiras Blick an Bild Nummer vier hängen. »Der schlafende Jüngling«. Ein friedlich daliegender Korpus mit herabhängender Haut am Rücken, wie erschlaffte Flügel. So war Lucas Zorn gefunden worden.

Wieder hörte Zadira Solanges Worte: »Ich wollte nie Kinder haben. Nicht mit so einem Mann.«

Putain, flüsterte Zadira.

Der Jüngling schlief nicht!

Der Jüngling war kein Jüngling.

Es war ein zusammengekrümmter Fötus, den ein Engelmacher bearbeitet hatte.

Zadira sprang auf. Sie begriff. Sie begriff alles und doch nichts!

Es war halb zwei Uhr morgens.

35

Drogenfahndung lehrte zu viel über die Natur des Menschen, dachte Zadira, während sie eine Nummer in Paris wählte. Zum Beispiel, dass Menschen niemals alles hatten, was sie brauchten. Sie schluckten Crystal Meth, weil ihnen Mut fehlte. Sie rauchten Kette, weil sie dann frei wurden, frei von der Panik, wieder einen Tag zu schaffen.

Sie lauschte dem monotonen Signal im Telefonhörer.

»Komm schon!«, knurrte sie. »Komm schon!«

Sie war angetrunken, ungeduldig. Sie überließ sich dem Chaos, das Solanges Besuch in ihr hervorgerufen hatte.

Nach zehnmaligem Klingeln schaltete sich der Anrufbeantworter ein.

Als der Piepton ertönte, brüllte Zadira: »Wie viele Frauen hat Ihnen Etienne Idka auf Ihren Abtreibungstisch gelegt? Womit hat Ihnen Idka …«

»Verdammt noch mal! Hören Sie auf zu schreien!«

Jean-René Zorn atmete laut, er fragte nicht, wer am Apparat war, er wusste es. Und genauso wusste er, dass er Zadira nicht länger hinhalten konnte.

Sie hörte, wie er durch seine Wohnung ging, leise Schritte auf luxuriös knarrendem Parkett.

War Lucas' Tod die Strafe für die Sünden des Vaters? Dann mussten diese gewaltig sein, so umfassend, dass Zadira es kaum ertragen konnte, bis sich der Mann endlich in einen Raum, sicher weit abseits des ehelichen Schlafzimmers, zurückgezogen und eine Tür leise geschlossen hatte.

»Wieso tun Sie mir und meiner Frau das an? Mein Sohn ist tot. Haben Sie Kinder?«

»Mein Vater wurde von einem rechtsradikalen Polizisten erschossen, auf der Straße, ohne Vorwarnung, weil er die falsche Hautfarbe hatte, eine Nuance zu dunkel«, sagte Zadira. »Erzählen Sie mir nichts über Ungerechtigkeit. Das ganze Leben ist eine Lektion in Ungerechtigkeit. Wie viele Frauen hat Idka zu Ihnen geschickt?«

Jean-René Zorn seufzte. »Herrgott! Was sind Sie nur für eine grausame Person!«

Dann sagte er, kleiner, besiegt: »Ich weiß es nicht. Vielleicht vier, fünf, so viele waren es nicht.«

»Ist eine davon gestorben?«

»Nein.«

»Nicht wie Sophie Rimbaud.«

Er seufzte. »Ich weiß nicht, von wem Sie reden.«

»Natürlich. Das wird Ihnen schon einfallen, eines Tages, wenn Sie Ihr Gewissen wiederfinden.«

Er lachte kurz auf, vielleicht weinte er auch.

Zadira schalt sich selbst. Leuten wie Zorn war es egal, wer ihnen moralisch überlegen war.

»Und wie hießen die Frauen, die vier, fünf, die Sie um Etiennes Nachwuchs erleichtert haben?«

»Glauben Sie wirklich, dass ich mir die Namen von diesen Kunstgänsen gemerkt habe?«

»Wusste Lucas, dass sein Vater sich die Namen der Frauen nicht gemerkt hat, die er ausschabte?«

»O bitte! Hören Sie auf, hören Sie bloß auf! Was soll das?«

Jean-René Zorn zündete sich eine Zigarette an. Inhalierte nur kurz. Nicht mal zu rauchen traut er sich richtig, dachte Zadira. Machte der Mann überhaupt etwas mit geradem Rücken?

»Meine Kinder wissen nichts. Meine Frau weiß auch nichts, und ich wäre Ihnen sehr verbunden, wenn das so bliebe.«

»Versuchen Sie, sich zu erinnern. Dann versuche ich zu vergessen.« Sie versprach es, aber meinte es nicht so.

Er rauchte.

In Zadira wurde das Chaos größer. Eine Frage teilte sich, wurde zu zweien, aus den Antworten wurden Bilder, auch die teilten sich, wie Zellen, Föten von Chaos.

Wieso gießt eine Frau ihrem Geliebten Säure ins Gesicht?

Um sich zu rächen? Um anschließend bei ihm zu bleiben. Um ihre Rache zu sühnen. Um so seine Liebe zu erzwingen, seine Dankbarkeit? Seine Scham. Seine Liebe.

Wieso blieb Charles Manager von Idka?

Weil Blut dicker ist als Wasser? Weil er sich schuldig fühlt? Weil er sich schuldig fühlen soll! Weil das Geld so schön prickelt, wie Koks, wie Nikotin, wie Champagner. Ja.

Aber wo ist Charles?

Tot. Am Strand von Rio. Entführt. Geflohen. *Merde.*

Hatte Agnes Schwarz eine länger zurückliegende Vergangenheit mit Etienne? War sie eine der vier, fünf Frauen?

Wieso sagt Solange Etienne nicht, dass sie krank ist?

Und: *Wie gelang es einer Frau, einen Mann zu lieben, der sie nicht liebte?*

»Es waren Schülerinnen von ihm«, begann Jean-René Zorn in Zadiras grellrote Fragen hineinzusprechen.

»Etienne Idka hat unterrichtet?«

»Ja, klar, erst an einem Mädchengymnasium, später hatte er eine Gastprofessur an der Académie. Als er Erfolg hatte, brauchte er die Jobs nicht mehr. Oder er hatte Mäzene, ich weiß es nicht. Er hatte immer Frauen, junge, alte, reiche, arme, dumme.«

»Und die Frauen, die bei Ihnen waren?«

»Schwanger, mal mehr, mal weniger.«

Ein rasselndes Geräusch, dann eine müde, vorwurfsvolle Frauenstimme: »Was machst du denn hier drin, Jean? Sag mir nicht, du telefonierst mit deiner Geliebten aus dem Wandschrank unserer Putzfrau heraus. Kannst du das nicht in der Praxis machen?«

Zorn legte auf, ohne Zadiras Erwiderung abzuwarten.

Sie saß im Dunkeln, das Samsung in der Hand.

»Schülerinnen«, hatte Zorn gesagt. Wie meinte er das? Waren es alles Gymnasialschülerinnen, Minderjährige?

Zadira rief ihn erneut an, diesmal ging der Anrufbeantworter auch nach dem zehnten Klingeln nicht dran.

Sie ließ es dreißig, vierzig Mal in der Altbauwohnung sechshundert Kilometer weit im Norden klingeln, niemand hob ab. Sie stellte sich Zorn neben seiner Frau am Küchentisch vor, vielleicht redeten sie, vielleicht weinte einer, der andere trank. Solche Wahrheiten waren zu groß für ein kleines Zimmer mit zwei traurigen Menschen.

Oder waren es Schülerinnen von der Académie, die bei Idka Perspektive, Farbauftrag und Stillleben lernten?

Zadira versuchte, sich Idka als Lehrer vorzustellen, aber alles, was sie sah, waren Etiennes Blicke, wie sie Mädchenhaut fraßen, seine Gleichgültigkeit, mit der er nach seiner warmen Milch verlangte und die Frau, die ihn liebte, mit ihren Schmerzen allein ließ.

Sie legte das Telefon weg und goss sich Wein nach, bis zum Rand. Trank ihn in drei gierigen Schlucken.

Aber wieso lügst du mich an, du Miststück?, dachte sie und knallte das leere Glas auf den Tisch.

Du kommst zu mir, um mich anzulügen? Du sagst mir die großen Wahrheiten, und dazwischen schiebst du kleine, schmutzige Lügen.

Und wieso lügst du so schlecht? Dass du keine Kinder wolltest? Ach, komm! Wieso lügst du so, dass ich es merken muss? *In Bezug auf was lügst du noch? Charles? Etienne?*

Wieder erzitterte in ihr etwas.

Die Wohnung war auf einmal zu klein.

Sie musste raus.

Rasch zog Zadira Sportshorts und ein Trägerunterhemd an, darüber eine verwaschene Kapuzenjacke aus Baumwolle, schließlich Laufschuhe.

Der Himmel war blauschwarz, und die Sterne wirkten wie poliert. Mistral. Immer noch. Und Vollmond, groß und nahe. Eine unwirkliche Nacht.

Nebenan bei Jules war es dunkel und auch bei ihrer Vermieterin Madame Blanche. Ganz Mazan war still, die Fenster tote Augen, und Zadira wünschte sich, diese Stille zu durchbrechen und gegen Idkas Tür zu treten, bis an allen Fenstern Menschen standen und riefen: »Was ist denn los?«, und die Journalisten in Pyjamas angelaufen kamen.

Sie wünschte sich, Idka zu treten. Ihn so lange zu treten, bis er alles zugab. Dann würde sie Solange an ihren Haaren herbeizerren und sie ohrfeigen für das, was Zadira für sie fühlte, obwohl sie sich dafür schämte. Ja, sie empfand Zuneigung zu der Frau.

Zadira begann zu laufen.

Putain! Sie sollte Arnaud aus seinem weichen Bett schleifen. Sie sollte über die Mauer seines Gästehauses steigen, an seine Terrassentür hämmern, ihn zwingen, etwas zu *tun!*, verflucht.

Sie lief aus der Innenstadt, die Hauptstraße hinunter. Wohin nur? Nach Carpentras und wieder zurück?

Der Alkohol vermengte sich mit frischem Sauerstoff.

Sie lief mühsam weiter. Ihr Haar rutschte aus dem Zopfband, sie bekam Seitenstechen.

Menschen bekamen niemals alles, was sie brauchten. Bei manchen gab nach Jahren des Mangels, des Hungers und der Wundheit diese dünne Haut nach. Das kleine Häutchen aus Vernunft und Anstand, das die Dämonen davon abhielt, zu erzwingen, was der Mensch so dringend brauchte.

Liebe, dachte Zadira. Menschen töten für Liebe.

Sie stand außer Atem vor dem einzigen Haus in ganz Mazan, in dem ein kleines Licht brannte. Sie war direkt darauf zugelaufen, auf das einzige Licht in dieser unwirklichen Nacht.

Jules' Praxis.

Sie sah durch das vergitterte Fenster Parceval auf der Behandlungsliege liegen, seitlich aufgestützt. Er las in einem Buch. Auf dem Beistelltisch, wo sonst seine sterilisierten Untersuchungsinstrumente lagen, hatte er ein Glas Wein und ein Glas Whisky stehen. Die Liege war mit einem kleinen Kissen und einem Laken zu einem Bett umfunktioniert. Und es sah ganz so aus, als ob er da nicht zum ersten Mal schlief.

Als spürte er Zadiras Gegenwart, schaute Jules auf einmal auf. Wandte sein Gesicht zum Fenster.

Sie trat an die Scheibe. Außer Atem. Legte die Hände um die Gitterstäbe.

Er erhob sich von der Liege, stand auf, kam näher.

Zadiras Atem ließ das Fenster beschlagen. Jules hob seine Hand und fuhr von seiner Seite des Glases aus über den kleinen Fleck. Fuhr die Kontur ihres Mundes nach.

Sie waren beide gleichzeitig an der Tür zur Praxis, zweimal hörte Zadira den Schlüssel, dann riss Jules die Tür auf, in seinem Blick ein Glühen.

Keiner sprach. Nur eine nahtlose Bewegung, mit der sie die Schwelle überschritt, er die Tür hinter ihr schloss, die Nacht aussperrte, die Welt unwirklich wurde, bis sie ineinanderfielen, fast taumelten, Halt an der Wand fanden.

Brust an Brust.

Mund an Mund.

Ihre Augen waren immer noch geöffnet. Sie sahen sich an.

»Du«, flüsterte Jules.

Dann küsste er sie.

Seine Lippen an ihren, fest und vertraut und fremd und gut. Er schmeckte nach Whisky und nach Nacht.

Jules, der, ohne zu zögern, den Reißverschluss ihrer Kapuzenjacke öffnete, das Trägerhemd aus ihrer Hose zog, über ihre nackte, warme, vom Laufen leicht feuchte Haut vorn hochschob. Seine Finger, die ihre Brüste berührten, seine Handwölbung, die sie ganz umschlossen, seine Fingerspitzen, die sie streichelten. Die Seiten, ganz leicht, ein Mund, der dabei ihren festhielt. Rieselnde Gänsehaut.

Sie biss ihn in den Hals, dorthin, wo sie immerzu hinschauen musste, immer schon, zwischen Hals und Schlüsselbein. Seine Haut schmeckte salzig, er roch nach Mann. Der beste Geruch der Welt, war es immer, würde es immer sein. Jules.

Ihre Hände, als sie sein Hemd von unten nach oben aufriss. Die Knöpfe sprangen ab, klimperten leise auf den Kacheln, rollten davon. Ihre Hände, die über seinen Rücken strichen, unter dem Stoff, seinen warmen, festen Körper an ihren zogen. Wie sich ihre Brüste an seine Brust drückten, Haut auf Haut.

Endlich, dachte Zadira.

Endlich.

Sein Mund küsste wieder ihren, nahm ihn, seine Zunge umspielte ihre. Er küsste ihren Mund, ihren Hals, seine Arme umschlangen ihren Rücken, und seine Hände wühlten sich durch ihr Haar, in den Nacken, sein Körper drückte ihren an die Wand. Sie liebte es, auf diese Weise geküsst zu werden. Seine warmen Hände, sein Körper an ihrem. Sein Mund, wie er trank und fragte und antwortete.

Gleichzeitig schlossen sie die Augen.

Sie spürte, wie sie atmen konnte, tiefer als je zuvor. Die Raserei, das Ziehen und Pressen ließ kurz nach, machten Weichheit Platz, Erleichterung.

Zadira hätte einschlafen können, in diesem Augenblick, sie hätte in Jules' Armen schlafen können, die sie festhielten, vor der Welt unsichtbar machten, einen tiefen, satten, nährenden Schlaf, wie sie ihn zuletzt als Kind geschlafen hatte.

Und zugleich hätte sie ihn anschreien mögen. Ihn schlagen. Wieso er und nicht ein anderer? Wieso kompliziert? Wieso so?

Seine Hände auf ihrem Po. Sein Atem an ihrem Hals. Seine Erregung an ihrer Hüfte. Die Spannung seines Körpers, der ihr Lust bereitete, nur weil er so nahe war, so warm und fest. Sein Körper, der ihr verriet, wie sehr er sie begehrte, wie gern er mit ihr schlafen wollte, die ganze Zeit schon, wie sehr er sich beherrschen musste, es nicht gleich zu tun, auf dem Boden, jetzt, hier.

Sie hob ihren Mund an sein Ohr.

»Ja«, flüsterte Zadira.

Jules' Gesicht, so ernst, so schön. Seine kräftige, sanfte Hand, die die ihre nahm, sie in einen anderen Raum führte, den Zadira noch nicht kannte.

Wo er auf dem Boden ein Lager errichtete, für sie.

Und dann, auf den Knien, ihr sacht die Sporthose auszog. Sein Gesicht an ihren nackten Schoß lehnte. Sie ansah, von unten nach oben, sie einatmete. Sie dann küsste. Seine Hände an ihrem Po. Er zog sie fest an sich.

Wie sie nicht mehr hinsehen konnte, weil es so intensiv war, nur noch fühlen wollte. Wie sie versank in eine unwirkliche Nacht, in der sie sich gegenseitig nahmen und gaben, schnell und dann wieder langsam. Wie sie weinte. Wie sie lachte.

Er flüsterte ihren Namen, keuchend, schrie ihn dann. Es gab tausend Varianten ihres Namens, und nie würde sie vergessen, wie Jules ihn aussprach, als er über ihr war, die Farbe seiner Augen, seine Bewegungen in ihr, wie er ihr gehorchte und sie ihm.

Als die Vögel riefen und über Mazan ein blauer Streif viel zu wirklicher Morgendämmerung fiel, stand Zadira auf und zog sich an.

Jules schlief schon fast, er murmelte: »Geh nicht!«, streichelte leicht ihre nackte Wade, doch sie antwortete nicht. Ihr Körper brannte und sang. Es gab keine Stelle mehr an ihr, die dieser Mann nicht kannte. Die er nicht geküsst hatte, geschmeckt und mit seinen Fingern berührt.

Es gab nichts mehr an ihm, was sie nicht liebkost, berührt und gewollt hätte.

Und sie kannte jetzt den Ort, an den sie nur zusammen gelangen konnten.

Er war so schön, dass sie fliehen musste.

So wortlos, wie sie gekommen war, verließ Zadira Matéo Jules Parceval wieder. In der Boulangerie Cazalis kaufte sie drei Croissants. Sie waren noch heiß, dufteten herrlich nach Butter, und Zadira war hungrig und glücklich, traurig und gefasst.

Der Mistral war vorbei.

Sie war jetzt bereit, einer Mörderin gegenüberzutreten.

36

Mazan fand keine Ruhe. Er lief hinaus in die Nacht, streifte durch die Gassen. Über den Kirchplatz, vorbei am Museum, an der Kapelle der Weißen Penitenten und natürlich auch an dem großen Haus, aus dem sie Manon befreit hatten. Es war zurückgesunken in seinen stillen Schlaf, und der Garten gehörte wieder ihm.

Manchmal schien es ihm, dass aus den Gärten oder aus den Fenstern aufmerksame Augen seine Schritte verfolgten. Er war nicht der Einzige, der wachte. Darum wunderte es ihn auch nicht, als er Rocky in der Gasse vor dessen Haus antraf.

»Hatte mir schon gedacht, dass du irgendwann hier vorbeikommst«, sagte der.

»Drehen wir eine Runde?«

»Na klar.«

Es tat gut, den Freund an der Seite zu haben. Gemeinsam sprangen sie auf Mauern, stiegen über Dächer und schauten in die Gärten hinab. Manchmal hörten sie einen Menschen schnarchen oder ein Husten. Es war eine friedliche Nacht, dennoch spürten sie beide, dass etwas in der Luft lag.

Vor dem Haus, in dem Manon nun lebte, verabschiedeten sie sich. Dann schlich Mazan leise durch die Katzenklappe. Nicht leise genug, Atos bemerkte ihn.

»Scht«, machte er, als der Hund aufspringen wollte, um

mit ihm herumzutollen. Ein wenig enttäuscht, aber folgsam legte sich Atos wieder auf seine Decke.

Auch aus der Ecke neben dem Kamin schauten ihm zwei wache Augen entgegen. Auf sanften Pfoten ging er an dem leise schnarchenden Oscar vorbei zu Manon und ließ sich vor ihrem Lager nieder. Die Jungen lagen an ihren Bauch gekuschelt und schliefen fest. Es rührte ihn sehr, sie sicher und wohlbehalten vorzufinden, und eine Zeitlang genoss er es, an ihrer Seite zu bleiben und sogar ein wenig die Augen zu schließen. Doch die Unruhe blieb, und immer wieder schrak er hoch. Irgendwann schlief er doch ein …

… und erwachte mit einem Mal in der Gewissheit, dass dieser Tag die Entscheidung bringen würde. Unruhig richtete er sich auf. Manon stupste ihn an.

»Geh jetzt«, sagte sie leise.

Seinem Instinkt folgend, lief er in der bleichen Morgendämmerung zu Camilles Haus. Oben, auf der Mauer, die den Steingarten umgrenzte, ließ er sich nieder und beobachtete das Frühlicht auf den roten Dächern der Stadt.

Als die Sonne vollends aufgegangen war, stieg er in den Steingarten hinab. Die Terrassentür stand wie üblich einen Spalt auf. Er steckte den Kopf hinein. Es roch nach Farben, doch auch nach Schweiß und Leid und Tränen. Und nach Alkohol. Beunruhigt tastete er sich weiter vor. Was war hier geschehen? Kam er zu spät?

Er hörte den Maler, bevor er ihn sah. Idka saß vornübergebeugt am Esstisch, den Kopf auf der Platte, und schlief röchelnd mit halboffenem Mund. Die Hände, die ebenfalls auf dem Tisch lagen, hielten noch ein Glas umklammert, das allerdings leer war, ebenso wie die Flasche ein Stück weiter.

Mazan sprang auf den Tisch. Der Maler bemerkte es nicht. Vor ihm lagen ein Spiegel, auf den weißes Pulver gestreut war, eine kleine Papiertüte und ein zusammengerollter Geldschein. Das Pulver roch selbst aus der Entfernung bitter und beißend, Mazan mied es, ihm näher zu kommen. Was war hier geschehen, und wo waren Solange und Camille?

Ein Geräusch ließ ihn herumfahren. Es kam aus dem Raum auf der anderen Seite des Flures, in dem es so streng roch und in dem er und Camille sich das letzte Mal versteckt hatten. Die Tür war geschlossen. Das fand er seltsam, bisher hatte sie wie alle anderen Türen des Hauses offen gestanden, damit dem Maler kein Hindernis im Weg stand.

Wieder vernahm er das Geräusch, als ob jemand etwas verschob. Dann die leise Stimme von Solange: »Komm, meine Kleine.«

Ein Schlüssel drehte sich im Schloss, und die Tür schwang auf. Solange sah müde und blass aus. Um ihre Augen lagen dunkle Schatten. Mit einem Mal spürte Mazan, was sie bald auch den Menschen gegenüber nicht mehr würde verbergen können: Der Tod hatte bereits seine kalten Finger nach ihr ausgestreckt.

Als Solange ihn entdeckte, schlich sich ein kleines Lächeln in ihr verhärtetes Gesicht.

»Camille«, sagte sie, halb nach hinten gewandt, »du hast Besuch.«

Während sie zu ihm an den Tisch kam und er sich bereitwillig in ihre Hand schmiegte, sah er Camille mit vorsichtigen Schritten aus dem Atelier kommen. Er sprang zu Boden und lief ihr entgegen.

»Ich bin so froh, dass du da bist«, sagte sie und rieb sich an seinem Kopf.

»Mein Gott«, schluchzte Solange. Sie hatte sich mit einer Hand am Tisch abgestützt, die andere hielt sie an ihr Gesicht. »Es ist so schön, euch zuzusehen. Ich würde so gern noch leben, um das malen zu können. Nicht den Schrecken und den Tod, sondern die Liebe. Ich würde so gern …«

In diesem Moment erwachte Idka. Er hob den Kopf, hustete, wischte sich über das Gesicht. Dann reckte er es in Richtung Solange, seine Nasenflügel blähten sich.

»Was hast du getan, Miststück«, lallte er.

Solange hatte sich gestrafft. Kalt sah sie auf ihn hinab.

»Ich habe ein Bild gemalt.«

Idka lachte auf. »Du?«

»Ja, ich.« Ruhig ging Solange zum Atelier, schloss die Tür und drehte den Schlüssel im Schloss. Sie zog ihn ab und steckte ihn in eine Tasche ihres Rockes.

»Was für ein Bild soll das schon sein?«, fragte Idka verächtlich.

Solange antwortete nicht. Schweigend kam sie zum Tisch zurück. Idka stemmte sich mühsam in die Höhe.

»Sag es mir, ich will es wissen.«

»Nein, Etienne.«

»Du hast das Atelier abgeschlossen? Was glaubst du, was ich dort sehen könnte?« Er lachte bitter auf.

»Nichts. Aber du könntest es zerstören. Das will ich nicht.«

»Seit wann spielt es eine Rolle, was du willst?«

»Wahrscheinlich erst, seit Charles in einer Kiste mit sehr wenig Wasser und sehr wenig Luft liegt.«

Idka stand schwankend am Tisch und atmete schwer.

»Das wagst du nicht!«

Solange gab ein kleines Lachen von sich, das wie ein Schluchzen klang.

»Hast du es immer noch nicht verstanden, Etienne? Es gibt nichts mehr, was ich zu fürchten habe.«

Idka sackte wieder auf den Stuhl zurück. Mit fahriger Hand zog er den Spiegel heran, seine andere Hand suchte den zusammengerollten Geldschein. Er steckte ihn sich an die Nase, beugte sich vor und schnüffelte damit über den Spiegel. Solange verzog angewidert das Gesicht.

»Mein Gott, wenn du dich sehen könntest.«

»Was?«, brüllte er, sprang auf und wischte mit einer Handbewegung den Spiegel vom Tisch, so dass er klirrend auf den Fliesen zersprang. Mazan und Camille sprangen erschreckt fort. Mazan lotste die blinde Katze unter das Sofa.

»Sehen? Hast du schon vergessen? Ich bin blind!«

Am ganzen Körper bebend, mit geballten Fäusten stand er da. Speichel klebte an seinem offenen Mund, aus seiner Nase tropfte weißer Schleim.

»Ja, Etienne«, sagte Solange leise, beinahe sanft, »und ich war es, die dir das Augenlicht genommen hat.«

»Ja«, keuchte er, »das weiß ich, bei Gott.«

»Ich wusste es damals nicht. Ich habe dich gehasst wegen dem, was du mir angetan hast. Aber ich habe dich verwandelt, Etienne. Die Säure, die ich dir ins Gesicht geschüttet habe, hat aus einem mittelmäßigen, großkotzigen Pinselschwinger einen Jahrhundertmaler gemacht. Ich habe dich geblendet, ja, aber erst das hat dich zur Größe geführt.«

»Und warum willst du mir das jetzt alles nehmen?«

Solange schwieg für eine Weile. Dann sagte sie etwas, das den Maler wie ein Peitschenhieb traf: »Weil du es nicht wert bist.«

Idka schwankte, hielt sich am Tisch fest.

»Ich spiele es nicht mit, dein dreckiges Spiel. Du kannst mich nicht zwingen«, stieß er hervor.

»Dann wird Charles sterben.«

»Und wenn schon!«, rief er trotzig. »Ich brauche ihn nicht. Niemand wird dir glauben.«

»O doch«, antwortete Solange leichthin, »die Polizistin. Du erinnerst dich doch an die Polizistin? Du hast sie begrabscht.«

Idka schnaufte. Mazan wusste, von wem Solange sprach: Zadira.

»Solange«, sagte der Maler mit einem Mal in trügerischer Weichheit. »Kann es nicht so sein wie früher?« Er streckte die Arme aus, in ihre Richtung. Dass sie zurückwich, konnte er nicht sehen. »Uns ging es doch gut, wir …«

»Mir ging es nicht gut«, gab Solange kalt zurück. »Mir ging es nicht mehr gut, seit ich dir begegnet bin.«

»Aber Liebste, meine Sonne, mein Licht, hör doch …«

Das Läuten der Türglocke unterbrach sein süßlich-falsches Flehen. Idka fuhr herum.

»Verfluchte Schmierfinken«, schimpfte er. »Sag ihnen, sie sollen verschwinden. Du hast sie hergelockt, jetzt mach, dass sie gehen!«

Solange setzte sich langsam in Bewegung.

»Ich glaube nicht, dass es Journalisten sind.«

»Wieso nicht?«

Solange hielt inne. »Weil ich gestern Abend ein sehr interessantes Gespräch hatte. Ich glaube, dort draußen möchte meine Freundin mit dir reden.«

»Deine Freundin?«, bellte er. »Du hast keine Freunde, Solange Rouelle, du hast niemanden! Nur mich, hörst du, du falsches Biest, du!«

Aber er sprach in die Luft. Solange war bereits hinausgegangen.

Idka drehte sich, versuchte sich zu orientieren. Seine Hand ertastete die Tischecke, von dort aus fand er die Richtung zu seinem Ziel. Ohne zu zögern, stapfte er los, zur Tür des Ateliers. Er rüttelte an der Klinke, hämmerte mit der Faust gegen die Tür. Doch das war nutzlos. Er lehnte seine Stirn gegen das Holz. Stieß sie dagegen.

»Verdammt!«, zischte er und rammte seinen Kopf wieder und wieder gegen die Tür.

»Worum geht es hier?«, fragte Mazan Camille. »Was ist dort drin?«

»Ein Bild.«

»Nur ein Bild?«

»Ja, ein Bild, das alles zerstören wird. Ich habe schreckliche Angst, Mazan. Angst um Solange. Er wird ihr weh tun, ich weiß es. Ich habe geträumt, dass er ihr furchtbar weh tun wird. Wir müssen es verhindern.«

Mazan schaute zu Idka, der schwer atmend mit der Stirn an der verschlossenen Tür lehnte. Da vernahm er Schritte und eine Stimme, die ihm wie die Rettung in der Not erschien.

»Monsieur Idka, haben Sie sich verlaufen?«

Zadira kam in den Flur, begleitet von dem Mann, den sie Arnaud nannte. Ihr Blick schweifte durch das Esszimmer, registrierte den Tisch mit der leeren Flasche, den zerbrochenen Spiegel, die weißen Krümel.

»Ich sehe, Sie haben schon gefrühstückt«, sagte sie.

Dann entdeckte sie Mazan und Camille unter dem Sofa. Sie schüttelte leicht ungläubig den Kopf.

Idka hatte sich umgewandt und lehnte nun mit verschränkten Armen an der Tür.

»Was kann ich für Sie tun, Lieutenant?«, fragte er, mühsam beherrscht.

Zadira bedachte ihn mit einem nachdenklichen Blick, dann wandte sie sich Solange Rouelle zu, die sie hereingeführt hatte. Ohne sie aus den Augen zu lassen, sagte Zadira: »Sie könnten endlich die Wahrheit loswerden, Monsieur Idka. Es wird Ihnen guttun.«

»Die Wahrheit?« Er lachte heiser auf. »Die Wahrheit finden Sie nur in der Kunst, Madame Lieutenant mit dem schönen Gesicht. Suchen Sie dort.«

»Sie meinen in Ihren Bildern? Gut, welche Wahrheit steckt in dem Bild mit dem schlafenden Engel? Welche Wahrheit verbirgt sich hinter dem Tod von Lucas Zorn?«

»Woher soll ich das wissen, wilde Wüstenprinzessin, ich sagte doch schon, dass ich den jungen Mann nicht kenne.«

»Nein, aber Sie kennen seinen Vater, Jean-René Zorn. Sie haben ihm häufig junge Frauen auf den Abtreibungstisch gelegt, die Sie geschwängert hatten.«

Solange wurde blass. Idka fuhr sich mit der Zunge über die Lippen, er antwortete nicht.

»Es waren Schülerinnen von Ihnen, wie Doktor Zorn nicht ganz freiwillig einräumte. Minderjährige, Monsieur Idka, beinahe noch Mädchen. Ist *das* die Wahrheit in Ihrer Kunst?«

»Das ist doch lächerlich«, murmelte Idka. Zadira reagierte nicht darauf.

»Waren Sie auch noch minderjährig, als Zorn die Abtreibung an Ihnen vornahm, Madame Rouelle?«

»Ja«, sagte Solange ruhig. »Die ersten beiden Male schon.«

»Wie viel Male gab es denn?«

»Drei. Danach war es nicht mehr nötig, ich war unfruchtbar. Jean-René Zorn ist nicht sehr begabt, wissen Sie.«

»Wie alt waren Sie da?«

»Einundzwanzig.«

Sie sahen sich an, die beiden Frauen. Idka brabbelte, aber niemand beachtete ihn. Mazan nahm etwas zwischen Zadira und Solange wahr, eine Verbindung, die jener zu ähneln schien, die er bei Manon oder Camille erlebte. Sie sprachen, ohne zu sprechen. Sie verständigten sich über Blicke.

»Der gefallene Engel auf dem Bild ist kein schlafender Jüngling«, sagte Zadira leise. »Es ist ein Baby, nicht wahr? Es ist Ihr Kind. Ihr gemeinsames Kind.«

Solange antwortete nicht.

Commissaire Mazan hatte den Eindruck, als würde Zadira sich mit ihren Fragen vortasten wie eine Katze in einem fremden Raum, Pfote für Pfote.

Um Solanges Lippen spielte ein leises Lächeln.

»Unsinn!«, brüllte Idka. »Was wollen Sie von Rouelle, sie hat nichts, gar nichts getan.« Der Maler kam, mit den Armen fuchtelnd, auf Zadira zu. Die trat einfach einen Schritt beiseite.

»Vorsicht!«, rief Arnaud, bevor Idka gegen die Wand lief und sich womöglich die Nase brach.

»Sie sind also auch wieder dabei, Sie erbärmlicher Kriecher«, knurrte der Blinde Paoli an und machte eine wegwerfende Geste. Wahrscheinlich hätte er den Polizisten noch weiter beschimpft, nur um nicht mehr über die Abtreibungen reden zu müssen. Doch Rouelle fuhr dazwischen.

»Hör auf!«, herrschte sie ihn an. »Lieutenant Matéo hat recht mit dem, was auf dem Bild zu sehen ist. Es ist dein Kind, Idka, dein und mein Kind.«

»Ich habe keine Brut mit dir!«

»Keiner kennt die Bilder so gut wie Sie, Madame Rouelle«, sagte Zadira. »Und sie zeigen uns immer eine Wahrheit. Wir können sie aber nicht sehen ohne Ihre Hilfe. Darum frage ich Sie: Muss noch jemand sterben, bis wir diese Wahrheit verstehen?«

Arnaud sah Zadira erstaunt an. Solange lächelte leicht, fast wirkte sie zufrieden.

Sie wies mit dem Kinn auf Idka. »Fragen Sie ihn.«

Idka wischte sich mit dem Handrücken über den Mund. »Nicht die Bilder morden, nicht die Bilder. Es ist der Hochmut der Menschen, ihr Neid, ihr Hass. Die Kunst ist rein! In ihr klärt sich alles Verdorbene. Alles, was falsch war, wird richtig, und die Lüge wird wahr. Ja, sie ist Wahrheit, denn in der Kunst …«

»Hör auf!« Rouelles gellende Stimme zerschnitt das trunkene Geschwafel des berühmtesten Malers seiner Zeit. »Ich kann es nicht mehr hören!«, rief sie mit verzerrtem Gesicht. »Dieses Gefasel von der Kunst und was in ihrem Namen alles erlaubt ist. Seit dreißig Jahren muss ich mir das anhören. Seit dreißig vergeudeten Jahren! Die Kunst darf alles! Schwachsinn, Etienne Idka! Schwachsinn!«

Sie schlug die Hände vor das Gesicht, schluchzte. Dann richtete sie sich wieder auf.

»Du hast mir ein Versprechen gegeben, Etienne, damals. Erinnerst du dich? Oder waren es zu viele Versprechen, und du weißt es nicht mehr, dieses eine, das wichtigste?«

Mazan bemerkte, dass Arnaud etwas sagen wollte, aber Zadira ihre Hand auf seinen Arm legte.

Lass sie. Wir haben sie. Gleich. Warte.

Mazan wünschte sich, er könnte Solange helfen. Sie war so zerrissen.

Idkas Unterlippe zitterte, er duckte sich unter Solanges Worten.

»Versteh doch, *mon amour,* wir sind so kurz vor dem Ziel. Nur ein klein wenig Zeit noch, dann wird alles gut!«

»Ich habe keine Zeit mehr, Etienne. Begreifst du das denn nicht!«

Sie wandte sich an Zadira.

»Sie wollen die Wahrheit wissen?«, fragte sie laut, verzweifelt. Dann ging sie zu Idka, baute sich dicht vor ihm auf, bebend vor Zorn.

»Sag ihnen die Wahrheit. Sag sie ihnen! Jetzt!«

37

Zadira versuchte zu begreifen, was hier vorging. Sie war sich mittlerweile sicher, dass Solange die Mörderin war. Die letzten Zweifel hatte ihr Arnaud genommen, als sie ihn abholte.

»Wir haben Agnes Schwarz«, sagte er zur Begrüßung.

»Und?«

Arnaud schüttelte den Kopf. »Sie kann es nicht gewesen sein.«

Er berichtete, dass Agnes Schwarz von sich aus zur Polizei gekommen war, als ihr klarwurde, welche Dimension der Mordfall um Idkas Bilder angenommen hatte. Ja, sie war im Lagarde auf dem Albion-Plateau gewesen. Und ja, um sich an Charles Idka zu rächen. Weil der, und nicht sein Bruder, ihr Leben zerstörte, indem er sie ins Irrenhaus sperren ließ. Aber sie war nicht an ihn herangekommen.

»Für die anderen Tatzeiten hat sie bombensichere Alibis.« Arnaud hatte bitter gelächelt. »Dein Instinkt hat dich nicht getrogen.«

Und der gleiche Instinkt sagte Zadira, dass die kranke, verletzliche, geschundene Solange Rouelle drei Menschen getötet hatte. Und dass sie als Mörderin überführt werden wollte. Ihr Besuch am Abend zuvor hatte nur diesen Zweck gehabt.

Aber warum?

Was wollte Solange Rouelle von ihr?

Zadira tauschte einen Blick mit Arnaud, der aber schien genauso ratlos wie sie.

Rouelle fasste Idka an den Schultern. Eindringlich sagte sie: »Er wird sterben, Etienne. Charles wird sterben, wenn du nicht redest.«

Charles?

In Zadiras Kopf explodierten die Gedanken. Charles Idka war verschwunden. Sie waren davon ausgegangen, dass er geflohen war, weil er etwas mit den Morden zu tun hatte.

Unsinn! Denk nicht wie ein Bulle, Zadira.

Wenn Rouelle die Mörderin war, dann gab es für Charles keinen Grund zu fliehen. Charles war verschwunden, weil …

»Madame Rouelle«, sagte Zadira, »was haben Sie mit Charles gemacht? Wo ist er?«

»Oh, dem geht es gut«, sagte Solange. »Zumindest nehme ich das an. Vielleicht trinkt er aber auch schon seinen Urin.«

»Was bedeutet das?«, fragte Arnaud harsch und machte einen Schritt auf Solange zu. Doch Zadira hielt ihn mit einer Geste zurück.

Solange lachte bitter auf. Sie antwortete nicht, sondern konzentrierte sich weiter auf Etienne, der verbissen schwieg.

»Nicht einmal für deinen Bruder?«, fragte sie leise, kopfschüttelnd. »Was bist du nur für ein Mensch.«

Idka atmete stoßweise durch den halbgeöffneten Mund. Seine milchigen Augen verrieten keine Regung.

Doch Zadira glaubte, den Weg zu sehen, wie sie das unheilvolle Geflecht zwischen diesen beiden einander verfallenen, einander ausgelieferten, einander hassenden Liebenden, deren unerträgliche Beziehung bereits drei Leben gefordert hatte, auftrennen konnte.

Solanges Besuch war ein Hilferuf gewesen, keine rein bösartige Manipulation. Darum entschloss Zadira sich, deren gefährliches Spiel mitzumachen.

»Madame Rouelle, weiß Monsieur Idka von Ihrer Krankheit?«

Der Maler runzelte die Stirn, Rouelle schüttelte den Kopf, er konnte es nicht sehen, aber seine Miene war wachsam.

»Sie haben es ihm nicht gesagt?«, hakte Zadira nach, weil sie wollte, dass Idka die Antwort laut hörte.

»Nein.«

»Warum nicht?«

»Es sollte nicht der Grund sein, dass er aufhört.«

»Aufhört zu lügen?«

»Ja.«

Seltsamerweise verstand Zadira diesen Beweggrund, und sie sah darin die Waffe, die den Maler treffen konnte.

»Was für eine Art Krebs ist es?«, fragte sie hart.

Bei dem Wort Krebs ruckte Idkas Kopf herum.

»Der schlimmste. Er begann in den Eierstöcken.« Sie lachte erneut bitter. »Wo sonst. Aber mittlerweile hat er sich längst weitergefressen. Nicht mal mehr ein Jahr können sie mir guten Gewissens geben.«

»Was?«, rief er heiser, räusperte sich und schüttelte den Kopf.

»Nein«, sagte er. »Nein.« Und wieder: »Nein, nein, nein!« Seine Stimme wurde immer weinerlicher. Rouelles Miene war eine Mischung aus Verachtung und Mitgefühl.

»Doch, Etienne«, sagte sie bedauernd. »Ich werde sterben. Sehr bald sogar. Unser kleines Theaterstück geht zu

Ende. Was bleiben wird, ist ein hilfloser blinder Mann. Es tut mir leid, Etienne, es tut mir so unendlich leid.«

»Aber ... aber ... was soll denn aus mir werden?«, greinte er. »Du hast kein Recht zu sterben! O Gott, warum hast du mir nicht gesagt, dass du krank bist? Wir hätten ...«

»Begreifst du denn nicht, Etienne?« Rouelles Stimme war leise, verwundert. »Ich habe keine Angst vor dem Tod. Das Einzige, was ich fürchte, was ich immer gefürchtet habe, ist, dass du mich nicht liebst.«

Sie trat ganz dicht an ihn heran, strich mit der Hand über sein tränennasses Gesicht. Auch ihr liefen nun die Tränen über die Wangen.

»Warum hast du es nicht allen gesagt, als Zeit dafür war?« Ihre Stimme war so dünn wie die eines fünfzehnjährigen Mädchens. »Du hattest es versprochen, damals, weißt du noch? Wir führen sie alle an der Nase herum, hast du gesagt, und dann sagen wir ihnen die Wahrheit. Oh, Etienne, warum hast du es nicht gesagt?«

Sie trat von ihm zurück. Zadira schien es, als wenn sie sich auch innerlich von ihm löste.

»Was ist, Lieutenant Matéo?«, fragte Solange. »Möchten Sie nicht einer Premiere beiwohnen? Möchten Sie die Erste sein, die das neue Bild von Etienne Idka zu Gesicht bekommt?«

»Solange!«

»Ja, Madame Rouelle, das möchte ich sehr gern.«

»Solange, nicht! Bitte, tu mir das nicht an.«

»Geh zur Seite, Etienne.« Solange schob Idka aus dem Weg, zog einen Schlüssel aus ihrer Rocktasche und schloss die Tür zum Atelier auf.

Zadira trat ein, Arnaud folgte ihr widerstrebend.

Die Staffelei mit dem Bild darauf stand mitten im Raum, sechzig mal sechzig Zentimeter. Das Bild glänzte noch, anscheinend war es gerade fertiggestellt worden. Im ersten Moment erkannte Zadira nicht viel außer einem verschlierten Weiß, unter dem sich Schatten verbargen. Ein seltsames Bild. Kaum Farben, fast nur schwarz und weiß, Winter.

Dann fiel ihr ein, dass Idka die Welt hauptsächlich in Weiß sah. War es das, was das Bild zeigte? Die Welt des Etienne Idka? Was waren dann die Schatten?

Doch dann bildete sich eine Kontur ab, und Zadira erkannte einen weiblichen Körper, nackt und schwarz, mit unsymmetrisch gespreizten Beinen und ausgebreiteten Armen. Dort, wo der Mund sein musste, war ein Loch. Als würde die Gestalt schreien. Endlos lange schon, und der Schrei hatte sich in sie hineingebohrt, durch ihren Mund, ihre Brust, ihren Körper und sie von innen ausgehöhlt.

In Zadiras Kopf blitzten Assoziationen von gequälten, ausgelieferten Frauen auf, gefoltert, weggeworfen.

Sie musste ihren Blick lösen, zu intensiv waren die Bilder, die in ihr aufstiegen. Arnaud nahm das Gemälde gelassener auf.

»Sie arbeiten also an einem neuen Zyklus, Monsieur Idka?«, fragte er.

»Ja«, begann der Maler, doch Solange unterbrach ihn.

»Nein«, sagte sie. »Es gehört zum letzten Zyklus. Es ist das dreizehnte Bild.«

Idka lehnte immer noch am Türrahmen, schwitzend, blass, die milchigen Augen ins Nichts gerichtet. Er schniefte immer wieder, unter seiner Nase war die Haut wund und rot.

»Großartig!«, sagte Arnaud. »Ein dreizehntes Bild, wie mystisch. Wie ist sein Titel?«

Idkas Kiefer mahlte, er brachte keinen Ton heraus.

»Was ist, Etienne?«, sagte Solange. »Willst du ihnen nicht erzählen, was das für ein Bild ist? Welchen Titel du gewählt hast?«

In Zadira schob sich eine Erinnerung nach vorn. Idka, der vor der Ateliertür stand. Solange, die diese Tür mit einem Schlüssel aus ihrem Rock aufschloss.

Sie trat an das Bild heran. Unten in der Ecke hatte es die typische Idka-Signatur. Sie betrachtete es nun mit anderen Augen, dachte an die anderen Idka-Bilder und wie sehr sie sie bewegt hatten. Kein Wunder!

Dann schaute sie Solange an, die ihren Blick mit großen Augen erwiderte, und konnte nicht verhindern, dass eine Woge grenzenlosen Mitleids mit der Mörderin in ihr aufstieg. Was für ein großes und dennoch vergeudetes Leben. Dreißig Jahre Einsamkeit. Dreißig Jahre Demütigung. Und wofür?

»Erzählen Sie uns doch etwas über das Bild, Monsieur Idka«, sagte Zadira. »Was hat es damit auf sich, mit dem dreizehnten Bild?«

Idka schniefte. »Schauen Sie doch hin, oder sind Sie blind?« Er lachte heiser auf.

»Nein, aber ich bin nicht sehr kunstverständig. Was bedeutet die blaue Kontur in der Mitte? Sie sieht aus wie eine Spinne.«

Arnaud runzelte die Stirn, sah zu Zadira und hob mit einer fragenden Geste die Hände. Er begreift es nicht, dachte Zadira, weil er es sich einfach nicht vorstellen kann.

»Ha, eine Spinne.« Idka leckte sich über die Lippen. »Das glauben Sie? Sie haben wirklich keine Ahnung. Die blaue Spinne ist in der Kunstwelt eine der wichtigsten Metaphern.«

»Nein, Monsieur Idka, Sie sind es, der keine Ahnung hat. Sie können uns nicht sagen, was auf dem Bild ist«, sagte Zadira ausnehmend freundlich, »weil Sie es gar nicht gemalt haben.«

»Du blöde Fotze«, knurrte Idka. »Du weißt nichts!«

Zadira schaute Solange an, die ihren Blick aufmerksam und wach erwiderte.

»O doch. So wenig, wie Sie dieses Bild gemalt haben, so wenig haben Sie auch die anderen Bilder gemalt, nicht wahr? Nicht die des letzten Zyklus und auch nicht die davor.«

»Lüge«, keuchte Idka. »Das ist eine widerliche Lüge, die andere in die Welt setzen!«

»Es gibt kein Blau auf diesem Bild. Und schon gar keine blaue Spinne. Die habe ich mir ausgedacht.«

»Nein«, stieß Idka hervor, stieß sich von der Wand ab, an der er fast hinuntergerutscht wäre, und wankte zu der Staffelei.

»Es sind meine Bilder. Alles sind meine Bilder!«

Er hob die Hände und tastete wild nach der Leinwand. Die Farbe war noch feucht und klebte an seinen Fingern. Es sah aus, als versuchte er zu erfühlen, was er nicht sehen konnte. Sein Atem ging heftiger, seine Brust hob und senkte sich. Instinktiv begriff Zadira, dass er das Bild zerstören wollte.

Im selben Moment, da er seine Hand zu Krallen formte und hochhob, um auf die Leinwand einzuschlagen, sprang sie vor und riss das Bild fort. Sein Schlag traf ins Leere. Er stolperte, fiel gegen die Staffelei. Fing sich und fuhr blitzschnell herum.

»Verdammte Araberhure!«, brüllte er und sprang in ihre Richtung. Durch das Bild behindert, gelang es Zadira nicht, sich rechtzeitig zur Wehr zu setzen. Und wahrscheinlich hätte Idka nicht nur das Bild zu fassen bekommen, sondern auch sie gepackt, wenn nicht in diesem Moment Arnaud dazwischengegangen wäre.

Der Commissaire hatte für seinen Geschmack in dieser Vernehmung ohnehin einen viel zu passiven Part eingenommen.

Doch er hatte Idkas Kräfte unterschätzt, denn dieser ließ sich nicht so einfach in den Polizeigriff nehmen. Idka entwand sich den Armen des Polizisten und holte zu einem blinden Schwinger aus, der mit voller Wucht gegen Paolis Schläfe krachte. Der Polizist taumelte zurück.

Doch statt nachzusetzen oder sich erneut auf Zadira zu stürzen, lief Idka torkelnd zu einer kleinen Kommode, die an der Wand stand, riss eine Schublade auf und holte ein Schraubglas hervor.

Mit verzerrtem Gesicht taumelte er dann wieder in Zadiras Richtung und schraubte dabei den Deckel des Glases ab.

»Nein, Etienne! Nicht!«, gellte Solanges entsetzte Stimme durch den Raum. Sie griff nach Zadiras Arm. »Säure!«, schrie sie und zog sie beiseite.

Zadira sah im selben Moment einen weißen Schemen in den Raum rennen, gefolgt von einem schwarzen, der den weißen überholte – und sprang!

In hohem Bogen schwappte die Flüssigkeit aus dem Glas.

Direkt auf die Katzen zu.

»Mazan!«, rief Zadira.

»Camille!«, schrie Solange.

Zadira sprang vor und riss das Bild hoch. Mit einem satten Klatschen fing es die ätzende Flüssigkeit auf. Zischend löste sich die Farbe von der Leinwand. Camille sprang in Solanges Arme. Mazan schrie gequält auf.

Zadira warf die Leinwand beiseite und kniete zu Tode erschrocken neben ihm nieder. Der Kater versuchte hektisch, etwas von seinem Schwanzansatz wegzubeißen.

»Nein, Schätzchen, nicht, lass das, nicht … lass mich …« Zadira merkte nicht, dass sie stammelte.

Sie zog ihr Hemd aus der Hose und legte den Stoff auf die Stelle, um die Säure aufzufangen und auch um zu verhindern, dass er sie aufleckte. Er wehrte sich, sie hielt ihn fest.

»Camille?«, fragte der Maler entsetzt und ließ das Glas fallen. Mit ausgestreckten Armen tapste er vor. Zadiras Wut war maßlos.

»Du hast deine eigene Katze mit Säure verätzt, du Schwein«, log sie laut. »Sie kann nichts dafür, gar nichts, und jetzt stirbt sie!«

Idka blieb wie vom Schlag getroffen stehen.

»Nein!«, stammelte er. »Nein, nicht Camille. Nein, bitte, sagen Sie mir, dass es ihr gutgeht. Camille! Camille Liebes … ich wollte nicht … Camille!« Er ließ sich auf die Knie nieder, tastete auf dem Boden nach dem Tier.

Zadira wechselte einen Blick mit Solange, die die weiße Katze im Arm hielt. Mazan versuchte immer noch, das unendlich schmerzhafte, zwackende Etwas von seinem Schwanz zu entfernen.

Paoli schüttelte den Kopf, strich sich mit der Hand über das Gesicht und versuchte zu begreifen, was hier gerade geschah.

Idkas Stirn sackte auf den Boden.

»Nein, nein«, wimmerte er. »Nicht Camille. Nicht mein kleiner Engel.« Er brach in hemmungsloses Schluchzen aus.

Mazan gab einen kurzen, klagenden Laut von sich. Idka schlang die Arme um seine Brust, weinte und wiegte sich vor und zurück. »Oh, Camille!«

Er wirkte wie von Sinnen, doch Zadira wusste, dass seine Verzweiflung seinen grenzenlosen Egoismus nur kurz überdecken würde.

»Sie wissen, welche Schmerzen Camille erlitten hat, nicht wahr?«

Idka heulte gequält auf.

»Aber in Ihrem Bild, da scheint sie zu leben.«

Der Maler hob den Kopf, sein Mund stand offen, die Spucke lief ihm das Kinn hinab.

»Was?«, lallte er.

»Es gab keine blaue Spinne auf dem Bild«, sagte Zadira sanft, »sondern nur eine wunderschöne weiße Katze.«

Sie schaute auf die Leinwand, in die die Säure mittlerweile ein beachtliches Loch geätzt hatte.

»Wirklich?«

»Ja«, sagte Zadira. »Mir scheint, sie lebt. Wirklich, sie sieht aus, als ob sie uns im nächsten Moment entgegenkommt.«

»Oh«, machte Idka.

»Das hat Solange gut gemacht, nicht wahr?«

»Ja«, sagte Idka leise, »das kann sie.«

»Sie kann Dinge zum Leben erwecken, oder?«

»Ja, das konnte sie schon immer. Bei ihr haben die Bilder gelebt. Wie macht sie das nur? Sie hat immer gesehen, was ich nie sah … schon immer.«

»Haben Sie versucht herauszufinden, wie sie das macht?«

»O ja.« Er kicherte. »Wenn sie schlief, habe ich ihre Bilder studiert. Aber ich habe es nicht verstanden. Wie seltsam, dabei war ich doch der Künstler und sie nur ein kleines Mädchen.«

»Das traf doch besonders auf all die Zyklen zu, die Solange nach Ihrer Erblindung gemalt hat?«

»Ja«, sagte der Maler mit der Stimme eines kleinen Jungen, der er vielleicht einmal gewesen war. »Ich hätte diese Bilder von ihr so gern gesehen. Sie müssen wundervoll sein.«

Zadira sah zu Solange hinüber. Die hielt die Katze im Arm, Tränen liefen ihr über das Gesicht. Zadira hob fragend die Augenbraue. Solange nickte.

»Sie haben Glück, Etienne Idka, Sie haben mehr Glück, als ein Dreckskerl wie Sie verdient. Sie werden von zwei Wesen in dieser Welt geliebt.«

Solange ging zu dem Maler und legte ihm Camille in die Arme. Die weiße Katze schnurrte auf. Idka schluchzte vor Erleichterung. Zadira sah Solange an, wie fassungslos es sie machte, dass es nur des Lebens einer Katze bedurft hatte, um den Maler zu einem Geständnis zu bewegen.

Solange wandte sich an Zadira.

»Gut. Gehen wir«, sagte sie.

»Wohin?«, fragte Arnaud verdutzt.

Sie sah ihn an, als hätte sie einen einfältigen Dummkopf vor sich.

»Natürlich zu dem Ferienhaus, in dessen Keller Charles Idka nackt in einer Kiste liegt und hoffentlich alle Ängste ausgestanden hat, die man sich nur vorstellen kann.«

38

Wo waren sie nur alle wieder?

Mazan lief über den Kirchplatz und wunderte sich, dass nirgendwo eine Katze zu sehen war. Es war doch nicht etwa erneut etwas passiert? Er hatte fürchterlich viel geschlafen, gestern und die ganze Nacht. Das lag wohl daran, dass die letzten Tage so aufregend gewesen waren und er kaum zur Ruhe gekommen war. Ein bisschen verdächtigte er aber auch den Tierarzt. Mazan erinnerte sich, wie Jules Zadira ein kleines Fläschchen gab, nachdem er Mazan verarztet hatte. Und dass Zadira daraus Tropfen in seine Thunfischpastete mischte. Davon hatte er reichlich bekommen, seit dem letzten Besuch in Camilles Haus, wo er von etwas angesprungen und gebissen worden war. Er wusste nicht, was, aber es hatte teuflisch weh getan.

Immer wieder versuchte er, sich an den Ablauf der Ereignisse zu erinnern. Während Zadira mit Idka und Solange im Atelier sprach, war Camille immer unruhiger geworden.

»Er will ihr weh tun«, flüsterte sie wieder und wieder. Mazan aber fürchtete eher um Camille als um Solange. Was sollte eine kleine, blinde Katze schon gegen einen Menschen ausrichten? Vor allem, wenn dieser Mensch, wie es schien, immer verrückter wurde.

Dann war alles sehr schnell gegangen. Idka brüllte, Solange schrie, und Camille rannte los, ehe Mazan sie daran hindern konnte. Ja, und dann biss ihn etwas.

Der Tierarzt hatte ihm etwas daraufgeschmiert, was das Brennen linderte und so unappetitlich roch, dass er keinerlei Lust verspürte, sich die wunde Stelle zu lecken. Jetzt befand sich auf seinem Rücken, kurz vor dem Schwanz, ein Loch im Fell, und da drin sah es schmierig rot aus und roch komisch. Das gefiel ihm gar nicht.

Nun wollte er nach Camille schauen. Zadira und Arnaud hatten Solange mitgenommen, und nach allem, was er ihren Gesprächen entnehmen konnte, würde die kranke Frau auch nicht zu dem Maler zurückkehren. Was vielleicht auch gut war. Mazan wusste nicht genau, worum es bei dem Streit zwischen den beiden gegangen war, aber eines wusste er: Solange war nicht nur eine sehr kranke, sondern auch eine sehr unglückliche Frau. Egal, wo sie jetzt war, schlechter als in dem Haus zusammen mit dem Maler konnte es ihr kaum gehen. Was blieb, war seine Sorge um Camille.

Ohne Solange, nur mit dem unberechenbaren Idka war Camille nicht mehr sicher. Commissaire Mazan musste dafür sorgen, dass die weiße Katze ein neues Zuhause fand. Und zwar hier in der Stadt.

Er wusste noch nicht, wie er das bewerkstelligen sollte, aber der Entschluss dazu war in den Stunden gereift, die er mit zwackendem Hinterteil und seltsam schläfrigem Kopf auf der Decke in Zadiras Wohnung verbracht hatte. Jetzt hatte er eigentlich schnurstracks zu ihrem Haus gehen wollen. Aber dann fiel ihm auf, dass nirgendwo eine Katze zu sehen war. Wo steckten sie bloß wieder?

Er lief zum Museumshof. Vielleicht fand ja gerade eine Katzenversammlung statt. Doch da war alles leer. Beunruhigt machte er sich auf den Weg zu Oscars Haus. Als er durch die Katzenklappe huschte, schaute Jeffrey von seiner Zeitung auf, die er, am Tisch sitzend, las.

»Hey Mazan«, begrüßte er ihn. »Wolltest du die Kleinfamilie besuchen?«

Manon saß mitten im Raum, die Kleinen tollten um sie herum. Der Schwarze sprang sofort auf ihn zu und umklammerte seine Vorderpfote.

»Ist alles in Ordnung?«, fragte Mazan.

»Puh«, machte Manon. »Die werden immer wilder. Ich weiß kaum noch, wo ich hingucken soll.«

»Wo ist denn Oscar?« Der dicke Kater lag nicht auf seinem Sessel.

»Unterwegs.«

»Falls du allerdings meinen rundlichen Kater suchen solltest«, sagte Jeffrey, »der hat Atos die Tür aufgemacht und ist mit ihm abgehauen. Ich weiß auch nicht, wieso neuerdings alle Katzen meine Tür aufmachen, aber es wird Zeit, dass Jules sich wieder um seinen Hund kümmert.«

»Hat er gesagt, wo sie hinwollten?«, fragte Mazan Manon.

»Nein, wieso?«

Es wurde immer seltsamer. Mazan schaute auf die Kleinen, die tatsächlich ziemlich unternehmungslustig waren. Während der Schwarze immer noch mit Mazans Pfote kämpfte, versuchte eine der Ingwerfarbenen, Oscars Sessel zu erklimmen. Dabei fiel sie aber immer wieder runter. Die nächste nagte an einem Stück Feuerholz, und die dritte steckte mit ihrem Kopf in einem Schuh. Mazan dachte an einen großen Garten hinter einem leeren Haus, in dem kleine Katzen ungefährdet die Welt erkunden konnten.

»Ich schätze, ich weiß eine Lösung«, sagte er. »Aber erst muss ich noch etwas erledigen.«

»Eine Lösung? Oh, da wäre ich wirklich dankbar. Übrigens brauche ich nicht mehr zu Brunet zurück. Jeff hat das irgendwie geregelt. Darüber bin ich sehr froh. Brunet hat immer so laute Musik gehört und dazu geschrien. Wirklich furchtbar.«

Mazan wälzte diese Information in seinem Kopf, während er weiter nach den anderen Katzen suchte. Wäre es möglich, Camille bei Brunet unterzubringen? Aber ob die blinde Katze diese Art von Musik schätzte?

Er lief zum Gittertor, das in seinen Garten führte. Wahrscheinlich waren sie alle dort, hatten sich ungeniert in seinem Revier ausgebreitet und würden ihn mit einem »Da bist du ja endlich« begrüßen. Doch er täuschte sich. Sein Garten war so leer wie an dem Tag, da er ihn das erste Mal betreten hatte.

Verdammt, wo waren sie?

Eine diffuse Angst packte ihn. Irgendetwas stimmte nicht. Er rannte die Gassen entlang, sprang über Mauern und durch Gärten. Er erreichte die Straße, in der das Haus des Malers lag. Schon von weitem erkannte er den großen Wagen vor dem Eingang. Was war da los?

Die Eingangstür stand offen. Gerade kamen zwei Männer aus dem Haus, sie trugen einen Tisch zur offenen Luke des großen Wagens. Mazan sprintete durch ihre Beine hindurch in den Hof und ins Haus.

»Hey, da ist ja noch eine!«, rief einer der Männer.

Noch eine?

Im Haus sah nichts mehr aus wie zuvor. Kisten und Kartons standen herum, die Möbel zusammengerückt. Von Idka war nichts zu sehen, auch nicht von Camille.

Mazan rannte durch das Haus, den großen Raum, das Atelier, nirgendwo war jemand. Er nahm den Weg zum Steingarten, die Tür war wie immer ein Spalt offen. Er schlüpfte hinaus.

Und erstarrte.

»Ach nee«, sagte Oscar. »Wen haben wir denn da?«

»Hey, Alter.«

»Mon Commissaire.«

»Ah, Don Mazano!«

»Mazan, guck mal.«

In der Mitte vor dem Brunnen thronte Camille. Wobei ihr Thron aus der Flanke eines großen gefleckten Hundes bestand. Atos schien sich sehr in seiner neuen Rolle als Rückenlehne für die blinde Katze zu gefallen.

»Verdammt, ich habe euch überall gesucht. Wie seid ihr hier überhaupt reingekommen?«

»Na, durch die Tür«, sagte Oscar.

»Hallo, mein Freund«, begrüßte ihn nun auch Camille. Und auch wenn ihre Augen blind waren, ging ein Leuchten von ihr aus. Atos schnupperte genüsslich an ihr herum, allerdings ohne seine große Zunge auszufahren. Selbst er schien Respekt vor Camilles Einzigartigkeit zu haben.

»Hallo, Camille«, antwortete Mazan und ging langsam zwischen den Katzen hindurch zu ihr. Dabei fiel ihm auf, dass Orangino nicht mehr ganz so aufgeregt war. Und Louise nicht mehr ganz so genervt. Im Gegenteil, sie machte einen zufriedenen, geradezu satten Eindruck. Mazan befiel eine Ahnung, was das zu bedeuten hatte.

»Gino hat jetzt auch endlich einen Menschen«, klärte Rocky ihn auf. »Brunet ist ganz begeistert, dass eine Katze seine Musik mag.«

»Wirklich?«

»Das iste Musik. Das iste großes Oper, wundervoll, wie in meine Heimat.«

»Rate, welchen Namen Brunet unserem Flickenteppich gegeben hat«, feixte Rocky.

»Keine Ahnung. Welchen?«

»Pavarotti.«

»Was heißt das denn?«

»Also ich finde, das hört sich an wie etwas mit Nudeln und Pilzen.«

»Du biste eine runde Banause, Oscar. Pavarotti ist der berühmteste Sänger von die Welt.«

Atos beschnupperte Mazan erfreut, als der sich neben Camille setzte.

»Ich freue mich, dass du endlich da bist«, gluckste sie und stupste ihn an.

Rocky, der erst jetzt die merkwürdige Stelle an Mazans Rücken bemerkt hatte, näherte sich neugierig.

»Was hast'n da?«

Er schnupperte an Mazans Hinterteil.

»Bäh«, machte er dann.

»Das ist dieses Zeugs, das der Tierarzt da draufgeschmiert hat«, beruhigte ihn Mazan.

»Was ist denn im Haus los?«, fragte er Camille.

»Sie packen Idkas Sachen ein. Wir verlassen die Stadt.«

Wir?

Mazan richtete sich auf.

»Aber du musst doch nicht mit ihm gehen«, sagte er. »Wir verstecken dich in meinem Garten, und dann suchen wir dir einen anderen Menschen. Einen, bei dem du es gut hast.«

»Das geht nicht, mein lieber Freund.«

»Aber warum nicht? Solange wird nicht mehr wiederkommen, und du bist nicht sicher bei ihm. Er ist kein guter Mensch, er wird dir vielleicht auch weh tun. Hier bist du doch glücklich, hier hast du Freunde. Bleib bei uns, Camille, ich bitte dich.«

Camille löste sich von Atos, der dies sichtlich bedauerte, aber klaglos hinnahm, und schmiegte sich an Commissaire Mazan. Ihr Kopf lag ganz dicht an seinem, ihre Schnurrhaare zuckten ineinander.

»Du hast mir so viel gegeben.« Ihre Worte waren nur ein Hauch in der Luft, dennoch vernahmen alle Katzen, was die weiße Katze sagte. So still waren sie. So sehr lauschten sie auf jedes Wort.

»Ich wusste doch gar nicht, was es heißt, wie eine wirkliche Katze zu leben. Du hast mich mitgenommen über die Mauern meines Gefängnisses, du hast mir den Wind über den Dächern gezeigt, mich den Duft des Landes spüren lassen. Ich war mit dir dort draußen in der Weite, und ich war mit dir in den Herzen der Menschen. Du hast mir das Kostbarste geschenkt, das es im Leben gibt – Freundschaft. Nicht nur deine, sondern auch die dieser wundervollen anderen Katzen.«

Louise schniefte, Oscar brummte und trat mit den Vorderpfoten, und selbst Rocky schien gerührt.

»Na ja«, meinte er.

»Und du warst da, als ich dich brauchte.«

Mazan schaute auf ihre kleine Pfote hinab, die ganz dicht an seiner lag. Eigenartigerweise war es erst dieser Anblick, der ihn begreifen ließ, dass dies ein Abschied war.

»Vorher war ich arm«, sagte sie, »aber jetzt bin ich so reich.« Sie hob den Kopf und richtete ihre Worte nun auch an die anderen Katzen. »Euch allen danke ich für die Freundschaft und die Liebe, die ihr mir gegeben habt.«

»Na ja«, druckste Rocky herum.

»Also, das war doch …« Selbst Oscar schien verlegen. »Also, wenn du mal wieder vorbeikommst, mein Fressnapf ist immer für dich da.«

»Ach, Camille«, sagte Louise traurig. »Kannst du nicht bleiben?«

»Nein«, sagte sie, und es klang noch trauriger als die Frage von Louise.

»Aber warum denn nicht?«, wollte Mazan wissen und kam sich so entsetzlich hilflos und verloren vor.

In diesem Moment hörten sie, wie jemand aus der Terrassentür in den Steingarten kam.

»Camille?«, rief Idka mit brüchiger Stimme. »Bist du hier, mein Engel?«

»Wegen ihm«, sagte Camille.

»Aber er ist …«

»Er hat mich vor dem sicheren Tod bewahrt. Ohne ihn wäre ich in einer Regentonne ertränkt worden. Aber was noch viel mehr zählt: Er braucht mich jetzt, Mazan. Er braucht mich mehr als alles andere.«

Ich brauche dich auch, wollte Mazan sagen. Aber er wusste, dass das falsch geklungen hätte. Es ging nicht darum, was er oder die anderen Katzen wollten. Camille war einzigartig, niemand konnte ihr sagen, was sie tun sollte. Sie folgte nur ihrer Natur. Immer, unbedingt.

»Ich werde dich so entsetzlich vermissen«, sagte er und senkte traurig den Kopf.

»Und ich werde dich nie vergessen«, flüsterte sie nur für ihn. »Mein starker Schatten.«

Dann rieb sie ihre Wange an seiner, und für einen unendlichen Augenblick war Mazan erfüllt von Wärme, Freundschaft und Liebe. Dann löste sie sich von ihm, und benommen sah er zu, wie sie maunzend auf den blinden Maler zulief.

»Da bist du ja, mein Engel«, sagte er, beugte sich hinab und hob sie auf. Er nahm sie vorsichtig in seine Arme und wandte sich ab.

»Komm, meine Kleine«, sagte er. »Es ist Zeit.«

Camille reckte ihren Kopf über die Schulter des Malers, und es war, als wollte sie sie alle noch einmal anschauen, bevor sie sie für immer verließ.

Das war das letzte Bild, das Mazan von Camille, dem blinden Engel, im Gedächtnis bewahrte.

Als er später mit Rocky, Oscar und Atos im Gefolge in Richtung von Jeffreys Haus ging, war keinem von ihnen nach Reden zumute. Erst vor der Haustür mit der Katzenklappe fragte Rocky: »Kommst du klar?«

»Sicher«, antwortete Mazan. »Und du?«

»Weiß nicht«, gab Rocky zurück. »Weiß gar nicht, was ich jetzt machen soll.«

»Hm«, machte Mazan. »Wie wäre es mit ein bisschen Action?«

Rockys Augen blitzten auf. »Yeah, Mann.«

»Also gut, hört zu!«

Oscar und Rocky beugten sich zu ihm, während er ihnen seinen Plan erklärte. Atos beugte sich auch zu ihnen, verstand aber natürlich kein Wort. Das war nicht schlimm, Atos war leicht zu dirigieren.

»Alles klar?«, fragte Mazan schließlich.

»Jau.«

»Ja. Wer übernimmt den Hund?«

Die beiden Kater schauten Oscar wortlos an.

»Natürlich, ich hätte es wissen sollen.«

Mazan schlüpfte durch die Katzenklappe ins Haus, während Rocky sich streckte, um die Tür zu öffnen. Die drei Ingwerfarbenen waren gerade dabei, ein Kissen zu zerbeißen, während der Schwarze in der Kaminasche herumtapste. Manon sah ziemlich geschafft aus.

»Hey!«, rief Mazan, und Jeffrey schaute verdutzt auf.

»Wie wäre es mit einem kleinen Ausflug?«

39

Zadira beobachtete Blandine, während der Beamte die schwere Stahltür vor ihnen aufschloss, ohne ihnen dabei den Rücken zuzukehren. Blandine war zum ersten Mal in einem Gefängnis, und die sonst so taffe Reporterin des *Vaucluse matin* wirkte sichtlich angespannt angesichts der kalten Unerbittlichkeit dieser unbekannten Welt.

Der Beamte zog die Tür zu sich auf und bedeutete ihnen, vor ihm zu gehen. Sorgfältig verriegelte er den Eingang wieder. Hartes Klacken von Metall auf Metall, geöltes Ineinandergleiten von Sperrbolzen. Stumm warteten sie darauf, dass er die nächste Tür aufsperrte. Es gehörte zu den beängstigendsten Erfahrungen im Gefängnis, dass deren Insassen – oder Besucher – niemals eine Tür selbst öffnen konnten. Das taten die Schließer, und diese drehten niemandem dabei je den Rücken zu.

Schließlich traten sie durch die letzte Tür des Untersuchungsgefängnisses von Avignon und standen der Frau gegenüber, die drei Menschen ermordet hatte. Und die gleichzeitig die größte unbekannte Künstlerin dieser Zeit war. Solange Rouelle sah dünn und blass aus, ihre Krankheit hatte sie gezeichnet. Doch ihre Augen waren sanft und voller Frieden – wie die eines Engels.

»Guten Morgen, Madame Rouelle«, begrüßte Zadira die Malerin. »Wie Sie sehen, konnten wir Ihre Forderungen erfüllen.«

Rouelle hatte erklärt, dass sie ein umfassendes Geständnis ablegen würde – allerdings nur Zadira gegenüber. Des Weiteren bestand sie darauf, Blandine Hoffmann dabeizuhaben. Natürlich hatte Magalie Bayral, die zuständige Untersuchungsrichterin, sich geweigert, diesen Forderungen zuzustimmen, zumal ihr heimlicher Geliebter Commissaire Stephane Minotte den prestigeträchtigen Fall an sich zu reißen gedachte. Doch Solange Rouelle wich nicht einen Zoll von ihren Bedingungen ab. Wozu auch? Sie hatte nichts zu verlieren. Der öffentliche Druck trug dazu bei, dass die Aussage schließlich doch nach ihren Vorstellungen verlaufen konnte. Natürlich inklusive einer Kamera, die das Geschehen aufzeichnete.

»Danke, dass Sie mich dabeihaben wollten«, sagte Blandine.

Die Künstlerin lächelte. »Ich hatte Ihnen doch ein Interview versprochen.«

Das war sicher nicht der einzige Grund, dachte Zadira, während ihr Blick auf die große Mappe fiel, die vor Rouelle auf dem ansonsten leeren Tisch des Besucherraums lag. Blandine würde dafür sorgen, dass alles ans Licht kam.

»Wollen wir anfangen?«, fragte Zadira. Solange Rouelle nickte.

»Céline Durand«, gab Zadira das Stichwort.

Die Malerin atmete tief ein. Dann begann sie.

»Es war Charles, der Etienne mit Céline bekannt machte …«

Anfang der neunziger Jahre gründete Charles mit Etienne den noch heute bestehenden Kunstfonds. Etiennes Einkünfte aus seiner Professorenstelle an der Académie des Beaux-Arts reichten bei weitem nicht aus, seinen exzessiven Lebensstil zu finanzieren. Das Paar kam nur dank der zusätzlichen Putzjobs von Solange über die Runden. Charles brauchte Kunst mit Potenzial, Überredungskunst besaß er selbst. Er hatte eine junge, aufstrebende Galeristin aufgetan, die die Gemälde beurteilen konnte. Céline Durand hatte ein Auge für Kunst mit Zukunft. Sie arbeitete mit Künstlern wie Baselitz, Richter oder René Joseph. Und sie war bereit, Etienne Idka eine Chance zu geben. Sie organisierte eine Ausstellung für ihn. Doch zwischen Koks, Absinth und Hurerei blieb dem keine Zeit, die Bilder rechtzeitig fertigzustellen. Die Einzige, die malte, war seine ehemalige Schülerin und heimliche Geliebte, die fünfzehn Jahre jüngere Solange Rouelle.

»Ich kam erst spät zu der Vernissage, weil ich bei McDonald's putzen musste«, sagte Rouelle. Sie stockte kurz. Dann, leiser: »Es war der schönste Moment meines Lebens. Und der Beginn von allem.«

Die Galerie war voller begeisterter Gäste gewesen. Ein Großteil der Idka-Bilder war bereits verkauft.

Nur waren es nicht Idkas Bilder.

»Er hat Céline meine Bilder gegeben. Versehen mit seiner Signatur. Meine Bilder.«

»Also wusste Céline Durand Bescheid?«, fragte Blandine alarmiert. Solange schüttelte den Kopf.

»Nicht gleich. Aber irgendwann hat sie es gemerkt. Spätestens, als Etienne es vermied, in ihrer Gegenwart zu malen – und als ich ihr meine Bilder zeigte. Als ich sie bat, sie auszustellen, hat sie mich ausgelacht.« Solange lächelte. »Sie sagte: Frauen haben keine Zukunft in der Kunst. Nur *auf* der Leinwand. Und dass Bilder nie um ihrer selbst willen bewundert würden, sondern wegen dem, der sie schaffe. Kein Mensch sei an einer Putzfrau interessiert.«

»Und Etienne? Haben Sie ihn zur Rede gestellt?«

»Gleich am Tag nach der Vernissage. Er sagte, dass alles, was ich malte, nur durch ihn möglich gewesen sei. Weil er mein Lehrer war. Weil …« Rouelle zuckte in einer hilflosen Geste mit den Achseln. »Weil er mit mir schlief. Er glaubte wohl, der Sex mit ihm sei irgendwie besonders inspirierend. Ich sehnte mich nach Etiennes Liebe. Aber noch mehr nach seiner künstlerischen Anerkennung. Damals gab er mir das erste Versprechen. Eines von vielen.«

»Dass er sie fördern würde, sobald er es mit ihren Bildern zu Ruhm gebracht hatte.«

»Ja. Aber dann, nachdem Etienne …« Solanges Stimme brach.

»Nachdem er erblindet war?«, half Zadira ihr weiter.

Vielleicht wäre es Solange gelungen, sich nach der Vergewaltigung durch Charles aus der Abhängigkeit von Etienne zu befreien. Doch die Schuldgefühle nach dessen Erblindung, die sie durch die Säureattacke ausgelöst hatte, trieben sie noch tiefer ins Joch. Sie kannte nur einen Weg, mit dieser Qual umzugehen: Sie malte.

In dieser Zeit tiefster Verzweiflung entstanden Bilder von verstörender Fremdartigkeit. Sie kombinierte abstrakte Muster, in denen, einer Illusion gleich, erst nach und nach gequälte Gesichter oder Körper sichtbar wurden. Es waren diese Bilder, die die Galeristin Céline Durand auf eine Idee brachten …

»Es war Célines Idee?«, hakte Zadira fassungslos nach. Solange nickte. Blandine murmelte: »Na, danke, Schwester.«

Fünfzehn Monate nach der Verätzung seiner Augen erschien der erste Zyklus des erblindeten Malers, Etienne Idka. Die Kunstwelt reagierte verzückt. Aber natürlich auch ungläubig.

»Was war mit der Vorführung, in der Idka bewies, dass er der Schöpfer der Bilder ist?«, wollte Blandine wissen.

»Wir haben wochenlang dafür geübt. Außerdem war die Leinwand präpariert, so dass er Konturen ertasten konnte. Trotzdem war es nicht sehr glaubwürdig. Erst durch Antoine Valérys Urteil wurde es zur Wahrheit.«

»Glauben Sie, der Kunstkritiker hat es gewusst? Dass nicht Etienne, sondern Sie die Bilder gemalt haben?«

»Ach was«, erwiderte Rouelle. »Valéry hätte es auch nicht geglaubt, selbst wenn Etienne es ihm gesagt hätte. Antoine liebte Frauen, aber er respektierte sie nicht.«

Solanges Augen wurden auf einmal ganz hell. Fuchsaugen, dachte Zadira. »Ich habe Céline getötet, weil ihr die Wahrheit nicht lukrativ genug gewesen ist. Antoine Valéry musste sterben, weil er eine Welt definiert hat, in der es für eine Frau wie mich keinen Platz gab. Er hat Etiennes Lüge zur Wahrheit gemacht.«

»Und Lucas Zorn?«, fragte Zadira leise. »Hat er auch die Wahrheit getötet?«

»Lucas, der arme Junge.« Tiefe, dunkle Trauer legte sich jetzt über Solange Rouelles Gesicht. Ihr Blick wurde beschämt. »Er lag in meinen Armen, als das Gift zu wirken begann.«

Lucas war einundzwanzig, als Solange ihn so sanft tötete, dass es wie Einschlafen gewesen sein musste. Lucas war so alt wie Solange, als Jean-René Zorn ihr das dritte Kind von Etienne gegen ihren Willen im fünften Monat aus dem Bauch schnitt und sie dabei unfruchtbar machte.

Am Ende der Vernehmung zeigte Solange die Bilder in der Mappe. Es waren Zeichnungen, sie erzählten eine Liebesgeschichte. Glückliche Bilder.

»Die hier werden niemanden interessieren«, sagte die Malerin. »Sie lieben die Bilder, die ich malte, als ich die Morde geplant habe. Nicht die aus der Zeit, als ich geliebt habe.« Sie lächelte. »Es heißt, die Kunst liebt nur die Grausamkeit. Nicht die Liebe, nicht das Glück, daraus schafft sie keine großen Werke.«

Sie schaute auf ihre Bilder und flüsterte: »Es stimmt.«

Wenig später traten Zadira und Blandine ins Freie.

»Puh«, machte die Journalistin, »was für ein schrecklicher Ort. Trotz allem, was sie getan hat, verdient sie es nicht, im Gefängnis zu sterben.«

Zadira schaute sich zu dem hohen Metalltor um. »Solange hat ihr Leben lang in einem Gefängnis gelebt. Ein Gefängnis, zu dem Idka den Schlüssel hatte.«

Der Anruf kam am nächsten Morgen. Zadira stellte die Kaffeetasse ab.

Es war Staatsanwältin Lafrage. Ihre sonst so kühle Stimme bebte, als sie Zadira davon in Kenntnis setzte, dass Solange Rouelle sich in der vergangenen Nacht hochdosiertes Kaliumchlorid in den Herzmuskel gespritzt hatte.

»Wir wissen weder, wie sie an das Gift, noch, wie sie an die Spritze kam«, erklärte die Staatsanwältin. »Die Untersuchungen laufen noch.«

Ihr werdet nichts finden, dachte Zadira, als sie nach dem Telefonat langsam auf den Küchenstuhl sank und ihr die Tränen über das Gesicht liefen.

Die letzte Tür hatte sich Solange Rouelle selbst aufgeschlossen.

40

Monsieur Chef de Police? Sind Sie so weit, Sergeant – pardon: *Capitaine* Brell?«

»Ja, Lieutenant. Sie können jetzt aus dem Klo rauskommen, ich habe alles an.«

Zadira sah durch den Türspalt vergnügt dabei zu, wie sich Lucien Brell vor dem Spiegel in den Personaltoiletten des Rathauses hin- und herdrehte und seine beiden neuen Schulterklappen von unsichtbaren Stäubchen freiwischte. Die Klappen waren tiefblau und besaßen drei gerade weiße Streifen.

Bürgermeister Aimé Navello hatte Brell befördert. Nun war der ehemalige Sergeant der Gendarmerie, der seit Jahren als Mazans Gemeindepolizist und Mädchen für alle ortsrechtlichen Angelegenheiten eingesetzt worden war, nicht nur offiziell »Chef de service de police principale de première classe«. Sondern hatte außerdem den dazugehörigen Rang der Police Municipal erhalten: Capitaine.

Zadira öffnete die Tür zur WC-Box ganz. Auch sie hatte sich umgezogen. Etwas verlegen trat sie hervor.

Es war das Kleid, das sie für Jules gekauft hatte. Das beinahe im Müll gelandet wäre.

Der rote, fließende Stoff, der im Nacken zusammengehalten wurde und Schultern und Rücken freiließ, umspielte weich und locker ihre Knie und betonte ihre schmale

Hüfte. Sie öffnete ihre schwarzen Haare, die ihr fast bis zur Taille reichten. Dann legte sie eine schlichte Silberkette um, deren Schmuckstein dieselbe Farbe wie ihre hellgrünen Augen besaß.

Schließlich trat sie neben Brell vor den Spiegel.

»Ist das zu viel Haut?«, fragte sie.

»Abends wird es schon etwas kühl«, sagte Brell und schluckte. »Eine kleine Jacke für später wäre gut, aber vermutlich werden sich alle Herren auf dem Weingut darum reißen, Ihnen ihre Jacken, Hemden oder Tischtücher umzulegen, sollten Sie auch nur einmal kurz zittern, Chefin.« Er grinste verschwörerisch. Dann wurde er ernst.

»Monsieur Paoli wird hingerissen sein, schätze ich.«

»Wie schön für Monsieur Paoli«, antwortete Zadira.

»Er würde Sie gern mit nach Paris in seine Brigade nehmen, hört man.«

»So, hört man das?«

Die verborgene Frage, ob Zadira in die Hauptstadt mitgehen würde, ignorierte sie.

Sie nahm Luciens dargebotenen Arm.

»Das ist mein erstes Fest auf einem provenzalischen Weingut«, vertraute sie ihm an.

»Sie werden es lieben, Chefin«, erklärte Lucien ernst.

»Zadira«, sagte sie. »Nennen Sie mich doch Zadira. Und du. Und wer hier Chef de Police ist, das wissen wir ja.«

Er wurde rot.

Arnaud wartete vor dem Rathaus bei den Pétanque-Spielern. Als er sie beide kommen sah, stand er auf. Sein Blick saugte sich an Zadiras Erscheinung fest.

»Capitaine Brell«, sagte er und salutierte kurz, dann gab er Zadira einen Handkuss.

»Du siehst umwerfend aus«, flüsterte er. Sie ahnte, an was er dachte. Und er nahm sicher an, dass sie das Kleid für ihn angezogen hatte.

Dabei hatte sie es aus einem ganz anderen Impuls heraus gewählt. Sie wollte einmal nur eine Frau in einem roten Kleid sein. Nicht Bulle.

Sie fuhren mit Arnauds Mietlimousine. Radio Nostalgie spielte *It's a wonderful world.* In Zadira breitete sich warme Erschöpfung aus. Sie hatte längst noch nicht alles verkraftet, nicht alles überdacht, sie würde Zeit brauchen.

Etienne hatte in Solanges Armen geweint, bis die Beamten sie abgeführt hatten. Sie hatte ihn getröstet.

Was war das nur für eine Beziehung?

Und wie erlöst Solange gewesen war, als tags drauf die ersten Presseberichte erschienen und sie als Malerin der gefeierten Bilder offenbarten!

Zadira dachte an Jules. An seine Augen, als er sie ansah, kniend, von unten nach oben, bevor sein Mund ihre Mitte liebkoste. Später, im Halbdunkel, über ihr, und sie, die Arme weit zurückgestreckt, genießend, sich treiben lassend, von seinen Bewegungen gefangen. Wie er dabei lächelte.

Sie wusste, dass sie sich mit Worten nie so umfassend verstehen würden, dass Wörter gefährlich waren und sie stetig weiter voneinander wegdriften lassen würden. Wörter brachten Krieg. Mit Jules zu schlafen Frieden.

Zadira drehte die Musik lauter. Paolo Conte, *Via con me.*

Sie wollte sich auch in eine andere Welt tragen lassen.

»Woran denkst du?«, fragte Arnaud leise.

»An Frieden«, antwortete sie.

Es war einer dieser magisch milden Tage Ende September, die Sonne goss ihre Wärme noch verschwenderisch über dem weiten Tal aus. Das hohe Manoir des Château

Pesquié leuchtete golden im späten Nachmittagslicht, die weißen, offenen Fensterläden des dreistöckigen breiten Baus wirkten einladend. Schlanke Zypressen verliehen der *bastide* toskanische Anmut, in einem kleinen Park schimmerten weiße, nostalgische Lampen an silbernen Olivenbäumchen. Der Wind spielte ein weiches Lied in den mächtigen Bäumen der langen Allee, die zu dem Weingut führte. Zadira sah an einigen Rebenreihen noch Traubenrispen hängen, rot und voll.

»Als ich ein Junge war, waren die Hänge zu dieser Jahreszeit voll von Traubenlesern«, erzählte Brell. »Und zwischen den Reben wurden gemaischt. Unsere Hände waren schwarz vor Erde und Traubensaft. Wir haben gesungen, und die schönsten Mädchen aus den Dörfern durften auf den letzten Fässern, die wir vom Berg zum Keller brachten, rittlings reiten.« Er seufzte. »Jetzt bin ich alt und singe nur noch allein.«

»Und du bist Capitaine, und die Weinprinzessinnen brauchen dich mehr denn je«, sagte Zadira, fasste Richtung Rücksitz und ergriff kurz Luciens Hand.

Vor dem Manoir befanden sich zwei Terrassenhänge mit grünen Wiesen unter hohen Platanen. Dort standen runde Tische, viereckige Tische, lange Tafeln, Stühle aus allen Epochen – es wirkte, als hätten alle Bewohner des nahen Mormoiron ihre Dachböden und Salons geplündert und die Möbel hergeschleppt. Auf den Tischen lagen weiße, sorgfältig geklöppelte Tischdecken. Weiße Kerzen in Gläsern standen auf den langgezogenen Mauern rund um die natürlichen Terrassen. Es gab mehrere Weinbuffets, Tafeln mit herrlichen Spezialitäten aus der Region. Eingelegtes Gemüse, frischen Banon-Käse mit Feigen, daumendicke, saftige Malven-Polenta, Birnen-Tartinen und die ersten winzigen

Trüffel, Vorboten des Novembers, wenn das schwarze Gold Saisonbeginn hatte. An einer windgeschützten Seite baute eine kleine Band ihre Instrumente auf. Herbstgeruch lag in der Luft. Apfel, Feuer, Zimt. Wein und Melancholie.

Vor den beiden Nebengebäuden, in denen sonst der Weinhandel und die Landmaschinen untergebracht waren, stand eine große, alte Bütte. Eine Art Riesenfass, in dem um die Jahrhundertwende die Trauben mit festen Stiefeln zertreten wurden.

Zadiras Puls jagte hoch, als sie den blonden Kopf von Jules entdeckte, der gerade am Weinbuffet stand und zwei gefüllte Gläser in Empfang nahm.

Und neben ihm ein zweiter blonder Kopf. An Jules' Schulter.

Fabienne. Sie lehnte an Jules, sie wirkte blass, aber genoss es sichtlich, über das schön hergerichtete Gelände zu gehen, auf die zartrot schimmernden Berge zu schauen, neben sich einen gutaussehenden Mann im hellen Sommeranzug. Jules trug eine Sonnenbrille. Er entdeckte Zadira in der Limousine, wandte den Kopf, schien sie direkt anzusehen, aber er lächelte nicht.

Arnaud hielt vor dem Manoir, um Brell und Zadira aussteigen zu lassen. Danach suchte er einen Parkplatz weiter vorn an der Straße. Das Weinfest belebte sich mehr und mehr. Die Kerzen wurden entzündet.

»Mein Gott, Capitaine Brell, wurde Ihnen dieses rote Geschoss gleich zur Beförderung mitgeliefert?«

Blandine Hoffmann, eingehakt bei Jeffrey Spencer, kam auf sie zu, umarmte Zadira sanft. Während Jeff und Brell Wein und kleine Auswahl von den Buffets holten, lotste Blandine Zadira dezent von Jules und seiner Begleiterin weg.

Jules hatte jetzt seine Sonnenbrille abgenommen und blickte über Fabienne Schulter hinweg Zadira direkt in die Augen. Ernst, fast zornig. Abrupt sah er weg.

Was bedeutet das? Lass uns alles vergessen? Oder: Warum hast du mich vergessen?

»Alle schauen dich an«, raunte die Reporterin zufrieden.

»Unsinn. Sie sehen dich an. Du bist die Journalistin, die das letzte Interview mit Solange Rouelle geführt hat.«

»Weißt du, warum ich dich außerdem so liebe, Lieutenant?«, fragte Blandine. »Du weißt nicht einmal, wie verflucht schön du bist. Du bist auf eine so wilde Weise schön, du wirst noch mit siebzig Männer zur Verzweiflung bringen. Ich beneide dich. Zutiefst. Wenn ich dich nicht so mögen würde, würde ich dich kopfüber in dieses Dingsda stürzen.«

Sie deutete auf die Bütte, in der einige Mutige mit nackten Füßen die Trauben zu Maische zertraten.

Als die Frauen sich einen Tisch neben dem alten Brunnen gesichert hatten – im Rücken Weinberge, über sich das ausladende Blätterdach einer riesigen Platane –, seufzte Blandine: »Ist das nicht ein wundervoller Anblick?«

»Der Mont Ventoux?«

»Nein. Die Männer.« Blandine deutete auf Brell und Spencer.

»Spekulierst du auf einen zweiten Liebhaber?«, fragte Zadira.

»Na ja, einen fürs Bett und einen für die Küche«, erwiderte Blandine achselzuckend. »Lucien kennt ein Tomatenmarmeladerezept, ich sage dir, dafür würde sich so manche Hausfrau von Mazan ausziehen.«

»Sicher nicht nur dafür.«

Sie beobachteten, wie Frauenköpfe zusammengesteckt wurden, als der große Brell in seiner gut geschnittenen Uniform vorbeiging, wie sich Blusen strafften. Brell war einer der besten Männer für eine Frau, die sich nach Liebe, Zuverlässigkeit und einem guten Koch sehnte.

Sie wünschte für eine Sekunde, sie wäre so eine Frau. Warum nur sehnte sie sich nach dem Komplizierten? Und nach diesem Ort, von dem sie vorher nicht gewusst hatte, dass er existierte? Für den es kein Wort gab. Wo sie Frieden gefunden hatte. Frieden und Lust.

Sie suchte Jules' blonden Kopf, er war jedoch nicht mehr zu sehen.

Die Band spielte jetzt französische Chansons, flott und tanzbar. Brell, Arnaud und Jeff kamen an den Tisch, die Männer hatten drei Flaschen Wein dabei, rot, rosé und weiß, balancierten Teller mit Brot und Leckereien.

»Bacchantische Freuden liegen vor uns!«, rief Jeff. Bald waren Brell, Blandine und er damit beschäftigt, Arnaud abwechselnd von dem Abend zu erzählen, als sie den Gourmetclub hochgenommen hatten. Zadira ließ ihre fröhlichen, gelösten Stimmen über sich hinwegschwappen. Schließlich stand sie auf und schlenderte mit ihrem Glas Rosé in der Hand über die Anlage. Ihr Puls ging schneller, und sie war sich ihrer Auffälligkeit bewusst. Außer bei Razzien in Gang-Houses hatten sie selten so viele Männer wie hypnotisiert angeschaut, und auch Frauen – wobei diese zwischen Bewunderung und Eifersucht schwankten.

Habt keine Angst, ich bin als Ausspannerin ungeeignet, dachte sie. Auch Javier Gaspard, ihr Chef, hatte ihr damals klargemacht, dass er seine Frau Antonia liebte, seine Kinder, sein Leben. Und dass er ohne Zadira dennoch nicht atmen konnte. Sie wusste, dass Javier nicht gelogen hatte. Dass es beides gab, die Liebe und die Atemlosigkeit.

Vielleicht ist es bei Jules genauso? Vielleicht liebt er Fabienne?

Zadira brauchte einen Moment, um diesen Gedanken zu verkraften. Sie betrat das Manoir, dessen Türen die Besitzer Alexandre, Frédéric und Renaud heute für jeden weit geöffnet hatten.

Innen umfing sie die Heiterkeit eines reichen provenzalischen Herrenhauses. Die Wände, die Bodenkacheln, die glänzenden, geölten Holzbuffets – es lag Würde und Schönheit in den Dingen. Als bewahrten sie alle Welten auf und alle Zeiten. Zadira versank in der Betrachtung eines Gemäldes, das das Château Pesquié vor zweihundert Jahren zeigte. Rote Weinberge, gelbe Manoirfassade, ein Himmel wie bei van Gogh mit verschlungenen Sternschnecken.

»Sie sind doch Jules Parcevals Nachbarin?«, fragte eine Stimme hinter ihr.

Zadira drehte sich um.

»Und Sie sind doch Jules' Verlobte.«

Fabienne lachte kurz auf.

»Ja, das dachte ich auch eine Zeitlang.«

Sie betrachtete ebenfalls das Gemälde.

»Manchmal macht man sich ein Bild von den Dingen, aber die Wahrheit sieht anders aus.«

Fabienne kam näher, ihre auffällig blauen Augen ruhten auf Zadira. Es lag kein Groll darin, nur leichte Trauer.

»Jules ist für mich das Leben, das ich will, aber das ich nicht brauche. Verstehen Sie? Wenn wir zusammen wären, hätte ich zwar, was ich will. Aber nicht, was mir guttut.

Nicht das, wofür ich geschaffen bin. Und noch weniger, wofür er geschaffen ist.«

»Das glaube ich nicht«, wollte Zadira sagen, aber gerade noch rechtzeitig bemerkte sie, dass Fabienne diese Lüge nicht brauchte. Und auch nicht danach verlangte.

Jetzt trat Fabienne einen Schritt zurück, sah Zadira an. »Solche Frauen wie Sie gibt es in Paris nicht«, stellte sie fest, jetzt wieder spöttisch, arrogant. »Zum Glück. Man würde seines Lebens ja nicht mehr froh.«

Sprach's und ließ Zadira grußlos stehen.

Fabienne ist eine verdammt gute Verliererin, dachte Zadira anerkennend. Auch wenn es nur ein vorübergehender Anfall von Größe gewesen sein mochte.

Sie verließ das Manoir. Samtig legte sich der Abend über das Land, die Schatten wuchsen, es schwebte ein goldroter Schimmer über Bergen und Tälern.

Sie sah Blandine und Jeff beim Tanzen. Eine zarte blonde Frau im Reiterjackett hatte sich Brell gegenübergesetzt und nach seiner Hand gegriffen. Der Capitaine sah sehr glücklich aus.

Die Band begann *»Dans ma rue«* zu spielen, eine Edith-Piaf-Interpretation. Die Sängerin besaß eine lockende, rauhe, sinnlich-heisere, angeschmutzte Stimme, fast wie Zaz, die junge Chanteuse.

Ein warmer, männlicher Arm umfasste Zadira von hinten. Sie drehte sich lächelnd um.

Ach. Nur Arnaud.

»Tanzen wir, Frau Kollegin?«, fragte er, seine Augen sangen, sein Körper bat um mehr als nur einen Tanz.

Er führte sie auf die kleine Fläche vor der Band. Paoli war ein guter, aber angespannter Tänzer, der die Intimität des Liedes nicht fühlte. Sie drehten sich eine Weile stumm.

Doch immer wieder suchte Zadira nach Jules. Und dann sah sie ihn. Er lehnte an einer Platane, ein Glas Wein in der Hand, und beobachtete sie beim Tanzen.

Komm!, riefen ihre Augen.

»Ich werd dich mal in Paris besuchen, Paoli. Vielleicht im Sommer. Ich habe noch nie eine Fahrt über die Seine gemacht, kannst du dir das vorstellen?«

Er sah sie aus seinen braunen Augen an, und sie las darin sein Begreifen. Er drückte Zadira an sich, verzweifelt, verzweifelt darüber, dass das Fenster sich geschlossen hatte, dass er nicht zur richtigen Zeit gekommen war.

Sie lösten sich voneinander, als das Lied zu Ende war. Nach einer Klatschpause spielte die Band eine jazzige, groovige Variante von *»Je ne regrette rien«*.

»Pardon, Monsieur le Commissaire. Sie erlauben?«

Jules stand auf einmal neben ihnen.

»Selbstverständlich«, antwortete Arnaud würdevoll. »Es war schön, dich fast kennenzulernen, Zadira Matéo«, sagte er, küsste sie zärtlich auf die Wange und ging.

Jules zog Zadira ohne Umschweife an sich.

Und wieder passierte das Unwirkliche.

Sie tanzten so gut miteinander, ihre Körper waren um vieles klüger als sie.

Arnaud hatte sich zu Fabienne an den Tisch gesetzt. Sie sahen zur Tanzfläche.

»Man muss wissen, wann man beginnt zu stören«, sagte er. Seine Miene war bedauernd, aber nicht unglücklich.

»Ja, das ist die große Kunst.«

Sie stießen miteinander an.

»Wann fahren Sie zurück nach Paris, Monsieur le Commissaire?«

»Ach, so schnell wie möglich, denke ich.« Er drehte das Glas Rosé zwischen den Fingern.

Fabienne legte ihre schmale, sorgfältig manikürte Hand auf seine.

»Nehmen Sie mich mit?«, fragte sie, eine Nuance tiefer.

Er lächelte, nickte. »Besorgen Sie uns zwei Flaschen Wein und etwas zu essen, wir picknicken in fünf Stunden am Eiffelturm.«

Fabiennes Gesicht leuchtete auf. Dann stand sie beschwingt auf und besorgte ihnen rasch das Gewünschte.

Arnaud verabschiedete sich derweil von Blandine Hoffmann und Jeffrey Spencer. Als er auch Lucien Brell die Hand gab, sagte er mit einem Nicken in Richtung Zadira: »Passen Sie auf sie auf.«

»Den Lieutenant?«, fragte Brell zurück. »Das ist nicht nötig. Sie weiß, was sie tut.«

Erst dann fiel ihm auf, dass Commissaire Paoli vielleicht etwas anderes als Zadiras berufliche Einsätze gemeint haben könnte.

»Sie ist da genau richtig«, schob er leise nach. »Und ihr Kern ist unverwundbar.«

Arnaud verabschiedete sich nicht von Zadira. Und Fabienne nicht von Jules.

Zadira und Jules tanzten sehr lange. Sie gehörten zu den Letzten, die das Fest verließen. Als sie dann mit offenem Verdeck in der alten Giulietta, die Jeffrey ihnen überlassen hatte, zurückfuhren und der mildwarme Fahrtwind in Zadiras Haaren spielte, wollte sie sich einfach nur fallenlassen. In diese Nacht, in diese Unwirklichkeit, in die Lust, Jules in ihren Armen zu spüren.

Aber etwas in ihr wusste auch, dass es ein Morgen geben

würde. An dem das harte, klare Licht der Provence das Geheimnis einer Nacht töten konnte. Und sie wäre bei Tag wieder Lieutenant Matéo.

Ob diese Frau, die sie dann wieder war, lieben konnte?

Doch das war eine Frage, die warten musste.

Nichts war klar.

Aber alles war gut.

Danksagung

Ja, wir lieben diesen »Oscar«-Nacht-Moment, wenn wir an das imaginäre Mikrofon treten, uns gerührt räuspern und sagen: »Danke.«

Danke, Andrea Müller. Dafür, dass Sie immer cool bleiben; dafür, dass Sie alles an Wortfett wegfiletieren, und danke, dass Sie ein Blandine-und-Brell-Fan sind.

Liebe Gisela Klemt, wir hassen es zwar, dass Sie so furchtbar genau auf jedes Timing im Text achten, jede Straße nachgoogeln und genau wissen wollen, ob unsere Heldin nach vier Gläsern Wein noch die Pistole ziehen kann – aber genau dafür lieben wir Sie auch.

Liebe Brigitte Freitag, hab Dank für den Einfall mit der blauäugigen, blinden Katze!

Lieber Hans Peter, danke für das Vertrauen – und der nächste Dhalwinnie geht auf dich.

Liebes Mazan, liebes Vaucluse: Du bist nicht einfach, aber du duftest gut, und wir haben uns gern in deinen Gassen, Straßen, in den wilden Tälern und Weinbergen herumgetrieben. Du bist die heimliche Hauptfigur, und wenn wir auch mit der Bretagne verheiratet sind, so bist du uns die zärtlich vermisste Geliebte.

Danke auch an die Kulturbeauftragten und die stellvertretende Bürgermeisterin von Mazan, den Police-Municipale-Chef sowie den Historiker Joseph Baruol, der Mazans Geschichte wie kein anderer kennt.

Merci beaucoup an Brigitte und Gérard für die Unterkunft im Petit St. Jean.

Danke vielmals (!) an den Erfinder der Weinkelterung, die uns die Recherche in Mazans Weingütern erst ermöglichte.

Und das wichtigste Danke geht an Sie. Sie, den Leser, die Leserin. Erst in Ihrem Kopf entsteht das Werk, erst mit Ihnen werden alle Figuren lebendig, erst mit Ihnen atmet die Geschichte, bekommt Melodie und Farbe, Gesichter und Gefühle. Danke, dass Sie sogar bis nach Mazan gefahren sind und uns E-Mails aus der »Literarischen Heimat« von Zadira und Jules, Commissaire Mazan und Manon schicken.

Ohne Sie wäre das alles hier nur Schwarz auf Weiß.

Und dafür danken wir Ihnen. Ihre Jean-Bagnols alias Jo Kramer und Nina George.

Glossar

amuse bouche –»Gaumenfreude«, Appetithäppchen, Fingerfood

amuse-gueules –»Fress-Freuden«, etwas rustikaler als der Begriff *amuse bouche*

apéritif – Vorspeisen, Appetitanreger, auch Getränk

Arrondissement – Verwaltungsbezirk

banlieue – Stadtrand

bastide – Landhaus, oft eher ein herrschaftliches Gut

bienvenue – Willkommen

bisous – (Wangen-)Küsse

BNRDF – Akronym der Brigade nationale de répression de la délinquance fiscale, in 2013 neu eingerichtete Steuer-Polizei Frankreichs

boche – sprich: »Bosch«, abwertende Bezeichnung von Franzosen für Deutsche

bon appétit – guten Appetit

bonjour – guten Tag, hallo

bonne journeé – schönen Tag noch

bonsoir – guten Abend

Bourgeoisie – (Groß-)Bürgertum

borie – aus Feldsteinen erbaute Hütte, typisch provenzalisch

boule – Schale, meist für Michkaffee

Brigade Criminelle – auch: »Crim« oder »La BC« genannt, polizeiliche Abteilung bei »Verbrechen gegen den Menschen«

Canterperdrix – ein (Bio.)Weingut in Mazan
Château Pesquié – Weingut zwischen Mazan und Mormoiron
cheri – Liebling, Liebster
cochonnerie – Schweinerei
cochonnet – Schweinchen, hölzerne Zielkugel beim Boule
cocottes – Kokotten, Schmortöpfchen
Commico – Abkürzung von Commissariat de police, Polizeidienststelle
Commissaire divisionnaire – Brigadenchef
Côte d'Ivoire – Elfenbeinküste
d'accord – einverstanden
Decathlon – Geschäft für Sportzubehör
Entrée – Eingang
Et maintenant, à table – Und jetzt: zu Tisch
Festival Ventoux Saveurs – Festival des Geschmacks, regelmäßige Genusswochen im Gebiet des Vaucluse rund um den Mont Ventoux
foie gras – Stopfleber-Pastete
Fondrèche – Weingut in Mazan
fureur – Zorn, Wut
garde champêtre – Feldhüter (siehe auch: Organisation und Aufgaben französischer Polizeisysteme)
garrigue – auch: *garigue*. Strauch- und Heide-Vegetation, typisch für mediterrane Gebirge. Auch ugs.: Gestrüpp
Gégé – Abkürzung von Gérard (Depardieu)
grand crème – großer (meist doppelter) Espresso mit warmer, geschäumter Milch
grande merde – Riesenmist
Leclerc – großer Supermarkt
LPO – Akronym für Ligue pour la Protection des Oiseaux, franz. Vogelschutzorganisation

ma chère – meine Teuerste, meine Liebe (freundschaftlich)
Madame le Juge – (Untersuchungs-)Richterin
manger propre – sauberes (gemeint: politisch korrektes) Essen
mairie – Rathaus
maîtresse – eigentlich Herrin oder Lehrerin, aber auch: Geliebte
mas – großbäuerliches, oft hofartiges Anwesen, Gutshof
matoles – Käfigfallen
merci – danke
merde – Mist
Méridienne-Sofa mit Lehne nur auf einer Seite, auch: »langer Stuhl« genannt
messieurs – Herren, Herrschaften
mon amour – meine Liebe, mein(e) Geliebte(r)
mon cher Commissaire – mein lieber (Herr) Kommissar (freundschaftlich, ironisch)
ortolan – Gartenammer, auch: Fettammer
oui – ja
parigos – etwas abfälliger Argot-Ausdruck für Pariser
paté – Pastete
Penitenten – Büßer
Père Lachaise – der größte Friedhof von Paris und der erste Parkfriedhof der Welt, errichtet auf den ehemaligen Gärten des Pater Lachaise. Hier befinden sich u. a. die Gräber von Jim Morrison, Oscar Wilde, Édith Piaf und Frédéric Chopin
Père Noël – Weihnachtsmann
pétanque – Boule, provenzalisches Kugelspiel
pétillant –»spritzig«, wer einen »Spritzigen« bestellt, erhält meist Crémant oder perlenden Wein
petit déjeuner – Frühstück (déjeuner: Mittagessen)

PMU – Akronym für Pari Mutuel Urbain, Anbieter von Pferdewetten in Frankreich

Police Rurale – ehemalige Bezeichnung ländlicher Polizei, oft in Kleinstädten wie Mazan noch gebräuchlich für die heutige Gemeinde-/Stadtpolizei (siehe Aufbau der französischen Polizei)

pompiers – Feuerwehr

PTS – Akronym für Police Technique et Scientifique, die wissenschaftliche Polizei, die u. a. aus Kriminaltechniker/-innen, Spurensicherung, Tatort-Analytiker/-innen, Forensik, Ballistik etc. besteht

putain – ugs.: Mist, Scheiße (Wortursprung: Hure)

RAID – Akronym für Recherche Assistance Intervention Dissuasion (= Recherche, Unterstützung, Intervention, Abschreckung) ist eine Einheit der Police nationale zum Einsatz gegen Terrorismus. Eine RAID-Abteilung ist die psychologische Einsatztruppe

rentrée – Rückkehr, Schulanfang. Bezeichnet den Zeitraum von Ende August bis Anfang September, wenn die großen Ferien beendet sind

Rue Bayard – die einzige fiktive Straße in Mazan

tirer plein fer – direkt aufs Eisen, Boule-Spruch: die andere Kugel »wegschießen«

ultrasophistiqué – hochentwickelt, hochkomplex

Vaucluse Matin – (ehemals: La Dauphiné), das »Abendblatt« des Vaucluse, eine der südfranzösischen Tageszeitungen

véterinaire – tierärztlich

zut! – Teufel noch mal!

Anmerkung der Autoren

Alle beschriebenen Orte, Weingüter, Restaurants, Läden und Lokale existieren tatsächlich, bis auf das im Roman beschriebene L'Obsidion und die Rue Bayard. Andeutungen oder Ähnlichkeiten mit tatsächlich existierenden Lokalitäten sind nicht beabsichtigt.

Der Aufbau der in diesem Buch erwähnten französischen Polizeiapparate

Gendarmerie Die Gendarmerie übernimmt polizeiliche Aufgaben im ländlichen Raum und in Kleinstädten und ist militärisch strukturiert, die **Police Nationale** ist für die größeren Städte zuständig und staatlich organisiert. Die Gendarmerie unterstand als Militärpolizei bis 2009 dem Verteidigungsministerium, danach dem Innenministerium, wie auch die Police Nationale. Dagegen ist die **Police Municipale** die Stadt- oder Gemeindepolizei und nur den jeweiligen BürgermeisterInnen unterstellt.

Zum Korps der Police Municipale gehört heute der **garde champêtre** (Feldhüter). Er nimmt polizeiliche Aufgaben in land- und forstwirtschaftlichen Gebieten (Wäldern, Feldern, Gebirgen etc.) wahr. Bis vor etwa zwanzig Jahren wurden die Feldhüter noch als **Police Rurale** (Landpolizei) bezeichnet; heute wird diese Bezeichnung in provenzalischen Dörfern noch umgangssprachlich verwendet, obgleich die Police Rurale in der **Police Municipale** aufgegangen ist. Die **Police Municipale** übernimmt Aufgaben, die kommunal unter der Ägide der Bürgermeister liegen: öffentliche Ordnung, Sicherheit und Hygiene, aber auch administrative Aufgaben, die den Befugnissen des Ordnungsamtes ähneln, wie z. B. bau- und feuerpolizeiliche Maßnahmen, Gewerbeaufsicht oder Lärmschutz. Auch der Umwelt-, Jugend- und Tierschutz fällt in ihr Aufgabengebiet.

Der zweite Aufgabenbereich der Police Municipale ist die Amtshilfe für Police Nationale und Gendarmerie.

So arbeiten z. B. Lucien Brell – als Gendarm *und* vom Bürgermeister bestellter oberster Gemeindepolizist – und Zadira Matéo als Ermittlerin der Police Nationale eng zusammen.

RAID – die **Recherche Assistance Intervention Dissuasion** (= Recherche, Unterstützung, Intervention, Abschreckung) ist eine Einheit der französischen Police Nationale zum Einsatz gegen Terrorismus. RAID ist für die Sicherheit im Tunnel unter dem Ärmelkanal sowie von Kernkraftwerken und für den Einsatz bei Flugzeugentführungen zuständig. Außerdem nimmt sie polizeipsychologische Aufgaben für die gesamte Police Nationale wahr, wie in diesem Band Commissaire Arnaud Paoli.

JEAN BAGNOL

Commissaire Mazan und die Erben des Marquis

Kriminalroman

Nach einer Liaison mit ihrem Chef wird die Polizistin Zadira in einen kleinen Ort in der Provence abgeschoben. Verbittert begegnet sie jedem mit Misstrauen, nur einen herrenlosen schwarzen Kater schließt sie ins Herz. Als die Leiche einer jungen Frau auftaucht, wird der Streuner zu ihrem Partner, zu »Commissaire Mazan«. Denn er kann dorthin, wo Zadira keinen Zutritt hat, und sieht, was geheim bleiben soll.

»Eine Meisterleistung aus düsterer und gleichzeitig faszinierender Krimikost mit pointierten Dialogen, erotischen Szenen und atemberaubend spannender Handlung.«
Krimi-Forum.net

KNAUR

Ein Roman über die Macht der Bücher,
die Liebe und die Magie
des südlichen Lichts

NINA GEORGE

Das Lavendelzimmer

Roman

Er weiß genau, welches Buch welche Krankheit der Seele lindert: Der Buchhändler Jean Perdu verkauft auf seinem Bücherschiff »pharmacie littéraire« Romane wie Medizin fürs Leben. Nur sich selbst weiß er nicht zu heilen, seit jener Nacht vor einundzwanzig Jahren, als die schöne Provenzalin Manon ging, während er schlief. Sie ließ nichts zurück außer einem Brief – den Perdu nie zu lesen wagte. Bis zu diesem Sommer. Dem Sommer, der alles verändert und Monsieur Perdu aus der kleinen Rue Montagnard auf eine Reise in die Erinnerung führt, in das Herz der Provence und zurück ins Leben.

»Dieser Geschichte wohnt ein unglaublich feiner Zauber inne.« *Christine Westermann* (WDR)

KNAUR

»Alles an diesem Buch ist genial:
die Idee, die kurzen, klugen, witzigen Texte.«
Felicitas von Lovenberg, FAZ

KARL HEINZ BITTEL • MARGIT SCHÖNBERGER

Die literarische Notapotheke

100 Romane für alle Lebenslagen

Bücher erzählen die schönsten Geschichten, spenden Rat und Trost. Eigentlich müsste es sie auf Rezept geben, ausgestellt von belesenen Ärzten, die nach gründlicher Untersuchung Lektüren verschreiben. Mit ebenso viel Kennerschaft wie Augenzwinkern stellen die passionierten Vielleser Margit Schönberger und Karl Heinz Bittel 100 fesselnde Romane als Heilmittel für jede Lebens- und Gemütslage vor. Ein wunderbares Buch über wunderbare Bücher – von Autoren wie Doris Dörrie, Elizabeth George, Ernest Hemingway, Daniel Kehlmann, Stephen King bis zu Gabriel García Márquez, J. K. Rowling und Donna Tartt.

Mit einem Vorwort von Nina George, Autorin des Spiegel-Bestsellers *Das Lavendelzimmer.*

KNAUR